Günter Keusen

Scharfe Klingen (-Stadt)

Die Abgebrühten

www.tredition.de

© 2019 Günter Keusen

Verlag & Druck: tredition GmbH, Halenreie 40-44, 22359 Hamburg

ISBN
Paperback: 978-3-7482-8340-9
Hardcover: 978-3-7482-8341-6
e-Book: 978-3-7482-8342-3

www.tredition.de

Dieses Werk widme ich meinen Nachfahren, die geduldig meine Geschichten ertragen haben und mein Leben bereicherten.

Inhalt

SCHARFE KLINGEN *(-stadt)*

Unglaubliche Geschichten aus dem bergischen Städte-Dreieck

Die Abgebrühten

Einleitung:

Auch wenn Ruth, wegen ihrer Kinder, im Unterbewusstsein ein schlechtes Gewissen hatte, so war sie doch mehr voller Neugierde und Vorfreude auf das neue, aufregende Leben an Udos Seite.

Die weltgewandte Selbstsicherheit mit der sich ihre neue Liebe durch das Leben bewegte, faszinierte sie, ja hypnotisierte sie fast. Dafür nahm sie alle unangenehmen Randerscheinungen ihres neuen Lebens, als vorübergehend, in Kauf. Sie sah das Leben in einer wunderbaren rosaroten Farbe, glaubte sich, anerkannt, frei und respektiert. Dabei bemerkte sie Anfangs gar nicht, dass Udos ganzes Dasein auf Lug und Betrug aufgebaut war, und für ihn Recht und Gesetz kein Maßstab war. Er führte ein Leben auf Messers Schneide, am Rande der Legalität. Auch dass sie sich, durch den trügerischen Glanz, der Udos Welt ausmachte, zur absoluten Abhängigkeit, ja sogar bis zur Hörigkeit verführen ließ, war ihr lange nicht klar.

Die Leichtigkeit mit der ihr Liebhaber jede Situation meisterte, blendete ihre Kritikfähigkeit. Dass Udos stärkste Charakterzüge Oberflächlichkeit, Verantwortungslosigkeit, gepaart mit Habgier waren, übersah sie bewusst. Ihr gefiel das abenteuerliche Leben, die lockere Welt, im Spiel um den schnöden Mammon, sowie sich im Glanz des Luxus zu sonnen.

Dabei ignorierte sie, dass sie immer mehr in die kriminellen Handlungen eingebunden wurde, weil sie schon im Sog der Unterwelt gefangen war.

ungewiss

Voller Vertrauen in ihren Liebhaber, wenn auch ohne die geringste Ahnung wie es weitergehen sollte, saß Ruth nun als ungebetener Gast in der Wohnung ihrer Rivalin.

Nachdem Udo ihre Partner über ihre Trennungs-Absicht aufgeklärt hatte, war Ruths Mann wutentbrannt aufgesprungen und hinaus gestürmt.

Die Konfrontation war zwar einfacher als gedacht, aber dafür giftete Udos Partnerin sie an: „Und? Wieso sitzt du noch hier? Nun hast du ja erreicht was du wolltest. Die Beziehungen zerstört, meinem Kind den Vater genommen, und deinen Mann bist du auch auf leichte Art los geworden. Also, auf was wartest du noch? Verschwinde!"

„Schweig, Manuela! Die Ruth bleibt hier! Es ist jetzt zu spät noch irgendwo hinzugehen. Wir werden uns morgen eine Bleibe suchen. Heute Nacht schläft sie hier!" befahl Udo scharf.

Zornig wehrte sich Manuela: „Was? Nein, nicht in meiner Wohnung! Das erlaube ich nicht! Sie soll sofort abhauen!"

Drohend erhob sich Udo während er hart bestimmte: „Sie bleibt! Schluss jetzt! Noch ist das auch meine Wohnung, und du hast meinen Gast zu respektieren. Ich bin müde, ihr beide schlaft im Bett und ich lege mich auf die Couch. Für eine Nacht muss das gehen! Und jetzt keine Widerrede mehr!"

Doch da raffte Ruth sich auf, griff zum ersten Mal ein und widersprach energisch: „Nein, Udo, das will ich nicht. Ich lege mich nicht in euer Bett, und schon gar nicht neben die da." Dabei wies sie auf die Wütende.

„Es ist richtig, dass wir jetzt nirgendwo mehr klingeln können, aber dann schlafe ich auf der Couch. Das musst du verstehen."

Sekundenlang sah es so aus als wolle Udo ärgerlich reagieren, aber dann nickte er und entschied: „Gut! Wir bleiben beide die Nacht auf der Couch. Du nimmst das kleine und ich das große Sofa. Und du, gib endlich Ruhe und geh ins Bett, Manuela. Mit Geschrei änderst du jetzt auch nichts mehr!"

Niemand widersprach, sie waren alle nervlich geschafft.

„Komm zu mir!" verlangte Udo, als die Hausherrin im Schlafzimmer verschwunden war.

Energisch schüttelte sie den Kopf und lehnte ab: „Nein, das ist doch nicht dein Ernst? Du willst doch nicht jetzt und hier? Wenn deine Ex im Nebenraum liegt? Das kann ich nicht, das musst du verstehen. Außerdem bin ich einfach zu müde. Aber ich hab schon eine Idee wo wir vorübergehend unterkommen können. Bei meiner Freundin Beate. Die hat ein Gästezimmer, das können wir sicher benutzen. Aber jetzt möchte ich mal versuchen, noch ein paar Stunden zu schlafen. Mach bitte das Licht aus. Gute Nacht!"

„Na gut, dann schlaf!" knurrte Udo ärgerlich.

Trotz bleierner Müdigkeit dauerte es noch eine ganze Weile bis sie endlich schlafen konnte.

Ruth ließ das Geschehen in Gedanken Revue passieren, denn wäre ihr Ehemann klüger gewesen, hätte er es nicht so weit kommen lassen. Aber in Roberts egoistischem Denken war kein Platz für andere Menschen. Den wenigen Raum in seinem Gehirn hatte er immer mit Alkohol zugeschüttet, und sich dann noch selbst bemitleidet, weil er danach unter seinen schrecklichen Kater-Problemen zu leiden hatte. Ruths Rat, doch das, was er ja offenbar nicht vertrug, nämlich den Alkohol, einfach aus dem Körper zu lassen, hatte er natürlich ignoriert.

Stattdessen hatte er seiner Frau die Aufgabe des Versorgers der Familie überlassen, ja sogar akzeptiert, dass sie sich prostituierte. Er hatte es sich bequem gemacht und sich auf ihre Kosten ausgelebt und ausgetobt. Dabei hatte er nicht davor zurückgeschreckt, mit brutalen Attacken gegen Ruth vorzugehen, wenn sie sich auflehnte und nicht nach seiner Pfeife tanzte. Oft hatte Ruth sich bei den Kindern verkriechen müssen, was sie vor Prügel bewahrt hatte.

Zweimal, in zwölf Jahren, hatte Ruth ihren Mann verlassen. Einmal hatte sie es sogar bis zur Scheidung durchgehalten, war aber immer wieder zurückgekehrt, hauptsächlich wegen der beiden Kinder. Daran war auch die ständige Ermahnung ihrer Mutter nicht ganz unschuldig, die ihr immer vorgehalten hatte: denk an deine Kinder, die brauchen einen Vater. Diese mütterliche Einstellung war auch der Grund, warum Ruth sich davor scheute, jetzt ihre Mutter zu besuchen, weil sie die Ermahnung nicht mehr hören wollte. Roberts Mutter war das krasse Gegenteil, da sie ihren Sohn gut genug kannte, und das Fiasko seiner Ehe hautnah miterlebt hatte, hatte die Schwiegermutter immer auf Ruths Seite gestanden, denn schließlich hatten sie all die Ehejahre, mit Roberts Eltern, Tür an Tür gewohnt,

Das Maß des Erträglichen war mit Roberts Besuch in einem Pärchen-Club überschritten, wobei er sogar die Begleitung ihrer besten Freundin benutzt, und sich Ruths Zustimmung regelrecht erpresst hatte.

Als Ruth dann Udo getroffen hatte, den sie flüchtig aus ihrer ehemaligen Milieuzeit kannte, war aus einem Disco-

Flirt Liebe geworden, weil Udos liebevolle Aufmerksamkeit und seine Weltgewandtheit sie fasziniert hatte. Dabei hatte Ruth den ehemaligen Croupier erst gar nicht gemocht, sondern Udo als arrogant und versnobt empfunden, obwohl sie kein Wort mit ihm gewechselt hatte, wenn er mit ernster Miene an der Bar des Lokals, Bijou, stand. Auch war ihr damals gar nicht aufgefallen, welch attraktiver Mann ihr da Visavis stand. Dunkles, fast schwarzes, kurzgeschnittenes Haar, große dunkelbraune Augen unter buschigen Brauen, eine gerade Nase in dem schmalen Gesicht, und ein auffallend voller Mund, mit einem schmalen Schnurrbart darüber, bildeten ein Gesamtbild, das durch seine große, schlanke Gestalt, und seine elegante Kleidung Seriosität vortäuschte. Obwohl Udo fünf Jahre jünger war, war er ein ganzer Mann. Ruth hatte gleich gemerkt, dass Udo sie, mit seinem unerschütterlichen Selbstvertrauen, beschützen und leiten konnte, sodass sie sicher war, an seiner Seite die Erfüllung und Zufriedenheit zu finden, die sie immer vergeblich gesucht hatte. Vielleicht würde seine Liebe ihre geheime Sehnsucht verscheuchen, die sie seit einem Kindheitserlebnis hatte, sich selbst aber nicht eingestehen wollte. Ganz in seiner dominanten Art hatte Udo ihr erklärt, dass er mit ihr zusammenbleiben wolle, weil sie füreinander bestimmt seien. Ruths Einverständnis voraussetzend, hatte Udo dann konsequent seine Partnerin und Ruths Ehemann vor vollendete Tatsachen gestellt, und den Beiden die Trennung bekannt gegeben.

Nicht nur Udos schnarchen, sondern hauptsächlich die Ungewissheit, wie sie ihre neue Situation meistern konnten, hielt sie lange wach, bis sie endlich in einen unruhigen Schlaf fiel.

„He du, Schlampe, steh auf, es reicht jetzt! Du hast hier lange genug die Luft verpestet. Verschwinde endlich!"

riss sie die wütende Beschimpfung der Gastgeberin aus ihren wüsten Träumen.

„Halt dein freches Maul, Manuela, sonst stopf ich es dir!" fuhr Udo zornig aus seinem Schlaf hoch. „Los, mach Kaffee!" befahl er.

Die Drohung rief ein unangenehmes Gefühl in Ruth wach, kannte sie das doch zu gut von ihrem Mann, sich mit Gewaltandrohung durchzusetzen. Aber war das in diesem Fall nicht nur, weil Udo sie vor den Angriffen der Rivalin schützen wollte? Sicher meinte er das nicht ernst, wäre er nicht wirklich Handgreiflich geworden?

Tatsächlich verzog sich die Freche in die Küche und man konnte sie dort rumoren hören.

„Willst du zuerst ins Bad gehen, Schatz?" fragte Udo, während er sie liebevoll küsste. Sie nickte und verschwand schnell ins Badezimmer.

Allerdings fand sie das Handtuch zu schmutzig und unappetitlich, deshalb ging sie noch einmal zurück und bat: „Udo ich brauche ein frisches Handtuch, hast du mal eins für mich?"

Voller Ironie rief Manuela aus der Küche: „Ach Gottchen, Madame braucht ein frisches Handtuch! Sonst noch Wünsche? Wenn dir das nicht gut genug ist, was da hängt, dann wasch dich gefälligst zu Hause. Na Bravo, Udo, da hast du dir aber ein feines Zierpüppchen eingefangen. Hoffentlich kann die wenigstens kochen, oder ist sie da auch zu fein für?"

„Halt die Schnauze, Manuela! Warte, Schatz, ich hol dir eins!" Zeigte Udo Verständnis und brachte ihr das Gewünschte. „Mach möglichst schnell, damit wir hier raus kommen. Dann kann sie in der Bude hausen wie sie will. Ich kann das alles hier schon lange nicht mehr sehen!"

16

Ruth begnügte sich mit einer kurzen Katzenwäsche, denn auch sie wollte dieses ungastliche Haus schnellstens verlassen.

Als sie aus dem Bad kam schlug ihr köstlicher Kaffeeduft entgegen, und Udo hielt ihr eine Tasse des dampfenden Getränks entgegen.

„Setz dich und trink in Ruhe den Kaffee, ich mach mich kurz frisch. Und du, Manuela, lass die Ruth in Ruhe, sonst werde ich kotzsauer, verstanden?" befahl Udo energisch.

Siedendheiß fiel ihr ein, dass sie arbeiten musste. Mit einem Blick auf die Uhr, machte sie ihren Liebsten auf ihre Pflicht aufmerksam: „Ich muss arbeiten, Udo. Es ist schon viel zu spät, ich muss mich beeilen. Was machst du denn jetzt? Soll ich dich irgendwo hinbringen?"

Udo schüttelte den Kopf, entschied: „Nein, für mich ist es noch zu früh. Aber fahr du ruhig, dann pack ich schon mal ein paar Sachen zusammen, und geh anschließend ins Sportcafe. Da kannst du mich abholen. Was denkst du, wann du da sein wirst?"

„Ich weiß nicht, vielleicht fahre ich mal direkt nach der Arbeit zur Beate, und frage wegen dem Gästezimmer? Ich denke, das ist sinnvoll. Dann muss ich ja auch noch ein paar Sachen von zu Hause holen, schließlich muss ich auch was zum umziehen haben." Überlegte sie.

Udo nickte: „Ja, mach das mal mit der Beate klar. Das wäre natürlich eine gute und schnelle Lösung. Aber ich will nicht dass du alleine in eure Wohnung fährst. Da komme ich besser mit. Wer weiß was für Unfug deinem Mann einfällt. Dann machen wir das anschließend zusammen, wenn du mich abgeholt hast. Also ich bin im Cafe. Bis später!"

Mit Mühe und Not hatte Ruth es mit leichter Verspätung geschafft ihre übliche Tagesarbeit zu bewältigen.

Sie war als Werbeleiterin in einer großen Fassadenfirma beschäftigt, hatte dafür zu sorgen, dass Adressmaterial von Kunden reingeholt wurde. Dazu fuhr sie Werbedamen in Wohngebiete, die dann von Tür zu Tür gingen und für die Fassadenverkleidungen warben.

Als sie anschließend ins Büro kam lief sie ihrem Chef über den Weg, der sie gleich mit der Frage stoppte: „Sag mal Ruth, wo ist denn dein Mann? Die Putzkolonne musste ohne ihn raus fahren. Wenn der krank ist, musst du wenigstens Bescheid sagen. So geht das nicht!"

In ihrer Überraschung erwiderte sie wahrheitsgetreu: „Ich weiß nicht ob er krank ist. Ich war nicht zu Hause."

Bert stutzte, wunderte sich: „Wieso? Schläfst du woanders, nicht zu Hause? Oder seit wann lebt ihr neuerdings getrennt?"

„Seit gestern, Chef! So, reicht diese Auskunft? Ich bin eilig, muss mir ne neue Wohnung suchen." Rief sie ihm im Hinausgehen zu.

Ruth war auf direktem Weg zur Wuppertalerstraße gefahren, traf aber ihre Freundin nicht an. Nach kurzer Überlegung fuhr sie nach Hause um sich einige Kleidungsstücke einzupacken.

Zu ihrer Erleichterung waren weder Robert noch die Kinder zu Hause. Sie nutzte die Gelegenheit schnell zu duschen und eine große Reisetasche zu packen. Bevor sie die Wohnung verließ wählte sie noch Beates Telefonnummer, ohne Erfolg. Dann machte sie sich auf den Weg zum Sportcafe.

Es war schon später Nachmittag, als sie endlich die Tür zu dem Billardsaal öffnete.

Eine laute Diskussion übertönte sogar das klappern der Billardkugeln. Wie gebannt blieb sie an der Tür stehen.

Ihr Liebster stritt sich laut mit einem hageren, dunkelhaarigen Mann, sie brüllten sich an. Sie hörte gerade noch dass Udos Gegner schrie: „Du bist ein Schwein, die Manuela jetzt, mit dem Säugling, sitzen zu lassen. Und ihr dann noch die Pfandscheine abzunehmen. Wovon soll sie denn leben, ohne Arbeit? Vor allen Dingen, wie soll sie denn das Kind ernähren? Pfui Teufel, du bist nicht mehr mein Freund Udo!"

Udo lachte laut, erwiderte ironisch: „Freu dich doch, Wolfram! Das ist doch die Gelegenheit, auf die du schon so lange gewartet hast. Jetzt kannst du sie haben und ihr beweisen, dass du der Bessere bist. Viel Spaß!"

Außer Ruth, schien sich keiner der Anwesenden dafür zu interessieren. Die Männer widmeten sich ihrem Spiel, als sei rings herum alles normal.

Welch seltsame Gesellschaft. Waren diese Leute so gleichgültig oder taub?

Als Udo sie sah, winkte er ihr zu, während er seinem Gegner einfach den Rücken zuwandte.

Ruth fühlte förmlich den kritischen Blick, mit dem dieser Wolfram ihre Schritte verfolgte, ohne dass sie ihn ansah.

Als der Mann auf sie zusteuerte, stellte sich Udo dem Gegner in den Weg und sagte drohend: „Wage es nicht, Wolfram! Verzieh dich, oder dein zweiter Arm geht auch zu Bruch!"

Wenn sie geglaubt hatte, aufgrund dieser Drohung würde sich Jemand einmischen, hatte sie sich getäuscht, lediglich allgemeines Gelächter war die Reaktion. Statt

Hilfe oder Vermittlung erfüllte reine Schadenfreude den Raum.

Tatsächlich wich dieser Wolfram plötzlich zurück, und schlich, wie ein geprügelter Hund, hinaus.

„Wer war das denn? Und wie hast du das mit dem Arm gemeint? Was war denn mit seinem Arm?" fragte Ruth neugierig.

Udo winkte ab: „Unwichtig. Erklär ich dir ein anderes Mal. Wieso bist du umgezogen? Warst du doch in deiner Wohnung anstatt bei der Beate?" verlangte er hart eine Erklärung.

„Ja, sicher. Die Beate war nicht zu Hause, da hab ich die Zeit genutzt ein paar Sachen zu holen und außerdem musste ich mich umziehen und duschen. Aber ich rufe die Beate gleich mal an. Kann ich hier telefonieren?" berichtete sie.

Ärgerlich knurrte Udo: „Du solltest doch nicht alleine in eure Wohnung gehen. Habe ich dir das nicht extra gesagt? Wieso hörst du nicht auf mich? Das musst du dir aber ganz schnell abgewöhnen, mein Fräulein. Auf solche Alleingänge stehe ich absolut nicht. Wer weiß, was deinem Mann alles einfällt, wenn du mit ihm alleine bist?"

„Aber er war doch gar nicht zu Hause. Auch die Kinder nicht, was soll mir denn passieren?" widersprach sie.

„Dann hast du mal Glück gehabt. Es hätte auch anders sein können, schließlich war er gestern total aggressiv. Also tu demnächst was ich dir sage, ich weiß schon warum ich voraus denke!" erwiderte er im Befehlston. „So, und jetzt ruf endlich die Beate an, schließlich müssen wir eine Bleibe haben, bis wir eine Wohnung gefunden haben."

„Da hast du aber Glück gehabt, dass du mich erwischt hast. Ich hole nur ein paar Sachen, bin dann gleich wieder weg." Kam es hastig aus dem Hörer. „Was gibt es denn? Was Besonderes? Oder kann ich dich morgen zurückrufen?"

„Nein, warte bitte, was bist du denn so eilig? Ich brauche eine Unterkunft. Ich hab mich von Robert getrennt, kann ich dein Gästezimmer haben? Nur bis wir eine Wohnung gefunden haben?" erklärte Ruth schnell, in ihrer Sorge, dass Beate das Gespräch beendete.

„Nein? Echt? Ja klar könnt ihr hier schlafen. Du fragst doch sicher nicht für dich alleine? Ja, wie machen wir das denn jetzt? Hm, also ich lege dir den Schlüssel unter die Matte vom kleinen Häuschen. Oder, nein, besser unter meine Matte vor der Eingangstür. Klingel bei den Italienern, ich sag denen kurz Bescheid. In Ordnung? Alles Weitere besprechen wir später. Wenn du in meiner Wohnung bist kann ich dich ja da anrufen. Also, bis dann." Sagte sie und die Leitung war tot.

Beate war Ruths Freundin aus Jugendtagen, mit der sie schon die Schulbank gedrückt hatte, und die in der gleichen Straße gewohnt hatte. Auch später hatten sich die Freundinnen nicht aus den Augen verloren, trotz unterschiedlicher Lebenswege, waren sie immer locker in Verbindung geblieben. Sogar Beates Mutter, zu der Ruth nie einen besonders herzlichen Draht gehabt hatte, war Ruth behilflich gewesen, indem sie ihr Räume vermietet hatte, und Ruth erlaubt hatte, in ihrem Mietshaus, ein „horizontales Gewerbe" auszuüben. Obwohl Beate sich eine Zeitlang, auch im gleichen Haus, in diesem Gewerbe betätigte, und für Ruths Geschäft Konkurrenz gewesen war, hatte es ihrer Freundschaft nicht wirklich geschadet.

Deshalb war die Freundin Ruths erster Gedanke gewesen, als sie eine vorübergehende Bleibe gesucht hatte, denn Beates Wohnung wurde nur zeitweilig von dieser benutzt, weil Beate meist bei einem Freund wohnte. Ruth hatte an der Zusage ihrer Freundin keine Sekunde gezweifelt.

Anschließend wählte Ruth Roberts Rufnummer, und als er sich meldete, erklärte sie ihm energisch: „Ich bin's, ich war heute Mittag in der Wohnung, um mit dir zu sprechen, aber ich hab dich ja nicht angetroffen. Also hör mir zu, ich wohne momentan bei der Beate, im Gästezimmer. Sobald ich eine Wohnung gefunden habe, hole ich die Kinder zu mir. Solange musst du dich um sie kümmern. Das ist ja kein Problem für dich, das hatten wir ja schon einmal. Ich melde mich, sobald ich eine Wohnung habe."

„Halt, halt, meine liebe Dame, so einfach kannst du es dir nicht machen!" stoppte Robert ihre Darstellung.

„Erstens entscheidest du das nicht alleine, und zweitens bin ich sowieso nicht damit einverstanden, dass du mir beide Kinder wegnimmst. Drittens besprechen wir das Ganze in Ruhe und nicht am Telefon!" sagte er bestimmt und legte den Hörer auf.

Verdattert starrte sie auf das Telefon, bis eine Stimme hinter ihr fragte: „Fertig? Oder hast du noch mehr Quasselbedarf?"

Sie sah den kleinen grinsenden Mann an, musste sich zur Ruhe zwingen als sie antwortete: „Nein Teddy, danke, ich bin fertig!"

„Kaffee?" fragte er und sie nickte Gedankenverloren.

Udo ließ sich noch lange Zeit seinen Spieltrieb zu befriedigen, während sie vor Müdigkeit kaum noch die Augen offen halten konnte.

Endlich gegen neun Uhr abends war er bereit zu ihrem neuen Heim zu fahren.

Trotz bleierner Müdigkeit bezog sie schnell noch das Bett frisch, räumte ihre Sachen in den schmalen Schrank, während Udo im Wohnzimmer fern sah.

Mit einer heißen Liebesstunde hielt er sie noch bis Mitternacht wach, bis sie endlich erschöpft einschlafen konnte.

Geldmangel

Was? Schon halb Zehn? Oh verdammt, ich habe verschlafen! Ich kann doch nicht schon wieder so spät kommen, verflucht. So geht das nicht. Ich brauche einen Wecker!" schimpfte Ruth während sie schnell ins Bad lief. Schon wieder Katzenwäsche, sie war in Hektik.

Als sie gerade zur Tür raus wollte, stoppte Udo sie: „Halt, du musst mir mal Geld hier lassen. Ich muss mit dem Taxi fahren, dazu hab ich nicht genug Geld!"

Entsetzt starrte sie ihn an, stotterte: „Was? Du willst per Taxi von Solingen nach Barmen fahren? Was soll das denn kosten? Nee, so viel Geld hab ich nicht, und verdiene ich auch nicht. Hast du denn selbst kein Geld?"

„Nein! Woher soll ich Geld haben? Ich habe ja momentan keine Arbeit. Dass die Casinos alle geschlossen wurden, hast du doch sicher mitbekommen, oder schläfst du? Die paar Kröten die ich noch hatte, haben wir in den letzten Tagen gemeinsam ausgegeben. Jetzt musst du mir aushelfen, bis ich wieder angeschafft habe."

„Ja, für essen und wohnen reicht es, aber doch nicht für ein Taxi nach Wuppertal. Ich kann dir einen Zehner geben, mehr habe ich auch nicht. Dann musst du mit dem Bus fahren!" schränkte sie konsequent ihre finanzielle Unterstützung ein.

Voller Empörung, als habe Ruth unmögliches von ihm verlangt, rief er aus: „Was? Nee, ich fahre doch nicht mit dem Bus. Weißt du eigentlich wie umständlich das ist? Also wenn ich nicht einfacher und bequemer zum Sportcafe kommen kann, dann müssen wir uns ne Bleibe in Wuppertal suchen. Ich erkundige mich heute mal direkt danach. Aber dann musst du jetzt warten und mich heute eben schnell hinfahren!"

„Nein Udo, ich muss jetzt mal erst arbeiten. Dann bleib hier und warte bis ich dich mittags abhole. Ich kann nicht meine Stelle aufs Spiel setzen. Über alles andere sprechen wir später!" Wehrte sie energisch ab, legte einen Zehner auf das Bett und rannte hinaus.

Ihre Schwiegermutter sah sie zwar fragend an, aber da Ruth klug genug war, erst die anderen Werbedamen abzuholen, diese also schon im Auto hatte, äußerte die Schwiegermutter sich nicht zu der Trennung.

Geschickt sorgte Ruth dafür, dass sie an diesem Arbeitstag auch keine Gelegenheit mehr fand, das war Ruth recht angenehm. Schließlich musste sie selbst mal erst mit ihrer neuen Situation klar kommen, und hatte gar keine Lust, der Schwiegermutter jetzt Rede und Antwort zu stehen, obwohl keine Kritik zu erwarten war.

Ausgerechnet an dem Tag kam Ruth sehr spät aus der Firma zurück, deshalb rechnete sie schon nicht mehr damit, dass Udo noch in ihrem neuen Heim war.

Ergo fuhr sie gleich zum Sportcafe.

Wieder war es später Nachmittag als Ruth dort eintraf, und an Udos Mimik konnte sie schon erkennen, dass er sehr missgestimmt war.

„Wir müssen mal etwas klären." Empfing er sie. „Ich bin mal ausnahmsweise mit dem Bus gefahren, das war ja fast eine Weltreise, ich musste dreimal umsteigen, das mache ich nicht noch einmal. Außerdem habe ich Hunger und würde gerne essen gehen, aber dazu fehlt mir die Knete. Hast du Geld?"

„Zwar nur zweimal, und das tut mir ja auch leid, Schatz, aber ich habe nicht genug Geld, um groß essen zu gehen sicher nicht. Nur für Lebensmittel reicht es noch. Lass uns einkaufen gehen, dann mache ich uns zu Hause etwas zu essen." Schlug Ruth vor.

Missmutig knurrte er: „Gut, was bleibt mir anderes übrig? Und danach werden wir mal in Ruhe reden. Komm."

Auf der Heimfahrt erklärte sie ihm ihre Situation, bezüglich ihrer Anstellung und der Entlohnung.

Udo hörte aufmerksam zu, dann fragte er: „Und was verdienen die Verkäufer? Auch Gehalt?"

Sie lachte kopfschüttelnd: „Nein, dafür würden die nicht verkaufen, das sind freie Vertreter, die arbeiten auf Provision."

„Wie viel kriegen die?" wollte er genaueres wissen.

„Zehn Mark pro Quadratmeter. Das lohnt sich schon, wenn man genug verkauft!"

„Wie viel ist das pro Auftrag?" hakte Udo nach.

Erstaunt erklärte sie: „Das ist doch nicht immer gleich. Die Häuser sind doch unterschiedlich groß. Aber ganz schön viel, selbst bei kleineren Häusern."

Udo wurde ungeduldig: „Das weiß ich auch, aber da ich keine Ahnung habe wie das gerechnet wird, musst du mir schon genauer erklären wonach es sich richtet."

Nun war ihre Geduld am Ende: „Meine Güte Udo, das ist doch kinderleicht. Man rechnet die Breite mal Höhe und mal die Anzahl der Seiten die verkleidet werden sollen. Manchmal ist es das ganze Haus, also vier Seiten, oder manchmal auch nur der Giebel oder die Front oder wenn es ein Reihen- oder Eckhaus ist, auch zwei oder drei Seiten. Und wir rechnen Daumen-Peil-Verfahren, also wir schätzen nur. Das halten wir dann im Vertrag fest. Da können zwischen meinetwegen Hundert oder Fünfhundert Quadratmeter bei rauskommen. Wie gesagt, nach Größe des Hauses."

„Was? Das sind ja Tausend Mark oder mehr. Uff, und da arbeitest du für ein lächerliches Monatsgehalt? Warum verkaufst du nicht selbst? Kannst du das nicht? Hast du keine Ahnung von der Sache?" wunderte er sich.

„Tja, das kann ich schon. Natürlich weiß ich was wir da verarbeiten. Ich habe ja schon einmal einen Vertrag geschrieben. Aber dann wollte der Chef mir keine Adresse mehr geben, denn die waren rar, und deshalb Gold wert. Dadurch kam ich auf die Idee mit meiner Umfrage-Liste und den Werbedamen. Ja, und meine Idee habe ich mir mit einem Festvertrag mit Festgehalt bezahlen lassen." Erklärte Ruth stolz.

„Was ist das für eine Liste?" wollte Udo Details wissen.

„Ach nix Besonderes, nur der Hinweis auf die Heizkosten-Ersparnis durch Wärmedämmung mit unserer Fassaden-Verkleidung." Grinste Ruth

Als Ruth ihm die Einzelheiten erklärt hatte lachte er:

„So blöd kannst du eigentlich gar nicht sein. Dass du die Werbeidee erfunden hast und dich mit Kleingeld abspeisen lässt, oder? Dann gehören die Adressen, die du mit deiner Werbung reinholst, doch dir und sonst niemandem, oder sehe ich das nicht richtig?" sagte Udo hart.

Seine harte Kritik beleidigte sie, „Ja, im Prinzip schon." Bestätigte sie zögernd. „Ich wollte endlich mal eine sichere Festanstellung haben."

„Quatsch, was ist schon sicher? Also fordere mehr Geld, zum Beispiel eine Super-Provision von jedem geschriebenen Auftrag und sage deinem Chef, dass du ansonsten die Adressen selbst bearbeitest!" verlangte Udo.

Erschrocken erhob sie Einwand: „Aber das geht doch nicht. Das wäre gegen unsere vertragliche Vereinbarung!"

„Also, jetzt mal ganz genau im Detail. Was steht in deinem Vertrag? Dass du die Rechte an deiner Werbeidee an die Firma abgetreten hast, oder nur dass du die Werbeleitung machst? Wie kann dein Chef den Vertrag für sich verwerten?" bohrte Udo nach.

„Nein, von der Umfrageliste und den daraus resultierenden Adressen steht nichts in meinem Arbeitsvertrag. Nur welche Aufgabe ich habe, also die Frauen in die Gebiete fahren, dass ich mir selbst die Frauen sowie die Gebiete auswählen kann, und danach im Büro die Kartei zu führen habe. Sonst nichts!" grübelte sie laut. „Du hast Recht, Udo, wenn ich keine Adressen abgeben würde, könnte der Bert mir nichts! So genaue Details sind in dem Vertrag nicht festgehalten. Ich lach mich kaputt. Im Prinzip müsste der schlaue Herr Meier mich nur fürs Spazieren fahren und im Büro ein paar Karteikarten bemalen, bezahlen. Ha, ha, ha!" lachte Ruth laut los, als ihr der fehlerhafte Vertragsinhalt klar wurde.

„Das heißt also, du hast völlig freie Hand, wie, wo und was du mit deinen Ergebnissen machst? Da sehe ich ja schon den Rubel rollen!" freute sich Udo.

Verächtlich grinsend bestätigte sie: „Und dabei fand der liebe Chef sich so schlau, denn er hat in den Vertrag zusätzlich aufgenommen, dass das Einsatzgebiet von Zeit zu Zeit mit der Firmenleitung besprochen und von ihm neu festgelegt werden kann. Weil er mir zeigen wollte, dass er der Chef ist und mitreden kann, ha, ha, ha."

Udo nickte zufrieden, und überlegte: „Das heißt also letztendlich, dass du die Adressen geben kannst, wem du möchtest oder auch, dass wir beide den Verkauf machen können. Was ja noch besser ist. Also, wann fangen wir an?"

Ruth zögerte, war sich nicht so sicher, ob dieser Schritt eventuell negative Folgen für sie haben könnte, deshalb schränkte sie ein: „Moment Udo, ja, du hast Recht, aber ich befürchte, dass es finanzielle Nachteile für mich haben könnte, wenn ich einfach die Adressen selbst bearbeite. Zwar kann der Bert mich nicht so einfach entlassen, wir haben ja einen Festvertrag, aber er kann mir das Gehalt sperren. Wovon leben wir dann?"

Ärgerlich erwiderte ihr Freund: „Quatsch, dem muss es doch egal sein, wer die Aufträge reinbringt, oder nicht? Du verkaufst doch zu den gleichen Preisen, oder nicht? Und da er nicht weiß, wie viele Adressen deine Werbedamen rein gebracht haben, fällt es ihm auch nicht auf, wenn eine oder zwei fehlen. Erst wenn du ihm den unterschriebenen Vertrag vorlegst, dann sieht er das. Aber dann wird er froh sein, wieder einen Auftrag mehr zu haben, oder nicht? Oder denkst du etwa, er nimmt den Auftrag nicht an, weil du den geschrieben hast? Das glaube ich nicht. Also gibt es doch kein finanzielles Risiko, sondern mehr Geld wegen der dicken Provision. Klar?"

„Im Prinzip schon, es sei denn er reagiert sauer, weil ich eigenmächtig gehandelt habe, und ist nicht bereit mir die gleiche Provision zu zahlen." Versuchte Ruth alle Möglichkeiten zu durchdenken.

Udo wurde kritisch, fragte ungeduldig: „Gibt es denn nur die Firma Meier in dieser Branche? Das kann doch nicht sein. Oder wo gibt es noch Fassaden-Firmen hier in der Gegend? Dann kann man doch auch dort unterkommen. Ich denke, dass du mit deiner Werbung bei jeder ähnlichen Firma sehr willkommen wärst. Warum zögerst du also, endlich Leistungsgerecht bezahlt zu werden? Bist du zu doof deine eigene Arbeit zu nutzen? Jetzt mach aber mal einen Punkt. Ich hatte dich für eine gestandene Frau gehalten. Ich kann nicht glauben, dass du zu feige bist dich zu behaupten!"

Er hatte Ruth an der richtigen Stelle erwischt, entschlossen erwiderte sie: „Ja, du hast Recht. In Mettmann gibt es noch die Brüder Selm, und auch ein ehemaliger Vertreter von Meier hat sich kürzlich selbständig gemacht. Die Firma Güvo ist sogar hier in unserer Nähe ansässig. Die Selms kenne ich nicht persönlich, was zwar kein Hindernis wäre, aber den Walter Volkerts, von der Güvo, kenne ich sehr gut. Egal welche Firma, die würden sicher gerne Aufträge nehmen. Gut, machen wir den Versuch, morgen suche ich mir die beste Adresse raus. Nach Möglichkeit mit kurzfristigem Termin." Versprach sie entschlossen.

Zufrieden nickend fragte Udo abschließend: „Aber jetzt erklär mir noch wieso für solche Verträge so hohe Provisionen gezahlt werden? Was ist das denn für ein Material, was ihr da verkauft? Wo ist die Mausefalle? Mit Rechten Dingen kann das doch nicht zugehen?"

Ruth grinste spöttisch als sie ihm berichtete: „Stimmt.

Wir haben zwei verschiedene Plattenarten im Angebot, Eternit-Asbest-Platten und Asphalt-Verblend-Platten. Beide werden auf eine Unterlattung angebracht und die Ecken- und Enden mit Aluminiumprofilen eingefasst. Die Kunden werden aber nur über den Preis für die Platten informiert, und bekommen gesagt, dass die Einfassung der Platten, mit Aluminium-Eckprofilen, erst nach Fertigstellung aufgemessen werden kann. Und dass die unabhängig von der Breite der Profile, nach laufenden Metern berechnet werden. Da man ja nicht mehr berechnen kann, als ein Haus Ecken und Enden hat, wäre es ja ersichtlich, was dabei letztlich heraus käme."

„Hm, ja, das stimmt. Aber ich verstehe nicht, wo da der Trick, beziehungsweise der Gewinn liegt?" wunderte sich Udo.

Ruths Grinsen wurde breiter, aber irgendwie auch ein bisschen schamhaft, als sie ihm erklärte: „Na ja, da kommen schon einige hundert Meter zusammen, sodass die Leute bei der Endrechnung ein Vielfaches mehr bezahlen müssen, als sie erwarten. Da liegt der Gewinn. Die Kunden wissen nicht auf was sie sich einlassen, weil sie keine festen Endpreise im Vertrag stehen haben."

„Ein Gauner-Geschäft also. Hut ab! Das nenne ich eine lohnende Sache. Auf der Welle schwimmen wir mit!" entschied Udo.

Im Stillen überlegte Ruth, warum ihr Freund von Gauner-Geschäft sprach. Diese Einstellung wollte sie eigentlich nicht vertreten, weil sich ihr Gewissen dagegen wehrte. Sie fand es erträglicher, die Methode eher als Bequemlichkeit, oder fehlendes Fachwissen der Verkäufer zu sehen, dass diese die Verträge nicht genauer deklarierten. Schließlich wusste Ruth aus Roberts Malergeschäft, dass es eine Irrsinns-Arbeit war, ein genaues Aufmaß zu machen. Sehr oft hatte Robert sich diese umfangreiche Arbeit umsonst gemacht, weil es den Kunden letztendlich, laut Kostenvoranschlag, zu teuer war und sie dann den Auftrag nicht erteilt hatten.

Aber Ruth verzichtete auf weitere Diskussion, denn letztlich war es ihr auch egal aus welchen Gründen die Kunden derart getäuscht wurden. Ihr eigener Vorteil war ihr dabei wichtiger. Vom Pfad der Tugend und der Unschuld war sie schon während ihrer Ehe zwangsläufig abgekommen. Jeder muss sehen wo er bleibt, hatte sie sich zur Devise gemacht. Noch dazu hatte sie auf das ganze Thema keine Lust mehr, weil Udo wieder lange Erklärungen verlangt hätte. Er war einfach zu unwissend in der Baubranche. Klar, als Croupier musste er schließlich andere Dinge wissen.

Bei dem Gedanken, dass Udo als Croupier gearbeitet hatte, fiel Ruth ihr Baden-Baden-Erlebnis mit ihrer Freundin Ellen ein. Wenn Ruth vorher geahnt hätte, dass die Freundin so eine heiße Zockerin war, mit der nicht mehr vernünftig zu reden war, wenn sie beim Roulette-Spiel in den Verlust geriet, hätte Ruth die Freundin niemals in das Spielcasino begleitet. Dieser schrecklich laute Aufstand, den Ellen gemacht hatte, weil Ruth ihr kein Geld geben wollte, hatte Ruth die Schamesröte ins Gesicht getrieben. Dabei hatte die Freundin ihr extra klar und deutlich aufgetragen, ihr ja kein Geld auszuhändigen, wenn sie in den Verlust geriet. Extra deshalb hatte ihr Ellen einen großen Teil ihres Reisegeldes in Verwahrung gegeben. Und dann schrie diese Frau laut, wie von Sinnen, vor allen Leuten, sie wolle ihr Geld haben. Welch eine Blamage. Und in einem solchen Metier hatte Udo gearbeitet? Schrecklich. Nein, damit wollte Ruth nichts zu tun haben.

Udos mangelndes Fachwissen brachte Ruth aber auch dazu, darüber nachzudenken, wie denn der Verkauf mit Udo ablaufen sollte? Mangels Udos fachlicher Kompetenz würde sie wohl das Gespräch führen müssen. Nun gut, kein Problem für sie.

Am nächsten Vormittag blieb Udo im Bett, weil Ruth versprochen hatte, am frühen Mittag zurück zu sein.

Die Frauen hatten gut gearbeitet, sodass sie vier gute Adressen bekam. Weil sie gemeinsam mit Udo, in Ruhe, entscheiden wollte, welche sie selbst bearbeiten würden, fuhr Ruth nicht ins Büro, sondern nach Hause.

Udo betrachtete die ausgefüllten Listen, las die Randbemerkungen der Werbedamen und fragte: „Wer ist denn die Beste? Welche bringt denn die sichersten Adressen rein?"

„Meine Schwiegermutter. Die Adressen sind bei den Vertretern am beliebtesten. Aber auch die Adressen von der

Radozek sind gut. Aber meine Schwiegermutter ist selbst Hausbesitzerin, noch dazu quasselt sie gerne, und sie hat Geduld. Sie drängt die Leute nicht. Die Kunden merken sofort, dass sie Ahnung hat, und vertrauen ihr. Ich glaube die flunkert auch ganz schön." Grinste Ruth bei dem Gedanken.

Verwundert fragte Udo: „Es ist ja schon sehr erstaunlich, dass du trotz Trennung noch so ein gutes Verhältnis zu Roberts Mutter hast, aber wieso du glaubst, dass die schwindelt verstehe ich nicht. Wie meinst du das?"

Ruth lachte, erklärte: „ Sie ist halt ein Schlitzohr, und sie kennt ihren Sohn, deshalb war sie immer auf meiner Seite, heute sicher auch noch. Außerdem ist sie klug genug, Geschäft und Privat zu trennen. Denn die macht die Werbung sehr gerne. Ich vermute, dass die den Hausbesitzern erzählt sie hätte ihr Haus auch mit den Platten verkleidet. Nur so kann ich mir erklären, dass die Kunden so überzeugt sind, etwas wirklich Gutes zu bekommen. Dabei würde sie die Monteure wegjagen, wenn die ihr diese hässlichen Platten ans Haus nageln wollten. Aber die Vertreter sagen einheitlich, die Woods- Adressen sind Hundertprozentig geschriebene Verträge. Noch leichter könne man nicht verkaufen."

„Also nehmen wir auch die Adressen von deiner Schwiegermutter. Aber die hat ja drei von den neuen Adressen gebracht. Ja, dann nehmen wir natürlich alle drei." entschied Udo.

„Aber Udo, das geht doch nicht. Ich muss doch auch an die Firma denken...."

„Was musst du? Was soll der Quatsch? Du hast doch wohl lange genug an die Firma gedacht, jetzt denken wir mal erst an uns. Außerdem kriegt die Firma doch sogar die geschriebenen Verträge, und keiner muss noch etwas tun.

Ist doch sogar besser für deinen Chef, oder nicht?" unterbrach Udo sie barsch. Sein Ton duldete keinen Widerspruch.

Bedrückt nickte Ruth und schwieg. Seine Dominanz war manchmal sehr hart. Andrerseits mochte sie gerade diesen Charakterzug an ihm, fühlte sie sich doch dadurch behütet und geborgen, was sie bei Robert nicht gekannt hatte, und was ihr immer gefehlt hatte. Dennoch war Ruth nun im Zwiespalt. Zumindest durfte sie entscheiden welche Adresse sie zuerst bearbeiten würden. „Ich würde sagen, hier das Einfamilienhaus ist das aktuellste und außerdem von meiner Schwiegermutter. Sie hat eine Randbemerkung drauf geschrieben. Da steht, dass das die Besitzer Rentner sind, also sind die immer zu Hause." Stellte Ruth nach Durchsicht der Listen fest.

„Gut", meinte Udo, „ da fahren wir gleich hin. Hast du alle Verkaufs-Unterlagen?"

„Klar, hier in dem Koffer ist alles was man braucht." Verkündete Ruth stolz und öffnete den Alukoffer.

Udo winkte desinteressiert ab, verwendete keinen Blick darauf, sondern verlangte: „Damit kenne ich mich sowieso nicht aus, das ist deine Sache. Du schreibst die Verträge, ich verkaufe."

Verwundert sah sie ihn an, ohne Absprache wollte er losgehen? Er hatte keine Ahnung welche Platten von welchem Material waren, deshalb war es ihr ein Rätsel, wie er verkaufen wollte. Aber er ließ ihr keine Zeit zu erklären oder fragen, denn er stand schon an der Tür und forderte: „Komm. Wir wollen mal endlich Geld verdienen!"

Frechheit siegt

Wenig später standen sie vor dem hübschen Häuschen mit dem gepflegten Vorgarten, und betrachteten die unschöne, bröckelnde Fassade.

„Wenn das Haus verkleidet ist, sieht es bestimmt wieder besser aus." Sagte Udo.

Ruth wollte gerade sagen, dass sie dieses hässliche Zeug nicht als Verschönerung ansähe, doch bevor sie antworten konnte, erschien in der Eingangstür ein älterer Herr und sah sie fragend an.

Udo begrüßte den Mann mit Handschlag und sagte ein wenig herablassend: „Tag Herr Schulze, na dann wollen wir ihr Haus mal wieder schön machen. Wird ja auch Zeit. Dann wollen wir mal reingehen."

„Ich heiße Schulte, Herr? Wie ist denn Ihr Name?" klang die Stimme des Hausbesitzers leicht verärgert.

Unbeeindruckt erwiderte Udo: „Gogolscheff, Herr Schulte, und das ist Frau Woods meine Sekretärin. Ja, was ist, wollen wir endlich reingehen?"

Seine dominante Art mit dem Kunden zu sprechen gefiel Ruth gar nicht, und sie hoffte nur, dass der Kunde nicht negativ reagierte. Auch fand sie es frech, sie als seine Sekretärin vorzustellen. Was dachte er sich nur dabei? Allerdings war es nicht ratsam einzugreifen um irgendetwas richtig zu stellen, also lächelte Ruth freundlich, und ging hinter den Beiden her ins Haus.

Der erste Verkauf lief ab wie eine Schulstunde, in der die Kunden die Schüler und Udo der Lehrer war. Ohne jegliche Ahnung von der Materie, erzählte Udo dem Ehepaar

Schulte welch Glück sie hätten, von unserer Firma ihr Haus gemacht zu bekommen.

Immer wenn er in seiner dominanten Art eine kurze Zwischenfrage der Kunden zuließ, auf die er natürlich keine fachlich richtige Antwort wusste, schob er Ruth geschickt den schwarzen Peter zu: „Frau Woods, dann zeigen Sie mal ob Sie auch alles richtig behalten haben, und erklären das den Kunden mal."

Auf die Art hielt er sich jegliche Erklärung vom Hals und kam so in keine Verlegenheit.

Oder er forderte Ruth auf: „Beweisen Sie der Familie Schulte doch mal wie gut unser Material ist."

Er nutzte geschickt alle Informationen die er Ruths Erzählungen entnommen hatte. Es nötigte ihr Respekt ab, wie elegant er jede Situation zu seinen Gunsten nutzen konnte, ohne unangenehm aufzufallen.

Wie Ruth es bei Norbert Fuchs abgeguckt hatte, machte sie dann den Wassertest. Dabei erklärte Ruth, dass ein Fassaden-Anstrich nie mehr erforderlich sei, weil die Platten vom Regenwasser gereinigt werden. Dazu hielt sie eine Musterplatte unter den Wasserhahn und zeigte damit den Kunden, dass das Wasser ablief. Eine logische, simple Sache, ein Schauspiel für Dumme. Aber es bewirkte tatsächlich, dass die naiven Leute staunend nickten, und deshalb an die endgültige Lösung für ihre Hausfassade glaubten.

Der nächste Betrug war, dass den Kunden eine farbliche Auswahl vorgegaukelt wurde, weil in dem kleinen Musterbuch eine Farbpalette von sechs Farben vorhanden war. Bisher hatten Meiers Monteure aber nur immer die hässlichen grauen Eternit-Platten verarbeitet. Auf Ruths Frage nach den Farben weiß, schwarz, blau, rot und grün hatte Norbert Fuchs ihr erklärt, dass es die zwar gäbe, aber extra angefertigt werden müssten, und deshalb viel teurer wären. Die billigen grauen dagegen seien massenhaft auf Lager.

„Eine andere Farbe verarbeitet der Meier nicht, dann würde er weniger verdienen und wir auch weniger Provision kriegen. Grau ist doch auch schön." Hatte Norbert Fuchs ironisch grinsend erklärt.

Als sie dann zum Aufmaß kommen mussten und dazu nach draußen gingen, sagte Udo dreist: „Na Frau Woods, nun beweisen Sie mal was Sie von mir gelernt haben, rechnen Sie mal aus wie viel Quadratmeter das Haus hat. Keine Sorge, es muss nicht genau sein, nur ungefähr. Sie brauchen auch Fenster und Türen nicht abzuziehen, die Endrechnung wird ja nach genauem Aufmaß erstellt. Und mehr als Ihr Haus hat, kann man ja nicht berechnen, nicht wahr, Familie Schulte? Ha, ha, ha." Lachte Udo und die Schultes lachten mit und nickten.

Unglaublich, dachte Ruth und war ganz perplex, als sie wieder am Tisch saßen, und Udo sie aufforderte: „So Frau Woods, und nun schreiben Sie mal. Name: Schulte. Wie ist Ihr Vorname, Herr Schulte?"

Prompt kam brav die Antwort: „Hans!"

„Straße und Hausnummer kennen Sie ja, Frau Woods. Quadratmeter haben wir eben ausgemessen, Einhundertfünfzig, schreiben Sie bitte circa vor die Zahl, und den unglaublich günstigen Musterhaus-Preis, weil wir Ihr Haus als Musterhaus in dieser Gegend benutzen wollen, Sechsunddreißig Mark pro Quadratmeter. Ja, da staunen Sie, Herr und Frau Schulte, nicht wahr? So günstig kriegt das keiner mehr, hier in der Gegend. Und Sie werden erleben, dass Ihre Nachbarn Sie beneiden werden. Fertig, Frau Woods? So, hier müssen Sie unterschreiben, Herr Schulte. Sie sind doch alleine unterschriftsberechtigt? Sonst muss Ihre Frau auch noch unterschreiben. Nein? Muss sie nicht?"

Während Schulte verwundert den Kopf schüttelte, hielt Udo ihm einen Kugelschreiber hin.

Als der Kunde noch zögerte, sah Udo demonstrativ auf seine Armbanduhr und forderte ungehalten: „Nun machen Sie mal, ich habe nicht ewig Zeit. Der nächste Termin wartet schon. In der Nebenstraße der Kunde wäre sofort bereit den Musterhausrabatt einzustreichen. Also hier unten müssen Sie unterschreiben." Dabei tippte er ungeduldig auf die Unterschriftslinie.

Ruth wurde es abwechselnd heiß und kalt und sie hoffte nur, dass man ihr nicht ansehen konnte, wie sehr sie sich für Udos freche Art schämte.

Aber der Kunde unterschrieb tatsächlich brav den Vertrag.

Sofort erhob sich Udo und forderte Ruth auf: „Geben Sie Herrn Schulte eine Vertragskopie und packen Sie ein, wir haben hier genug Zeit verloren. Auf Wiedersehen Familie Schulte!"

Er schüttelte den erstaunt drein blickenden alten Leuten die Hand, dann ging er schnell hinaus, und Ruth hatte alle Hände voll zu tun, seiner Anweisung Folge zu leisten, einzupacken und ihm zu folgen.

Im Auto lachte Udo lauthals, sagte glucksend: „Na, sind wir ein Team, oder nicht? Das klappt doch prima! Fünfzehnhundert Mäuse verdient! Das lass ich mir gefallen. Jetzt feiern wir, und morgen schreiben wir den nächsten Auftrag!"

„Mensch Udo, du bist ja richtig frech zu den Kunden. Ich habe mich zeitweilig wirklich geschämt. Das kannst du doch nicht machen!" kritisierte Ruth, obwohl sie sich auch über den Auftrag freute.

Udo lachte nur, widersprach: „Und? Siehst du doch, dass ich kann. Du musst dir eines merken, liebes Schätzchen, Frechheit siegt!"

„Irgendwann geraten wir mal an die falschen Leute, die deine freche Art mit einem Rauswurf beantworten." War Ruth überzeugt, aber Udo lachte nur.

An diesem Abend musste Ruth ihr letztes Geld opfern, denn Udo verstand unter feiern, sich sinnlos zu besaufen. Mangels eigenem Geld musste sie die Rechnung bezahlen. Was Ruth aber am meisten mitnahm war seine Ausdauer. Während er mit jedem Glas munterer wurde, ohne dabei betrunken zu wirken, trank sie nur Cola und fiel vor ernüchternder Müdigkeit fast über ihre eigenen Füße.

Endlich um drei Uhr in der Frühe war er zur Heimfahrt bereit.

Erst nach der Werbertour kam Ruth am nächsten Mittag wieder ins Büro. Noch hatte sie die ganzen wertvollen Adressen des Vortages, einschließlich zwei Neuer, in ihrem Aktenkoffer. Und natürlich den Auftrag.

„Na sag mal, Ruth, wo warst du denn gestern? Vorgestern kam dein Mann nicht zur Arbeit, und dafür ist er mir noch eine Erklärung schuldig geblieben, und gestern du? Wechselt ihr euch jetzt ab, damit ihr euch hier nicht begegnet? Oder was soll das Kindergarten- Spiel?" überfiel der Chef sie aufgebracht.

Ohne darauf einzugehen, sagte sie: „Können wir private Details meiner Ehe ein anderes Mal erläutern und jetzt erst mal zum Geschäftlichen kommen?" dabei legte sie den Koffer auf die kleine Theke, öffnete ihn und entnahm den ausgefüllten Auftrag. Unter Berts staunenden Augen legte Ruth den Vertrag auf die Theke und sagte energisch: „Bevor wir etwas anderes besprechen, möchte ich den Auftrag abrechnen, den ich gestern geschrieben habe. Das war mir wichtiger als ins Büro zu kommen. Da gibst du mir doch wohl Recht. Bert?"

„Wie? Seit wann machst du die Termine selbst und wieso schreibst du Aufträge? Das ist nicht deine Aufgabe und außerdem gegen unseren Vertrag." Knurrte Meier empört, nahm aber den Vertrag in die Hand und überflog den Auftrag.

Ruth dachte an Udos Aussage, Frechheit siegt und widersprach energisch: „Nein Bert, es ist nicht richtig wie du unseren Vertrag hinstellst. Dann muss ich dir sagen, dass du nicht weißt, was du in deine Verträge aufnimmst. Dass ich keine Aufträge schreiben darf, steht da nicht drin. Auch nicht, dass ich keine Termine wahrnehmen darf. Da steht lediglich klar und deutlich, dass ich die Werbedamen in die Gebiete fahren muss, und im Büro eine Kartei zu führen habe. Nicht was ich da reinschreiben muss oder wann auch nicht. Also lass doch bitte die Kirche im Dorf und gib mir einfach Eintausendfünfhundert Mark, für die Einhundertfünfzig Quadratmeter. Danach können wir alles Weitere besprechen, falls du noch Fragen oder Bemängelungen hast."

Und solange kriegst du die anderen Adressen auch nicht, hätte sie fast gesagt. Aber Ruth konnte sich gerade noch zurück halten. Erst wollte sie hören was er erwiderte.

Ruth sah zu der Sekretärin rüber, die sie, mit erschrecktem Gesichtsausdruck und vor Staunen offenstehendem Mund, anstarrte.

Sekundenlang blieb es ruhig, sah Ruth wie Meier die Farbe wechselte, und sie befürchtete, dass er gleich losbrüllen würde, aber dann holte er hörbar tief Luft und fragte: „Stimmt das Frau Wirtz? Haben Sie den Arbeitsvertrag so global geschrieben? Ich kann es nicht glauben, dass Sie so oberflächlich sind. Also?" sein Unterton war drohend und von unterdrückter Wut durchtränkt, für die er ein Ablass-ventil suchte. Er machte seine unbeteiligte Sekretärin zum Sündenbock.

Empört wehrte sich die Sekretärin: „Nein, Herr Meier, ich habe den Vertrag exakt nach Ihren Anweisungen ge-schrieben. Ich bin und war nie oberflächlich. Das möchte ich mir verbeten haben. Schieben Sie mir bitte keine Schuld zu, die mich zu Unrecht trifft." Dabei verzog die Gute die Mundwinkel, dass Ruth befürchtete, Frau Wirtz würde gleich weinen.

„Das stimmt." Stimmte Ruth der Sekretärin schnell zu. „Du hast den Vertrag in meinem Beisein diktiert. Es war dir nur wichtig, das Arbeitsgebiet mit festlegen zu können. Eine eigentlich unwichtige Sache, was du bisher auch noch nie getan hast. Wäre ja auch unsinnig, schließlich kommst du aus Bayern und ich kenne meine Heimat viel besser als du. Aber das sind wieder unwichtige Details, zahl mir doch einfach die Auftrags-Provision. Dir soll es doch egal sein, wer den Auftrag schreibt. Dass ich es genauso gut kann wie die Herren Vertreter, das habe ich doch schon bewiesen. Was soll also diese unnötige Diskussion?" wurde Ruth langsam ärgerlich. Sie fühlte sich in ihrer Ehre gekränkt.

„Nein! Das ist nicht egal! Wer meine Firma repräsen-tiert bestimme ich immer noch selbst. Und die Vertreter kenne ich, und die kennen meine Vorstellung von den Re-geln des Anstandes und Moral, das ist mir wichtig. Und deshalb..."

Zornig fiel Ruth ihm ins Wort: „Wie bitte? Wie darf ich das denn verstehen? Ich kenne also die Anstandsregeln nicht und bin unmoralisch? Ha, ha, ha, lieber Bert, du willst mir doch nicht allen Ernstes etwas von Moral erzäh-len? Ausgerechnet du? Du bist ja der Moral-Apostel schlechthin! Davon habe ich mich ja ausreichend und oft überzeugen können. Und deine Vertreter sind ja wirklich ausgesprochene Gentlemen. Ich kriege gleich einen Lach-krampf. Nee, lieber Chef, du musst mir keine Aufträge ab-nehmen, die kann ich auch woanders verkaufen. Eine Firma Güvo oder Selm wird sich die Finger danach lecken, aber vor allen Dingen, weil ich denen mal offerieren werde, was ich noch alles bringen kann, mit meinen Adressen! Und bevor du behauptest, es wären deine Adressen, muss ich dir empfehlen tatsächlich mal meinen Arbeitsvertrag zu lesen. Darin steht nämlich nichts, aber auch gar nichts von den Adressen. So, zahlst du jetzt oder nehme ich den wieder mit?" zischte sie sauer und riss Meier das Papier aus der Hand, welches er immer noch festhielt.

Frechheit siegt, hatte Udo ihr zu Recht suggeriert.

Was dachte sich dieser arrogante Meier? Nur weil er mehr Geld hatte, sei er etwas Besseres? Deshalb könne er mit ihr umgehen wie mit einem dummen, kleinen Kind! Ha, das würde sie ihm beweisen. Wer war dieser Huren-bock denn schon? Ruth bebte vor Zorn.

Meier hatte Ruth mit offen stehendem Mund ange-starrt, er schien sprachlos. Doch dann besann er sich eines Besseren, versuchte zu beschwichtigen: „Nun mal langsam. Sei doch nicht gleich eingeschnappt, Ruth. So war das doch gar nicht gemeint. Ich wollte dich doch nicht kränken. Also lass uns in mein Büro gehen und in Ruhe über die Sache reden. Wir werden schon eine Lösung finden!" lenkte er ein.

Ruth schüttelte energisch den Kopf und sagte störrisch: „Nein Bert, wir brauchen das nicht in deinem Büro zu be-sprechen. Jetzt hat die Frau Wirtz eh schon alles mitbe-kommen, deshalb müssen wir daraus kein Geheimnis mehr machen, wie wir uns einigen. Ich sage dir meine Bedingun-gen. Entweder du zahlst mir ab dem nächsten Auftrag, der von meinen Adressen reinkommt, eine Super-Provision von drei Mark pro Quadratmeter, und ich werde mindestens einen pro Woche selbst schreiben, oder ich wechsle mit meinen Werbedamen die Firma. Das ist die einzige Wahl, die du hast. Anders geht es nicht mehr! Ich war lange genug ein Schäfchen, das ist vorbei. Ich muss mir eine Wohnung einrichten, ich dafür brauche jetzt viel Geld. Das Mini-Gehalt reicht dazu nicht!" verlangte sie mit hartem Ton und Nachdruck in der Haltung.

Empört erwiderte der Chef: „Aber Ruth, ich kann doch nicht zusätzlich drei Mark an dich bezahlen, dann wäre ich ja bei dreizehn Mark pro Quadratmeter. Nein, das geht nicht!"

Wieder schüttelte Ruth den Kopf, schlug gelassen vor: „Nein, musst du doch nicht! Dann ziehst du die drei Mark einfach den Vertretern ab. Sieben Mark sind auch genug, dafür dass es die Herren sonst nichts kostet. Denn die Lauferei um die Adressen reinzuholen, die habe ich, und nicht die Herren Vertreter. Ja, wie gesagt, oder..." ließ sie das Ende offen. „Aber was ist jetzt mit diesem Auftrag hier? Gibt es Geld oder verkaufe ich den schon der Konkurrenz?" drängte sie auf eine Entscheidung.

„Stellen Sie bitte einen Scheck aus, Frau Wirtz...." Wollte Meier die Sekretärin anweisen.

„Halt, stopp. Nein, ich will Bargeld. Und jetzt erzähl mir bitte nicht, dass du nicht so viel Bargeld im Haus hast. Fünfzehnhundert sind für dich doch Wasserflöhe, lieber Chef. Dafür kenne ich dich ja gut genug." Frozelte Ruth ironisch.

„Ich schau mal eben nach." Knurrte Meier geschlagen und verschwand ins Chefzimmer.

Nur wenige Minuten später zählte er ihr fünfzehn Hunderter auf die Theke.

„Sag mir bitte spätestens Morgen Bescheid, wie du dich entschieden hast. Tschüss." Verlangte Ruth bevor sie das Büro verließ.

Auf dem Weg zu ihrem Auto stieß Ruth fast mit Robert zusammen: „Gut das ich dich endlich mal erwische. Willst du nicht mal endlich nach Hause kommen und deinen Kindern erklären auf was für Abwegen ihre Mutter mal wieder ist?" raunzte er sie ärgerlich an.

Ruth überhörte die Spitzfindigkeit, nickte und erwiderte ruhig: „Ja, das machen wir am Wochenende. Vorher ist es bei mir zeitlich zu knapp, bei dir doch sicher auch, oder? Wie ich hörte hast du auch einiges aufzuarbeiten. Allerdings bringe ich meinen Freund zu dem Gespräch mit. Denn wir beide müssen uns ja auch noch finanziell und wegen der Möbel einigen."

Empört lehnte Robert ab: „Nein, der Kerl kommt mir nicht in die Bude. Spinnst du? Was mutest du mir zu?"

Gelassen antwortete Ruth: „In Ordnung. Wie du willst. Dann machen wir einen anderen Treffpunkt aus. Oder besser, komm du doch mit den Kindern zur Beate. Die Beate ist sowieso nicht da, und da haben wir Platz genug auch wenn wir noch Dinge besprechen müssen, wo die Kinder nicht zuhören müssen, dann gehen wir in die Küche und die Kinder können solange fernsehen. Ich ruf dich am Samstag an." Sie ließ ihn einfach stehen, bevor von ihm noch andere Vorschläge kommen konnten.

Sie war so wütend, dass sie laut vor sich hin schimpfte: „Diese Kerle sind doch wohl nicht ganz klar in der Birne? Na gut, den Robert kann ich ja noch ein bissel verstehen, schließlich hat er sein bestes Arbeitspferd verloren. Dass er den Rivalen nicht in seiner Wohnung sehen will ist deshalb verständlich. Jedoch muss Robert mir auch ein wenig

Entgegenkommen zeigen. Aber dann dieser Arsch von Meier. So ein hässlicher Penner! Hat dieser Meier zu Hause die Spiegel verhangen? Nur weil er nicht bei mir landen konnte, versucht er mir Steine in den Weg zu legen? Also reine gekränkte Eitelkeit, weil ich einen Anderen vorgezogen habe, oder warum? Nee, lieber Bert, du könntest der einzige Mann auf einer einsamen Insel sein, dann würde ich um Hilfe schreien, wenn du mich besteigen wolltest. Na warte, mein Lieber, dir zeige ich auch noch wer Ruthchen Woods ist, mein Ehemann hat es schon erfahren. Du bist der Nächste den ich das Fürchten lehre. Nee, nicht mit mir!"

Nicht kleckern – sondern klotzen

„Wieso kommst du so spät?" empfing Udo sie mit vorwurfs-vollem Ton.

„Ach, ich hatte noch eine heftige Diskussion mit dem Meier. Es hat ein wenig gedauert bis er begriffen hat, dass ich am längeren Hebel sitze. Aber dann hat er doch gezahlt. Morgen wird er mir sagen wie er sich entschieden hat, Super-Provision oder keine Adressen mehr von mir!"

„Hast du denn wenigstens die Adressen festgehalten?" wollte Udo wissen.

„Nur eine." Berichtete Ruth wahrheitsgemäß.

Ärgerlich knurrte ihr Freund: „Warum denn nur eine? Haben die Weiber heute keine neuen rein gebracht? Oder warum hast du die zwei von gestern abgeliefert?"

„Doch, zwei, und die habe ich noch. Nur die zwei alten habe ich in der Kartei hinterlegt. Ich habe also insgesamt noch drei Adressen, sei beruhigt." Erklärte Ruth stolz.

Udo meinte hart: „Gar keine hättest du dalassen sollen. Mein Gott, muss ich dir denn alles erklären? Bevor er dir die Zusage gemacht hat, dass er bereit ist, dich genauso zu akzeptieren wie die anderen Vertreter, darfst du ihm gar nicht mehr entgegenkommen. Verstehst du das nicht? Und noch etwas solltest du ab sofort ändern, wie die Adressen an dich abgeliefert werden. Die Weiber sollen grundsätz-lich immer Randbemerkungen, wie zum Beispiel deine Schwiegermutter bei der Adresse von gestern, auf der Liste vermerken. Und noch was für Leute die Besitzer sind, ob Angestellte oder Ärzte und so weiter, und wie zugänglich die sind, ob gesprächig oder eher zögerlich. Verstehst du?"

Verwundert schüttelte sie den Kopf und fragte: „Wozu soll das gut sein? Die Frauen sind doch keine Hellseherinnen, sondern normale Menschen. Woher sollen die das alles wissen?"

„Meine Güte, dir muss ich ja wirklich noch viel beibringen!" stöhnte Udo genervt. „Also, hör mal zu. Die Größe, ob Ein- oder Mehrfamilienhaus können die ja sehen, wenn das Doktoren oder Direktoren sind, also gebildete, bessere Leute, das steht doch auf der Klingel. Aber für uns ist das wichtig, um zu entscheiden wo wir zuerst hingehen, was am rentabelsten ist und mit wem wir es zu tun haben. Dann können wir uns besser vorbereiten und auf die Leute einstellen. Für die Weiber ist das doch einfach, das ist ja wohl nicht zu viel verlangt. Sag ihnen meinetwegen, dass sie was Extra kriegen. Aber versprich das nur, wenn es sein muss. Wenn sie maulen, verstanden?"

Welch ein kluger Mann, dachte Ruth und bewunderte ihn im Stillen.

„Die Kohle hast du also? Na, dann können wir ja heute feiern und ich kann endlich mal Einen trinken. Gib mir mal Geld, damit ich mal wieder erleben kann, wie sich das anfühlt. Ja, und zieh dich mal um, so blamiere ich mich ja mit dir." verlangte ihr Freund.

Endlich mal, wunderte sich Ruth im Stillen, und was war gestern? Empört fragte sie: „Wieso blamierst du dich mit mir. Wegen was?"

Udo betrachtete Ruth abwertend von oben bis unten, verzog die Mundwinkel und erklärte: „Na mit den Klamotten siehst du aus wie ein Marktweib, so nehme ich dich nicht mit. Zeig mal was du im Schrank hast, ob da was Schickeres bei ist. Und häng dir bitte nicht immer dieses entsetzliche Blechherz um den Hals. Mag ja sein, dass man in deinen Kreisen so etwas schön findet, aber solcher

Schrott gehört nur in die Altmetall-Kiste, und sonst nirgendwo hin. Siehst ja aus wie armer Leute Kind. Sobald es uns besser geht hol ich für dich den echten Schmuck von der Manuela aus der Pfanne.˝

Beleidigt erwiderte sie: „Ich bin armer Leute Kind. So doof es sich auch anhört. Aber ich brauche keinen echten Schmuck und außerdem hatte ich auch für echten Schmuck kein Geld. Ich hatte eine Familie zu ernähren, da blieb für Luxus nichts übrig. Hier, schau selbst nach, was du für besser hältst.˝ Ruth öffnete ihre Seite des schmalen Schrankes und präsentierte die wenigen Kleidungsstücke.

„Nee, lass mal, ich sehe schon, eine Jeans ist schlimmer als die Andere. Hast du denn wenigstens noch ein paar gute Klamotten in deiner ehemaligen Wohnung hängen? Auch dieses dünne Lodenjäckchen ist noch hässlicher als der fürchterliche Kaninchenmantel, den du im Winter immer getragen hast. Brr, entsetzlich. Ich sehe schon, ich muss dich mal gründlich neu einkleiden. Aber jetzt nützt das im Moment leider nichts. Also mach dich fertig, und dann ruf ein Taxi.˝ Bemängelte er Kopfschüttelnd.

Obwohl Ruth seine Ausdrucksweise als Beleidigung empfand, wollte sie nicht weiter darauf eingehen, denn offenbar war er Besseres gewöhnt, und es würde noch viel Unbekanntes auf sie zukommen, fürchtete sie. Deshalb ging Ruth zum nächsten Thema über. „Warum denn ein Taxi? Ich habe doch ein Auto?˝ wunderte sie sich.

„Weil wir ein Fest machen, und dabei trinkt man nun mal. Ich möchte nicht dass du deinen Führerschein riskierst, es reicht ja, dass ich keinen habe.˝

Ihr fiel sofort die gemeinsame Wochenend-Tour ein, deshalb fragte Ruth völlig geschockt: „Was sagst du da? Du hast keinen Führerschein? Und dann hast du trotzdem den Mercedes von meinem Kollegen gefahren? Das glaube ich jetzt nicht. Was wäre denn gewesen, wenn uns die Polizei angehalten hätte?"

„Pech wäre das gewesen." Amüsierte sich ihr Freund über ihre empörte Frage. „So, genug geschwätzt, mach hin und bummle nicht länger. Ich will feiern."

„Aber wir müssen doch noch einen Termin wahrnehmen. Es ist doch noch viel zu früh um zu feiern." Wagte sie einzuwenden.

Genervt winkte Udo ab. „Heute wird nicht mehr gearbeitet. Oder hast du einen festen Termin für heute Nachmittag?" Auf ihre Verneinung fuhr er fort: „Also nicht, das dachte ich mir. Nein, das machen wir morgen. Bevor wir feiern gehen wir kurz einkaufen, und zwar vernünftige Klamotten für dich. Damit ich mich mit dir sehen lassen kann. So, Schluss jetzt, ruf das Taxi."

Energisch lehnte Ruth ab: „Nein, wir brauchen kein Taxi. Ich nehme mein Auto, ich trinke ja nicht. Es ist zu teuer solche weiten Strecken per Taxi zu fahren. Man kann auch das Geld zum Fenster rauswerfen. Das kann ich aber nicht!"

Udo brummelte sich etwas in den Bart, was sie nicht verstand, er widersprach allerdings nicht.

In der Wuppertaler City steuerte Udo zielbewusst auf ein großes Bekleidungsgeschäft zu, für dessen teure Artikel Ruth sich bis dato niemals interessiert hatte, weil Ruth sie als altmodisch empfand und die Kleider deshalb nicht ihrem Stil entsprachen. Bisher war Ruth mit der gängigen Mode, gelöcherten Schlagjeans und Westen mit Schusslöchern, immer zufrieden gewesen, und hatte sich als „gut gekleidet" empfunden, weil es einfach dem Stil der jungen Generation entsprach. Und mit Dreißig war sie dazu noch jung genug. Udos Stoffhosen und Jacketts empfand sie als

„Altmänner-Mode", obwohl er in einer Jeans, für Ruth unvorstellbar war. Udo war zwar erst Fünfundzwanzig, aber einfach kein Jeans-Typ.

Mit sicherem Geschmack wählte Udo eine nachtblaue Tuchhose, eine enge weiße Baumwollbluse mit rot-blauen Streifen und einen blauen Samtblazer für Ruth aus. Danach dirigierte er sie in das Schuhgeschäft unter dem Sportcafe und entschied sich für dunkelrote Leder-Stiefeletten mit Keilabsatz. Fast dreihundert Mark hatte das ganze gekostet.

„So, du kannst dich gleich oben im Cafe umziehen, im Hinterzimmer, dann passt du wenigstens zu mir." Entschied Udo selbstsicher, ohne dass er Ruth um ihre Zustimmung gefragt hatte. Er setzte einfach voraus, dass ihr sein Geschmack gefiel. Ergeben nickte sie, denn er war der erste Mann, der jemals etwas für sie gekauft hatte. Dass er noch dazu so viel Geld für ihr Aussehen investierte, ließ keinen Widerspruch zu. Irgendwie gefiel ihr das auch, trotz Udos bestimmender Art.

Das Hinterzimmer des Cafes war eher eine Rumpelkammer, in der es keinen Spiegel gab, sodass Ruth gar nicht sehen konnte wie die Sachen zusammen aussahen, weil sie die Teile auch nur getrennt anprobiert hatte. Aber irgendwie fühlte Ruth sich wie Aschenputtel, die nun zur Prinzessin erwacht war, besonders als die bewundernden Blicke der anderen Gäste des Sportcafes sie trafen. Ruth war zwar eine kleine, zierliche Frau, aber in diesem Moment wuchs sie voller Stolz um mehrere Zentimeter. Dafür sorgte schon die elegante Kleidung.

Vom Sportcafe, über zwei Discos, einer Kellerbar und letztlich einer dunklen Zockspelunke schleppte Udo Ruth durch die Nacht.

Es wurde eine lange Nacht. Der Mann war unersättlich.

Ruth war hundemüde, was aber das Schlimmste war, Udo verlor fast tausend Mark von ihrem Geld, sodass sie am Ende nur noch zweihundert Mark von der Provision übrig hatten.

Zu Ruths Müdigkeit kam auch noch die Enttäuschung, dass Udo so leichtfertig mit ihrem Geld umging. Statt einer Entschuldigung oder Erklärung sagte Udo nur auf dem Heimweg: „Ist doch nur Geld. Morgen gibt es neues!"

Trotzdem schwieg Ruth, denn schließlich hatte er auch einiges für sie ausgegeben.

Der Freitag war in der Firma der Zahltag. Da Bert Meier die Angewohnheit hatte, seine Mitarbeiter, bei einem persönlichen Gespräch, in Bar auszuzahlen, brachte Ruth, wie üblich, nach der Werberunde auch die Frauen ins Büro. Es herrschte bereits reger Betrieb.

Ruth hatte sich schon vorher fest vorgenommen, sich nicht mehr auf den letzten Platz hinten anstellen zu lassen, deshalb schob sie ihre drei Damen nach vorne. Überraschenderweise kam der Chef gleich auf die Frauen zu und fragte entgegenkommend: „Haben die Damen die gleiche Stundenzahl wie üblich?"

Auf Ruths erstauntes Nicken wies er seine Sekretärin an: „Machen Sie bitte die Quittungen für die Werbedamen fertig, Frau Wirtz." Dann wandte er sich der Neuen zu und fragte: „Sind Sie neu in dem Werbeteam? Ich sehe Sie heute zum ersten Mal. Wie ist denn Ihr Name?"

„Dietze, Herr Meier! Ich heiße Bigi Dietze. Ja, ich arbeite erst zwei Wochen für Sie. Freut mich Sie endlich kennen zu lernen." strahlte die kleine pausbackige Werbedame, mit dem blonden Pferdeschwanz, den Chef mit einem Augenaufschlag an, der jeder professionellen Schauspielerin Konkurrenz gemacht hätte.

Meier strahlte zurück und Ruth wusste sofort, der Windhund hatte Frischfleisch gerochen, denn die kleine blonde Dietze war das krasse Gegenteil ihrer Kolleginnen, sie war jung.

„Warum habe ich denn noch gar nichts von der netten neuen Werbedame gehört, Ruth?" fragte Meier vorwurfsvoll.

„Weil es nichts zu sagen gab, Bert. Bisher hatte sie noch keine Erfolge zu verzeichnen." Erwiderte Ruth bissig, aber wahrheitsgemäß.

„Aber das macht doch nichts! Das wird sich sicher bald ändern, nicht wahr, junge Frau?" schmeichelte der alte Schürzenjäger dem blonden Mäuschen.

Wieder mit einem vielversprechenden Augenaufschlag schleimte die Kleine zurück: „Das wollen wir doch hoffen, Chef."

›Jetzt weiß ich auch woher der Spruch: mit den Wimpern klimpern kommt. Wie schrecklich‹! dachte Ruth.

„Ich bin ganz sicher!" klang Meiers Antwort wie ein Versprechen, dabei verschlang er die Kleine mit den Augen.

In Ruths Inneren erklang ein heftiges Geläut dutzender Alarmglocken. Ihr Instinkt mahnte sie zu erhöhter Aufmerksamkeit und Vorsicht.

Als das Werbeteam sich, nach der Auszahlung, zur Tür wandte, verlangte Meier: „Komm noch einmal rein, wenn du die Damen nach Hause gebracht hast, Ruth. Ich habe noch etwas mit dir zu besprechen."

Ruth tat, als habe sie die Aufforderung nicht gehört, und zog schnellstens die Tür hinter sich zu.

„Haben Sie gehört, Frau Woods? Sie sollen nachher noch Mal zurück kommen!" meinte die vorlaute Kleine Ruth erinnern zu müssen.

„Hm!" brummte Ruth missmutig, und warf der Vorlauten einen strafenden Blick zu. Der Blick zeigte Wirkung und ließ diese verstummen.

Am liebsten hätte Ruth sie gewarnt.› Leg dich nicht mit mir an, Kleine, du ziehst den Kürzeren‹. Aber Ruth schluckte ihren Ärger runter und stellte sich taub.

Natürlich fuhr Ruth zuerst ihren Freund abholen um mit ihm den nächsten Termin wahrzunehmen.

Auf die gleiche, kuriose Art und Weise, wie bei dem ersten Termin, lief auch das zweite Verkaufsgespräch ab. Ohne jegliche fachliche Kompetenz, aber mit seiner frechen Überheblichkeit, überzeugte Udo die Hausbesitzer davon, dass er ihnen die einzig gute Lösung für ihre Fassade anbot. Er verstand es, den Menschen seinen Willen als den eigenen zu suggerieren, und log ihnen vor, dass er ihnen sogar preisliche Vorteile bot.

Der Erfolg war ein unterschriebener Vertrag über zweihundertfünfzig Quadratmeter. Das Ganze hatte nicht einmal eine Stunde gedauert.

Im Auto lachte Udo: „So schnell hab ich noch nie zweieinhalb Mille verdient. Das geht sonst nur durch ne Glückssträhne beim Zocken."

„Ich soll heute Nachmittag noch mal ins Büro kommen." berichtete Ruth ihrem Freund.

„Ja, prima, dann kannst du gleich den Auftrag abrechnen. Wir brauchen Knete." Stimmte Udo sofort zu. „Soll ich mitkommen, oder willst du lieber alleine mit deinem Chef sprechen?" fragte er.

Ruth verneinte: „Nee, ich denke, es ist besser wenn ich alleine mit ihm rede. Du lernst ihn noch früh genug kennen. Ich will nicht, dass er glaubt ich müsse mir Verstärkung mitbringen, weil ich alleine Schiss habe meine Forderungen zu vertreten."

Ruths Freund reagierte ungewöhnlich entgegenkommend: „Gibt es da in der Nähe ein Cafe? Dann warte ich da auf dich." Schlug Udo vor. Sie nickte.

Also setzte sie ihn am Cafe Müller ab und versprach: „Dauert sicher nicht lange. Bis gleich!"

„Meine Güte, wo warst du denn so lange? Ich wollte gerade was essen gehen, komm wir können ja im Cafe Müller reden." Sagte Meier ärgerlich.

Energisch schüttelte Ruth den Kopf und bremste ihn mit den Worten: „Nein Bert, stopp mal. Ich will erst den neuen Auftrag abrechnen. Danach gerne."

Meier stutzte: „Wie, hast du den eben erst geschrieben? Bevor wir einig sind wie es nun mit unserer Zusammenarbeit weiter geht? Du bist viel zu schnell. So hatten wir uns aber nicht vereinbart!" seinem Ton nach zu urteilen, war er sehr böse, was die Zornesfalte zwischen seinen zusammen gezogenen Brauen zusätzlich verdeutlichte.

Entschlossen widersprach Ruth erneut, während sie ihm den Auftrag unter die Nase hielt: „Stimmt nicht ganz, Chef. Dass ich auf jeden Fall einen Auftrag wöchentlich schreiben will, egal wie wir uns einigen, das hatte ich dir bereits gesagt. Lieber Bert, ich brauche Geld für Wohnung und Möbel. Wie soll ich mich mit Sechzehnhundert im Monat einrichten? Das ist unmöglich. Also gibst du mir bitte das Geld für den Auftrag, bevor wir essen gehen?" bestand sie auf ihrer Forderung, und verschwieg vorsorglich, dass er in dem Cafe auf ihren Freund treffen würde.

„Das Geld kann ich dir erst morgen geben, so viel habe ich derzeit nicht hier." Versuchte Meier Ruth zu vertrösten.

Sie nickte, sagte gelassen: „Dann gebe ich dir auch Morgen erst den Auftrag. Oder du gibst mir jetzt eine Anzahlung, dann vertraue ich dir. In Ordnung? Wie viel kannst du mir denn heute geben?"

„Also Ruth, du hast dich ja total verändert. Wieso bist du denn neuerdings so misstrauisch geworden? Hab ich dich schon einmal enttäuscht? Dieser Neue scheint ja einen sehr negativen Einfluss auf dich auszuüben. Also dann schau ich mal eben in meine Privatschatulle, denn in der Firmenkasse ist so ziemlich Ebbe. Schließlich hatte ich heute schon eine Menge Vorschüsse zu zahlen, ja und ich habe ja auch deine Werbedamen entlohnt. Tzz. Unglaublich diese Frau. Was sagen Sie denn dazu, Frau Wirtz?" maulte er ärgerlich.

„Wie viel kriegt die Frau Woods denn? Einen Tausender haben wir noch in der Kasse, Chef." Kam die Sekretärin Ruth grinsend zu Hilfe.

Schnell griff Ruth ein: „Die restlichen Fünfzehnhundert hast du doch sicher in deinem Safe, lieber Bert? Das wäre ja sonst sehr ungewöhnlich."

Am liebsten hätte Ruth ihm gesagt, wie sehr es sie ankotzte, dass sie um jede Mark fast betteln musste, während er die Kohle den Vertretern quasi hinterher warf. Was waren die Kerle denn mehr als sie? Dieser Zustand musste sich ändern, und zwar sehr bald.

Aber Meier musste sich geschlagen geben, denn er knurrte: „Dass noch so viel in der Kasse ist, wusste ich nicht. Nun gut, dann krieg ich die Zweieinhalb ja doch zusammen. Warte ne Minute, ich hole eben das Geld. Schreiben Sie schon mal die Rechnung, Frau Wirtz. Also diese Weiber... „ schimpfte er bevor er in sein Büro verschwand.

Nur wenige Minuten später hatte Ruth das Geld in der Tasche.

Versetzung wider Willen

Im Cafe Müller ging Ruth zielstrebig auf den Tisch zu, an dem Udo saß und den Ankömmlingen gespannt entgegen sah.

Verwundert folgte ihr Bert Meier, der wohl den Braten sofort roch, denn er fragte: „Ist er das?"

„Ja, das ist mein Freund." Bestätigte Ruth knapp, und als sie vor dem Tisch standen, stellte Ruth die Herren vor: „Darf ich bekannt machen? Mein Freund, Udo Gogolscheff, und das ist mein Chef Bert Meier."

„So, dann lerne ich den Mann endlich kennen, der meine Werbeleiterin zu anderen Wegen verleitet? Das kommt doch sicher von Ihnen?" fragte Meier gerade heraus, während er Udos Hand schüttelte.

„Und Sie sind der Chef, dem es nicht egal ist, wer die Aufträge reinbringt, sondern mit dem meine Partnerin erst lange Diskussionen ausfechten muss, bevor sie ihr Geld bekommt?" erwiderte Udo gelassen.

Die Kellnerin kam wie gerufen, als sie nach den Wünschen der neuen Gäste fragte, dadurch entstand eine Gesprächspause, die die Situation entschärfte. Als die Kellnerin sich wieder entfernt hatte, sagte Meier: „Eigentlich lege ich nur Wert darauf, dass meine Firma würdig vertreten wird, Herr Garbsobski....

„Gogolscheff, Herr Meier. Aber wenn das zu schwer für Sie ist, dürfen sie gerne Udo zu mir sagen."

Bert schmunzelte während er entschuldigend sagte: „Na ja, Entschuldigung, aber Meier ist nun mal einfacher, als ein russischer Name."

„Der Name ist kein russischer Name, sondern schlesisch. Meine Großmutter stammt aus Schlesien." korrigierte Udo.

„Polnisch also, nichts für ungut, Herr Udo!" entschuldigte sich Meier, und es klang eher wie eine Abwertung. „Aber mit der Ruth habe ich nun mal ein anderes Vertragsverhältnis als mit den Vertretern. Sie ist Angestellte, keine freie Mitarbeiterin, deshalb wird es schwierig sein, Rechnungen mit Steuer auf ihren Namen auszustellen. Das könnte irgendwann zu steuerlichen Problemen führen, und zwar für beide Seiten."

„Hm, dem kann doch abgeholfen werden, Herr Meier. Ich kann Ihnen die Rechnungen ausstellen. Ich bin frei und unabhängig, geschäftlich gesehen. Wäre damit die Diskussion aus der Welt?" Udos breites Grinsen ließ keinen Zweifel offen, dass er sich als Sieger dieses Wettstreites fühlte.

Meier überlegte sekundenlang, dann fragte er: „Das heißt also, Sie haben den Auftrag geschrieben?"

Als Ruth und Udo nickten fuhr er fort: „Ich habe nichts dagegen, Herr Gogolscheff, denn zusätzlich einen neuen Vertreter kann ich gut gebrauchen, noch dazu, weil sich ein sehr guter Mann selbständig gemacht hat. Das heißt aber auch, die Ruth muss genügend Adressen bringen, denn die sind ja in den letzten Tagen sehr spärlich geworden. Und natürlich muss die Verteilung über das Büro gehen und nicht nach Sympathie durch die Ruth. Das versteht sich doch wohl? Dann können wir das Thema ja abhaken und zu dir kommen, Ruth?"

Es wunderte weder Ruth noch ihren Freund, dass Meier Udos Namen plötzlich doch behalten hatte, aber sie gingen nicht darauf ein, sondern warteten beide gespannt auf Meiers Anliegen.

Unbeirrt redete Meier weiter: „Da du ja auch Aufträge schreiben willst, anstatt für ein, wie sagtest du, Mickymaus-Gehalt, zu arbeiten, können wir doch deinen Vertrag gleich auflösen? Denn beides geht ja bekanntlich nicht. Dann bist du freie Handelsvertreterin, und kannst mit deinem Freund zusammen oder auch getrennt, Aufträge schreiben. Nur was machen wir dann mit unseren Werbedamen? Soll die dann eine andere Werbeleiterin übernehmen?"

Empört fuhr Ruth hoch: „Nichts da! Das könnte dir so passen! Weder das Eine noch das Andere. Es ist meine Idee und sind meine Werbedamen! Und wenn du den Vertrag ändern willst, gibt es weder Adressen noch Werbedamen für die Firma Meier. Es sei denn, alles läuft über mich. Ich lass mich doch nicht ausbooten. Auch nicht von dir, lieber Bert. Komm Udo, ich möchte gehen." Schimpfte sie und sprang energisch auf. „Und du kannst dir bis Montag überlegen, welchen meiner Vorschläge du annehmen möchtest, oder ob du ganz auf meine Mitarbeit und automatisch auf meine Werbekolonne verzichten willst. Tschüss!"

Udo war ihr nachgekommen und maulte sie draußen an: „Sag mal, bin ich dein Hund? Was rennst du denn weg, ohne auf mich zu warten? Mach das nicht noch einmal mit mir, verstanden?"

„Entschuldige", murmelte Ruth geknickt. „Aber das hat mich so geärgert, dass ich nicht länger mit dem an einem Tisch sitzen wollte."

„Hast du wenigstens das Geld?" war ihm nur das wichtig.

„Klar!" grinste sie. „Sonst hätte ich den Auftrag nicht abgegeben. Er hat zwar versucht mich zu vertrösten, aber hat nicht geklappt!"

„Sag mal, ist der Norbert Fuchs nicht mehr bei dem Meier? Ich habe vorhin ein Gespräch am Nebentisch mitgehört, ich glaube das waren Monteure von Meier. Irgendwas von Fuchs und Firmengründung. Genaues konnte ich nicht verstehen!"

Verwundert schüttelte Ruth den Kopf: „Nee, weiß ich nix von. Glaub ich aber nicht. Wo soll der denn die Kohle für Selbständigkeit hernehmen? Aber was machen wir denn jetzt?"

„Wochenende! Entweder feiern, oder nach Lörrach fahren."

„Verreisen? Nein, Udo, ich muss hierbleiben. Der Robert und die Kinder wollen morgen kommen. Ich muss ja mal langsam die Details unserer Trennung besprechen. Ich habe mit ihm vereinbart, dass er zur Beate kommt."

„Warum?" wollte Udo wissen. „Es ist doch viel einfacher, wenn wir zu ihm gehen. Dann kannst du noch ein paar Sachen mitnehmen."

Ruth nickte: „Stimmt, die Sache hat nur den Haken, dass er dich nicht in seiner Wohnung haben will. Also muss er zu uns kommen. Ach, lass uns über was Schöneres reden!"

Auch in dieser Nacht musste Ruth Udos trinkfeste Ausdauer überstehen, sodass sie erst am frühen Morgen ins Bett kamen. Trotz übermäßigem Alkohol war Udo sexuell genauso aktiv und einfühlsam wie sonst auch.

Erst am späten Samstagnachmittag meldete sich Robert telefonisch.

Aber entgegen seiner vorherigen Äußerung verlangte er Ruth solle zu ihm kommen.

„Dann kommt Udo aber mit." Machte sie zur Bedingung.

„Meinetwegen!" knurrte Robert.

Überraschenderweise weigerte sich Udo mitzukommen. „Nein, nicht heute hüh und morgen hot, wie es dem gnädigen Herrn gefällt. Fahr du mal alleine hin, ich fahre ins Sportcafe. Lass mir nur Geld hier." Entschied er.

Auch wenn Ruth über Udos Sinneswandel nicht gerade erfreut war, dachte sie, ›es ist vielleicht besser so‹, als sie eine Stunde später auf dem Weg zu ihrer ehemaligen Wohnung war.

Robert war ungewohnt ruhig und sachlich, aber die Kinder gingen ihrer Mutter ganz offensichtlich aus dem Weg, sie demonstrierten deutlich ihr Missfallen indem sie sich in das Fernsehprogramm vertieften.

„Lass uns im Büro reden!" schlug Robert vor.

Auf Ruths Zögern versicherte er: „Keine Sorge, ich will dich weder zum Bleiben überreden noch angreifen. Wir müssen schließlich eine Lösung finden, mit der auch die Kinder leben können. Hier schaffe ich es nicht, die Beiden alleine zu versorgen. Im Haus meiner Eltern war das anders. Also wie stellst du dir die Trennung vor?"

Als Ruth die kleine grüne Ledergarnitur im Büro sah, wusste sie gleich was sie wollte: „Du hast Recht Robert. Die Ramona kann bei dir bleiben, die wird dir auch im Haushalt helfen können, aber der Rene ist noch zu flapsig um nachmittags alleine zu sein, denn auf die Ramona hört er sowieso nicht. Sobald ich eine Wohnung habe, und da werde ich jetzt mit Druck dran arbeiten, hole ich den Kleinen zu mir. Wenn wir uns nicht bekämpfen, sondern in Frieden alles regeln, können die Kinder ja zwischen dir und mir pendeln wie sie Lust haben. An mir soll es nicht liegen. Hier die kleine Ledergarnitur möchte ich gerne mitnehmen, du hast ja im Wohnzimmer die große Veloursgarnitur und brauchst ja keine zwei. Dann natürlich für Rene sein Bett, seinen kleinen Kleiderschrank, und Bettzeug mit Wäsche. Wir haben ja reichlich Handtücher und Bettwäsche, da kannst du die Hälfte entbehren. Tja, und ich will die Scheidung einreichen, einverständlich wäre für uns beide billiger, dann brauchst du keinen Anwalt, den bezahle ich dann."

Robert war mit allem einverstanden und Ruth konnte in Ruhe noch einen Teil ihrer Kleidung einpacken.

In der Zeit hatte Robert mit den Kindern gesprochen, sodass sie sich nicht mehr ganz so abweisend verhielten. Ruth widmete sich noch eine Weile ihren beiden Kindern, hörte sich deren Erlebnisse an, dann verabschiedete sie sich, mit dem Versprechen, immer für sie da zu sein.

Erleichtert stieg sie zwei Stunden später in ihr Auto.

Nachdem Ruth ihre Kleidung in den Schrank geräumt hatte, machte sie sich auf den Weg nach Barmen, jedoch kaufte sie unterwegs noch eine Zeitung. In der Wochenendausgabe würde sie sicher viele Wohnungs-

Angebote finden, sodass sie hoffe, etwas Passendes zu finden.

Gauner und Tagediebe

Udo kam ihr gleich entgegen gestürmt, als sie das Sportcafe betrat.

„Na endlich. Wo warst du denn so lange? Ich brauche Geld. Also so geht das nicht. Ich bin im Brand und kann nicht weiter zocken, weil ich keine Kohle mehr in der Tasche habe. Das läuft demnächst anders. Gib!" knurrte er missgestimmt.

Seine Ausdrucksweise war ihr zwar fremd, aber er ließ keinen Zweifel daran, dass er sich verausgabt hatte.

„Aber wieso? Du hattest doch bestimmt dreihundert Mark in der Tasche. Hast du das alles verspielt?" war das für sie kaum vorstellbar. „Das geht doch nicht, Udo. Wir brauchen das Geld für eine Wohnung. Ein paar Sachen kann ich von Robert haben, aber nur fürs Wohnzimmer. Wir brauchen dann noch Küchen- und Schlafzimmermöbel, dazu reicht das, was wir haben, nicht einmal." Belehrte sie ihn vorwurfsvoll.

Ärgerlich schnauzte er sie hart an: „Quatsch jetzt nicht, wegen der Wasserflöhe. Gib was du bei dir hast. Ich hab Schulden zu bezahlen. Wir werden noch genug Geld für Möbel verdienen, noch haben wir ja gar keine Wohnung. Und notfalls kaufen wir gebrauchte Möbel. Meine Schränke werde ich auch von der Manuela abholen, damit kommen wir schon klar. Also gib Geld, alles was du bei dir hast! Nun mach, die Partie läuft noch!" befahl er.

Geschockt starrte Ruth ihren Freund an, dann stotterte sie: „Ich habe tatsächlich das Meiste zu Hause gelassen. Ich habe nur Zweihundert mitgenommen und davon habe ich auch schon etwas ausgegeben."

Verärgert verzog er das Gesicht und knurrte: „Scheiße! Also gut, muss ich meine Schulden morgen bezahlen, das ist nicht so tragisch. Also gib mir was du hast." Als laute Geräusche von Stühlen rücken zu hören war, ärgerte sich Udo: „So ein Mist, die Partie ist zu Ende. Jetzt kann ich heute meine Kohle nicht mehr zurück gewinnen. Tja, das hast du nun erreicht. Dann können wir ja gehen. Warte, ich sag eben Bescheid, dass ich morgen bezahle."

Alle Männer, die aus der Spielecke aufgestanden waren, verteilten sich in dem großen Saal in mehrere Richtungen.

Ruth sah, dass Udo mit einem glatzköpfigen älteren Mann sprach, zu ihr rüber zeigte, worauf der Glatzköpfige nickte.

Dann kam Udo auf Ruth zu, nahm sie grob beim Arm und dirigierte sie zum Ausgang. „Jetzt gehen wir ins Landhaus, ein leckeres Steak essen, damit die wenige Kohle wenigstens unserem Magen zugute kommt. Ich habe Hunger." Dagegen hatte sie nichts einzuwenden.

„Sag mal, mir ist aufgefallen, dass immer die gleichen Leute im Sportcafe sind, und zwar zu jeder Tageszeit. Und alle zocken immer. Wann arbeiten die Leute denn, und woher haben die denn so viel Geld?" fragte Ruth unterwegs.

Udo lachte laut auf, belehrte sie: „Dummchen, arbeiten? Die versauen sich doch nicht den Tag mit Arbeit. Nein, das sind alles kleine Gauner und Tagediebe. Die verdienen mit zocken oder anderen steuerfreien Tätigkeiten was sie brauchen."

Verwundert wollte Ruth wissen: „Und wenn sie verlieren? Die können doch nicht immer gewinnen, oder? Du hast ja bisher auch nur verloren, jedenfalls habe ich noch nicht gesehen, dass du gewonnen hast. Woher nehmen die das Geld zum Leben? Und wieso nennst du die Leute Tagediebe?"

„Ich weiß es nicht genau, aber einige Mitternachtskaufleute sind dabei, Luden und Taschendiebe, und manche kriegen auch ihr Geld vom Arbeitsamt, oder Sozialamt. Aber ich nenne sie alle Tagediebe, weil sie alle nicht arbeiten sondern dem lieben Gott den Tag stehlen." Erklärte er schmunzelnd.

Ruth verkniff sich die Bemerkung, dass er sich dann also auch zu den Tagedieben zählen müsse, weil sie diese Bezeichnung für ihren Lebensgefährten nicht akzeptieren wollte. Obwohl man es den Männern keineswegs ansah, hatte Ruth sich schon gedacht, dass die Gäste des Sportcafes keine Otto-Normalverbraucher waren. Ihre Ausstrahlung war Ungewöhnlich. Zwar hatte sie sich die Männer nicht genau angesehen, aber ihr war aufgefallen, dass sie alle mit einer gelassenen Ruhe, je nach Spiel, gegen- oder miteinander spielten, und dabei eine Zufriedenheit ausstrahlten, die bemerkenswert war. Keine Eile oder Hektik war erkennbar, nicht einmal Ärger bei Verlust. Sie verhielten sich seltsam übereinstimmend, als sei es gesichert, dass der Ausgleich vorbestimmt war. Es machte den Männern Spaß, ja das war es wohl, es war nur Spaß. Konnte das der Grund sein? Dass diese Clique das Leben nicht ernst nahm? Dass sie aus Spaß gegen jede Regel verstießen, oder aus Respektlosigkeit?

Während des Essens berichtete Ruth von Roberts Entgegenkommen, und anschließend wollte sie die Zeitung aufschlagen, aber Udo stoppte sie: „Nein, pack die Zeitung wieder in deine Tasche. Das machen wir zu Hause, aber Morgen. Heute machen wir uns einen gemütlichen Abend mit viel Liebe."

Strahlend nickte Ruth. An diesem Tag kam sie nicht mehr dazu in die Zeitung zu schauen, Udo wusste sie abzulenken.

Es wurde eine lange, heiße Nacht, die Ruth wieder in ihrer Ansicht bestärkte, die richtige Wahl getroffen zu haben.

Der Montag fing eigentlich wie ein ganz normaler Arbeitstag an. Für den Nachmittag hatte Ruth sich zwei Telefonnummern, von Wohnungen, aufgeschrieben, die sie nachmittags anrufen wollte. Es schien ein vielversprechender Tag zu werden.

Während Udo im Bett geblieben war, beeilte sie sich ihre Werbetour so kurz wie möglich zu halten, dazu suchte sie sich ein Gebiet im nahegelegenen Gruiten bei Mettmann aus. Die Einfamilienhaus-Siedlung, in der ein Haus dem anderen ähnlich war, eignete sich bestens für unsere Werbung, weil die Häuser alle eine Fassaden-Renovierung dringend nötig hatten. Sie waren sicher eine Billig-Baureihe, denn der ehemals weiße Putz blätterte bei den Meisten stark ab.

Als Ruth die Frauen zu Hause abgesetzt hatte schwankte sie kurz, aber dann entschloss sie sich erst ins Büro zu fahren, bevor sie Udo abholte. Denn es war noch zu früh, um Kunden zu besuchen.

Der Chef schien auf Ruth gewartet zu haben, denn er stand im Empfangsbereich des Vorraumes und fiel gleich, mit einem Redeschwall, über sie her: „Gut das du kommst, Ruth. Ich habe einen Sonderauftrag für dich. Du musst morgen nach Nürnberg fliegen, und mein Auto bei Detewe abholen. Das bringst du mir dann nach Berlin. Und bei der Gelegenheit bleibst du mal zwei Wochen in Berlin und zeigst den dortigen Werbedamen mal wie erfolgreiche Werbung geht!"

Ruth fiel aus allen Wolken, lehnte spontan empört ab: „Was? Nein! Das mache ich nicht. Such dir dafür Jemand anders. Was soll ich denn in Berlin?"

Sauer zischte Meier: „Werbung machen, sagte ich ja eben. Die Frauen kommen mit unserer Werbung nicht klar. Die bringen fast keine Adressen rein, obwohl die täglich stundenlang unterwegs sind. Sagen sie jedenfalls. Du musst da mal Schwung reinbringen. Ja, und auf dem Weg kannst du mir doch mal eben mein Auto abholen, oder etwa nicht? Detewe hat da ein Autotelefon eingebaut, und ich brauche den Wagen in Berlin."

„Dann mach das doch selbst!" lehnte Ruth konsequent erneut ab.

„Ich habe hier noch zu tun, und auf dem Weg kannst du ja wohl eben das Auto abholen. Jeder andere würde sich freuen mal einen Stingray Corvette fahren zu dürfen. Nach Berlin musst du ja sowieso." Beharrte er auf seinem Auftrag.

„Nein, muss ich gar nicht!" widersprach Ruth energisch.

„Doch, das musst du schon, wenn ich dir den Auftrag gebe. Denn, meine liebe Ruth, wir haben einen Arbeitsvertrag, den du ja unbedingt behalten willst, und in unserem Arbeitsvertrag steht, dass das Arbeitsgebiet von der Firmenleitung von Zeit zu Zeit neu festgelegt werden kann. Und ich verlege es jetzt nach Berlin. Für zwei Wochen. Das hast du doch sicher in dem Vertrag gelesen, nicht wahr? Also Widerspruch zwecklos. Ablehnung kommt einer Arbeitsverweigerung gleich und kann eine fristlose Kündigung zur Folge haben. Willst du das wirklich riskieren?" trumpfte er zynisch grinsend auf.

Ruth schüttelte den Kopf und versuchte einen anderen Weg: „Ich denke nicht, lieber Bert, dass du damit durchkommen würdest. Denn ich bin verheiratet und habe Kinder, und mit einer Verlegung in ein so weit entferntes Arbeitsgebiet, schaffst du einen sozialen Missstand. Also vergiss mal dein Berlin."

Meier lachte laut und zynisch als er seinen letzten Trumpf raus ließ: „Nein, liebe Ruth, den sozialen Missstand hast du gerade selbst geschaffen. Du hast dich von deiner Familie getrennt. Also, geh nach Hause, wo immer das jetzt auch sein mag, pack ein paar Sachen und sei morgen Vormittag um elf Uhr hier. Die Maschine geht um drei.“

Als er sah, dass Ruth noch zögerte, und er wohl befürchtete, dass sie es lieber auf einen Crash ankommen ließ, bot er ihr entgegenkommend an: „Damit du nicht weiter stur bleibst, hab ich mir gerade überlegt, dass ich dir zeige, wie viel Verständnis ich für deine Lage habe. Damit du dich nicht von deinem Udo trennen musst, spendiere ich ihm ein Ticket nach Berlin und lasse ihn morgen nachkommen. Ich habe ein schönes Apartment auf dem Kudamm, darin könnt ihr beide wohnen. Also? Noch Einwände?“

Sprachlos schüttelte Ruth den Kopf.

Draußen vor dem Büro traf Ruth auf Norbert Fuchs, der hielt sie mit der Frage auf: „Na, sehen wir uns übermorgen in Berlin?“

Erstaunt erkundigte sie sich: „Wieso? Kommst du auch dahin? Dann kannst du doch die blöde Karre in Nürnberg abholen. Da habe ich gar keine Lust zu. Ich bin doch nicht Meiers Dienstmädchen!“

Norbert lehnte grinsend ab: „Nee, mach du das mal besser, ich habe auch keine gute Erfahrung mit den Vopos.“

„Mit was? Wieso Vopos? Meinst du die Polizisten im Osten? Was hast du denn mit denen zu tun?“ verstand Ruth seine Antwort nicht.

Norbert lachte laut, erklärte: „Ach das hat er dir wohl nicht gesagt? Du musst doch durch die Zone fahren, und Meier denkt, dass du keine Probleme mit den DDR-Behörden kriegst. Ihn haben die doch letztens schon einmal über

Nacht eingesperrt, weil er in seinem Mercedes das Autotelefon benutzt hat. Deshalb traut der sich doch nicht mit dem Stingray durch die Zone zu fahren. Also, lass ja das Telefon ausgeschaltet, sonst packen die dich auch in den Knast. Die Vopos sind da rigoros."

Unter ständiger Beobachtung

Udo war begeistert, freute sich: „Super, ich wollte schon lange mal nach Berlin. Schade, dass ich nicht gleich mit dir nach Nürnberg kommen kann, mit so einem heißen Schlitten wäre ich auch gerne mal gefahren. Wie ich dich beneide, mit einer Corvette über die Autobahn zischen, toll! Ich verstehe dich nicht, dass du da noch meckerst. Berlin ist doch ne tolle Abwechslung. Ich freue mich!"

„Aber dadurch erübrigt sich vorerst unsere Wohnungssuche, sodass ich mir die Anrufe sparen kann. Das ärgert mich, schließlich ist unser Aufenthalt hier nur eine Notlösung, die ich so schnell wie möglich beenden wollte. Außerdem kann ich nicht zischen, wie du dich ausdrückst. Ich muss durch die Ostzone fahren, da gibt es bestimmt Geschwindigkeitsbegrenzung. Und mit den Brüdern von der Volkspolizei ist nämlich nicht zu spaßen." Maulte Ruth wenig begeistert.

„Ach Quatsch, das wird doch alles übertrieben." War Udo überzeugt. „Und die Wohnung kann doch noch ein paar Wochen warten, wenn wir doch sowieso nicht hier sind, stört uns die Notlösung doch nicht."

Warum sollte Ruth ihm widersprechen? Er hatte mal wieder in Allem Recht. Dass der Norbert übertrieb war auch möglich, vermutlich weil er auch keine Lust hatte, für Meier den Botenjungen zu spielen, darum hatte er ihr vielleicht eine Räuberpistole erzählt?

Zudem musste Ruth ihrem Udo beipflichten, ein Kurztrip nach Berlin, war doch mal eine Abwechslung, die noch dazu von der Firma bezahlt wurde. Da sie ihren Freund mitnehmen konnte, konnte sie das als einen Ersatz für den verpassten Wochenend-Ausflug sehen. Also, auf nach Berlin.

Als Ruth am nächsten Tag ins Büro kam erlebte sie eine unangenehme Überraschung.

Die Werbedame, Frau Dietze junior, stand ihr strahlend gegenüber.

„Was machen Sie denn hier?" platzte es Ruth in ihrer Überraschung heraus. Und ihr ablehnender Gesichtsausdruck musste wohl Bände sprechen, denn dieses kleine Luder sagte mit Häme in der Stimme: „Ich komme mit nach Berlin. Ich fliege nachher mit dem Chef."

„Was? Wozu soll das denn gut sein?" brachte Ruth mit ihrer Frage ihre negative Meinung zum Ausdruck.

Mit spöttischem Grinsen erwiderte die Dietze dreist: „Damit mal eine Werbedame von hier, den Berlinerinnen verdeutlicht wie Werbung erfolgreich gemacht wird."

„Und das sollen ausgerechnet Sie denen zeigen? Dazu müssten Sie mal erst Erfolg vorweisen. Bisher habe ich davon nichts gesehen. Oder meinen Sie einen anderen Erfolg? Nicht Kunden-Adressen?" brachte Ruth brutal die Tatsache auf den Punkt.

„Also Ruth, jetzt lass mal gut sein. Noch entscheide ich hier wer was macht und wo!" korrigierte der Chef Ruth im Reinkommen.

„Ja, Chef! Was und wo und auch bei wem, kannst du gerne entscheiden. Allerdings muss ich nicht mit Leuten arbeiten, die mir keinen Erfolg bringen. Steht übrigens auch in meinem Arbeits-Vertrag. Dass ich selbst entscheiden kann, wen ich auf meiner Werbefahrt mitnehme. Schau mal rein in den Vertrag, den du ja in Auftrag gegeben hast." Hielt Ruth ihm gelassen entgegen.

Sie war so wütend, vor allen Dingen über sich selbst, dass sie dieses kleine nutzlose Luder nicht schon lange wieder entlassen hatte, dass sie sich vornahm, selbiges bald nachzuholen. Tatsächlich hatte Ruth sie schon viel zu lange mitgeschleppt, immer in der Hoffnung, dass sie ja mal irgendwann Erfolge vorweisen würde. Mal wieder wurde ihr ihre Gutmütigkeit zum Stolperstein, darüber ärgerte sie sich am meisten. Denn ihr war schon klar, wofür Meier das junge Hühnchen mit nach Berlin nehmen wollte, dafür kannte sie ihn ja. Er stieg auf Alles was nicht schnell genug auf die Bäume kam. Bei ihr hatte er es mehrmals erfolglos versucht, aber bevor sie mit Bert Meier ins Bett gegangen wäre, wäre sie eher lesbisch geworden. Ruth fand ihn einfach Ekelhaft, diesen dürren Bazi, mit dem unreinen grobporigen, pickeligen Gesicht, der glaubte, aufgrund seines Reichtums, alle Frauen ins Bett zu kriegen.

Was diese kleine Schlampe sich davon versprach konnte Ruth sich denken, aber die Dietze musste mal erst an ihr vorbei kommen, denn schon ganz Andere hatten es nicht geschafft, sie Ruth, auszustechen. Ruth war innerlich so auf Protest gebürstet, dass sie der Dietze am liebsten in ihr dämlich grinsendes Pausbäckchen-Gesicht gespuckt hätte.

„Ruth, hast du nicht gehört? Komm mal in mein Büro!" maulte Meier lautstark von seiner Tür aus, und riss sie auch ihren düsteren Gedanken.

Zumindest ins Chefbüro folgte ihnen niemand. Als ob er glaubte, ihr eine Erklärung schuldig zu sein, sagte er, wie zu seiner Entschuldigung: „Na ja, du musst sie ja in Berlin nicht mit auf Tour nehmen, ich habe schon eine andere Verwendung für die Bigi, aber das hast du dir sicher schon gedacht." Nach eine kurzen Luftpause fuhr er fort: „Also hör zu, du musst, an der Zonengrenze, für das Autotelefon eine Jahreserlaubnis beantragen. Das kostet siebzig Mark, aber du darfst auf gar keinen Fall das Telefon benutzen, während du durch die Ostzone fährst. Auch nicht mal kurz abheben, nur so zum Spaß. Du wirst während der ganzen Strecke immer unter Beobachtung sein, auch wenn du die Vopos nicht siehst. Und glaube mir, die verstehen keinen Spaß. Mich haben die schon in den Knast geworfen, nur weil ich im Auto telefoniert habe. Das ist für die Landes-Spionage. Lach nicht, das meinen die durchaus ernst. Also, du fährst von Hof über die Transitstrecke der DDR nach Westberlin. Direkt in Hof, an der Grenze, sagst du, dass du ein Autotelefon mitführst und dafür die Jahresgenehmigung beantragen möchtest. Dann gehst du mit in das Zollhaus und bezahlst. Die stellen dir das Formular aus, keine Angst, solange du denen Geld bringst, Westmark, sind die freundlich. Also hier sind die Autopapiere und dreihundert Mark Reisegeld, die Adresse von meinem Apartment auf dem Kudamm, und sobald du in der westlichen Zone bist, kannst du auch telefonieren. Aber ich rufe dich sowieso an, sobald du bei DETEWE raus gefahren bist. Schon um die Funktion des Telefons zu testen. Hast du alles verstanden? Dann fährt der Toni dich gleich zum Flughafen."

Ruths Fahrt wurde in Nürnberg unerwartet unterbrochen, weil die Firma DETEWE mit dem Telefoneinbau noch nicht fertig war.

Da ihr die Aushändigung des Fahrzeugs auf den nächsten Vormittag versprochen wurde, blieb Ruth nichts anderes übrig, als in Nürnberg zu übernachten.

„Ist ja kein Problem", sagte Meier am Telefon. „Geh halt in ein Hotel für die eine Nacht. Mit dem Geld solltest du auskommen. Wenn nicht, strecke den Rest vor, das gebe ich dir dann morgen zurück. Ich habe übrigens deinem Udo dreihundert Mark gegeben und für morgen Mittag einen Flug nach Berlin gebucht. Auch das sollte klappen. Also melde dich morgen, wenn du den Wagen hast."

Die Fahrt durch die Zone war sehr bedrückend. Der ganze Eindruck sehr deprimierend. Nicht nur der Hubschrauber, der während der gesamten Strecke über ihr kreiste, auch die kahle Landschaft und die harte Betonpiste der DDR-Autobahn vermittelten auf dieser Fahrt, ein trostloses Bild. Dabei wurde Ruth bewusst, welch ein niederschmetterndes Flair dieses Land ausstrahlte. Zum ersten Mal dachte sie über die Menschen nach, die in diesem Land gefangen waren, ja gefangen war die einzige Bezeichnung, gefangen hinter dem „eisernen Vorhang"! Wie glücklich konnten die „Westdeutschen" sein, dass sie nicht das Pech hatten, im Osten dieses Landes zu leben. Dass sie das Glück gehabt hatten, dass ihre Familien im Westen Deutschlands das Ende des zweiten Weltkrieges erlebt hatten, und nicht im Osten.

Die schwerbewaffneten Grenzer der DDR wirkten bedrohlich und steif, keinerlei Freundlichkeit lag in ihren Gesichtszügen, obwohl sie Ruth höflich aufforderten, mit in das Zollhaus zu kommen, nachdem sie ihr Anliegen vorgetragen hatte. Aber die Maschinenpistolen griffbereit, locker über der Schulter hängend, drückten so viel Bedrohung aus, dass es ihr ein flaues Magenbrummeln bescherte. Auch der Beamte, der das Formular ausstellte und ihr aushändigte, nachdem er das Geld kassiert hatte, verzog keine Miene, geschweige denn die Andeutung eines Lächelns lockerte seine Mimik. Dennoch unterstützten die Beamten mit den Worten „Bitte" und „Danke" ihre Ansagen, aber es hörte sich in dieser harten Form wie leblos an, obwohl es im Ostdeutschen Dialekt sonderbar klang. Innerlich fror Ruth in dem Gebäude und war froh es wieder verlassen zu können. Der kalte Dienstraum des Zollhauses erschien ihr ein Vorgeschmack auf die Zellen in deren Gefängnissen zu sein. Im Nachhinein empfand Ruth Mitleid mit Bert Meier, dass er in einem Ost-Gefängnis eine Nacht hatte verbringen müssen, nur weil er telefoniert hatte. Sicher würde Ruth das Telefon auf gar keinen Fall auch nur anfassen, geschweige denn telefonieren. Obwohl sie es als eine dreiste Abzocke ansah, dass die DDR- Behörde nur für das Durchfahren mit einem Telefon-Gerät was man nicht benutzen durfte, Geld verlangte. Aber mit dem Knast wollte Ruth keinesfalls Bekanntschaft machen, deshalb kommentierte sie es nicht.

Natürlich fuhr sie in gesittetem Tempo die Transitstrecke nach Berlin, und da sie sich Zeit lassen konnte, kehrte sie in jeder der drei Raststätten ein, um einen Kaffee zu trinken. Der Kaffee schmeckte genauso fad wie die trostlose Kälte dieses Landes es schon erahnen ließ.

Nach langer Fahrt erreichte Ruth endlich die Grenze zwischen Ost- und Westberlin. Bis zu den letzten Kontrollen blieb das unangenehme Gefühl im Magen.

Sie atmete erleichtert auf, als sie den Osten hinter sich gelassen hatte.

Telefonisch orderte Meier Ruth zu einem Cafe in der Berliner Innenstadt, ganz in der Nähe des Kudamms. Direkt vor dem Gebäude fand sie einen freien Platz in einer Parkbucht. Als Ruth den Raum betrat strahlte ihr die kleine pausbäckige Dietze entgegen. Allein ihre Art alle Menschen über einen Kamm zu scheren, mit der Ansicht, ihr lächelnder Augenaufschlag zöge bei Jedem, fand Ruth doof, deshalb verzog Ruth keine Miene, und ignorierte die Aufdringliche.

„Entschuldigung, aber als erstes muss ich mal zur Toilette, danach können wir die Übergabe machen." Entschuldigte Ruth sich und verschwand ohne eine Antwort abzuwarten.

Als Ruth am Waschbecken stand kam die Werbedame herein, stellte sich neben sie und fragte: „Sie sind doch nicht böse auf mich, Frau Woods? Meine Beziehung mit dem Chef stört Sie doch nicht? Ich nehme Ihnen ja schließlich nichts weg, oder?"

Genervt erklärte Ruth ihr: „Wie kommen Sie auf solchen Blödsinn? Mit wem Sie bumsen ist mir doch egal, auch mit wem der Meier in die Kiste steigt. Ich will ihn bestimmt nicht haben. Und Sie müssen das mit Ihrem Gewissen vereinbaren, wenn Sie ihren Mann betrügen. Solange es unserer Arbeit nicht schadet werde ich mich da mit Sicherheit nicht einmischen. Ich gönne Jedem den Spaß den er sich erlauben kann."

„Ach ich finde den Bert so nett, auch wenn er optisch kein schöner Mann ist, aber er ist lieb und sehr großzügig, das genieße ich im Moment. Stellen Sie sich vor, er wollte mir sogar Kleider kaufen. Schade dass ich die nicht annehmen kann, sonst hätte der mich heute Morgen komplett neu eingekleidet. Ein lieber Mann ist er." Schwärmte sie mit verklärtem Lächeln.

„Warum haben Sie denn nicht zugeschlagen, wenn der Sie unbedingt beschenken wollte? Für so dumm hätte ich Sie aber nicht gehalten, Frau Dietze." Verstand Ruth deren Ablehnung nicht. Ob sie nur aufschnitt? Ruth zweifelte an dem Bericht.

„Nein, das konnte ich doch nicht annehmen. Wie soll ich das denn meinem Mann erklären, wenn ich mit neuen Klamotten nach Hause komme? Hat mir in der Seele wehgetan, aber die Vernunft hat gesiegt!"

„Quatsch!" widersprach Ruth der Dummen. „Dass Sie keine Ausrede gefunden hätten, kann ich nicht glauben. Sie hätten doch sagen können, die Sachen wären Geschenke von mir, Kleider die mir zu klein geworden sind."

„So teure Sachen? Nein, der dümmste Mann hätte die Qualität nicht übersehen können und auch nicht, dass die Kleider neu sind. Tja, wie gesagt, schade." Sagte sie traurig.

Ruth schüttelte den Kopf, war überzeugt: „Zum Beispiel hätten Sie ihm was von Sonder-Prämien erzählen können, Sie hätten schon eine Erklärung gefunden. Aber gut, wenn Sie sich lieber umsonst rammeln lassen, das ist Ihre Sache. Ich könnte das nicht. Na ja, Jedem wie er es mag. Grr." Schüttelte Ruth sich bei der Vorstellung mit Meier im Bett zu liegen.

Verständnislos sah die Kleine Ruth an und sagte ernsthaft: „Ich genieße ihn, er ist ein toller Liebhaber, einfühlsam und zärtlich, ausdauernd und trotzdem rücksichtsvoll. Er ist einfach unglaublich, viel aufmerksamer als mein Mann. Ob Sie das glauben oder nicht, ich bin verliebt, und werde ihn festhalten!"

›Dann hoffe ich nur, dass du dich nicht blanko rammeln lässt, sonst besteht vermutlich Tripper-Gefahr‹ dachte Ruth skeptisch.

Innerlich amüsierte sich Ruth über deren Glauben, denn Ruth war nicht von der Beständigkeit dieser Beziehung so überzeugt wie die naive Dietze.

„Abwarten." Sagte Ruth nur.

Meier nahm die Autopapiere und –schlüssel entgegen, und reichte Ruth ein Schlüsselbund mit den Worten: „Das Apartment ist gleich um die Ecke, Hausnummer 36, in der zweiten Etage rechts, es ist frisch gereinigt, Bettwäsche und Handtücher sind auch frisch, nur im Kühlschrank wird nichts mehr sein. Aber einkaufen musst du ja eh für euch. Ach ja, dein Udo kommt mit der Maschine am frühen Abend. Ich denke er wird sich ein Taxi nehmen, die Adresse hat er. Richte dich mal erst ein, wir starten dann morgen mit der Werbung. Am besten treffen wir uns morgen früh um acht Uhr hier, dann fahren wir gemeinsam zur Firma. Alles weitere dann morgen."

Sein Angebot noch etwas zu trinken lehnte Ruth ab, sie wollte auf längeren Anblick der „Frau Strahlemann" lieber verzichten.

Das Apartment war klein aber fein, alles strahlte Frische aus und der Blick aus dem Fenster gab das bunte Leben auf dem Kurfürstendamm frei, ohne dementsprechende Geräuschkulisse. Ein gut isoliertes Haus, zum Glück. Also war eine Belästigung durch Straßengeräusche nicht zu erwarten.

Dank Udo hätte Ruth allerdings sowieso kein Ohr für etwas anderes als ihn gehabt, denn er wusste sie zu beschäftigen. Entweder mit ausdauernden und ausschweifenden Liebesspielen, oder außer Haus mit Kneipenbummel und Casinobesuchen. Udo war in allem aktiv und unersättlich, er ließ Ruth keine Zeit für andere Dinge.

Während ihr Freund genüsslich ausschlafen konnte, musste Ruth sich aus den Federn quälen und mit den Berlinerinnen auf Werbetour gehen. Ruth konnte feststellen dass die Frauen sich wirklich alle erdenkliche Mühe gaben, den Berliner Hausbesitzern unser Produkt anzupreisen, aber überall stießen sie auf Desinteresse. Was Ruth schon nach dem ersten erfolglosen Tag hasste, war der ewig gleiche Spruch, mit dem sie von den Berlinern begrüßt wurden; nämlich mit der Frage: „Kommt ihr aus Westdeutschland?"

Anfangs nahm Ruth es noch gelassen, mit Nachsicht, aber schon bald reagierte sie negativ, fast aggressiv, auf diese dumme Frage, mit der Antwort: „Wieso, ist hier Ostdeutschland? Ich dachte hier sei West-Berlin!"

Als Ruth sich darüber ärgerlich äußerte, erklärten die Berliner Werbedamen, dass es an den Umfragelisten läge, dass man Werbern mit solch ausgeprägtem Misstrauen entgegenkam, weil man mit den Leuten aus dem Westen des Deutschlands sehr schlechte Erfahrungen gemacht habe.

„Nein Bert, so kann man nicht arbeiten. Es liegt wirklich nicht an den Werbedamen, es liegt ganz einfach an der Skepsis der Berliner Hausbesitzer. Die lassen uns nicht einmal ausreden, die knallen uns die Türen einfach vor der Nase zu, ohne eine Erklärung angehört zu haben. Unsere Art der Werbung mit den Umfraglisten kannst du hier in Berlin vergessen. Geht nicht!" erklärte Ruth nach drei Tagen erfolgloser Lauferei ihrem Chef.

„Die Biggi meint, ob sie vielleicht mal mitgehen soll?" schlug Meier vor.

Ruth fuhr hoch wie von der Tarantel gestochen: „Was? Hat die nen Knall? Ich glaub es ja nicht! In unserer Gegend hat die nicht eine einzige Adresse rein gebracht, und dann besitzt diese Krampe die Frechheit, sich als Retterin anzubieten und mir somit Unfähigkeit zu unterstellen? Ja, schick sie mal los, mal sehen, an wie vielen Türen die sich den Korb einfängt, und wie lange es dauert, bis die das Handtuch wirft. Unglaublich dieses unverschämte Frauenzimmer! Was nimmt die sich raus, nur weil sie dem Chef das Bett anwärmt? So eine Dreistigkeit!" schimpfte sie zornig, und ließ Meier stehen wie einen dummen Jungen.

Im Stillen dachte sie: diese kleine Schlampe soll mal warten bis wir wieder in unserer Gegend sind. Dann zeig ich ihr mal, wo ihr Weg zu Ende ist.

Danach war Ruth wütend zu Udo gerannt, hoffte bei ihrem Freund wieder Ruhe zu finden und von dem ganzen Ärger abgelenkt zu werden.

Aber anstatt einem netten gemütlichen Abend zu Hause schleppte Udo sie wieder durch die Kneipen und zum

Schluss ins Spielcasino, und natürlich verlor er alles Geld, was er in der Tasche hatte.

Als Ruth sich weigerte, ihm noch das Geld aus ihrer Tasche zu geben, sagte er: „ Am besten fahren wir nach Hause. Was sollen wir noch hier? Hier kommen wir keinen Schritt weiter, hier können wir kein Geld verdienen. Wir können keine Aufträge schreiben, deine Werbung läuft nicht und zu Hause ruht die Werbung obwohl wir da tausend Möglichkeiten haben. Da sind sogar noch Adressen vorhanden. Also warum fahren wir nicht einfach nach Hause? Oder willst du unbedingt hier bleiben?"

Und weil du alles verzockt hast, können wir nicht einmal mehr Essen gehen, dachte Ruth ärgerlich, stimmte aber zu: „Ich? Ich wollte nie nach Berlin. Aber du hast Recht, ich will auch so schnell als möglich hier weg!"

„Dann lass uns den nächsten Zug nehmen. Komm, wir hauen einfach ab, wir holen unsere Sachen und fahren mit dem Nachtzug, im Schlafwagen nach Hause." Sagte Udo kurz entschlossen.

Eine Stunde später fuhren die Beiden durch die stockfinstere Ostzone Richtung Westen.

Radikal

So unheimlich diese totale Finsternis wirkte, durch die der Nachtzug ratterte, dass sie das Schlafwagen-Abteil für sich alleine hatten war eine schöne Sache, so konnten sie ihre Liebe ausgiebig genießen.

Es dauerte sehr lange bis Udos Potenz ihren Schlusspunkt erreichte. „Doch, in der Bahn ist auch nicht schlecht, man muss alles Mal probiert haben." kommentierte Udo. „Im Aufzug, im Freien, auf öffentlichen Toiletten und in Treppenhäusern hatte ich schon Sex, jetzt auch in der Bahn, nun fehlt nur noch im Flugzeug, dann gibt es keine Steigerung mehr! Aber weißt du, was bisher mein geilstes Erlebnis war? Im Aufzug. Das war in Weil, im Hotel zur Krone, mit Pompelia. Hammer, sag ich dir. Pompelia war eine Transe, die zu einer Show-Truppe gehörte, die in der Krone ein Gastspiel hatte. An dem Abend hatten wir uns schon ständig im Auge gehabt, Pompelia flirtete den ganzen Abend mit mir. Als ich am frühen Morgen in mein Zimmer wollte, stieg Pompelia zu mir in den Aufzug, und so schnell hat mir noch Niemand den Pimmel rausgeholt und noch nie hat mir Jemand so geil Einen geblasen. Pompelia war die oder der Beste. War ja ne Transe." belustigte sich Udo anschließend.

Ruth war zu müde zu antworten, sie fand die Aussage auch einfach zu abartig.

In den nächsten Tagen arbeiteten die Beiden fleißig. Da Ruth ihre Werbedamen vorerst beurlaubt hatte, weil ihr Berlin-Aufenthalt ja eigentlich zwei Wochen dauern sollte, arbeiteten die Beiden mal erst die vorhandenen Adressen durch und zwischendurch suchte Ruth verstärkt nach einer Wohnung. Tatsächlich hatten sie zwei Aufträge geschrieben, allerdings war ihnen nicht ganz klar, welche Firma dafür in Frage käme.

„Was machen wir nun mit den Aufträgen? Wir brauchen Geld. Oder hast du irgendwo Kohle gebunkert, von der ich nichts weiß?" fragte Udo recht unlustig. „Ob der Meier schon zurück ist? Dann könntest du ihm die Aufträge verkaufen. Das wäre die sicherste und auch schnellste Lösung." Schlug Udo vor.

„Weiß nicht. Vielleicht ist er auch schon zurück. Aber der ist mit Sicherheit kotzsauer auf mich. Ob das so einfach ist, von ihm jetzt schnell die Kohle zu kriegen, wage ich zu bezweifeln. Der wird ganz schön Theater machen, bevor der Geld rausrückt. Lust hab ich da nicht drauf. Soll ich nicht mal den Walter anrufen? Ich weiß zwar nicht wie bei der Güvo die Finanzdecke ist, aber Walters Kompagnon ist ein gut betuchter Geschäftsmann, Geld werden die also haben. Allerdings kann ich auch die Selms anrufen, aber da bin ich noch unsicherer, die Brüder kenne ich nicht persönlich. Tja, wir müssen uns entscheiden." Schwankte Ruth in ihren Überlegungen.

Udo sah sie zweifelnd an, meinte genervt: „Also du musst doch wissen wo wir am sichersten sein können. Schließlich arbeitest du schon ne Weile in der Branche. Dass der Meier der Größte, hier in der Gegend, ist und vermutlich der Finanzstärkste, daran gibt es doch keinen Zweifel, oder?"

Auf ihre Bestätigung fuhr er ärgerlich fort: „Ja was überlegst du denn noch? Hast du solchen Schiss dem Meier gegenüber zu treten? Ich verstehe dich nicht. Du durchsuchst die Wohnungsangebote, und wir haben keine Mark mehr in der Tasche. Von was willst du denn eine Wohnung bezahlen, geschweige denn einrichten?"

Dass sie tatsächlich noch zwei Hunderter versteckt hatte, verschwieg sie vorsichtshalber.

„Ja, schon gut. Du hast ja Recht. Ich ruf mal die Wirtz an. Mal hören wie die Stimmung ist." Umgehend ging Ruth in den Nebenraum zum Telefon und wählte den Büroanschluss.

„Ja, der Chef ist heute den ersten Tag wieder im Büro. Laune saumäßig. Er pfeift alles zusammen, was ihm in die Quere kommt. Na, und was er über Sie sagt, das können Sie sich doch denken. Aber das Schlimmste ist die Sache mit dem Fuchs. Das verkraftet der nicht. Erst der Volkerts und jetzt auch noch der Fuchs. Dass sein bester Verkäufer sich selbstständig gemacht hat, ihm Konkurrenz machen will, das ist zu viel Ärger. Dann muss es, in Berlin zwischen den Beiden, auch noch ein Problem wegen der Dietze gegeben haben. Also wenn Sie nicht unbedingt Appetit auf Protest haben, dann bleiben Sie besser noch ein paar Tage in Deckung. Es sei denn, Sie brauchen dringend Geld, dann müssen Sie sich allerdings auf harte Kämpfe einstellen." Klärte die Sekretärin Ruth über die Lage auf.

Ruth fand es ja lieb von ihr, dass die Sekretärin sie warnen wollte, zusätzlich hatte die Wirtz ihr dabei eine wertvolle neue Information zukommen lassen, die sich für Ruth in Barer Münze auszahlen könnte.

Schnell hatte Ruth das Telefonat beendet und war aufgeregt zu Udo zurück in unser Zimmer gestürzt.

„Stell dir vor Udo, der Norbert Fuchs hat sich tatsächlich selbständig gemacht. Da kommt doch Freude auf. Somit ergeben sich ja für uns ungeahnte neue Möglichkeiten. Wir können auch dem Norbert die Aufträge verkaufen. Ha, das ist doch toll, oder was sagst du dazu?" hatte Ruth sich fast überschlagen vor Freude.

„Ja, wenn der das Geld hat. Woher soll der denn so viel Kohle haben? Oder hat der auch nen Finanzier?" bremste Udo ihre Euphorie.

Ruth stutzte, dachte kurz nach, dann musste sie zugeben: „Leider hast du schon wieder Recht. Ich weiß zu wenig. Hab keine Ahnung mit wem und wo er seine Firma gegründet hat, und er ist ein Windhund, bei dem man nicht weiß woran man ist, und ob man ihm vertrauen kann. Ich muss auf jeden Fall mal erst zum Meier ins Büro, noch einmal mit der Wirtz sprechen, weil ich nähere Informationen brauche. Vermutlich werde ich nicht an dem Meier vorbeikommen. Der ist bestimmt noch im Büro und stellt mich direkt zur Rede. Ja, ist auch richtiger, erst einmal bei der Firma Meier zu bleiben. Also willst du mitkommen oder meinst du nicht auch, dass es besser ist, wenn ich die ganze Sache mal erst mit ihm alleine kläre? Was meinst du?" war sie unsicher, obwohl sie hoffte, dass Udo nicht mitkäme.

Er schien auch keine Lust auf Meier und seine Standpauke zu haben, wollte es ihr lieber alleine überlassen, eine Kopfwäsche verpasst zu kriegen. „Nö, ich fahre ins Cafe. Aber du musst mich eben hinbringen, hab nur noch nen Zwanni in der Tasche, das reicht nicht für eine Taxe." verlangte Udo.

Auf dem Weg nach Wuppertal glaubte Udo ihr vorsagen zu müssen, wie sie sich Meier gegenüber verhalten sollte: „Lass dich nicht überfahren, und auch nicht vertrösten. Wenn er die Aufträge nicht in Bar löhnen will, gib sie ihm nicht. Der Meier wird ziemlich sauer auf dich sein, ist dir sicher klar, oder? Und frag die Wirtz wo der Fuchs sein Büro hat. Dann fahr zu ihm, oder ruf mich im Sportcafe an, wenn du nicht weißt was du machen sollst."

Ruth war ein wenig beleidigt, erwiderte ärgerlich: „Also wirklich Udo, das musst du mir doch nicht vorkauen. So schön ich deine Fürsorge finde, aber ich habe mich bisher auch immer allein durchboxen müssen, sodass ich mit einem Bert Meier auch ohne Anleitung fertig werde. Und dass ich dich anrufen kann, wenn ich deine Hilfe brauche, das weiß ich. Also lass mich mal machen, ich komme schon klar."

„Nun gut. Dann fahr mal, du weißt ja wo du mich findest. Und bring Geld mit."

Manchmal hatte Ruth den Eindruck, dass Udos vorrangiges Interesse nur Geld war. Als ob sie das nicht selbst wisse, dass sie finanziell ziemlich im Engpass waren. Aber wenn Udo dachte, er könne wieder so viel Geld für seinen Spieltrieb haben, dann würde sie sich weigern, denn das Wichtigste war jetzt eine Wohnung. Schließlich wollte sie ihren Sohn zu sich nehmen und wieder ein richtiges Familienleben führen. Das musste Vorrang haben, da würde sie sich durchsetzen. Bei aller Liebe.

Während der Fahrt überlegte Ruth auch, wie sie auf eine Änderung ihres Arbeitsvertrages reagieren solle. Dass Meier dies mit Sicherheit beabsichtigte, war nach ihrer fluchtartigen Abreise, aus Berlin, ganz normal. Ihr vorzeitiger Arbeitsabbruch kam, rein rechtlich, sicher einer Arbeitsverweigerung gleich, sodass Meier sowieso die Möglichkeit hatte, ihren Festvertrag fristlos zu kündigen. Darüber war Ruth sich im Klaren. Tja, war in Ordnung, aber leicht würde sie es ihm nicht machen und er würde keinesfalls billig davon kommen.

„Ha, bin ich denn blöd? Ich bin auf dem falschen Weg. Zuerst muss ich mal den Norbert suchen, damit ich mir eine neue Tür schon mal vorsichtshalber einen Spalt breit öffnen kann. Der braucht doch Aufträge. Ich weiß auch schon wo ich ihn finden kann. Also, Ruthchen, erstmal zum Norbert!" befahl sie sich selbst, als ihr die Marschroute wie Schuppen von den Augen fiel.

Und schon veränderte sie die Fahrtrichtung, und fuhr zur Ratsschänke, der Kneipe von Elviras Mutter. Selbst wenn Norbert nicht da wäre, so wüsste Grete, die Wirtin, bestimmt wo Ruth die Firma von Norbert finden konnte.

Tatsächlich stand Norberts Mercedes vor dem Lokal, und den Gesuchten fand Ruth, in der Ratsschänke, an der Theke.

„Ach, sieh an, wer kommt denn da? Protest mit dem Meier, weil du einfach abgehauen bist? Das war natürlich ein grober Fehler von dir, meine Liebe." begrüßte Fuchs die Ankommende.

Ruth lachte Kopfschüttelnd, winkte ab: „Nee Norbert, das steht mir gleich noch bevor. Aber vorher wollte ich eigentlich mal hören wie es bei dir aussieht. Dass du die Firma Meier verlassen hast und dem Meier jetzt Konkurrenz machen willst, hab ich ja bereits erfahren. Brauchst du Aufträge?" fragte Ruth während sie seine Hand schüttelte.

„Klar, hast du einen?" kam die schnelle Gegenfrage.

Diesmal nickte Ruth, und bevor sie etwas sagen konnte, offerierte ihr der neue Geschäftsmann: „Dann gib ihn mir. Es gibt sofort Bargeld! Mit dem Meier wirst du erst eine lange Debatte haben, obwohl er zwar auch zahlen wird, aber ich zahle Fünfzehn! Bei mir stehst du dich besser!"

„Fünfzehn?" staunte Ruth. „Das ist aber mal eine gute Nachricht. Es gibt nur ein Problem, wir haben auf Meiers

Formularen geschrieben. Kannst du mir denn schon einen Auftragsblock geben?"

Fuchs wehrte ab, belehrte sie: „Nein, die sind noch im Druck, aber das ist doch kein Problem. In den Geschäftsbedingungen steht ja klar und deutlich, dass der Auftrag auch weiterverkauft werden kann und, dass eine andere Firma den Auftrag ausführen darf. Du kannst mir den Auftrag getrost überlassen. Fünfzehn sind dir doch sicher lieber als zehn, oder? Und du brauchst dich nicht mit dem Meier rumärgern. Wie viel Quadratmeter hast du denn geschrieben?"

„Ich weiß nicht, Norbert, aber Fünfzehn? Das kann ich kaum glauben. Wo ist der Trick? Mir ist zwar klar, dass die Fassaden-Branche ein Gauner-Geschäft ist, aber klär mich bitte mal auf. Ganz ehrlich!" verlangte Ruth.

Norbert grinste als er erklärte: „Ach das weißt du noch gar nicht? Der Reibach liegt in den Alu-Profilen. Das ist der dickste Posten, da liegt der Gewinn. Und wenn die Monteure gut sind, dann reden Sie den Kunden ein, dass sie die bessere Ausführung nehmen sollen, weil das viel haltbarer ist. Die Monteure lassen sich einen Zusatz-Auftrag unterschreiben, daraufhin wird doppelte Einfassung reingeknallt und dann kostet der laufende Meter Alu doppelt und dreifach. Im Einkauf Kleingeld. Natürlich könnten wir sonst nicht solche Provisionen bezahlen."

Blitzschnell überlegte Ruth was sie machen sollte, dann entschloss sie sich erst Udos Meinung einzuholen. Aber was sollte sie jetzt antworten? Dass sie zwei Aufträge hatte wollte sie ihm nicht auf die Nase binden. Sie wusste allerdings auch nicht, welche Größe sie jetzt Fuchs verkaufen sollte, denn eines war ihr schlagartig klar geworden, sie wollte sich alle Türen offen halten. Das hieß, einen Auftrag Bert Meier anbieten, aber welchen, den Kleinen oder den Großen?

„Wo ist denn deine Firma, und wie heißt sie? Hast du schon mehrere Bautrupps?" wechselte Ruth das Thema.

Fuchs war doch nicht ausgefuchst genug um das Ablenkungsmanöver zu durchschauen, denn er erzählte stolz: „Ich habe schon zwei Bautrupps und Büro mit Lager auf der Gräfratherstraße, also nicht weit von hier. Die Auftragsblöcke sind aber kein Problem, ihr könnt ja vorerst weiter auf Meiers Auftragsformulare schreiben. Wann willst du denn mal ins Büro kommen, dann können wir alles weitere besprechen. Und was hast du jetzt mit dem Meier vor?"

Ruth legte die Stirn in Falten, wollte nicht näher darauf eingehen, deshalb versprach sie: „Ich will das erst mal mit Udo absprechen, aber wenn du morgen in deiner Firma bist, können wir uns nachmittags mal zusammen setzen. Dann kommen wir morgen Nachmittag gegen Drei. Ist dir das Recht?"

„Ja, prima. Und bring den Auftrag mit. Können wir morgen direkt abrechnen."

Zufrieden fuhr Ruth nach Haan.

Als sie den Empfangsraum der Firma Meier betrat schlug ihr nicht nur der Nikotinnebel entgegen, sondern man spürte förmlich die dicke Luft, die zurzeit dort herrschte, obwohl Meier nicht zu sehen war.

Die Wirtz hatte einen hochroten Kopf, sie wirkte verschwitzt, und das hieß schon was, denn die Sekretärin war normalerweise hart im nehmen.

Aus dem Chefbüro waren laute Stimmen zu hören, die sich heftig stritten. Ruth fragte die Wirtz mit einer Geste Richtung Chefzimmer und einem Schulterzucken was da drin los sei, aber die Sekretärin hob nur die Achseln und machte ein ratloses Gesicht.

Gespannt horchten sie nun beide, doch sie hörten nur einzelne Worte, Satzfetzen.

Dann flog die Tür auf und der Chef stürzte ins Zimmer.

Als er Ruth sah lief er dunkelrot an und fauchte böse: „Dass du dich überhaupt noch hier hin wagst, das hätte ich nicht für möglich gehalten. Sag mal, was denkst du dir eigentlich dabei, einfach abzuhauen? Ohne Rückfrage? Und dann lässt du dich einfach tagelang nicht sehen, holst auch die Werbedamen nicht ab, hast du im Lotto gewonnen, oder aus welchem Grund arbeitest du noch nicht? Denkst du, dass du dir alles erlauben kannst, und das keine Folgen für dich hat?“ Meier ließ Ruth nicht zu Wort kommen. Er stand ganz nah vor ihr, und dabei streckte er den Kopf vor, wie ein Raubvogel, der seine Beute fixiert, sodass sein schlechter Atem sie zurückweichen ließ. „Dir ist ja wohl auch klar, dass dein Verhalten ein glatter Vertragsbruch war. Das bedeutet, dein Vertrag ist somit ungültig. Frau Wirtz, machen Sie bitte der Ruth ihre Papiere fertig. Ja, und die Gehaltsabrechnung für die restlichen Tage.“

„Kann ich jetzt auch mal was sagen?“ fragte Ruth ruhig.

„Es gibt nichts womit du mir widersprechen oder mich umstimmen könntest!“ zischte Meier sauer.

„Will ich gar nicht!“ lachte Ruth lauthals. Sie lachte so laut, dass die Wirtz sie erschrocken anstarrte.

„Wie? Was willst du denn, entschuldigen brauchst du dich jetzt auch nicht mehr.“ Knurrte Meier verwundert.

„Wollte ich auch nicht. Nö! Ich wollte dir lediglich sagen, dass ich deinen Vertrag mit dem Minigehalt gar nicht mehr brauche. Ich schreibe jetzt nur noch selbst. Mit Udo natürlich. Und wenn du willst, kannst du Aufträge von uns kaufen. Das wollte ich dir nur sagen.“ Sagte Ruth in aller Gemütsruhe mit so breitem Grinsen, dass ihre Ohren Besuch erhielten.

„Hm, und was ist mit meinen Werbedamen?" wollte Meier ratlos wissen.

„Lieber Bert", sagte Ruth in einem Ton, als spräche sie mit einem geistig Behinderten, „zum letzten Mal, es sind MEINE nicht deine Werbedamen. Was soll mit denen sein? Ich mache weiterhin Werbung mit denen. Schließlich müssen die Adressen ja irgendwo herkommen."

„Dazu müsstest du ja ein Auto haben, und das hast du nicht. Der VW ist ein Firmenwagen, den du abgeben musst!" trumpfte er auf.

Jetzt lachte Ruth ihn laut aus, fragte unter Lachen: „Wo steht das denn Herr Meier? Der Wagen ist auf mich zugelassen. Vergessen? Haben Sie die Fahrzeug-Papiere? Nein? Können Sie ja auch nicht, Herr Meier, denn die liegen bei mir zu Hause." Wechselte sie absichtlich zum harten Sie, um ihm ihre ganze Überlegenheit zu demonstrieren.

Danach meinte sie mit ironischem Grinsen und umgänglich lieben Ton: „Nee, mein Lieber, der VW gehört mir und den muss ich nirgendwo abgeben. So, und wenn du dich beruhigt hast, lieber Bert, dann kannst du mir übermorgen Bescheid geben, ob wir ins Geschäft kommen. Morgen habe ich keine Zeit, da bin ich schon mit der Firma FUCO im Gespräch. Tschüss!"

Damit war sie in Windeseile zur Tür hinaus.

Neues Heim

Im Auto atmete Ruth tief durch und war so stolz auf sich, dass sie sich am liebsten selbst auf die Schultern geklopft hätte.

Sie hielt an der nächsten Telefonzelle, sprang hinein und wählte zuerst die beiden Rufnummern der Wohnungs-Anzeigen, bei denen sie bis dahin niemand erreicht hatte.

Natürlich war eine Wohnung schon vermietet, aber bei der zweiten Nummer hatte sie Glück. Der Vermieter bot ihr sofort einen Termin am gleichen Tag an, den sie gerne annahm. Allerdings schon eine Stunde später. Nach Wuppertal, um Udo abzuholen, wäre zeitlich nicht hingekommen.

Also rief sie im Sportcafe an und verlangte Udo zu sprechen. Die Frauenstimme am anderen Ende erstaunte Ruth, denn das war das erste Mal, dass eine weibliche Bedienung diese Männerdomäne zierte. Sofort fragte die Stimme: „Manuela, bist du das?"

„Nein, warum fragen Sie? Ich heiße Ruth! Zufrieden? Würden Sie denn jetzt bitte den Udo ans Telefon rufen?" erwiderte Ruth ärgerlich. Was ging es die Bedienung des Sportcafes an, welche Frau nach Udo verlangte?

„Ja, schon gut. Entschuldigung!" antwortete die Frau und warf den Hörer so hart neben den Apparat, dass es in Ruths Ohren knallte, und Ruth schimpfte: „Blöde Zicke!"

„Wer war das denn am Telefon?" fragte Ruth als Udo sich meldete.

„Die Marieta, warum? Was ist, warum rufst du mich an, wieso kommst du nicht? Ist was passiert?" seine Stimme klang ungeduldig.

Als sie ihm die geschäftlichen Ergebnisse berichtet und wegen der Wohnungsbesichtigung gefragt hatte, ob er unbedingt mit wolle, brummte er ungehalten: „Quatsch, das kannst du doch wohl alleine. Ich bin gerade in einer Gewinnsträhne, du hast mich gestört. Komm anschließend her." dann legte er grußlos auf.

Manchmal war Udo aber wirklich zu dominant! Es war ja wohl keine Frage, dass sie anschließend nach Wuppertal käme. Ruth schüttelte sich, wie ein nasser Hund sein Fell ausschüttelte, als wolle sie den Ärger abschütteln, dann stieg sie in ihr Auto. Bis zum Besichtigungstermin war noch Zeit, also kaufte Ruth schnell die fehlenden Lebensmittel ein und brachte sie zur Wuppertalerstraße.

Überraschenderweise war Beate in der Wohnung, und begrüßte Ruth mit den Worten: „Schön dich mal wieder zu sehen, Ruth. Wo ist denn Udo? Hast du Zeit für nen Kaffee?"

Ruth bedauerte ehrlich: „Nein, tut mir wirklich leid, Beate, aber ich habe gleich ne Wohnungsbesichtigung, am Katternberg. Wir fühlen uns zwar sehr wohl hier, aber das ist ja kein Dauerzustand, vor allen Dingen, weil ich Rene zu mir nehmen will. Wir brauchen Platz."

„ Versteh ich. Und was ist mit Ramona?" fragte Beate verwundert.

„Die soll bei Robert bleiben, dann hat er Gesellschaft und zusätzlich eine Hilfe im Haushalt. Mit Vierzehn kann man ja schon ein bisschen helfen. Aber da Robert sich mit der Trennung abgefunden hat, und friedlich ist, können die Kinder ja pendeln wie sie wollen. Nur, wie gesagt, ich brauche mehr Platz. Ich muss aber jetzt weg, bleibst du heute?" erklärte Ruth die Situation.

Beate verneinte: „Nee, bin gleich wieder weg. Aber wir sind ja nicht aus der Welt, wir hören voneinander. Geh nur, damit du nicht zu spät kommst!"

Das gepflegte Neubau-Gebiet am Katternberg war sehr schön weitflächig angelegt, mit Vorgärten und Rasenflächen. Alle Straßen waren nach Schriftstellern benannt, Ruth suchte die Fontane-Straße 8. Durch die hügelige Straßenlage musste Ruth zu dem Sechsfamilienhaus fünf Stufen steigen um zu der Eingangstür zu gelangen.

Vor dieser Tür stand ein Mann mittleren Alters, der ihr freundlich entgegen lächelte.

„Schön dass Sie es so kurzfristig einrichten konnten, Frau Woods. Sind sie Engländerin, das ist doch ein englischer Name?" fragte er.

Gelangweilt klärte Ruth den Vermieter auf, wobei sie aus Zeitersparnisgründen gleich die komplette Selbstauskunft gab. „Nein, der Name ist angeheiratet, aber ich habe den Mann wieder abgegeben, den schönen Namen will ich behalten. Ich habe zwei Kinder, von denen aber nur der Siebenjährige bei mir dauerhaft wohnen soll, die Vierzehnjährige bleibt bei ihrem Vater und kommt eher auf Besuch zu mir. Und ich bin im Außendienst tätig, daher zeitlich flexibel. Tja, mit einem Satz alles Wichtige gesagt. Sie sind der Eigentümer dieses Hauses Herr Werner?"

Der Mann erwiderte schmunzelnd mit Bedauern im Ton: „Nein, leider nur von der einen Wohnung. Das sind alles Eigentumswohnungen, in diesen Häuser. Sie wissen aber, dass es sich um ein Dachgeschoss-Apartment handelt, das kein Kinderzimmer hat?"

Am liebsten hätte Ruth gesagt: ich kann ja lesen. Aber sie antwortete höflich: „Ja, ich weiß es. Aber das macht nichts, es ist ja nicht nur eine Frage der Wohnungsgröße, auch eine des Mietpreises, was man sich aussucht."

Währenddessen war sie dem Eigentümer in die zweite Etage gefolgt, und als er die linke Wohnungstür aufschloss, nickte er: „Das ist wohl wahr. So schauen Sie sich um!"

Geschickt ging er gleich auf den eingelassenen Dachbalkon, von nicht unbeträchtlicher Größe, zu, wohin Ruth ihm natürlich folgte.

„Der ist ja mal schön groß, und welch ein Ausblick! Toll!" entfuhr ihr ein überraschter Ausruf.

Der großzügig weite Blick über die nahegelegene grüne Hügellandschaft, war das beste Verkaufsargument, um jeden Betrachter zur Zusage zu animieren. Das Wohnzimmer in L-Form war recht geräumig, sodass zu Ruths grüner Ledergarnitur auch noch ein Esstisch Platz finden würde. Das Schlafzimmer eher klein, wegen einer schrägen Wand wenig Stellmöglichkeit für den Kleiderschrank. Den könnte man aber in die Diele neben die Badezimmertür stellen. Auch die kleine Kochküche und das Bad –mit Wanne, hatten einseitig Schrägen, sodass man die Wohnung insgesamt nur als Apartment bezeichnen konnte, weil sie die 50 Quadratmeter kaum überschritt. Aber die geringe Größe hatte in der momentanen Situation auch den Vorteil, dass man wenig Möbel brauchte. Der Platz musste vorläufig reichen, und das würde er auch.

Als sie noch einmal den Mietpreis geklärt hatte, der durchaus akzeptabel war, sagte Ruth sofort zum kommenden Monat zu.

Keine weißen Westen

Im Sportcafe erwartete Ruth wieder eine neue Situation. Udo befand sich in einer heftigen Debatte mit einem Mann, der trotz seiner geringen Körpergröße von einer breiten Kompaktheit war, dass er wie ein Preisboxer aussah. Der „Kleiderschrank" ereiferte sich derart, dass seine Halsschlagadern beim Sprechen hervortraten und sein Kopf hochrot war. Es sah so aus, als wolle er Udo gleich ins Gesicht springen, obwohl Udo fast zwei Köpfe größer war.

Beim Näherkommen hörte Ruth den Namen Marieta, verstand aber nicht worum es ging. Seine heißere Stimme passte absolut nicht zu dem bulligen Mann.

Als Udo sie sah, winkte er sie heran und sagte: „Schatz, ich muss dir mal den Boxer vorstellen, ihm gehört das Sportcafe. Ich habe dem Ede gerade erklärt, worum es mit der Marieta ging, dass du nichts gegen die Marieta hast, sondern nur verwundert warst, dass die dich mit der Manuela angesprochen hat. Du wusstest ja nicht, dass die Marieta, Edes Partnerin ist, und sie konnte ja nicht wissen, dass du meine neue Frau bist. Es ist also alles in Ordnung!"

„Aha, ja, kein Problem!" sagte Ruth und fand die Situation etwas skurril, weil dieser Ede so bedrohlich ausgesehen hatte, und seine Stimme, trotz Heiserkeit wie Schreien geklungen hatte. Dabei waren die Männer befreundet? Seltsame Kombination, der elegante große Udo und der kleine bullige Sportler, wie passte das denn?

„Also Boxer, dann möchte ich dir hiermit meine Freundin vorstellen. Ruth, das ist Wolfram genannt Ede, ein guter Freund. Ach und da kommt sie ja, Marieta, komm doch bitte mal, damit ihr euch auch mal kennen lernt. Meine neue Freundin, Ruth. So, damit ist jetzt sicher klar das es nur ein Irrtum war?" entschärfte Udos Erklärung die Situation.

„Kein Problem." Krächzte der Boxer und seine Partnerin nickte nur.

Udo nahm Ruth beiseite und erkundigte sich: „Sag mal, hab ich das eigentlich richtig verstanden? Der Fuchs zahlt Fünfzehn? Wie geht das denn? Da ist doch irgendein dicker Haken dran, wie kann der denn bei Sechsunddreißig so viel Provision bezahlen und noch verdienen? Selbst wenn er an der Steuer vorbei, schwarz, arbeiten würde, das geht nicht. Der muss doch auch noch die Monteure und das Material bezahlen. Was kann dem dann noch übrig bleiben? Nee, da stinkt was zum Himmel." vermutete Udo.

Mit breitem Grinsen im Gesicht klärte Ruth ihn auf.

„Auweia, das ist ja noch besser als bei uns zu „Sub-Zeiten". Es gibt doch immer wieder neue Möglichkeiten. Prima! Natürlich verkaufen wir dem Fuchs unsere Aufträge, ist doch klar! Also wann lerne ich den Norbert Fuchs kennen?" freute sich Udo und rieb sich die Hände.

Zaghaft widersprach Ruth: „Ich hatte eigentlich gedacht, dem Fuchs einen und den zweiten dem Meier zu verkaufen. Ich wollte nur erst mit dir reden, welchen wir dem Meier geben. Du darfst nicht vergessen, dass ich noch Gehalt zu kriegen habe und ihm sein Auto vorenthalte. Schließlich hat er den VW bezahlt, er war nur dumm genug mir den Brief zu überlassen. Aber Arroganz muss bestraft werden. Weil er zu versnobt ist, einen VW auf die Firma anzumelden, weil nur erstklassige Daimler auf die Firma laufen, dann braucht er sich nicht zu wundern, dass ich den Wagen nicht rausgebe."

Udo sah sie mit kritischem Blick an, dann nickte er und lenkte ein: „Ja, machen wir so. Ich habe zwar keine Sorge, dass der Meier uns Probleme machen kann, aber ich finde es in Ordnung, dass du Ärger vorbeugen willst. Aber dass Meier den kleinen Auftrag kriegt, ist ja wohl keine Frage, oder?"

„Na ja, der Kleinere ist klar, ich weiß zwar, dass der Meier keine weiße Weste hat, schon weil der Fuchs ihn so im Griff hatte, dass der sich alles erlauben konnte. Aber wer hat das schon, eine weiße Weste? Du und ich sicher auch nicht. Aber um Problemen vorzubeugen, will ich dem Meier den Eindruck vermitteln, dass er die Nummer eins ist. "

Udo schmunzelte, meinte: „Ich kenne keinen Menschen mit ner weißen Weste. Die hier im Sportcafe rumlaufen haben alle in irgendeiner Weise Mist gebaut, gegen das Gesetz verstoßen, oder irgendwelche dunklen Geheimnisse. Eben Gauner und Tagediebe."

„Was ist denn „Sub"? Ich kenne den Ausdruck nicht und der Zusammenhang mit Fassaden ist mir schleierhaft."

„Das war eine Zeit, in der viele als Sub-Unternehmer, mit ausländischen Schwarzarbeitern, in der Baubranche gearbeitet haben. Ohne Arbeitsgenehmigung konnten die Malocher natürlich nicht angemeldet und auch nicht versichert werden. Dementsprechend groß war der Gewinn, weil die Subs mit ihren Firmen logischerweise auch keine Steuern bezahlen konnten, was den Chefs sehr angenehm war. Viele von denen, die hier im Sportcafe verkehren haben damit, einige Zeit, eine riesige Mark gemacht." erzählte Udo mit verträumter Miene, der man ansah, dass er mit Wehmut an die Zeit zurück dachte.

Verwundert fragte Ruth: „Und warum machen die das nicht mehr, wenn es doch so lukrativ war?"

„Dummchen!" lachte Udo sie aus. „Das war illegal, oder deutlicher ausgedrückt, kriminell! Das war nicht nur ein

Verstoß gegen das Arbeitnehmer-Überlassungsgesetz, manches wurde auch als Menschenhandel ausgelegt. Da ist so manches schief gelaufen. Die Subs sind alle gefasst und bestraft worden, viele waren im Knast. Ein Großreinemachen vom Feinsten ist zum Schluss von den Behörden durchgeführt worden. Das traut sich heute keiner mehr. Aber ich glaube auch nichts, dass es zur jetzigen Zeit noch möglich wäre, Arbeiter bei irgendeiner Baufirma unterzubringen. Das Finanzamt und die AOK haben damals sogar die Baufirmen als Drittschuldner haftbar gemacht. Für die Baufirmen ist das im Nachhinein sehr teuer geworden. Das ist durch alle Medien in Deutschland gegangen, richtig groß aufgebauscht worden, ist das damals. Tja, schade um die Sau, sie fraß so schön!" lachte Udo ganz laut über seinen eigenen Witz.

„Hm, ja, verstehe. Schade. Nun müssen wir eben Fassaden verkaufen, läuft bestimmt auch nicht schlecht, wenn es so weiter geht wie bisher." Versuchte Ruth ihren Freund zu trösten. „Aber was ist denn da schief gelaufen, und wieso Menschenhandel? Das verstehe ich nicht!" war ihre Neugierde noch nicht befriedigt.

Udos Blick war seltsam unwirklich, obwohl der Ton irgendwie teilnahmslos war, als er erklärte: „Das Problem war, wenn ein Arbeiter einen Unfall, auf der Baustelle, hatte, zum Arzt, oder gar ins Krankenhaus konnte man ihn nicht bringen, er war ja illegal. Es wurden einige Leute als vermisst gemeldet, und man vermutet noch heute, dass die vielleicht im Beton von Großbaustellen oder unter der Autobahn begraben wurden."

„Was? Das ist doch nicht wahr? Das hast du doch jetzt erfunden? Eine solche Räuberpistole kann ich nicht glauben!" rief Ruth erschrocken aus.

„Glaub doch was du willst!" knurrt Udo und wandte sich ab.

Als Udo zum WC gehen wollte, vertrat ihm der Glatz-köpfige den Weg, und Ruth sah die beiden gestikulieren. Dann kam Udo auf Ruth zu und fragte: „Hast du mir Knete mitgebracht? Ich muss dem Heinrich noch die Zweihun-dert geben."

Ruth schüttelte den Kopf: „Nein, woher denn? Ich hab doch noch keinen Auftrag abgegeben. Morgen gibt es Geld vom Norbert."

Ärgerlich maulte Udo: „Welch ein Quatsch! Du hast zwei fertige Aufträge in der Mappe, sprichst mit zwei Fir-men-Chefs und hast keinen verkauft? Bist du doof? Du weißt doch dass wir Geld brauchen! Was soll das?"

Verlegen antwortete Ruth mit leiser Stimme: „Aber ich wollte doch erst deine Meinung wissen. Ich dachte, dir wäre es lieber, wenn ich mich mit dir abstimme?"

„Ja- aber doch nicht in dem Fall. Mann oh Mann, muss man dir denn wirklich alles vorkauen? Jetzt muss ich den Heinrich noch mal vertrösten. Scheiße! Wie steh ich denn da?" zischte er sauer und wandte sich zum gehen.

„Ich dachte, du hattest eine Glückssträhne? Wieso brauchst du dann jetzt noch Geld von mir? Konntest deine Schulden doch davon bezahlen!" erwiderte Ruth störrisch.

„Da kannst du mal sehen, dass du null Ahnung hast. Beim zocken kann sich das Blatt schlagartig wenden. Und schon ist es vorbei mit dem Glück. Also denk nicht, vor al-lem nicht bei Sachen wo du keine Ahnung von hast." Knurrte Udo.

Ruth sah ihn traurig an, die Tränen standen in ihren Augen, sodass sie sich abwenden musste um nicht loszuheu-len. Wie hatte sich sein Ton verändert, von seinem liebe-vollen Ton war nichts übrig geblieben. Konnte sie sich so in dem Mann getäuscht haben?

„Komm, Schatz, sei nicht sauer, war doch nicht so gemeint. Ich bin dir doch auch nicht böse, nimm das nicht so tragisch, wenn ich mich mal ärgere, ist doch schnell wieder vorbei. Wir Zocker sind halt schnell aufgebracht, wenn wir heißlaufen. Dafür sind wir auch in allen anderen Bereichen aktiv und heißblütig." Schmeichelte Udo ihr, und zog sie in seine Arme.

Als Ruth den Kopf gesenkt hielt, ihn nicht ansah, fragte Udo: „Du hast mir noch gar nicht erzählt, was die Wohnungsbesichtigung ergeben hat. Erzähl, ist sie schön? Wird es was? Wollen wir die nehmen?

Schlagartig wechselt Ruths Stimmung, sodass sie mit strahlendem Gesicht ihre Eindrücke berichtete. Am Ende ihrer Beschreibung sagte sie freudig: „Ja, und am nächsten Ersten können wir einziehen."

„Wie? Hast du schon den Mietvertrag gemacht? Das kannst du ohne Rücksprache, aber einen Auftrag zu Geld machen nicht?" bemängelte er ärgerlich.

Jetzt platzte ihr der Kragen und Ruth zischte: „Nein, ich habe keinen Mietvertrag unterschrieben- aber ich habe zugesagt und ich werde die Wohnung nehmen, mit oder ohne dich. Mein lieber Schatz, wenn du lieber zockst als mitzugehen, mir antwortest, dass ich das alleine machen soll, dann hast du kein Recht zu meckern wenn ich auch alleine entscheide. So, und jetzt fahre ich nach Hause. Kommst du mit, oder willst du bleiben?"

Brummelnd ging Udo zum Ausgang, und Ruth folgte ihm gehorsam, wie ein Hund seinem Herrn.

An der Tür begegnete den Beiden ein junger dunkelhaariger Mann, der eine unnatürlich dicke Weste trug, die dem schlanken Jüngling viel zu groß war. Verwundert betrachtete Ruth den hübschen Jungen so intensiv, dass Udo sie ärgerlich anfuhr: „Warum glotzt du den David denn so an? Gefällt er dir? Willst du was von dem?"

„Quatsch!" antwortete Ruth, als sie in den Fahrstuhl stiegen. „Mir kam nur seine Weste so seltsam vor. Als wenn er eine viel zu große Weste von seinem Opa an hätte. Das sehe ich jetzt schon zum zweiten Mal."

Udo lachte lauthals: „Nee, das ist seine Arbeitsweste. Dann hat sich seine Tour heute gelohnt, weil die Taschen gefüllt waren. Die hat innen und außen insgesamt vierzehn Taschen."

„Wie bitte? Wie soll ich das denn verstehen? Was hat die Füllung seiner Westentaschen denn mit Arbeit zu tun?" verstand Ruth das noch weniger.

Mit breitem Grinsen erklärte Udo: „Das ist eine Einkaufs-Weste. Die wird hier von der Förmchenbande benutzt. Das sind mehrere Taschendiebe, und David ist einer von den Dieben. Wenn die Jungs auf Diebestour durch die Geschäfte ziehen, füllen sie die Taschen mit den geklauten Sachen. Klauen ist doch auch Arbeit. Hier im Cafe ist der Umschlagplatz. Die geleerte Weste wird hier wieder auf ihren Stammplatz gehangen, und der nächste, der die braucht, nimmt sie dann. Also wenn du mal was brauchst, Kosmetik, Parfüm, Nylons, oder andere kleine, feine Sachen, die in solche Taschen passen, sag Bescheid. Bei David und Kollegen gibt es fast alles auf Bestellung zu kaufen, zu kleinen Preisen."

„Nein?" Mit offenem Mund starrte Ruth Udo ungläubig an. „Das ist ja organisierter Diebstahl! Unglaublich! Aber der David sieht so jung aus. Wie alt ist der denn?"

Schulterzuckend erklärte Udo: „Ja und? Die sind alle um die Siebzehn, Achtzehn, oder so herum. Aber die haben keinen Bock zu arbeiten, klauen können die besser und ist lukrativer!"

Gute Aussichten

Am kommenden Tag wollte Ruth telefonisch ihre Werbedamen verständigen, dass sie am nächsten Tag wieder gebraucht würden.

Nachdem sie gegen Mittag ausgiebig gefrühstückt und anschließend herrlich Versöhnung gefeiert hatten, rief Ruth ihre Schwiegermutter und die Radozek an. Die beiden Frauen sagten erfreut zu.

„Komm, lass uns starten, ich würde dir gerne noch zeigen in welcher Gegend unsere neue Wohnung ist, bevor wir zum Norbert fahren." Drängte Ruth danach.

Es war gerade noch genügend Zeit um durch das Neubaugebiet zu fahren, Udo das Haus Nummer 8 zu zeigen, dann fuhr Ruth schleunigst Richtung Gräfratherstraße.

„Dass wir dann noch weiter von Wuppertal entfernt wohnen, ist dir aber klar, oder?" kritisierte Udo.

Ruth erwiderte genervt: „Das ist mir ganz egal. Ich will aus Beates möblierter Bude raus in meine eigene Wohnung, und was anderes hab ich auf die Schnelle nicht gefunden. Außerdem gefallen mir die Gegend und die Wohnung. Warte mal ab, wird dir auch gefallen. Aber mal ganz etwas anderes, wir müssen uns mal überlegen, wie wir die Frauen für ihre Arbeit bezahlen." Überlegte Ruth während der Fahrt. „Zehn Mark die Stunde ist einfach nicht tragbar, weil wir noch gar nicht absehen können, wie es bei uns läuft. Was denkst du? Hast du eine Idee?"

„Auf Provision. Wir arbeiten doch auch so. Da können wir doch keine festen Stundenlöhne bezahlen." Meinte Udo.

„Hm, ob die das machen? Glaub ich nicht!" zweifelte sie. „Nee, da müssen wir uns was anderes einfallen lassen."

Pünktlich um drei Uhr fuhr Ruth auf den Hof der Firma FUCO, bis vor das flache Bürogebäude.

„Aha, sieht nicht übel aus." Meinte Udo.

„Ja, war sicher früher ein kleiner Familienbetrieb. Typisch, das Vorderhaus als Wohnhaus, der Hof für den Ladebetrieb, deshalb der große Platz zwischen den Gebäuden, und das Hinterhaus für die Firma. Wie so viele in unserer Gegend." Sagte Ruth während sie sich umsah.

Norbert erschien in der Tür und sah ihnen entgegen. Er musterte Udo von oben bis unten, dann machte er ein paar Schritte auf die beiden zu und hielt Udo die Hand hin.

„So, du bist also der, dem es eine Ehre war, mit meinem Auto gefahren zu sein? Schön dass wir uns auch endlich mal kennen lernen!" dabei schüttelte Norbert Udos Hand.

Udo schmunzelte und erwiderte freundlich: „Ja, freut mich auch. Ich heiße Udo Gogolscheff, für dich bin ich natürlich Udo. Ich hoffe auf gute Zusammenarbeit!"

Norbert grinste, nickte und schlug vor: „Prima. Dann lass uns doch gleich damit anfangen, und zeig mal wie viel Quadratmeter ihr mir mitgebracht habt."

„Macht meine Sekretärin, Frau Woods. Das ist ihre Zuständigkeit. Ja, pack mal aus, Schatz!" forderte Udo Ruth auf.

Ruth sparte sich eine spitze Bemerkung, obwohl es sie störte, dass Udo sie auch vor Norbert Fuchs quasi degradierte. Sie holte stattdessen die Aktenmappe aus dem Auto und fragte: „Wollen wir das vielleicht drinnen machen?"

„Ja sicher, kommt rein. Dann kann meine Sekretärin uns einen Kaffee machen, dabei bespricht es sich besser." erwiderte Norbert

„Donnerwetter, du steigst ja gleich groß ein, sogar mit Sekretärin. Bist du unter die Millionäre gegangen?" frotzelte Ruth, hoffte so vielleicht Hintergrundinfo über die Finanzlage zu erhalten.

Der gewiefte Norbert konterte geschickt: „Noch nicht, aber das will ich durch euch ja noch werden."

„An uns soll es nicht liegen, wir werden unser Bestes tun." Mischte Udo sich ein, und an seiner ernsten Miene konnte man erkennen, dass er durchaus meinte was er sagte.

Auch die Räume der Firma Fuco waren nach dem gleichen Schema wie Meiers Büro eingerichtet. Durch den Empfangsraum an der kleinen Theke vorbei, die den Eingangsbereich mit dem offenen Büro der Sekretärin trennte, führte eine Tür in das hintere, große Chefbüro. Der Raum war zwar mit alten dunklen Möbeln, aber durchaus edel eingerichtet. Zu einem großen Perserteppich auf dem Boden, und dem gewaltigen alten Schreibtisch, hatte sogar noch eine schwere englische Chesterfield – Ledergarnitur Platz in dem Büro gefunden.

„Du hast Geschmack!" sagte Udo anerkennend und ließ sich unaufgefordert auf einem der klobigen Sessel nieder.

„Was war früher hier drin? Hinterhaus, Flachbau, und das Lager hinter den Büros? Sieht aus als wäre hier früher ein Heimarbeiter-Kotten drin gewesen, Scheren oder Messer-Produktion? Auch eine kleine Firma die in den letzten Jahren dem großen Kleinbetriebe-Sterben zum Opfer gefallen ist?" fragte Ruth neugierig während sie sich umsah.

Norbert Fuchs schüttelte den Kopf: „Nein, keine Schneidwaren, eine Druckerei war hier drin. Aber Kaputtgegangen ist die tatsächlich. Wie die vielen kleineren Betriebe, tja, für die Druckerei schlecht, für mich gut. Jetzt hat hier meine Firma ihren Platz gefunden."

Ruth nickte in Erinnerung: „Eigentlich ganz logisch, denn die Schleifkotten waren fast alle an der Wupper angesiedelt. Für den Betrieb der vielen Schleifkotten im Großraum Solingen war die Wupper ein ganz wichtiger Fluss, der als Antriebskraft für Turbinen und ober-bzw. unterschlächtige Wasserräder zur Metallverarbeitung genutzt wurde. Die Wupper war ja von hier einige Kilometer entfernt, deshalb ist die Druckerei auch sinnvoll. Sicher war es auch ein Familienbetrieb? Traurige Sache, dass so viel kaputt gegangen ist. Aber stimmt, in dem Fall gut für dich." sagte Ruth nachdenklich. „ Klar, Stahlwaren würde man auch jetzt noch riechen. Der Geruch lässt sich ja nicht so schnell vertreiben."

„Wieso? Was riecht denn an Stahlwaren? Das hab ich ja noch nie gehört." Wunderte sich Udo.

„Klar, die Schleifmittel stinken." bestätigte Norbert.

„Ja, und das ist so ein penetranter Geruch, der bleibt in allen Ecken und Fugen des Gebäudes sitzen." vollendete Ruth die Erklärung. „Das kenne ich noch aus der Zeit, als meine Mutter in so einem Betrieb gearbeitet hat. Die hat viele Jahre Scheren geschliffen. Eine harte Accord-Arbeit, eigentlich Männerarbeit, aber nach dem Krieg gab es zu wenige Männer, da mussten halt die Frauen ran. Du kennst das sicher nicht, Udo, in Wuppertal gab es diese Art der Fabrikation nicht. Aber hier in der Klingenstadt, da war die Besteck-Fabrikation die größte und wichtigste Industrie. Als Kind bin ich damit aufgewachsen, mit den vielen kleinen Heimarbeiter-Kotten, die aber überwiegend nur den Feinschliff gemacht haben, wenn sie die Kraft der Wupper nicht nutzen konnten. So wie meine Mutter auch, obwohl diese Feinarbeit ebenfalls an einem Schleifstein, in gebückter Haltung ausgeführt wurde, Tja- das war früher ein blühendes Geschäft. Leider stark im Abbau!"

Norbert schwelgte in ähnlichen Erinnerungen: „Wenn deine Mutter Scherenschleiferin war, kennst du auch sicher noch die leckeren Kottenbuttern, die hab ich als Kind gerne gegessen."

„Natürlich kenne ich Kottenbuttern!" schwärmte Ruth. „Schwarzbrot mit grober Kottenwurst, Senf und Zwiebeln belegt, waren beliebte Heimarbeiter- Pausenbrote, damals eine gängige Tagesration. Heute kennen diesen bergischen Kulturimbiss nur noch die älteren Leute. Na ja, Udo, und du als Wuppertaler hast ja von solchen Solinger Kultspeisen keine Ahnung. Ist klar."

Achselzuckend sagte Udo: „Nein, ich kenne zwar Kottenwurst, diese dicke grobe Schnittbratwurst, aber viel besser finde ich Pferde-Fleischwurst. Das ist eine bergische Spezialität die ich viel leckerer finde. Bei dem Gedanken daran kriege ich direkt Hunger. Aber was sollen wir an der Vergangenheit hängen. Meine Oma hatte ein Blumengeschäft. Das war auch eine super Einnahmequelle. Ja, auch das ist leider lange vorbei. Also zur Sache hier und heute." Damit deutete Udo auf die Mappe mit dem wichtigen Inhalt.

Währenddessen holte Ruth das Auftrags-Formular aus der Mappe und reichte es Norbert.

„Zweihundertfünfzig Quadratmeter? Prima, na das fängt ja gut an!" freute sich Norbert als er das Auftragsformular in den Händen hielt. Gleichzeitig griff er in seinen Schreibtisch, holte eine Kassette heraus, aus der er ein dickes Bündel Hundertmark Scheine holte und blätterte siebenunddreißig Stück vor Udo auf den Tisch.

Udo nickte zufrieden und wollte gerade etwas sagen, doch Ruth kam ihm zuvor, weil sie ahnte um was es ging: „Schön Norbert, Auftrag gegen Bargeld, das ist uns recht lieb. Aber sag mal, bevor wir dir den nächsten bringen, vielleicht morgen schon," dabei warf sie Udo einen warnenden Blick zu, „wie viel Kapazität hast du denn?"

„Bringt was ihr könnt, ich werde eure Aufträge schon unterbringen. Was machst du denn jetzt mit den Werbedamen, Ruth? Bleiben die denn alle bei dir? Ich könnte mir vorstellen, dass der Meier versucht dir die Frauen abzuwerben. Ich habe gehört, dass du den Meier brutal kalt gestellt hast. Der ist ja kotzsauer auf dich." Sagte Norbert entgegenkommend, denn er wollte sich auch vergewissern, mit welcher Menge er rechnen konnte.

Für Ruth war seine Wissbegierde sehr informativ, so wusste sie doch was sie eventuell zu erwarten hatte, da Norberts Informationsfluss mit Meier offenbar noch immer funktionierte.

„Darum muss ich mir keine Sorgen machen, Norbert, meine Werbedamen bleiben bei mir. Zumindest meine Schwiegermutter und die Radozek. Die Dietze kann sich der Meier unter die, na ja, ich sag nicht wohin er sich die stecken kann. Die nehme ich eh nicht mehr mit. Die hat mir nur den Platz im Auto blockiert, gebracht hat die nix. Aber ich bin ja auch kein Mann, sonst wäre ich vielleicht geneigter sie zu beschäftigen." Sagte Ruth hart.

Die Männer kommentierten Ruths Aussage nur mit einem amüsierten Grinsen.

„So, dann will ich mal schauen, wie sauer der liebe Bert auf mich ist, denn ich muss noch mein Restgehalt und meine Papiere bei ihm abholen. Sollen wir, Udo?" drängte Ruth zum Aufbruch.

Auf dem Betriebshof hielt gerade ein gelber Porsche, aus dem ein dünner blonder Mann ausstieg, dessen weißes Gesicht einen gequälten Ausdruck hatte.

„Ach das passt ja gut!" rief Norbert dem Mann zu. „Du kommst gerade richtig, damit ich dir unser neues Vertreter-Paar vorstellen kann, Wolfgang. Das sind meine alte Bekannte Ruth Woods und ihr Partner Udo Gogolscheff, unsere neuen Außendienstler, die uns zu Millionären machen wollen." Dabei grinste Norbert süffisant und wandte sich den Beiden zu: „Und euch möchte ich meinen Kompagnon Wolfgang Korbmacher vorstellen, den ihr dann automatisch mit reich macht. Eigentlich ist er zwar Sportreporter beim Generalanzeiger, aber als zweites Standbein jetzt auch als Gesellschafter in meine Firma eingestiegen."

Der Mann verzog keine Miene, Freundlichkeit schien ihm fern zu liegen. Deshalb war die Begrüßung kurz und sehr distanziert. Nachdem man sich kurz die Hände gereicht hatte, verabschiedeten sich Ruth und Udo schnell.

„Sag mal, haben wir Geld zu verschenken?" fragte Udo ungehalten, als sie im Auto saßen. „Warum hast du den kleinen Auftrag nicht auch dem Norbert gegeben. Bei dem Meier gibt es Fünfhundert weniger. Was soll der Blödsinn?"

„Weil wir das doch so vereinbart haben und weil ich wegen meinem Restgehalt sowieso noch einmal da hin muss. Und um eine Tür offen zu halten und nicht ganz zuzuschlagen?" ließ Ruth es wie eine Frage klingen, weil sie seine schlechte Laune der letzten Tage nicht mehr ertragen konnte. „Was ist denn mit dir los, Schatz? Ist irgendetwas passiert, was dich so missmutig macht?" fragte sie dann geradeheraus.

„Hat mit dir nichts zu tun." Entschuldigte er sich. „Ist wegen meiner Mutter und meiner Oma. Da muss ich in den nächsten Tagen auf jeden Fall mal hin. Möchte ich aber jetzt nicht weiter drüber reden. Aber weißt du was? Fahr mich mal eben zu meiner Oma, dann erledigst du deine Sachen alleine und wir treffen uns im Sportcafe, ja? Ist nur hier vorne in Sonnborn, dann fährst du von da aus nach Haan, gut?"

Udos liebevoller Ton versöhnte sie sofort wieder, sie nickte und fuhr in Richtung Wuppertal.

Unterwegs brachte Ruth ein wichtiges Thema noch einmal zur Sprache: „Ich habe eine Idee, die sicher für alle Beteiligten in Ordnung ist. Was hältst du davon, wenn wir den Werbedamen fünfzig Mark pro Woche bezahlen und für jeden geschriebenen Auftrag hundert Mark zusätzliche Provision? So laufen die nicht völlig umsonst und haben die Provision als Anreiz."

„Wir waren uns doch einig, dass wir keinen festen Stundenlohn zahlen können, oder?" wehrte Udo ab.

Ruth musste sich zur Ruhe zwingen, fand seinen Einwand falsch, deshalb sagte sie ruhig mit Betonung: „Das ist ja auch kein Stundenlohn. Dann müssten wir zwischen dreißig und fünfzig Mark täglich, und pro Person, bezahlen. Aber die fünfzig sind nur eine Anerkennung für die Mühe der Frauen. Mit der zusätzlichen Provision kommt es letztendlich fast auf einen Stundenlohn hinaus. Aber, warte bevor du widersprichst, wenn wir uns jetzt kleinlich zeigen, geizig sind, dann könnte es wirklich passieren, dass die beiden Treuen uns weglaufen. Der Meier wird es bestimmt versuchen und bei der Radozek könnte es gelingen, die hat nämlich auch ein Auto. Außerdem, Schatz, wenn wir für so eine kleine Entlohnung kein Geld erübrigen können, dann haben wir entweder kein Selbstvertrauen oder sind faul."

Udo sah sie nachdenklich an, dann sagte er: „Hast Recht!"

In Sonnborn, wo die Wuppertaler Schwebebahn auf die andere Straßenseite wechselt, um ihren Weg über die

Wupper fortzusetzen, wohnte Udos Großmutter. Ausgerechnet in der Gegend, wo man wegen den kreischenden Fahrgeräuschen der hängenden Bahn, sicher nachts keinen erholsamen Schlaf fand, denn die Schwebebahn ratterte, krächzend und kreischend, im 3-Minuten-Takt an den Schienensträngen entlang. Schrecklich trist, grau in grau, sah diese Gegend aus, weil auch kein Baum oder Strauch, kein Grashalm in dieser Straße zu sehen war, deshalb wirkte diese Gegend ärmlich und trostlos, einfach wie vergessen.

Aber am schlimmsten aber war der faulige Geruch, der von der stinkenden Wupper über der ganzen Gegend lag, woran nicht nur das nahe bekannte Chemie-Werk, mit seiner Abwässer-Ableitung in den Fluss, die Schuld trug; sondern ebenfalls die Textilindustrie durch das Wasserablassen vom Bleichen und Färben der Garne und Tuche in die Wupper. Hinzu kamen die Chemie-Dämpfe, die aus den hohen Schornsteinen entwichen. Besonders bei schönem Wetter, trugen die noch dazu bei, dass der Geruch penetrant unangenehm, atemberaubend war.

›Eine Gegend in der ich niemals wohnen möchte. Wie gut wohnen wir dagegen in Solingen, besonders in unserer zukünftigen Wohnung am Katternberg‹. Dachte Ruth.

Bevor Udo ausstieg, holte er das Geld aus der Jackentasche, und reichte ihr ein Bündel Hunderter, dann küsste er sie und mahnte: „Und gib dem Meier den Auftrag nicht, wenn er unfreundlich ist oder nicht sofort die Kohle rausrückt, die du noch zu kriegen hast, hörst du?"

„Ja, ich weiß." Sagte Ruth genervt und verdrehte heimlich die Augen.

Nach kurzer Fahrt hielt sie kurz an und zählte die Geldscheine, es waren dreißig, Ruth stellte fest, dass er ihr den größeren Teil gegeben hatte. Ruth atmete erleichtert auf, also konnte er Gott sei Dank nicht so viel verzocken. Dann noch einen Tausender von Meier und ihr Gehalt, also war die neue Wohnung und deren Einrichtung gesichert.

Meiers Begrüßung war alles andere als freundlich, er pfiff Ruth direkt an: „Sag mal, was machst du eigentlich? Bist du jetzt ganz verrückt geworden? Wieso holst du die Frau Dietze denn nicht ab? Die wartet auf dich, seit wir aus Berlin zurück sind...."

„Guten Tag lieber Bert! Danke, es geht mir auch gut. Nun zu deiner Frage: erstens fahre ich erst morgen wieder werben, und zweitens nehme ich nur Leute in meinem Auto mit, ja, in meinem Auto, die mir nützen. Die Dietze mag dir was nützen, mir nicht! Bisher nicht, und ich will auch nicht darauf warten, bis sie mal etwas leistet. Was sie bei dir geleistet hat, ist bei mir nicht gefragt, versteht sich wohl, oder? Sonst müsste ich ja lesbisch sein. Also, wenn du sie beschäftigen möchtest, dann kannst du das ja auf deine Art gerne tun. Ich brauche diese Null nicht!" unterbrach Ruth den Aufgebrachten, und sah aus einem Seitenblick auf die Sekretärin, dass die sich abwandte, weil die das Lachen verkneifen musste.

Meier lief rot an und schnappte nach Luft, knurrte ärgerlich: „Also Ruth, sei nicht so frech. Ich weiß nicht was dieser Udo mit dir gemacht hat, dass du dich so verändert hast."

Ruth ließ ihn wieder nicht weiter reden, sondern erklärte: „Kann ich dir sagen, Bert, wenn dich das interessiert: er hat mir bestätigt, dass ich es nicht nötig habe, mich ausnutzen zu lassen. Dass wir uns besser als freie Mitarbeiter stehen, und deshalb mache ich jetzt das, was du mir nicht zugestehen wolltest, ich schreibe selbst, statt anderen Leuten auf das Pferd zu helfen. Die sollen sich selbst ihre

Kunden suchen. Von mir gibt es keine Adressen mehr. Selber fressen macht fett. So, sind meine Papier und die Abrechnung fertig?"

„Weiß ich nicht, aber ich denke nicht. Du wirst dich wohl noch gedulden müssen, wir haben weiß Gott andere Dinge zu tun, als für die Frau Woods unsere Zeit zu vergeuden. Komm mal nächste Woche wieder, aber ruf besser vorher an, ist sicherer, dann musst du den Weg hierher nicht umsonst machen. So gerne bist du hier nicht mehr gesehen."

„Tja, wenn das so ist, lieber Bert, wenn ich hier nicht gerne gesehen werde, dann brauche ich dir ja auch keine Aufträge mehr zu bringen. Dann Tschüss!"

Auf der Rückfahrt dachte Ruth über ihre Aussage in Bezug auf ihr eigenes Liebesleben nach. Lesbisch? Irgendwo hatte sie mal gelesen, dass jeder Mensch innerlich beidseitige Interessen hatte. Nein, das konnte nicht sein. Wenn das wirklich der Fall wäre, dann aber nicht an so einem kleinen Speckmops wie der Dietze.

Verschiedene Meinungen

Weil Ruth noch nicht damit rechnete, dass Udo schon auf sie wartete, fuhr sie als erstes noch mal nach Hause.

In Gedanken war sie schon dabei ihr neues zu Hause, in der Hausnummer Acht, gedanklich einzurichten.

Deswegen wählte sie Roberts Nummer, um ihm wegen der Abholung der Möbel Bescheid zu sagen. Der Umgangston war verhalten freundlich, aber nicht unbedingt entgegenkommend.

Allerdings wurde Robert kritisch, als er erfuhr, dass Ruths neue Wohnung kein Kinderzimmer hatte. „Wo soll der Junge denn schlafen? Bei euch im Bett? Also das ist doch nicht dein Ernst? Außerdem ist das doch viel zu weit von der Schule entfernt. Wie soll das gehen? Selbst wenn der Junge schon vernünftig genug wäre, der müsste ja über ne halbe Stunde mit dem Bus fahren und auch noch umsteigen. Nee, das geht nicht, dazu ist er noch zu jung. Oder willst du den jeden Tag fahren? Bringen und abholen? Wann willst du arbeiten? Oder hörst du auf? Hast du das arbeiten nicht mehr nötig?"

Ärgerlich erwiderte sie: „Ja, schon gut. Jetzt mach mal nicht auf besorgten Vater und versuch nicht mir ein schlechtes Gewissen zu machen. Aber so schnell kann ich nun mal keine Wohnung herbei zaubern. Was soll ich jetzt machen?"

„Also der Junge bleibt bei mir bis du eine Wohnung mit Kinderzimmer hast. Basta!"

„Das kann aber noch dauern. Denn ich habe momentan auch nicht das Geld um mir eine komplette große Einrichtung zu kaufen. Ich ziehe auf jeden Fall Anfang nächsten Monat auf der Fontanestraße ein, und dann müssen wir mal erst Knete verdienen." Beendete Ruth rigoros die Diskussion.

"Mach das in Ruhe, du hast Zeit. Für eine Zeit muss sich halt die Ramona nachmittags um ihren Bruder kümmern. Sie ist alt genug."

Wenn Robert geahnt hätte, wie sehr er ihren Wünschen entgegen kam, wäre er vermutlich nicht so einsichtig gewesen. Aber mit seinem Vorschlag gab er Ruth Freiheit und auch die Zeit sich in Ruhe an das Zusammenleben mit Udo zu gewöhnen, sowie auch die Kinder langsam mit ihrem neuen „Stiefvater" bekannt zu machen. Welch ein schreckliches Wort, Stiefvater. Ruth war mit einem Stiefvater aufgewachsen, und sie war nie wirklich mit diesem Mann warm geworden, noch dazu hatte er nie ihr Vater sein wollen. Aber mit Udo konnte Ruth ihren Stiefvater nicht vergleichen.

Nach dem Gespräch mit ihrem EX überlegte Ruth ob sie im Sportcafe anrufen sollte, um zu erfahren ob Udo schon angekommen war.

Überhaupt Sportcafe, der Name passte ja wie Faust aufs Auge. Dieses Lokal war alles Mögliche, nur mit Sport hatte das gar nichts zu tun. Sicher, Billard war ein Sport, aber in diesem Cafe wurde es nicht aus sportlichen Gründen gespielt, sondern nur des Geldes wegen. Ohne hohen Einsatz, nur so zum Spaß, spielte da niemand. Wer diesen Namen ersonnen hatte, und warum, lag auf der Hand, der Boxer.

Ruth schüttelte missbilligend den Kopf und rief den Vermieter ihrer zukünftigen Wohnung an. Ein innerer Drang sagte ihr, dass es besser sei den Vertrag-Termin zu vereinbaren, solange sie noch Geld genug hatte, um schon alles in die Wege zu leiten.

Der Vermieter war sehr erfreut und bestätigte einen Termin nach 2 Tagen. „Kann ich auch schon die Schlüssel haben, wenn ich den Vertrag unterschrieben habe? Dann kann ich schon mal streichen lassen." Fragte sie, was ihr zugesagt wurde.

Dann rief Ruth doch im Sportcafe an, und verlangte Udo zu sprechen.

„Ist was Besonderes Schatz? Oder warum kommst du nicht? Ich bin auch eben erst reingekommen." Wunderte er sich. „Hat alles geklappt, oder gibt es ein Problem?" war Udo leicht beunruhigt.

„Nein, nein, ich wollte eigentlich nur wissen, ob ich noch schnell was einkaufen soll, für heute Abend, oder ob wir essen gehen. Ach ja, den Auftrag habe ich dem Meier nicht gegeben. Der war so blöd, da bin ich gleich wieder da raus gerannt. Also, kochen oder essen gehen?" erkundigte sich Ruth.

„Nein, nicht kochen. Komm hier hin, wir gehen essen und anschließend was trinken."

„Dann lass ich aber das Geld zu Hause. Du hast doch noch Geld?" fragte sie.

Unwirsch maulte Udo: „Sag mal, bin ich ein Kleinkind? Muss ich dir Rede und Antwort stehen? Nein, nicht alles zu Hause lassen, du musst Geld einstecken, weil ich meiner Oma Geld gegeben habe. Das darf ich doch wohl? Oder muss ich dich um Erlaubnis fragen? Also komm jetzt!"

„So war das doch nicht gemeint Udo, aber.... „wollte Ruth gerade einlenken, aber er hatte schon aufgelegt.

Einfach zugemacht, dabei wollte sie ihm eben von der Wohnung erzählen. Darüber ärgerte sie sich, nahm sich vor mit ihm darüber zu reden.

Bis Wuppertal war Ruths Ärger verflogen. Natürlich hatte sie nichts dagegen, wenn er seiner Oma unter die Arme griff, ihr war es auch eigentlich nur um seine Trinkfestigkeit gegangen. Sicher, er war weder so wackelig wenn er getrunken hatte, auch hatte er keinen Kater, obwohl er eine enorme Menge vertrug, noch war er streitsüchtig oder gar angriffslustig, aber es kostete eine Stange Geld, und zog sich über die ganze Nacht hin.

Erstens, brauchten sie doch im Moment das Geld für die Wohnung, und zweitens musste sie am nächsten Morgen früh raus, denn die Werbung musste wieder aufgenommen werden. Außerdem wollte Ruth nicht länger bei der Freundin wohnen, sondern wieder ein Heim haben. Ob gute Ehe oder nicht, auf das Familienleben, das Heim für die Kinder, hatte Ruth immer Wert gelegt.

Auch Udo verlor kein Wort über seine ärgerliche Reaktion.

Weil es schon Essenszeit war, hatte auch Udo, mal ausnahmsweise, kein Interesse im Sportcafe zu bleiben, der Hunger war stärker.

„Gehen wir ins Landhaus Zweier." Entschied Udo, voraussetzend, dass Ruth seinen Appetit auf die rustikale Küche teilte.

Ruth nickte, froh aus dem Zockladen rauszukommen, war ihr jedes Lokal recht. Hauptsache, Udo brauchte nicht schon wieder Geld zum Spielen.

Aber sie hatte sich zu früh gefreut, denn Udo verlangte: „Gib mir mal Geld. Der Heinrich guckt schon zu uns rüber."

„Wieso?" fragte Ruth ganz erstaunt. „Hattest du denn gar nichts mehr? Wie viel hast du deiner Oma denn gegeben? Du hattest doch siebenhundert Mark."

„Frag nicht und quatsch nicht lange, das klären wir nachher. Gib!" knurrte Udo ungehalten.

Als Ruth zögernd ihre Brieftasche auspackte, nahm Udo ihr die Börse aus der Hand, öffnete sie und holte die Geldscheine raus.

„Hey, wieso nimmst du alles? Ich denke, der Glatzkopf kriegt nur Zweihundert?" protestierte Ruth und griff nach ihrer Geldbörse. Dabei hielt sie die andere Hand auf und verlangte: „Gib mir den Rest zurück."

„Spinnst du? Was soll das? Es stimmt zwar, der Heinrich kriegt zwei Scheine, aber ich lauf doch nicht ohne Bargeld in der Tasche rum. Warum soll ich dir was zurückgeben? Für essen und trinken brauchen wir ja auch noch Geld. Ich bin ja bei dir, ich bezahle. Gib jetzt Ruhe." Zischte Udo ärgerlich, und ging zu den Tischen, an dem die Zocker saßen.

Voll stummem Groll blieb Ruth auf der Stelle stehen und musste sich zusammen nehmen, um nicht laut loszuschreien. Darüber war das letzte Wort noch nicht gesprochen, das nahm sie sich vor.

Nur ein paar Worte wechselte Udo mit dem Glatzkopf, da Ruth nur Udos Rückansicht sah, konnte sie nicht sehen was er seinem Gesprächspartner reichte, nur die Armbewegung ließ sie vermuten, dass Udo dem Mann Geld gab.

Dann kam Udo auch schon auf sie zu, küsste sie, als sei nichts gewesen, und schob sie zum Ausgang.

Bis zu dem Parkplatz des Restaurants sagte Ruth keinen Ton, und auch Udo schwieg. Als warte er darauf, dass sie begänne, sah er sie immer wieder von der Seite an.

Als sie in dem Lokal saßen, fragte Udo: „Nehmen wir zusammen eine Hausplatte? Da haben wir alle Fleischsorten drauf, und wir haben Abwechslung. Oder möchtest du etwas anderes?"

„Ist in Ordnung." Erwiderte Ruth knapp.

Udo sah sie kritisch an, bestellte bei dem Kellner und als dieser sich entfernt hatte, fragte Udo: „Was soll das? Willst du mir jetzt den Appetit verderben und mir den Abend versauen? Du hast keinen Grund beleidigt zu sein Ruth. Schließlich ist es unser Geld, und dass ich davon einmal meiner Oma das Geld für ihre Strom-Abrechnung gegeben habe, lasse ich mir nicht ankreiden. Umgekehrt würde ich deshalb kein Theater machen. Das muss sich ändern, sonst...."

Erschrocken horchte Ruth auf, sie musste sich Mühe geben, ihre Gefühle nicht zu zeigen: „Darum geht es gar nicht, Udo. Dagegen, dass du deiner Oma hilfst, habe ich bestimmt nichts. Ich war in meinem Leben noch nie geizig oder kleinlich. Aber im Moment müssen wir mal erst unsere Wohnung einrichten. Und dass ich deshalb nicht unnötig Geld ausgeben will, dafür erwarte ich Verständnis. Damit meine ich, dass du mal nicht so großzügig mit dem Geld um dich schmeißen sollst, denn das machst du ja gerne. Soweit habe ich dich schon kennen gelernt. Und, wir arbeiten beide, also bestimmen wir auch beide. Oder?" sie hatte versucht ihrer Stimme Festigkeit zu geben, wollte auf gar keinen Fall zeigen, dass sie seine Worte als Trennungs-Drohung verstanden hatte. Denn das wollte Ruth zu Allerletzt, dass Udo sie wieder verließ.

„Ist doch klar, aber wer das Geld in der Tasche hat, ist doch egal, oder? Außerdem ist das ja gar nicht alles was ich dir gegeben hatte. Du hast ja schon einen Teil zu Hause gelassen. Wir werden uns wegen der dämlichen Kohle doch nicht streiten, Schatz? Ist doch nur Geld. Morgen gibt es wieder Neues. Aber mal ganz was anderes, was ist denn mit dem Auftrag, den hast du also nicht dem Meier gegeben? Was war denn da? Erzähl doch mal." lenkte Udo ein und geschickt vom Thema ab.

Das Essen wurde serviert, und während Udo mit gutem Appetit zügig aß, berichtete Ruth zwischen den einzelnen Bissen ihre kurze Diskussion mit Meier.

„Gut so. Hast du richtig gemacht. Können wir morgen dem Fuchs bringen." Gab Udo ihr Recht.

Es war schon fast Neun als sie die üppige Rechnung bezahlt und das Restaurant verlassen hatten.

Im Auto riss Udo sie so stürmisch in seine Arme, und war so aufgeheizt, dass er sie halb auszog, seine Hände waren überall. Udo war kaum zu bremsen, was Ruth veranlasste, in einer kurzen Atempause vorzuschlagen: „Warte bitte, hier ist es so offen, man kann uns durch das Fenster zusehen und zu eng ist es im Auto auch. Lass uns schnell nach Hause fahren, ich bin genauso heiß wie du."

Als habe jemand einen Schalter umgelegt und das Licht eingeschaltet, setzte Udo sich gerade hin und sagte kühl: „Nein, ich will noch nicht nach Hause. Zu Hause sterben die meisten Menschen. Fahr runter in die Stadt. Stell die Karre irgendwo ab, wir machen ne Rein-Tour. Mal hier rein und mal da rein. Im Blue Note fangen wir an."

Ruth hatte das Gefühl als habe man sie eiskalt geduscht. Verwirrt sah sie ihren Liebsten an, und verstand ihn einmal weniger als sonst. Musste der Mann denn jede Nacht unterwegs sein? Nannte man so ein Verhalten, Vergnügungssüchtig?

Ruth stöhnte innerlich, lautlos, und fügte sich in das Unvermeidliche. Die Nacht wurde lang.

In dieser Nacht versagte Udos Potenz zum ersten Mal. Udo zeigte rein optisch nicht die geringsten Abweichungen, er ging gerade, er sprach normal, wenn auch frecher als sonst, und war ein wenig widerspenstig, aber Ruth hatte ihn ohne besondere Hindernisse nach Hause gebracht.

Erst im Bett, bei der Liebe, erwies sich der gewaltige Alkoholgenuss zum ersten Mal als Hindernis. Da scheiterte Udo schon bei dem Versuch. Sein Penis versagte seinem Herrn den Dienst, er knickte immer wieder weg.

Nach mehrmaligen erfolglosen Versuchen, sein Glied einzuführen, knickte auch Udo weg. Er fiel einfach zur Seite, und schlief.

Ruth war eher erleichtert, statt traurig, und sie überlegte, ob das wirklich das schönere Leben war, das sie sich erhofft hatte? Ja, aber auch war anstrengend.

Viel Arbeit im neuen Heim

Am ersten Werbetag hatte Ruth ihren Damen einiges zu erklären. Bevor sie das aber tat, fuhr sie erst in ein Gebiet in Leverkusen und ließ die beiden übriggebliebenen Frauen die Siedlung durchlaufen.

Lediglich dass die Dritte im Bunde nicht mehr mit von der Partie war, erklärte Ruth während der Fahrt: „Auf die Gesellschaft der Frau Dietze müsst ihr in Zukunft verzichten, die nehme ich nicht mehr mit. Es gibt aber noch andere Änderungen, die erkläre ich euch nachher bei einem Kaffee. Ich suche mal ein Cafe im Gebiet oder mindestens in der Nähe. Also, bis gleich."

Nach circa zwei Stunden sammelte Ruth ihre kleine Truppe wieder ein und fuhr zu dem netten kleinen Cafe in einer Nebenstrasse.

„So, ich lade euch zu Kaffee und Kuchen ein. Vorne an der Theke haben die hier eine erstaunlich große Kuchen-Auswahl. Sucht euch was aus." Bot Ruth den Frauen an.

„Kuchen? Nein danke, Frau Woods, sehr lieb von Ihnen, aber ich bin doch im Weigth - Watchers- Programm. Das darf ich nicht essen, so gerne ich möchte. Aber nur ein einziges Stück Kuchen kann mich total zurück werfen. Nein, ich verzichte. Danke!" wehrte die Radozek entsetzt ab.

„Ich geh mal schauen, ich glaube ich habe da im Reinkommen schon was gesehen, was ich mag." Lachte Ruths Schwiegermutter.

Kurz darauf saßen die drei Frauen vor duftendem Kaffee und während die Eine aß und die andere nur ihren schwarzen Kaffee schlürfte, begann Ruth mit der Erklärung.

„Ich arbeite nicht mehr für die Firma Meier. Ab sofort arbeite ich als freie Mitarbeiterin für die Firma FUCO, ein neu gegründetes Unternehmen. Der Chef ist der Norbert Fuchs, den kennt ihr ja. Er war der Spitzen-Vertreter bei Meier, hat sich da auch nicht mehr wohl gefühlt. Warum ich die Frau Dietze nicht mehr mitnehme brauche ich euch ja sicher nicht näher zu erklären. Natürlich muss sich auch unsere finanzielle Vereinbarung ändern, aber nicht zu eurem Nachteil. Stundenlohn kann ich nicht bezahlen. Ich schlage euch vor, eine Pauschale von fünfzig Mark pro Woche, bei 5 Tage-Woche, a zwei bis drei Stunden, zuzüglich Fahrzeit, und pro geschriebenen Auftrag Einhundert Mark Provision. Damit solltet ihr euch eventuell sogar besser stehen als bisher, aber auf keinen Fall schlechter. Das ist meiner Meinung nach eine korrekte Basis. Was sagt ihr dazu?"

Ruths Schwiegermutter sagte spontan: „Wenn du die Aufträge selbst schreibst und die Adressen nicht an Andere weitergibst, dann bin ich einverstanden. Dann hast du alles im Griff. Und dass du korrekt bist, Ruth, das weiß ich, dafür kenne ich dich ja!"

Ruth nickte, erwiderte: „Danke Mami, aber das ist für mich ganz selbstverständlich. Und wie ist es mit Ihnen, Frau Radozek?"

Die Zweite bestätigte. „Ich bleibe Ihnen auch erhalten, Frau Woods. Wir werden das Kind schon schaukeln."

„Prima, meine Lieben. Dann weiterhin auf gute Zusammenarbeit. Na denn, sollen wir gleich mal wieder Richtung Heimat fahren."

Udo hatte sich gerade angezogen und saß bei einem Kaffee in Warteposition.

„Wie war's? Sind die Frauen einverstanden?" fragte er.

Ruth nickte, berichtete kurz und legte die neuen Adressen auf den Tisch. Udo sah die neuen Listen durch, fragte: „Warum denn Leverkusen? War hier in der Umgebung nichts mehr?"

„Na ja, ich habe in der näheren Umgebung ja schon einiges durchgeackert. Schließlich bin ich schon fast ein Jahr mit der Werbung unterwegs. Ich muss den Umkreis langsam aber sicher erweitern. Aber ich finde, Leverkusen geht doch noch. Außerdem habe ich in Schleebusch eine recht große Einfamilienhaus-Siedlung gefunden, da ist sehr viel Bedarf, rein optisch gesehen."

„Gut. Wie viele Adressen haben wir jetzt? Fahren wir erst zur FUCO, den Auftrag verkaufen? Oder hast du einen festen kurzfristigen Termin?" erkundigte sich Udo.

„Nein, erst zum Norbert, danach mal sehen ob in Gruiten Jemand zu Hause ist."

Unterwegs fiel Ruth ein: „Ach so, Schatz, hab ich gestern ganz vergessen, morgen Nachmittag hab ich einen Termin mit dem Vermieter. Wir machen den Vertrag und dann gibt er mir die Schlüssel. Diesmal kommst du aber mit, oder?"

Udo brummte sich was Unverständliches in den Bart, er nickte aber.

Norbert Fuchs freute sich sehr, dass sie ihm noch einen Auftrag brachten, allerdings hatte er nicht so viel Bargeld in der Kasse. „Können wir den morgen abrechnen oder ich kann euch nen Barscheck geben, von der Volksbank, aber den könnt ihr auch erst morgen einlösen. Jetzt hat die Bank schon zu." Sagte Norbert mit Blick auf die Uhr. Es war nur zehn Minuten nach sechzehn Uhr.

„Wie du willst, gib uns den Scheck, oder wir kommen morgen." Zeigte Udo Verständnis.

Energisch schüttelte Ruth den Kopf: „Nein, Scheck. Morgen extra wieder hierher kommen, ist doch Blödsinn. An der Bank komme ich vorbei, das ist einfacher. Aber du solltest dafür sorgen, dass du demnächst genügend Bargeld hier hast, wir kommen jetzt öfter. Es sei denn, du brauchst keine Aufträge." Dabei grinste Ruth, weil sie wusste dass Protest kommen würde.

„Soll ich jetzt lachen? War kein guter Witz. Habt ihr denn genug Adressen? Dann könntet ihr mir vielleicht auch mal Adressen geben, Leute die verkaufen hab ich genug." Bot Norbert an.

„Aber nicht mit unseren Adressen. Die sollen ihren Hintern gefälligst selbst bewegen." Fuhr Ruth gleich empört hoch.

Norbert hob die Hände, beschwichtigte: „Schon gut. Beiss mich nicht gleich. Hätte ja sein können, dass ihr nicht alles schafft. Wollte euch nur Hilfe anbieten."

„Ja, nee, ist klar. Nee, lass mal, Vertrauen ist gut, Kontrolle ist besser." Wehrte Ruth ab. Udo grinste nur zustimmend.

„Wenn wir keinen festen Termin haben können wir ja heute mal ein Fest machen. Morgen ist ja auch noch ein Tag." Meinte Udo anschließend, als sie im Auto saßen.

„Ist das dein Ernst? Heute mal? Du tust so, als wären wir Jahrelang nicht aus dem Haus gewesen. Was war das denn gestern?" war Ruth perplex.

„Gestern? Nur ein kleines Fest." Grinste Udo.

Ruth stöhnte laut auf, sagte: „Dann möchte ich nicht wissen, wie ein großes Fest bei dir aussieht. Nein, Udo, ich möchte eigentlich mal zu meiner Mutter fahren. Bitte sei nicht böse, wenn ich da alleine hinfahren möchte, ich muss ihr die neue Situation mal erst erklären, bevor sie dich kennen lernt. Ich schlage vor, wir schauen mal kurz in Gruiten nach, ob die Weihers zu Hause sind, ich glaube da kann man ohne Termin hin, die Frau war sehr freundlich, die hat den Frauen sogar einen Kaffe angeboten. Danach fahre ich dich ins Cafe und dann besuch ich mal meine Mutter. Bei der kann ich mir ein paar Kataloge holen, sie ist Sammelbestellerin, da kann ich dann mal reinschauen, was wir so alles für die Wohnung brauchen. Dann bestelle ich das bei ihr. Du hast doch nichts dagegen?"

„Möbel? Dauert das denn nicht zu lange?" fragte Udo.

Ruth schüttelte den Kopf: „Nein, die restlichen Möbel, die wir nicht haben, müssen wir hier kaufen. Ich kenne hier in der Nähe einen Möbelhändler, der hat auch gute gebrauchte Möbel. Aber wir brauchen jede Menge Hausrat, Kochtöpfe und Bettzeug, alles Sachen die ich in den Katalogen finde, und da kann ich es auch abbezahlen."

Udo machte eine wegwerfende Handbewegung, meinte: „Brauchst du doch nicht. Die paar Mark kriegen wir schon zusammen. Dafür braucht deine Mutter sich nicht die Mühe zu machen, lange Bestellzettel auszufüllen."

„Du verstehst das falsch, Schatz. Erstens macht es ihr Spaß und keine Mühe, und zweitens verdient sie sich damit was nebenbei. Das ist mein Hauptgrund. Und ich kann sie damit besänftigen, weil sie sicher wieder meckert, wegen meiner Trennung. Ich weiß schon warum ich ihr den Verdienst in Aussicht stelle."

„Ganz schön hinterlistig mein Schatz. Du bist gar nicht so lieb wie du aussiehst." Grinste Udo. „Hat deine Mutter denn einen Nebenverdienst nötig? Arbeitet die nicht?" erkundigte er sich.

„Doch!" erklärte Ruth. „Aber seit ein paar Jahren verdient sie nicht mehr so gut wie früher. Heute ist eben ein

Unterschied zu früher, arbeitsmäßig sowie im Verdienst. Früher hat sie im Accord Männerarbeit am Schleifstein gemacht, aber seit sie in der Packstube in einer Besteckfabrik eine leichte Tätigkeit macht, ist sie im Stundenlohn. Und das ist logischerweise wesentlich weniger als früher. Das ist eben so wenn man älter wird, die Kraft ist nicht mehr da, für so eine harte Arbeit. Dann ist allerdings das Geld auch nicht mehr da."

„Mach wie du denkst, Schatz. Kannst mich vorher zum Sportcafe fahren, während du bei deiner Mutter beichtest, muss ich sicher nicht daneben sitzen."

„Was ist eigentlich mit deinen Eltern? Bisher hast du nur von deiner Oma gesprochen?" fiel Ruth bei der Gelegenheit auf.

Udo verzog das Gesicht, erklärte in verächtlichem Ton: „Eltern? Kenne ich nicht. Ich bin bei meiner Oma aufgewachsen. Einen Vater habe ich nie kennen gelernt, ich weiß nicht einmal wer das ist, der mich gezeugt hat. Meine Mutter ist eine Streunerin. Ja, sieh mich nicht so entsetzt an, das ist sie wirklich, im wahrsten Sinne des Wortes. Sie zieht durch Deutschland, heute hier und morgen da, arbeitet meist in der Gastronomie, aber sie hält es nirgendwo lange aus. Meist bricht sie einfach die Zelte ab, ganz nach Laune, oft über Nacht, ohne die Leute vorher zu warnen. Oft hat sie die Kasse mitgenommen, sodass sie auch schon einige Zeit im Knast verbracht hat. Ja, das ist meine Mutter. Ach ja, und ihre Kinder, ich habe noch zwei jüngere Geschwister, die hat sie immer bei ihrer Mutter abgeladen. Guck nicht so erstaunt, also meine Mutter muss ich nicht besuchen, ich wüsste ja nicht einmal wo sie gerade ist. Ab und zu besucht sie mal ihre Kinder, bei ihrer Mutter, aber alle sind froh, wenn sie wieder weg ist. Und ich kann auf den Besuch meiner Mutter auch verzichten, weil man alle Wertgegenstände wegschließen muss, denn die klaut wie ein Rabe. Kann man kaum glauben, nicht wahr? Aber stimmt, die macht auch vor ihren Angehörigen nicht halt. Deshalb musste ich meiner Oma auch helfen, weil meine Mutter mal wieder zu Besuch da war, und das Geld für die Stromabrechnung heimlich mitgenommen hat. Mir hat sie schon einmal einen Brillantring geklaut. Deshalb soll sie lieber bleiben wo sie ist."

„Uff, das ist ja furchtbar. Nein, so etwas kann man ja wirklich kaum glauben. Solche Verhältnisse kenne ich, Gott sei Dank, nicht. Meine Mutter ist zwar nur eine einfache Arbeiterin, aber ehrlich, treu und fleißig. Wir sind zwar auch nur uneheliche Kinder, von zwei verschiedenen Vätern, aber sie hat für meine Schwester und mich immer gesorgt, uns nie im Stich gelassen. Als ich acht Jahre war hat sie geheiratet, na ja, mit meinem Stiefvater verstehe ich mich nicht besonders, er ist ein Stiesel, geht aber auch regelmäßiger Arbeit nach. Na, da hab ich es doch besser gehabt, obwohl ich eigentlich immer höher hinaus wollte, ein besseres Leben haben, raus aus solch einfachen Arbeiterverhältnissen. Tja, auch wenn meine Eltern nicht mit Reichtum gesegnet sind, hatte ich immer ein solides zuhause."

Inzwischen waren sie in Gruiten, vor dem Haus der Familie Weiher, angekommen. Aber sie trafen niemand an.

„Tja, keiner zu Hause. Heute wird das wohl nichts mehr, dann fahren wir eben morgen noch mal hier hin. Die Fassade hat es ja wirklich dringend nötig." Entschied Udo, und er schien erleichtert zu sein. Offenbar hatte er keine Lust zu arbeiten.

Ruth fuhr Richtung Wuppertal, brachte ihren Freund zu seinem Lieblingsort, dem Sportcafe.

Als Ruth ihn vor dem Schuhhaus aussteigen ließ, mahnte sie: „Sei bitte ein bisschen vorsichtiger mit dem Geld, ab Morgen müssen wir Möbel kaufen."

„Nerv mich nicht!" knurrte Udo nur und ging zügig auf den Eingang zu.

Ruth hatte noch um Geld fragen wollen, denn immerhin hatte Udo wieder reichlich Geld eingesteckt, aber dazu kam sie nicht mehr. Mit einem unguten Gefühl im Magen fuhr sie zu ihrer Mutter.

Ihre Mutter war eben erst von der Arbeit gekommen, und war dabei die Kartoffel für das Abendessen zu schälen.

„Nanu, lässt du dich auch noch mal hier sehen? Ich dachte schon, du hättest vergessen wo wir wohnen."

Sagte sie vorwurfsvoll.

Beschämt senkte Ruth die Augen und erwiderte leise: „Ja, du hast ja Recht, entschuldige. Aber ich hatte ein bisschen viel am Hals. Aber jetzt bin ich ja hier. Wo hast du die Kataloge? Ich brauche einige Sachen für meine neue Wohnung." So, jetzt war es raus, Ruth stieß erleichtert zischend die Luft aus.

„Aha, da liegt der Hase im Pfeffer. Wusste ich es doch, dass bei dir was nicht stimmt. Wusste ich ja schon längst. Hast du dich nicht getraut mir zu sagen, dass du deine Familie verlassen hast? Oder ist es dein schlechtes Gewissen, weil du meine Meinung kennst und nicht hören willst?" fragte die Mutter streng.

Ruth holte tief Luft und sagte deutlich und ruhig, aber mit aller Energie, die sie aufbringen konnte: „Spar dir eine Predigt, Mutti. Das Thema Robert ist endgültig zu Ende. Du hast mir oft genug gepredigt: denk an deine Kinder, die brauchen einen Vater. Ich habe viel zu oft und viel zu lange daran gedacht. Was mich das an Kraft gekostet hat, muss ich dir wohl nicht extra auseinander legen, oder? Jetzt, Mutti, jetzt denke ich an mich! Und wenn du das nicht akzeptieren kannst, und mir noch einmal diese Vorhaltung machst, komme ich nie wieder hier hin. Jetzt ist das Maß voll. Akzeptiere das bitte."

Ihre Mutter sah Ruth an, nickte und ging zum Schrank und nahm die Kataloge von Otto und Quelle heraus, um sie ihrer Tochter zu reichen.

„Was brauchst du denn, Kind?" fragte sie, ohne auf Ruths Vorhaltung einzugehen.

Und schon saßen die beiden Frauen zusammen und blätterten gemeinsam die Katalog-Seiten durch.

Sie hatten fast zwei Seiten der Bestellformulare gefüllt, als die Mutter fragte: „Was hast du denn alles an Möbeln? Nimmst du was von Robert mit?"

Ruth nickte, erklärte kurz wie die Vereinbarung mit ihrem Ehemann lautete, und erklärte: „Morgen mache ich den Mietvertrag, dann muss ich erst mal alles ausmessen. Ich werde mal zum Möbel Stoffelhahn gehen, der hat schon mal Sachen in der Ausstellung die er sofort liefern kann, oder da kann man auch eventuell gute gebrauchte Sachen kaufen. Ich muss nur erst wissen welche Bett- und Kleiderschankgröße ich brauche. Aber den Hausrat brauche ich auf jeden Fall, Mutti. Die Sachen kannst du mir schon bestellen."

„Willst du nicht erst bis morgen warten, Kind?" war die besorgte Frage der Mutter.

Erstaunt fragte Ruth: „Warum? Nein, bestelle die Sachen ruhig schon. In einer Woche ist Mietbeginn, aber die Schlüssel kriege ich Morgen."

Von Udo sprach Ruth nicht, wusste sie doch, dass ihre Mutter sich zwar denken konnte, dass Ruth sich eines anderen Mannes wegen getrennt hatte, aber die strenge Mutter brauchte eine längere Vorbereitungszeit. Für Beziehungsdinge hatte Ruths Mutter wenig Sinn, das war schon immer so. Vermutlich würde ein Überraschungsbesuch Ruths einzige Möglichkeit sein, ihrer Mutter den neuen Partner vorzustellen. Abwarten.

Dennoch verließ Ruth ihre Mutter mit dem zufriedenen Gefühl, den Familienfrieden wieder hergestellt zu haben.

Als Ruth das Sportcafe erreichte, kam Udo ihr gleich entgegen, nahm sie beim Arm und zog sie hinaus.

„Was ist passiert?" fragte sie ganz überrascht.

„Nichts, ich habe nur Hunger. Und, was hat deine Mutter gesagt? Alles in Ordnung, oder hat es Krach gegeben?" erkundigte sich Udo.

„Nein, wieso Krach? Nö, meine Strategie klappt. Ich kenne doch meine Mutter. Ich hab sie beschäftigt." Grinste Ruth schelmisch.

„Und was sagt dein Vater?"

Ruth lachte laut los: „Der? Was soll der denn sagen? Der hat doch nichts zu sagen! Meine Mutter hat die Hosen an. Nee, mal im Ernst, ich weiß gar nicht ob er überhaupt mitgekriegt hat, dass ich da war. Der liegt immer nur auf seinem Sofa und glotzt in die Flimmerkiste. Dann kriegt der sonst nix mit!"

Udo schüttelte den Kopf und zweifelte: „Du willst mich auf den Arm nehmen, oder? Das gibt's doch nicht. Oder haben deine Eltern so eine große Wohnung, dass man sich da verläuft?"

„Nein, ganz normal. Aber der ist so in das Fernsehen vertieft, egal was da drin ist, dass ihn andere Dinge, um ihn herum nicht interessieren. Ich sag doch, er ist ein Stiesel." Betonte Ruth ernsthaft.

130

„Hm, auf den seltsamen Kerl bin ich ja mal gespannt." Wunderte sich Udo.

„Dass du mal nicht zocken willst, finde ich ja toll, Schatz. Also nimmst du doch Rücksicht auf unser Vorhaben, das ist gut!"

„Ich habe schon gezockt, Schatz, aber die Partie war schon zu Ende, und jetzt war kein Geld mehr im Raum. Was soll ich noch da? Deshalb gehen wir. Und, damit du siehst, dass ich nicht nur verliere. Ich habe gewonnen. Das heißt, für heute hab ich mich abreagiert." Sagte Udo schmunzelnd. „Nur schade, dass es schon so spät ist, sonst hätte ich schon mal einen Teil von dem Schmuck abgeholt, müssen wir auf morgen verschieben."

„Welchen Schmuck willst du abholen, und wo?" wusste Ruth nichts mit seiner Aussage anzufangen.

„Siehst du morgen. Jetzt gehen wir essen und dann nach Hause." Vertröstete er sie.

Faule Ausrede und faule Schecks

Nach einer anstrengenden Nacht musste Ruth am nächsten Morgen wieder früh raus. Sie war wie gerädert, aber glücklich.

Nachdem sie die Werbung erledigt hatte, hielt sie an der Volksbank-Filiale kurz an, um schnell den Scheck einzulösen.

„Das tut mir leid, den Scheck kann ich leider nicht einlösen. Vielleicht setzen Sie sich noch mal mit dem Aussteller in Verbindung. Es gibt da ein Problem. Klären Sie das bitte mit dem Kontoinhaber. Tut mir sehr leid." Lehnte die Bankangestellte mit bedauernder Miene ab und legte das Papier vor Ruth auf die Theke.

„Tja, das werde ich, darauf können Sie sich verlassen." Sagte Ruth erbost, griff das wertlose Papier und düste zur Tür hinaus.

„So ein Schlitzohr. Na warte, Norbert Fuchs, das ist mir nur einmal passiert und nie wieder." Schimpfte sie laut, als sie im Auto saß. Wo sollte sie hinfahren? Zur Firma FUCO oder nach Hause?

Kurz nach Eins, Udo war sicher noch zu Hause und wartete auf sie, also erst nach Hause.

Als sie die Wohnungstür aufschloss wurde sie enttäuscht, Udo war schon weg.

Ruth überlegte, was sollte sie machen? Um Drei war der Wohnungstermin, es enttäuschte Ruth sehr, dass Udo das wohl vergessen hatte, also rief sie im Sportcafe an.

„Nein, der Udo war heute noch nicht hier. Soll ich ihm was ausrichten, wenn er kommt?" fragte der Mann am anderen Ende der Leitung.

„Nein. Oder doch, dass ich noch mal anrufe." Wusste Ruth nicht wie sie jetzt ihre Zeit sinnvoll einteilen konnte. Jetzt hätte sie es noch geschafft ihn abzuholen, aber wo? Dumme Sache, notfalls musste Ruth alleine den Termin wahrnehmen. Aber bis dahin war Zeit genug, diesem Schlitzohr von Fuchs den Kopf zu waschen. Also, nichts wie hin zur Gräfratherstraße.

Aber auch bei der Firma FUCO bedauerte die Sekretärin, der Chef sei unterwegs und wann er ins Büro käme, wisse sie nicht.

Also entschloss Ruth sich, alleine zur Fontanestrasse zu fahren, denn den Termin wollte sie auf gar keinen Fall versäumen.

Vorsorglich wollte sie einen Zollstock mitnehmen, deshalb lieh sie sich einen von Norberts Sekretärin. So stand der Ausmessung nichts mehr im Wege.

Der Vermieter wartete schon auf sie, und als Ruth zum zweiten Mal das Dachgeschoss-Apartment betrat, freute sie sich schon darauf, in dieser Wohnung zu leben.

Nachdem die Formalitäten erledigt waren, verabschiedete sich der Vermieter mit den besten Wünschen.

Ruth genoss lange den großzügigen Ausblick über das ganze Tal, den man von dem großen Balkon hatte, dann nahm sie Schreibzeug aus ihrer Arbeitsmappe und nahm Maß. Als sie alle Maße sorgfältig notiert hatte, schloss sie ihre neue Wohnung ab und ging zum Auto.

Während sie fuhr überlegte sie kurz ob sie erst noch einmal bei der Firma FUCO vorbeischauen sollte, oder gleich nach Wuppertal fahren. Udo musst inzwischen im Sportcafe eingetroffen sein.

Ruth fuhr durch, obwohl sie an der Gräfratherstraße vorbei kam, wollte sie es doch ihrem Freund überlassen,

den schlechten Charakterzug des Norbert Fuchs aufzude-
cken, damit für Udo demnächst kein großzügiges Entgegenkommen mehr in Frage kommen würde.

Ruth hatte es gleich geahnt, dass der Scheck platzen
würde. Klar, sie kannte diesen Gauner von Fuchs zur Genüge. Er war ein Blender wie es im Buche stand. Nie würde
Ruth vergessen, wie entsetzt sie gewesen war, als er ihr damals die gestohlene Damenuhr überreichte, und noch ganz
stolz berichtete, dass er die Uhr bei dem Juwelier gestohlen
hatte, während sie daneben gestanden hatte. Norbert hatte
über ihr Entsetzen nur gelacht, und ihr gestanden, dass er
Kleptomane war. Sie hatte fast den Eindruck gewonnen,
dass Norbert darauf auch noch stolz war.

Seitdem hatte Ruth immer darauf geachtet, dass sie nie
wieder mit Norbert zusammen ein Geschäft betrat, oder irgendeinen anderen Raum, in dem sich wertvolle Gegenstände befanden.

Nein, Ruth war sicher kein Moral-Apostel, und auch zu
vielen Risiken bereit, aber eine Diebin war sie mit Sicherheit nicht. Dazu hätte sie niemals die Frechheit und auch
nicht die Nerven gehabt.

Sie erinnerte sich an eine schlechte Erfahrung in ihrer
Kindheit. Ein paar Freundinnen hatten damals in Kauf-
häusern geklaut, fanden das auch noch sehr amüsant. Irgendwann hatten sie Ruth überredet, den Spaß doch einmal mitzumachen. Anfangs hatte sie sich ängstlich gewei-
gert, aber man schimpfte sie Feigling, meinte, sie sei wie
ein Säugling, und sei es nicht wert sich Freundin zu nennen. Schließlich hatte Ruth sich nicht mehr wehren können, und die Mutprobe akzeptiert.

Natürlich waren die wachsamen Kaufhaus-Detektive,
längst auf die jugendliche Diebesgruppe aufmerksam geworden, und schnappten sich ausgerechnet Ruth. Sie war
die einzige, die nicht schnell genug weggelaufen war.

Dass sie mit einem Polizei-Auto nach Hause gebracht wurde, hatte ihr noch Tagelang ein brennendes Hinterteil eingebracht. So hart hatte ihre Mutter sie verdroschen, denn als Scherenschleiferien hatte ihre Mutter eine kräftige Handschrift. Seitdem fand Ruth Diebstahl unakzeptabel.

Warum Udo sie so anstrahlte, als Ruth ins Sportcafe kam, konnte sie sich erst gar nicht erklären, aber er konnte seine Überraschung nicht lange hinterm Berg halten.

„Endlich Schatz, wo warst du denn so lange? Ich warte schon eine lange Zeit auf dich. Ich habe etwas Schönes für dich. Mach mal die Augen zu, ich will es dir anbringen." Überfiel Udo sie aufgeregt.

„Hier, im Stehen, die Augen zumachen?" fragte Ruth missbilligend.

„Mein Gott, dann komm mit an einen Tisch, und setz dich. Was bist du denn so pingelig?" maulte Udo und zog Ruth zum nächsten Tisch, nahe des Eingangs.

„Warte mal Udo, der Scheck ist geplatzt. Auf der Bank gab es darauf kein Geld und der Norbert ist nicht erreichbar, wahrscheinlich ist er untergetaucht. Dieser Strolch, ich habe es doch gleich geahnt." Schimpfte Ruth.

Udo nahm die Nachricht gelassen hin, beruhigte seine Partnerin: „Ach, das Geld kriegen wir schon, da mach ich mir keine Sorgen drum. Ist zwar nicht korrekt, aber vielleicht war es ihm peinlich, zuzugeben dass er die Kohle gestern nicht hatte. Komm, mach endlich die Augen zu, damit sich deine Laune wieder bessert."

Wenn auch wider Willen, so schloss Ruth die Augen, um ihrem Liebsten gefällig zu sein. Dann fühlte sie seine Hände an ihrem Hals, dabei befahl er: „Noch nicht wieder öffnen, erst wenn ich es sage. In Ordnung?"

„Ja, ja, schon gut. Aber dass es eine Kette ist merke ich ja, die ist kalt. Was kommt denn da noch?" wurde Ruth nun doch neugierig.

Dann spürte sie dass er ihr einen Ring an den Finger steckte und ein Metall-Armband um das linke Handgelenk legte.

„Augen auf!" befahl er und sein Ton ließ erkennen, dass Udo auf ihre Reaktion gespannt war.

Es bot sich ihr eine große Überraschung, denn nie zuvor hatte sie ähnliches besessen. Ihren Finger zierte ein Weißgoldring mit glitzernden kleinen Brillanten um einen großen blauen Saphir drapiert, und an ihrem Arm strahlte eine elegante weißgoldene Armbanduhr, die ringsherum mit Brillanten und Saphiren dekoriert war.

„Oh, ist das echt?" fragte Ruth total fassungslos.

„Natürlich ist das echt." erwiderte Udo regelrecht empört.

„So etwas habe ich ja noch nie gehabt. Wo hast du das denn her?" dabei griff sie zu ihrem Hals, fühlte den Anhänger, der an einer dünnen Kette hing, „das ist ja ein Herz. Ich gehe mal eben in den Spiegel gucken." Sagte Ruth und ging schnell Richtung Damen- WC.

Im Spiegel leuchtete ihr ein offener Markstückgroßer Herzförmiger Anhänger aus lauter kleinen Brillanten entgegen, die mit der Deckenbeleuchtung um die Wette funkelten. Das Herz hing an einem dünnen, kurzen weißgoldenen Kettchen, das nur bis ans Ende ihres Halses reichte, sodass das glitzernde Herz in ihrer Halskuhle lag, und bei jedem Pulsschlag tausend kleine Funken versandte.

›Toll, einfach unglaublich. Was das wohl wert sein mag‹? überlegte sie noch völlig perplex. Und dabei schüttelte sie ungläubig den Kopf.

Als sie ins Lokal zurück kam, sah Udo ihr gespannt entgegen. „Na? Gefällt es dir? Den hab ich vorhin aus dem Pfandhaus geholt. Das ist der Schmuck von der Manuela." Erklärte er.

Die Eröffnung empfand Ruth wie einen Tiefschlag, ernüchtert sagte sie: „Aber Udo, ich will deiner Verflossenen doch nicht ihren Schmuck wegnehmen. Wie gemein ist das denn? Das kannst du doch nicht machen. Nein. Gib ihr den zurück!"

„Nein, das kommt gar nicht in Frage. Die braucht den Schmuck nicht mehr, beim Baby hüten trägt man keine Brillanten. Der hat ihr mal gehört, jetzt nicht mehr. Du brauchst deshalb kein schlechtes Gewissen haben, ich habe die Manuela dafür großzügig entschädigt. Du bist jetzt an meiner Seite, und ich will dass du zu mir passt, deshalb musst du echte Sachen tragen, nicht dieses Blech, wo du mit rumgelaufen bist. Aber wenn du den Schmuck nicht tragen willst, verkauf ich den, oder ich setze den beim Zocken ein, den nimmt jeder Zocker gerne. Die wissen Brillanten zu schätzen." Ärgerte Udo sich. „Du musst dir mal eins merken, liebes Schätzchen, ein Brillant am Finger, oder eine teure Uhr am Arm ist das Grundstück in der Tasche. Das hat nicht Jeder!"

„Nein, wenn du die Manuela entschädigt hast ist es ja in Ordnung. Entschuldige, aber ich muss mich an solche Sachen mal erst gewöhnen. Ich finde die Sachen ja sehr schön. Danke Schatz." Lenkte Ruth ein. „Übrigens hattest du wohl den Wohnungstermin vergessen. Ich habe den Mietvertrag gemacht. Sollen wir nachher mal hinfahren? Oder lieber einen Kundenbesuch machen? Wir könnten es noch mal bei der Gruitener Adresse versuchen."

Udo schüttelte den Kopf, sagte: „Heute nicht. Lass uns essen gehen."

Mit keinem Wort erwähnte er den verpassten Wohnungstermin, er schien gar nicht neugierig zu sein. Das enttäuschte Ruth doch sehr, war ihm sein Heim so unwichtig? Machte es ihm gar nichts aus, möbliert zu wohnen, so unpersönlich? Hatte er nicht das Bedürfnis sich heimisch zu fühlen? Hatte er keine Wohnkultur? Ähnelte er darin seiner Mutter, der Streunerin? Nein, darüber hatte er doch so abwertend gesprochen. Manchmal war ihr das Verhalten ihres Freundes doch etwas suspekt. Sie kannte ihn eben noch nicht gut genug. Mit der Zeit würde sich das sicher bessern.

Eines allerdings wunderte Ruth schon nicht mehr, seine Vergnügungssucht. Die Nacht wurde wieder endlos lang.

Am nächsten Morgen hätte Ruth ihrem Schatz am liebsten einen nassen Waschlappen aufs Gesicht gelegt, denn dass er so selig schlief, und sie sich aus dem Bett quälen musste, ärgerte sie doch mittlerweile. Aber die Werbedamen warteten auf sie, also musste Ruth los, ob sie unausgeschlafen war, oder fit, durfte für sie keine Rolle spielen. ›Auf geht's, Ruth, die Pflicht ruft‹. dachte sie.

Mittag fuhr Ruth auf dem schnellsten Weg nach Hause, um Udo abzuholen.

Er saß in der Unterhose auf der Couch und sah fern.

„Hallo Schatz, wieso bist du noch nicht angezogen? Heute müssen wir mal wieder auf Kundenbesuch gehen. Wir brauchen Aufträge, und wir müssen dem Fuchs auf die Finger klopfen, wegen dem ungedeckten Scheck. Mach dich bitte fertig, ich mach mir schnell ein Brot. Soll ich dir auch eins machen, oder hast du eben erst gefrühstückt." überfiel Ruth gleich ihren Partner.

„Was ist das denn für eine Begrüßung? Nicht so hektisch am frühen Tag. Ich geh ja schon duschen, mir brauchst du nichts zu machen, ich hab gegessen." Erwiderte Udo gelassen, stand auf und küsste Ruth, dann ging er Richtung Badezimmer.

Als er fertig angezogen aus dem Bad kam, hatte Ruth gerade das Bett gemacht und das Zimmer aufgeräumt. „Wir können." Sagte Udo und ging zum Ausgang, sodass Ruth sich beeilen musste, hinterher zu kommen.

Unterwegs fragte Udo: „Wo fährst du eigentlich hin?"

„Da fragst du? Zur Firma FUCO natürlich. Als erstes Mal unsere Knete holen. Dem Norbert solltest du mal direkt den Kopf waschen, damit er weiß, dass er das nicht noch einmal mit uns machen kann."

„Warum denn ich? Du hast doch sonst alles alleine gemacht. Traust du dich bei dem Norbert nicht?" wunderte sich Udo.

„Quatsch!" zischte Ruth, sagte nachdrücklich: „Nein, ich denke, dass es mehr Gewicht hat, wenn du das sagst. Mich kennt er zu lange, das nimmt er vermutlich nicht ernst genug. Außerdem, was hab ich denn alles alleine gemacht? Den Mietvertrag? Wenn du den vergisst, was blieb mir denn übrig? Sollte ich den Vermieter draufsetzen? Dann hätten wir die Wohnung vergessen können. Sag mal, war das deine Absicht dahinter? Hast du absichtlich den Termin geschlabbert?"

Udo schüttelte den Kopf, antwortete: „Nein Schatz, aber ich hatte keine Lust so lange auf dich zu warten und ich wollte dich doch mit dem Schmuck überraschen. Du freust dich gar nicht richtig." Maulte er beleidigt.

„Doch Schatz, es ist nur alles so knapp momentan. Der Schmuck hätte doch noch ne Weile im Pfandhaus bleiben können, oder nicht? Ich weiß es ja nicht, damit kenne ich mich nicht aus. Ich freue mich wirklich, nur die Wohnung ist mir zurzeit wichtiger. Und dann jetzt noch der geplatzte

Scheck. Ich hoffe nur, der Norbert hat jetzt die Kohle da." Erklärte Ruth ihre Befürchtung.

Mit sicherem Ton meinte Udo: „Nein, wir werden ab heute ganz fleißig sein, das klappt schon, keine Sorge. Die nächsten Aufträge sind für die Einrichtung."

Ruth nickte zufrieden als sie auf den Hof der Firma FUCO fuhr.

Norbert und sein Kompagnon standen neben dem gelben Porsche in ein Gespräch vertieft, als sie Ruths Auto kommen sahen, machten sie keinen begeisterten Eindruck.

„Ich glaube, wir kommen unpassend." Sagte Ruth.

Während er ausstieg erwiderte Udo absichtlich laut: „Das glaube ich nicht, Schatz. Wir kommen doch nie unpassend, oder Norbert?"

„Nein, Udo, ihr doch nicht. Wie kommst du nur darauf? Ihr seid doch immer willkommen." Schleimte der Angesprochene. „Wir hatten nur gerade ein kleines Problemchen, das hatte aber mit euch nichts zu tun. Aber ich weiß schon, warum ihr kommt. Wegen dem Scheck, nicht wahr? Es tut mir sehr leid, da ist meiner Sekretärin ein Malheur passiert. Sie hat das falsche Scheckbuch genommen. Ich habe zwei Konten auf der Volksbank, und die Becker nimmt das Scheckbuch von dem Privatkonto. So was Blödes! Das konnte nicht klappen. Tut mir leid. Gebt mir den Scheck mal zurück, ich gebe euch jetzt lieber Bargeld. Kommt rein!"

Ruth glaubte ihm kein Wort, sie wertete es als faule Ausrede, was sie allerdings nicht laut sagte.

Udo erwiderte nur: „Ist ja kein Problem, Norbert. Wir halten das in Zukunft einfach so, dass wir dir nur gegen Bargeld Aufträge geben. Nur Bares ist Wahres, nicht wahr? Ist auch für beide Seiten einfacher. In Ordnung?"

Norbert versicherte schnell: „Ja, klar, Udo, machen wir. Donnerwetter, was sehe ich denn da? Neuer Schmuck? Toll! Richtig edel! Euch scheint es ja nicht schlecht zu gehen. Überhaupt scheint dein Udo dir ja sehr gut zu tun, Ruth, dem hast du sicher deine Veränderung zu verdanken. Klasse siehst du aus. Kompliment Udo, du hast einen erlesenen Geschmack."

„Ich weiß!" nahm Udo das Lob mit gelassener Würde.

„Ach nehmt doch gleich die Auftrags-Blöcke mit, die sind heute geliefert worden. Dann braucht ihr nicht mehr auf Meiers Formulare zu schreiben." Sagte Norbert Fuchs, und gab Udo mehrere Blöcke.

Nur Bares ist Wahres

„**D**ieser Gauner, versucht mit Schleimen von seinem kleinen Betrug abzulenken, als wenn ich ihm seine faule Ausrede glaube. Dieses Schlitzohr kenne ich lange genug. Der lügt nicht nur, der klaut auch. Lass den nur nie unbeaufsichtigt in unsere Wohnung, der könnte nämlich der Bruder deiner Mutter sein. Er ist Kleptomane. Aber weißt du Schatz was ich denke, wir sollten mal bei der Firma Güvo reinschauen, und mal mit dem Walter sprechen, ob er auch Fünfzehn zahlt. Eine zweite Tür offen zu haben kann ja nichts schaden. Den Meier können wir vorläufig abhaken." überlegte Ruth, als die Beiden später im Auto saßen.

„Dein Ex- Liebhaber? Oder irre ich mich?" fragte Udo misstrauisch.

„Ja!" gab Ruth ehrlich zu. „Aber du brauchst nicht eifersüchtig zu sein, das ist lange vorbei. Der Walter ist zwar auch ein Schlitzohr, und mit Vorsicht zu genießen, aber ich glaube, das sind die Fassadenleute alle. Ja, du hast das schon richtig erkannt, es ist wirklich ein Gauner-Geschäft. Weiße Westen gibt es in der Branche sicher nicht."

„Dass der Norbert seinem Nachnamen alle Ehre macht, habe ich ihm gleich angesehen. Das brauchtest du mir nicht erst zu sagen. Allerdings hätte ich nicht auf Dieb sondern eher auf Betrüger getippt. Die Nerven hätte ich ihm nicht zugetraut." Erwiderte Udo nachdenklich.

„Nerven? Für was?" wunderte sich Ruth.

„Klar, zum Klauen braucht man Nerven. Betrug ist einfacher." War Udos Meinung. „Aber mit solchen Leuten müssen wir leben, wenn wir mitschmecken wollen, für mich ist das kein Problem. Nun mal ganz was anderes, wir warten besser mal erst ab, wie Norberts finanzielle Lage ist, wenn wir ihm den nächsten Auftrag bringen, bevor wir uns an andere Firmen wenden. Wir könnten schlafende Hunde wecken, was letztlich auch für uns nicht gut wäre."

„Verstehe ich zwar nicht, aber wenn du meinst?"

Ungeduldig erklärte Udo: „Kein Unternehmer sieht es gerne, wenn seine Mitarbeiter auf mehreren Hochzeiten tanzen, ist doch klar, oder nicht? Das zeugt entweder von Illoyalität der Mitarbeiter, oder besserer Finanzlage der Konkurrenz. Beides wäre eine schlechte Grundlage für Vertrauen und Zusammenarbeit. Klar?"

„Hm, darüber habe ich noch gar nicht nachgedacht!"

„Das Denken kannst du auch ruhig mir überlassen. Das kann ich besser als du, ich bin eben ein Mann." Grinste Udo ironisch.

„Danke. Sehr charmant!" war Ruth pikiert.

„So, Geld haben wir, wo willst du zuerst hin? Zum Möbelhändler oder in die Wohnung? Müssen wir erst einmal ausmessen was wir stellen können? Welche Möbel wir noch brauchen, weißt du das?" wollte Udo wissen.

Erfreut nickte Ruth und erklärte begeistert: „ Ich habe alles ausgemessen und natürlich weiß ich was wir alles brauchen, ich bin ja schließlich eine Frau. Ha, ha, gut? Spaß beiseite, wir können mal erst bei Möbel Stoffelhahn reinschauen, das ist nur ein paar Straßen entfernt von hier, und danach in die Wohnung fahren. Aber später machen wir dann mindesten einen Termin, ja? Nicht wieder feiern?"

Gnädig stimmte Udo zu: „Gut, ausnahmsweise mal nach deinem Vorschlag. Fahr los."

Während der Fahrt dachte Ruth ketzerisch: ›wieso eigentlich ausnahmsweise? Ich mag zwar deine dominante, selbstsichere Art, aber jeden Abend durch die Kneipen ziehen, das mag ich an dir nicht. Daran müssen wir noch was ändern. Aber wenn wir ein schönes, gemütliches zuhause haben, wird sich das wohl automatisch ändern. ‹

Bei dem Möbelhändler amüsierte sich Udo über die Art des Besitzers. Während der Händler sie zu seinem Gebrauchtlager führte, konnte Udo sich die Bemerkung nicht verkneifen: „Gott, ist das ein heißes Gerät. Wie kommst du denn an den?"

„Aber Udo, nicht so laut!" Ruth war peinlich berührt, weil sie befürchtete, der Geschäftsmann könne es gehört haben. Aber er zeigte keinerlei Reaktion, sondern lotste die Beiden durch seinen Laden.

In dem Lager fanden sie ein schönes französisches Polsterbett mit Bettkasten und einen Kleiderschrank in den passenden Größen.

Als Ruth nach dem Preis fragte, mischte sich Udo ein: „Mach uns mal einen guten Preis, Schnulli. Zeig mal, dass du ein Herz für eine junge Liebe hast."

„Also Udo, wie redest du denn mit dem Herrn Stoffelhahn? Manchmal ist dein Spaß aber an der falschen Stelle." Konnte Ruth sich ihrer Kritik nicht enthalten. Sie fand Udos Art einfach nur peinlich.

„Kein Problem!" winkte der Möbelhändler ab, obwohl Ruth den Eindruck hatte, dass er sich genierte.

„Na siehst du, wir beide verstehen uns doch, oder?" fragte Udo und strich dem Mann über den Arm.

Um schnell die unangenehme Situation zu überbrücken fragte Ruth den Händler: „Wir brauchen auch noch Küchenmöbel, aber wir können in der kleinen, schrägen Küche keine Küchenzeile stellen, leider nur Unterschränke. Und natürlich Elektroherd und Kühlschrank. Haben Sie

144

was in der Richtung, muss aber auch kurzfristig lieferbar sein."

Sofort kam der Verkäufer wieder in Bewegung: „Ich glaube, da habe ich was für Sie. Kommen Sie mal mit. Hier vorne, zu der kleinen weißen Unterzeile mit Spüle, gehört noch ein Kühlschrank. Nur kein Elektroherd, aber da habe ich auch einen guten gebrauchten auf Lager, damit wäre Ihre Küche komplett. Natürlich könnte ich die Sachen kurzfristig anliefern lassen. Was meinen Sie?"

Der Händler sah durch seine dicken Brillengläser abwechselnd von Einem zum Anderen.

„Ja, Schnulli, dann mach uns mal einen guten Komplett-Preis. Nicht wahr, Schatz, dann hätten wir das was uns noch fehlte eigentlich komplett." Entschied Udo bevor Ruth etwas sagen konnte. Sie überhörte Udos erneute Frechheit, stattdessen begutachtete sie die Möbelstücke und verglich die Maße mit ihren Notizen.

„Ja, passen würde es. Wie gesagt, Herr Stoffelhahn, es kommt auf den Preis an."

Der Händler rechnete in Gedanken, dann entschied er: „Also Bett, Kleiderschrank und die kompletten Küchenmöbel insgesamt Zwölfhundert inklusive Lieferung. Ist doch innerhalb Solingens?"

Ruth wollte gerade antworten, als Udo ihr mit einer Handbewegung zu schweigen befahl, und an ihrer statt sagte: „Nun lass aber mal die Kirche im Dorf, Schnulli, es gibt nen glatten Tausender, inklusive liefern, und damit muss es gut sein. Still, nicht widersprechen, sonst kannst du die Klamotten behalten. Also, Hand drauf, schlag ein. Wir brauchen auch keine Rechnung, nicht wahr Schatz?"

Ruth wechselte die Farbe wie ein Chamäleon. Sie schämte sich für Udos freche Art und staunte deshalb nicht schlecht, als der Möbelhändler tatsächlich Udos Hand ergriff und schüttelte.

Täuschte sie sich, oder hielt er Udos Hand unnatürlich lange fest, und sah er ihren Partner mit einem eigenartigen Blick an? Hatte Udo wirklich Recht? War der Kerl schwul? Die Situation verwirrte Ruth etwas.

Nachdem Udo die Hälfte angezahlt, und der Händler die Lieferanschrift notiert hatte, wurde ein Termin für die nächste Woche ausgewählt, und die Restzahlung bei Lieferung vereinbart.

„Na denn tschüss, Schnulli, bis nächste Woche." Verabschiedete sich Udo und klopfte dem Mann freundschaftlich auf die Schulter, dann ging er hinaus.

Draußen erklärte er: „So handelt man einen akzeptablen Preis aus, Schatz! Merk es dir für die Zukunft."

Obwohl sie ihrem Liebsten im Stillen Recht geben musste, fand Ruth sein Verhalten mehr als peinlich. Derart würde sie sich niemals verhalten wollen und vermutlich auch nicht handeln können. Das war ihr klar.

Nach kurzer Durchsicht der Kundenadressen entschied Udo: „Wir nehmen den Herrn Doktor. Das ist offensichtlich das größte Objekt. Fahr nach Leverkusen."

Ruth reagierte verärgert, maulte: „Ich kriege langsam das Gefühl, dass du dich gar nicht für unser zukünftiges Zusammenleben interessierst. Du willst ja nicht mal unsere zukünftige Wohnung sehen. Also ich verstehe dich nicht! Außerdem, meinst du nicht auch, dass es noch viel zu früh ist, Kunden zu besuchen? Die meisten Leute arbeiten bis fünf oder sechs Uhr."

„Red keinen Mist!" knurrte Udo. „Von innen sehe ich die Bude doch früh genug. Von außen hat es mir nicht zugesagt, wegen der Entfernung, das weißt du doch. Ist ja noch weiter von Wuppertal entfernt, als jetzt. Wir hätten ja noch weiter suchen können, bestimmt hätten wir auch was Anderes gefunden. Aber hast ja nun mal unterschrieben. Soll ich nun auch noch begeistert sein?"

Entschlossen protestierte Ruth: „ So, ich will dass du deine Meinung änderst, und das wirst du, wenn du erst in der Wohnung warst. Deshalb fahre ich jetzt erst dahin. Wir sind nämlich mindestens eine Stunde zu früh dran, für den Kundenbesuch. Punkt!"

Udo schwieg mit grimmiger Miene, stieg aber dennoch vor der Fontanestraße acht aus. Mit genervtem Gesichtsausdruck stieg er die zwei Etagen hoch und betrat widerwillig das offne Wohnzimmer.

Die Sonne stand in voller Pracht am wolkenlosen blauen Himmel, und tauchte den großen Dachbalkon in strahlendes Licht.

„Hm, stimmt, das ist ja mal ein schöner großer Balkon." Murmelte Udo und ging hinaus in die Wärme.

Dann stand er genauso dort wie Ruth, und genoss den Ausblick über die weite hügelige Landschaft. Es ging ihm offensichtlich genauso, wie es Ruth ergangen war, er war beeindruckt.

Nach einer Weile löste er sich und ging durch die Räume. „Klein aber fein. Nicht schlecht. Und die Möbel passen wirklich hin? Hast du auch richtig gemessen?" erkundigte sich Udo.

„Also bitte, Udo. Ich kann doch wohl mit einem Zollstock umgehen, schließlich bin ich vom Fach. Und eine Fachfrau kann so etwas." Lachte Ruth und freute sich, dass ihrem Freund die Wohnung gefiel.

„Ist trotzdem weit." Knurrte er. „Aber jetzt fahren wir endlich und ich schreibe eben den Herrn Doktor auf. Weißt du was er ist?"

„Doktor!" antwortete Ruth.

„Nein, welches Fach?"

„Nö. Woher soll ich das wissen?" wunderte sie sich.

„Hättest du vielleicht auf der Klingel sehen können? Steht meistens drauf, die prahlen doch gerne mit ihrem Titel. Oder was machst du denn, wenn die Weiber die Häuser abklappern? Kaffee trinken?"

„Genau das! Warum soll ich denn mitrennen?"

„Faules Huhn!"

„Ja klar, du hast es nötig! Wer liegt denn noch im Bett, wenn ich schon auf Achse bin? Und wie lang wird mein Tag, wenn ich nachmittags mit verkaufe und abends noch mit dir auf Tour bin? Nee, du, morgens fahre ich die Frauen, und der restliche Tag ist für mich lang genug!" erklärte Ruth energisch.

Respektlos und dreist

Es war eine große alte Villa auf einem eingefrie-
deten Grundstück, deren Fassade allerdings
grau und verwittert war. Durch eine alte
Schmiedeeiserne Gartenpforte in der Mauer, führte ein
schmaler gepflasterter Weg zwischen Rasen und Blumen-
beeten zur Haustür.

Auf dem alten Messingschild stand nur der Nachname,
weder Titel noch Vornamen. Udo klingelte, mehrmals und
anhaltend, dass es metallen durch das Haus hallte.

„Also kein Angeber!" flüsterte Ruth ihrem Gefährten
zu, während sie darauf warteten, dass Jemand öffnete.

„Warum klingeln Sie denn so penetrant? Glauben Sie
wir sind schwerhörig?" fragte der weißhaarige schlanke
Mann ungehalten, der die schwere, alte Haustür öffnete.

„Ja, dachte ich, ehrlich gestanden, aufgrund ihres altmodischen Namens, und meiner Info über Sie. Aber nun
sehe ich ja, dass Sie es, Gott sei Dank, nicht sind. Ja, Herr
Doktor, da sind wir endlich. Die Firma FUCO, Gogolscheff
mein Name, und das ist Frau Woods, meine Sekretärin.
Wollen Sie uns nicht mal rein bitten?"

Ruth wurde es schon wieder abwechselnd heiß und kalt,
und sie dachte nur: › Erdboden öffne dich. Das geht in die
Hose. Der Mann schlägt uns gleich die Tür vor der Nase
zu! ‹

Aber Neugierde ist wohl allen Menschen zueigen, denn
der Herr Doktor wollte genaueres wissen: „Das ist ja schön,
mein Herr, aber das sagt mir nicht, was Sie von mir wollen?" dabei stand er immer noch breitbeinig in der Türöff-
nung und sah Udo fragend an.

„Ach, man hat uns nicht angekündigt? Seltsam. Nun ja, dann kann ich Ihnen die freudige Mitteilung machen, dass wir dafür sorgen werden, dass Ihr schönes altes Haus endlich wieder in dem Glanz erstrahlt, der diesem Anwesen zusteht! Fassadenbau FUCO in Solingen ist die Rettung für ihr Anwesen und auch für Ihr Ansehen, Herr Doktor. So müssen Sie sich ja schämen. Aber die Lösung ist da. Wir sind die Glücksboten! Können wir nun endlich reingehen?" sagte Udo und trat einen Schritt auf den Hausherrn zu, sodass dieser automatisch erschrocken einen Schritt zurückwich.

In diesem Moment rief eine Frauenstimme im Hintergrund: „Karl-Herrmann, wer ist denn da?" sodass der Hausherr sich wohl überrumpelt fühlte und den Weg freigab, mit der Aufforderung: „Das werden wir sehen, Herr, Entschuldigung, wie war noch Ihr Name? Kommen Sie doch bitte näher."

Dann zeigte er den Beiden den Weg durch die geräumige Halle, an deren hoher Decke ein mächtiger Mehrarmiger Kronleuchter hing, in den Wintergarten. Die altmodische schwere Möblierung in diesem hochherrschaftlichen Haus, war von Plüschsofas und Mahagonischränken dominiert. An den Wänden hingen große, gold gerahmte Gemälde mit düsteren Jagdmotiven und dazwischen echte Hirschgeweihe. Die ganze Atmosphäre wirkte auf Ruth düster und bedrückend, daran konnten auch die drei großen grünen Pflanzenkübel nichts ändern, die wohl zur Auflockerung der Dunkelheit des Raumes dienen sollten.

Die Ehefrau des Doktors war wesentlich entgegenkommender als ihr Mann. Sie kam den Beiden entgegen und begrüßte sie mit einem liebenswürdigen Lächeln. „Sie sind also die Fachleute, die ihre reizende Kollegin mir avisiert hat? Es freut mich, dass sie sich den Weg zu uns gemacht haben. Darf ich Ihnen etwas zu trinken anbieten?"

„Gern. Dann machen Sie doch einen Kaffee, da würden wir nicht nein sagen, nicht wahr Frau Woods? Aber ich darf mich auch Ihnen vorstellen, gnädige Frau? Gogolscheff ist mein Name." Tatsächlich machte Udo eine artige Verbeugung, ging aber dann sofort zum nächsten Thema über: „Tja, Herr Altmann, denn machen Sie doch mal auf einem Tisch Platz, damit ich Ihnen unser tolles Material zeigen kann. Dekoration ist ja was Schönes, aber hier steht ja so viel überflüssiges Zeugs, dass ich keinen Platz finde." Sagte Udo und stellte unseren Musterkoffer demonstrativ zwischen zwei edle Porzellanvasen auf einen runden Tisch.

Unter Erröten mischte Ruth sich ein, und versuchte Udos freche Aussage ein wenig zu entkräften, indem sie den kleinen Metallkoffer vom Tisch nahm: „Vorsicht! Nein, doch nicht zwischen diese schönen Vasen, das wäre doch eine Sünde, wenn davon etwas kaputt ginge. Entschuldigen Sie, Herr Doktor Altmann, manche Männer haben dafür einfach kein Gefühl."

Die Frau des Hauses war wie zu einer Salzsäule erstarrt, mitten in der Bewegung stehen geblieben, und hatte erschrocken auf den Tisch gestarrt. Nachdem Ruth die Gefahr beseitigt hatte, atmete die Dame hörbar auf, und ging aus dem Zimmer.

Auch dem Hausherrn war vor Schreck die Spucke weggeblieben, doch nun begann er den Tisch frei zu räumen, und sein edles Gut in Sicherheit zu bringen.

Unbeeindruckt zog Udo sich einen schweren gepolsterten Stuhl heran, und nahm Ruth den Musterkoffer aus der Hand.

„Nehmen Sie sich auch mal eine Sitzgelegenheit heran, Frau Woods, oder wollen Sie im Stehen schreiben? Ja, Herr Doktor, es trifft ja immer die Leute, die es eigentlich gar nicht nötig haben, nicht wahr? Ausgerechnet Sie sind in Leverkusen die erste Adresse, die wir besuchen, weil wir ihr Haus zu unserem Muster-Objekt machen wollen. Ist ja immer so, sag ich mal so ganz frei heraus, ne fette Sau noch mit Speck einreiben, ist der beste Ausdruck dafür. Ha, ha, ha. Aber Spaß beiseite, Ihr Haus ist nun mal das attraktivste Objekt, in der günstigsten Lage, das belohnen wir mit so günstigen Konditionen, dass es fast geschenkt ist. Na, Doktorchen, was sagen Sie dazu?"

Redete Udo auf den perplexen Mann ein, und sah ihn Beifallheischend an.

Ruth glaubte ihren Ohren nicht zu trauen, wusste vor Scham nicht wohin sie gucken sollte, und war froh, dass die Frau des Hauses, in dem Moment den Raum, mit einem Tablett, betrat.

Sofort stand Ruth auf, froh sich aus der Affäre ziehen zu können, ging der Dame entgegen und bot ihr an; „Kann ich Ihnen behilflich sein?"

Die Hausfrau wies auf eine zusammengefaltete Tischdecke hin, die über ihrem Arm lag, und bat: „Ja, vielen Dank. Wenn Sie so freundlich sein wollen, die Decke auf dem Tisch auszubreiten?"

Gern kam Ruth dieser Bitte nach und deckte mit der weißen Tischdecke die wertvollen Intarsien des Tisches zu.

Udos Erläuterung wurde von keinem der Eheleute unterbrochen, und so einfach wie Udo sich die Erklärung auch machte, mit der Vorführung unter dem laufenden Wasser, beauftragte er wieder seine Sekretärin.

Als der Hausherr, bei der Aufforderung mit in die Küche zu gehen, abwehren wollte, meinte Udo gelassen: „Kein Problem, Doktor, Männer haben auch eigentlich in der Küche nichts zu suchen, da haben Sie Recht. Das ist Frauen-Territorium, dann kommen Sie mal mit ins Bad. Das ist doch groß genug für uns alle Vier? Aber der Vorführung dürfen Sie sich keinesfalls entziehen. Das geht nicht. So viel Interesse müssen Sie schon zeigen. Sonst denkt ihre Frau noch, dass es Ihnen egal ist, wie das Haus aussieht, in der Ihre Frau sich den ganzen Tag aufhält. Schließlich will eine Frau doch in einem repräsentativen Haus leben, nicht wahr, gnädige Frau?"

Tatsächlich nickte die Dame des Hauses und strahlte Udo mit dankbarem Lächeln an.

Ruth glaubte ihren Augen und Ohren nicht trauen zu können, mit welcher Dreistigkeit Udo die beiden Eheleute gegeneinander ausspielte, war unglaublich. Aber es klappte wirklich.

Die Dame des Hauses wies auf die kleine Muster-Palette, die Ruth bereits ausgepackt und aufgeklappt hatte, und meinte energisch: „Aber nein, natürlich gehen wir lieber in die Küche, wenn es für Sie egal ist, welchen Wasserhahn Sie benutzen? In der Küche haben vier Personen doch viel mehr Bewegungsfreiheit, als im Bad. Komm bitte, Karl-Herrmann."

Der Doktor kniff zwar die Lippen zusammen und zeigte deutlich, dass er nicht begeistert war, aber offenbar war ihm sein Haussegen wichtig, deshalb ging er mit. Als Ruth dann die üblich Probe vorführte, und Frau Doktor in verzückte Rufe ausbrach: „ Ach ja, das ist ja toll. Ja, natürlich, siehst du Karl-Herrmann, das ist die perfekte Endlösung für uns. Und wann können Sie unser Haus machen?" schritt der Herr des Hauses ein: „Aber ich bitte dich, meine Liebe, erst einmal muss ich doch wissen was das kostet. Schicken Sie uns ein Angebot!"

›Ich habe es doch geahnt, das wird hier nichts mit dem Auftrag. Der Mann ist vorsichtig. Scheisse. ‹ dachte Ruth.

„Nein, lieber Doktor, wir schicken gar nichts. Entweder wir packen das jetzt und hier in trockene Tücher, oder der günstige Musterhaus-Preis geht an irgendeinen Nachbarn, der nicht so ängstlich ist wie Sie, und zugreift, weil er cleverer ist als Sie. Das können Sie sich überlegen, während meine Sekretärin und ich mal ausmessen, wie viel Quadratmeter Sie haben." Entschied Udo energisch und erhob sich. „Kommen Sie, Frau Woods, wir verschaffen uns mal einen Überblick. Währenddessen können Sie sich ja mit Ihrer Frau beraten, Herr Doktor. Sagen Sie mal, was für ein Doktor sind Sie eigentlich? Lassen Sie mich raten, Chemiker? Bei Bayer? Klar, dachte ich mir!" sagte Udo auf das erstaunte Nicken des Hausherrn und ging hinaus.

Während Udos ganzer Rede hatte Ruth die Dame des Hauses angesehen, und sich gewundert, wie hingerissen die Frau Udo angeschmachtet und genickt hatte. Er hatte ihre volle Bewunderung und Zustimmung.

›Dann könnte es vielleicht doch noch klappen. ‹ dachte Ruth.

Nach dem Aufmaß setzte Udo sich wieder an den Tisch, und befahl Ruth: „Alles klar, Frau Woods? Na dann schreiben sie mal. Dreihundert Quadratmeter, a sechsunddreißig Mark. In Klammern: Musterhaus-Rabatt! Name und Adresse wissen Sie, ja wann soll denn der Ausführungstermin sein?" fragte Udo, und schaute den Hausherrn an.

„Moment bitte, bevor Sie schreiben, da muss entweder Eheleute stehen, oder nur Anna-Maria Altmann. Das Haus gehört nämlich mir, ich habe es geerbt." Teilte die Hausfrau voller Stolz mit, dabei warf sie einen triumphierenden Seitenblick auf ihren Ehemann.

Ruth hatte Mühe, ihre Überraschung über den mutigen Einspruch nicht zu zeigen, deshalb nickte sie nur, und senkte den Blick auf das Formular.

„Gut das Sie rechtzeitig eingegriffen haben, Frau Altmann, sonst hätte die Frau Woods umsonst Papier verschwendet. Ja, Frau Woods, dann führen Sie aber bitte Eheleute als Auftraggeber auf, fertig? Prima!" Sagte Udo zog sich den Auftragsblock heran, und schob den Block über den Tisch vor die Dame des Hauses, mit der Aufforderung: „Unter dieser Voraussetzung unterschreiben Sie aber bitte auch beide. Sie dürfen hier als erste unterschreiben, gnädige Frau. Und Ihr Mann dann daneben. So ist es richtig. Ich gratuliere!" Udo hielt ihr den Kugelschreiber hin, und lächelte sie so charmant an, dass die Hausfrau tatsächlich errötete. Sie unterschrieb den Auftrag. Mit brummigem Gesicht setzte auch der Chemiker seinen Namen auf das Formular.

Wie es seine ruppige Art war, stand Udo abrupt auf und verabschiedete sich: „So, das hat uns jetzt aber auch genug Zeit gekostet. Also, einen schönen Tag noch die Herrschaften, Sie hören von unserer Firma. Auf Wiederschaun."

Widerwillig

„Viereinhalb Mille! Das ist doch lecker! Kann ich mir endlich mal ne vernünftige Uhr kaufen. Na, du geile Sau, bläst du mir jetzt Einen hier im Auto, zum Dank für meine Leistung? Los, komm, ich fahre und du lutschst ihn während der Fahrt. Darauf hab ich jetzt Bock!" lachte Udo, als sie ins Auto einsteigen wollten.

„Udo! Mensch, du bist einfach unmöglich!" genierte sich Ruth.

„Aber gut, oder?" lachte er, setzte sich ans Steuer, und holte tatsächlich seinen Penis raus. Dann fuhr er los.

Wie selbstverständlich fuhr Udo schnurstracks zur Firma FUCO auf der Gräfratherstraße, um den Auftrag abzurechnen.

Norbert Fuchs war sehr erfreut als die Beiden ins Büro kamen. „Aha, unsere fleißigen Lieschen, habt ihr was vergessen oder Sehnsucht nach uns?" flachste er. „Aber jetzt sagt nicht, ihr bringt schon wieder einen neuen Auftrag? Nein? So schnell seid ihr nun doch nicht? Oder?"

„Doch!" kam es aus zwei Mündern im Gleichklang.

„Nee, ich glaub es ja nicht. Wie viel?" staunte Norbert und es klang als ob es ihm nicht unbedingt recht sei.

„Warum fragst du? Kannst du keinen Auftrag mehr gebrauchen?" erkundigte sich Udo.

„Musst du nur sagen, Norbert. Dann gehen wir besser doch mal zur Firma GÜVO, Udo!" warf Ruth dazwischen.

Fuchs hob beide Hände, sagte beschwörend: „Nein, nein, das sollt ihr bitte nicht machen. Ich freue mich doch, dass ihr so fleißig seid, und ich nehme euch jeden Auftrag ab.

Ich weiß nur nicht ob ich genügend Bargeld im Haus habe. Also, wie viel Quadratmeter habt ihr denn?"

„Dreihundert!" überschnitten sich wieder Beider Stimmen.

„Tja, liebe Leute, das ist natürlich eine Menge. Nein, nicht falsch verstehen", beeilte Fuchs sich, die Beiden bei Laune zu halten, „viereinhalb habe ich tatsächlich nicht hier. Und da ihr ja keinen Scheck mehr haben wollt, hab ich doch richtig in Erinnerung?" er legte die Stirn in Kummerfalten, „Deshalb gibt es zwei Möglichkeiten, entweder jetzt eine kleine Anzahlung, oder morgen komplett abrechnen. Gleich morgen früh. Na?" wartete er gespannt auf eine Antwort.

„Morgen. Aber mittags! Richtig Udo?" antwortete Ruth sofort.

Udo nickte: „Ja, ist in Ordnung. Und keine Sorge, Norbert, wir gehen weder zur GÜVO noch zu einem anderen Konkurrenten."

Schon am Ausgang fiel Ruth noch ein: „Warte bitte Udo. Sag mal Norbert, hast du am Wochenende mal nen Transporter frei? Wir müssen ein paar Möbel von meiner alten zu unserer neuen Wohnung transportieren."

Norbert schüttelte bedauernd den Kopf, meinte: „Nein, meine beiden LKWs sind beladen, damit geht das leider nicht. Aber reicht euch denn nicht ein VW-Bus? Der Meier hat doch einen, der immer nur leer im Lager steht."

„Reicht schon, aber den kann ich ja wohl nicht fragen!" bedauerte Ruth.

„Brauchst du auch nicht. Ich frage ihn, als wäre es für mich. Ich besorg ihn für dich. Du kannst den Bus am Freitag hier abholen." Zeigte sich Fuchs hilfsbereit.

„Danke Norbert. Das wäre toll." Freute sich Ruth.

„Nichts zu danken, ist doch selbstverständlich. Kennst doch das Sprichwort: wie du mir, so ich dir. Also dann bis morgen."

Mittlerweile war es nach acht Uhr abends und Ruth hoffte nur, dass Udo nicht schon wieder auf die Rolle wollte.

Tatsächlich zeigte er sich einsichtig, er schlug vor: „Lass uns hier irgendwo essen gehen und dann gehen wir mal früh ins Bett. Welches Lokal schlägst du vor? Was gibt es hier in Solingen Gutes?"

„Was möchtest du denn? Chinesisch, Griechisch, italienisch, jugoslawisch, oder ganz schlicht deutsch?" fragte Ruth.

„Am liebsten Steak in ner netten Atmosphäre, wo man auch gemütlich sitzen kann, und ein bisschen gute Hintergrund- Musik hat."

„Die Börse!"

„Bitte?"

„Das Lokal heißt ›die Börse‹. Das wird nach deinem Geschmack sein."

„Gut! Fahr hin! Und morgen früh geh ich mit auf Werbung." Entschied Udo.

Ruth war völlig perplex: „Wie bitte? Du willst früh aufstehen? Warum? Hat das einen besonderen Grund?"

Udo nickte und sagte fest: „Ja, ich will unsere Werbedamen kennen lernen, anschließend direkt den Auftrag abrechnen, und danach nach Wuppertal fahren. Ohne große Verzögerung."

„Aha!" mehr brachte Ruth nicht raus.

„Wegen deiner Schwiegermutter? Macht dir das Sorgen?" wollte Udo wissen.

„Nein, auf gar keinen Fall. Da steht diese Frau drüber. Das wird absolut kein Problem sein." war Ruth fest überzeugt.

Udo in die Börse mitzunehmen, erwies sich als Fehler. Nicht nur, weil der Abend wieder endlos lang wurde, denn Udo gefiel das Lokal in dem englisch-eleganten Stil sehr gut, sondern auch, weil es wieder sehr teuer wurde. Die gehobenen Preise dieses Lokals, so gerechtfertigt sie auch sein mochten, schlugen bei Udos übermäßigen Pernod-Verzehr, kräftig zu Buche. Auch die saftigen Steaks, aus der wirklich guten Küche, waren preislich in der oberen Stufe angesiedelt, sodass die Rechnung über einhundertfünfzig Mark ausmachte.

Als Ruth nach Begleichung der Rechnung ihren Unmut mit einem: „Puh, heftig!" aussprach, meinte Udo nur gelassen: „Ist doch nur Geld. Morgen gibt es wieder ein Knödel davon."

An diese Einstellung zum Geld würde sie sich wohl nie gewöhnen, dazu hatte sie bis dato zu viel dafür tun müssen, um das zu verdienen. Auch wenn die Art, Geld zu verdienen, nun angenehmer und einfacher war, als zu Roberts Zeiten, konnte Ruth nicht vergessen, dass es auch schwere Zeiten gab und vielleicht irgendwann wieder mal geben konnte.

Natürlich kam Udo am nächsten Morgen nicht aus dem Bett. Als Ruth zur Arbeit fahren wollte, knurrte er schlaftrunken: „Fahr heute ne kurze, nahe Werbetour und hol mich danach direkt ab. Ich will früh bei der Fuco sein."

Ruth verzichtete auf eine ärgerliche Antwort, sondern düste hinaus.

Weil sie ungern im Wohnort werben wollte, entschloss sie sich ins nahegelegene Opladen zu fahren. Die Auswahl war mager. Nur eine einzige Adresse konnte die Radozek ergattern, dafür aber ein großes Haus.

Als sie kurz vor Mittag nach Hause kam, saß Udo fertig angezogen in Wartestellung und maulte: „Ist das früh? Mensch, dass du immer deinen eigenen Kopf hast, kotzt mich an. Wann hörst du denn mal endlich, wenn ich dir was sage? Wenn der Fuchs wieder mit nem Scheck kommt, können wir den vielleicht nicht vor der Bankpause einlösen. Verdammt noch mal."

Ärgerlich zischte Ruth: „Wenn du deinen Arsch heute Morgen aus dem Bett gekriegt hättest, wäre die ganze Abwicklung einfacher gewesen. Dann hätten wir zwischendurch zum Büro fahren können, während die Frauen ihre Tour laufen. Also schieb mir nicht den schwarzen Peter zu. Pack dich an die eigene Nase, du hast es deiner eigenen Faulheit zu verdanken."

Udo packte Ruth grob am Oberarm, und drohte böse: „Sei nicht so frech, Fräulein, rede vernünftig mit mir, sonst muss ich dir mal den Arsch versohlen. Ein bisschen nett, ja?"

„Au, du tust mir weh. Lass mich los!" schrie sie zornig und zog ihren Arm ruckartig aus seiner harten Umklammerung. „Dann sauf demnächst nicht so viel, dann kannst du dich auch mal morgens aus der Kiste schwingen, und nicht nur große Töne spucken, sondern mal arbeiten, wie ich!"

Wütend holte Udo aus und schlug ihr eine schallende Ohrfeige.

Ruth wich erschreckt zurück, trat reaktionsschnell aus, und traf ihn kräftig in seine Weichteile. Ohne auf eine Gegenreaktion zu warten, rannte sie hinaus.

Im Auto blickte sie in den Rückspiegel, und während ihr die Tränen übers Gesicht liefen, betrachtete sie ihre rote Wange, auf der Udos Hand abgebildet war.

›Das darf doch nicht wahr sein. Das hätte ich niemals gedacht, dass Udo auch Einer ist, der Frauen schlägt. Schon wieder ein Mann, der genauso ist wie Robert? Nein, das will ich nicht noch einmal mitmachen‹.

Durch zaghaftes Klopfen, auf ihrer Türscheibe, schreckte Ruth aus ihren trüben Gedanken. Eine Nachbarin von der ersten Etage stand vor Ruths Fahrertür, und gab ihr ein Zeichen zu öffnen. Ruth blickte die Frau an, öffnete aber nicht, sondern startete den Motor und fuhr weg. Eine Unhöflichkeit zwar, aber sie mochte der freundlichen Italienerin nicht erklären warum sie weinte.

Auf dem Weg zur Gräfratherstraße fiel Ruth ein, dass der fertige Auftrag in der Wohnung, bei Udo, lag. Also erübrigte sich die Fahrt zur Firma, was sollte sie jetzt da?

Nach kurzer Überlegung fuhr sie in Richtung Haan. Zwischendurch blickte Ruth immer wieder in den Rückspiegel, um zu kontrollieren, ob sie immer noch von Udos Schlag gezeichnet war. Die Rötung verblasste langsam. Zu langsam um sich Meier, oder der Wirtz zu zeigen.

Was tun? Da fiel ihr die freundliche Frau Weiher ein, und Gruiten war nicht weit weg, also, nichts wie hin. Mal schauen, ob da ein Auftrag zustande käme.

Erst bellte der Hund, dann riss die große blonde Frau die Tür schwungvoll auf und lachte Ruth an: „Ach, du bist es? Ja, leider hast du wieder Pech, Mädchen, ich werde gleich abgeholt. Aber komm doch kurz rein, du siehst aus als könntest du nen Kaffee gebrauchen. Ich hab gerade welchen aufgeschüttet, dafür reicht die Zeit noch."

Sie ließ Ruth kaum die Zeit zur Antwort, sondern drehte sich um, wollte zurück ins Haus gehen.

Als der große Hund auf Ruth zukam, glaubte die Besitzerin ihr erklären zu müssen: „Keine Angst, der Arco tut dir nichts, der ist ein alter Opa, der hat kaum noch Zähne, der kann gar nicht mehr beißen." Dabei lachte sie laut und kraulte dem Hund den Kopf.

Ruth lachte ebenfalls, beschwichtigte die Hundeherrin: „Ich habe keine Angst, man sieht doch dass er friedlich ist. Er wedelt ja freudig mit dem Schwanz. Den Kaffee nehme ich gerne, wenn ich darf, den kann ich jetzt wirklich gut gebrauchen. Danke, Frau Weiher."

Die Dame des Hauses winkte ab, entschied lächelnd: „Nix Frau Weiher. Ich bin die Agathe und wie heißt du?"

Erstaunt antwortete Ruth spontan: „Ruth. Ruth Woods. Du bist sehr nett, Agathe."

„Mädchen, ich hab doch Augen im Kopf, ich kann Menschen beurteilen. Auch wenn du eigentlich nur ein Geschäft machen möchtest, das ist mir klar, sehe ich doch, dass du ein lieber Mensch bist. Und das im Gesicht, hast du bestimmt nicht verdient. Den Kerl solltest du ganz schnell in den Kacker treten. Das rate ich dir. Ich bin dir einige Jährchen voraus, ich hab so meine Erfahrungen. Aber komm, jetzt trinken wir ein Käffchen, und über das Geschäftliche sprechen wir ein anderes Mal, wenn ich mehr Zeit habe. Gut?"

Ruth nickte, sie mochte diese seltsame Frau. Während der kurzen Kaffeepause beruhigte sie sich innerlich wieder, wobei Ruth unaufhörlich den Hundekopf streichelte, der vertrauensselig auf ihrem Schoß lag.

Als Agathes Fahrer kam mussten sich die beiden ungleichen Frauen verabschieden.

„Danke für den Kaffee, aber vor allem für deine freundschaftliche Geste!" sagte Ruth, während sie sich die Hände reichten.

„Nichts zu danken, lass dich ruhig bald wieder sehen. Und wenn es nur auf einen Kaffee ist, meine Tür steht dir immer offen." Erwiderte die Gastgeberin und umarmte die wesentlich kleinere Ruth zum Abschied.

Bei der Firma Meier traf Ruth den Chef nicht an, was ihr auch recht lieb war. Frau Wirtz lachte ihr freundlich entgegen, sodass Ruth sich freute, diese alleine anzutreffen.

„Hallo Frau Woods, Sie kommen passend, Ihre Papiere sind fertig. Sie wurden auch schon gesucht, der Herr Gogolscheff hat schon zweimal angerufen und der Herr Fuchs hat auch vorhin nach Ihnen gefragt. Der kommt gleich um den Bus abzuholen. Vielleicht brauchte der Herr Fuchs Sie um den Bus zu fahren? Ich meine, er hätte sich so ausgedrückt. Aber Sie brauchen den nicht zurückrufen, der müsste schon auf dem Weg nach hier sein." sprudelte die gesamte Information auf Ruth hernieder.

„Tag Frau Wirtz, danke für die Info, ich kann ja auf den Norbert warten. Wenn er mich braucht, warte ich gerne.

Aber ich weiß nicht wie ich ihm helfen kann, denn ich bin ja auch mit dem Auto hier, ist ja klar. Zwei Autos kann ich ja nicht fahren. Ich kann ja schon einiges, aber das nun mal nicht!" lachte Ruth.

„Nein, der kommt sicher nicht hier hin, der fährt ja gleich ins Lager. Der Bus steht ja dort. Aber ich denke, dass der Herr Fuchs doch bestimmt schon einen anderen Fahrer gefunden hat. Hier ist Ihre Abrechnung, schauen Sie doch bitte nach, ob alles stimmt, und zählen Sie bitte das Geld nach." Bat die Sekretärin und legte einen Umschlag vor Ruth auf die Theke.

In dem Moment ging die Eingangstür auf und Udo stürmte in den Raum.

„Schatz, Gott sei Dank, da bist du ja." rief er aus, umarmte sie und stöhnte: „Ich habe mir schon solche Sorgen um dich gemacht. Meine Güte, wo warst du denn nur? Ich wollte dich schon vermisst melden, aber Norbert meinte, der passiert schon nix, die ist kernig. Zum Glück hatte er Recht, wie ich jetzt sehe."

Im ersten Augenblick war Ruth versucht, ihn abzuwehren, aber sie besann sich eines Besseren, wollte der Sekretärin kein Schauspiel liefern, den friedlichen Eindruck nicht zerstören.

„Alles in Ordnung. Warst du denn bei dem Norbert in unserer Sache?" fragte Ruth, und löste sich aus seiner Umarmung.

Udo nickte, bestätigte: „Ja, ja, alles erledigt, wie besprochen. Du, ich fahre eben den Bus für den Norbert nach Solingen, kommst du bitte nach? Dann können wir alles Weitere sehen? Ja, Schatz? Bitte!"

„Ja, natürlich, fahr du nur, ich muss das hier nur eben regeln. Ich komme dann zum Norbert, auf den Hof, nehme ich an?" sein Nicken bestätigte Zustimmung.

Nachdem sie ihre Abrechnung für richtig befunden und das Geld nachgezählt hatte, unterschrieb Ruth die Empfangsbestätigung und verabschiedete sich.

Auf dem Heimweg fing Ruths VW an zu bocken. „Oh nein, das kann ich jetzt aber überhaupt nicht gebrauchen." Schimpfte Ruth genervt, dann blieb der Wagen stehen und gab keinen Muck mehr von sich.

Zum Glück und Pech gleichzeitig, stand sie auf dem einsamen Westring, zwischen Haan und Solingen, am Straßenrand. Glück war, dass sie den Wagen problemlos dort stehen lassen konnte. Pech, dass sie nun ein Stück zu Fuß laufen musste, weil das nächste Telefon entweder eine weitentfernte Telefonzelle, oder eine ebenso weit entfernte Kneipe war. Von der Gaststätte aus konnte sich dann ein Taxi rufen.

So hatte sie insgesamt über eine Stunde gebracht, bis sie die Firma Fuco erreichte.

„Wo warst du denn? Der Udo ist hier schon Amok gelaufen. Was ist denn mit euch los? Krach oder was?" fiel Norbert gleich über Ruth her.

„Nein, mein Auto hat den Geist aufgegeben. Wo ist der Bus, den könnte ich jetzt gebrauchen." Gab Ruth Auskunft.

„Damit ist dein Mann gerade eben zu euch nach Hause gefahren, weil er dachte, ihr hättet euch missverstanden." bedauerte Norbert. „Ruf ihn an!"

„Nicht nötig, bin schon wieder da! Was ist mit dem Auto?" kam Udos Stimme von der Eingangstür.

Nachdem Ruth ihm berichtet hatte, meinte er nur: „Ja, kaputt, müssen wir halt ein Neues kaufen. War ja zu erwarten, die Karre hat nach der letzten Reparatur ja noch ziemlich lange durchgehalten. Gut dass wir momentan den Bus haben, so sind wir wenigstens beweglich. Komm Schatz, wir gehen was essen."

Widerwillig ging Ruth mit.

Rolex Bi-color

Als Udo sich ans Steuer setzen wollte, erhob Ruth gleich energisch Einspruch: „Wenn du fahren willst, dann ohne mich! Ich will erst einmal wissen, wie du dir unsere Gemeinsamkeit vorstellst, und wohin du jetzt willst. So wie heute Mittag, geht es mit uns nicht, dann kannst du mich vergessen. Dann ist für mich das Ende erreicht."

Kommentarlos reichte Udo ihr den Autoschlüssel und ging zur Beifahrerseite, dann befahl er: „Steig ein und fahr erstmal hier weg. Oder willst du hier eine Schau abziehen? Das kannst du vergessen."

Nach kurzem Zögern gehorchte Ruth, denn sie sah ein, dass es keinen guten Eindruck machte, wenn sie sich stritten. Ruth wollte anderen Leuten kein Schauspiel bieten, noch dazu, weil man geschäftlich miteinander zutun hatte.

Allerdings fuhr sie nur eine Straße weiter, dort hielt sie und wollte wissen: „Also? Hast du dir überlegt was du mir zu sagen hast?"

Udo machte einen genervten Eindruck, als er gedehnt erwiderte: „Nun stell dich mal nicht so an wegen einer Ohrfeige. Natürlich tut es mir leid, aber mir sind halt die Nerven durchgegangen und da ist mir die Hand ausgerutscht. Aber wenn du jetzt eine Entschuldigung erwartest, dann denk mal darüber nach, wie du reagiert hast. Ist ja nicht gerade rücksichtsvoll, mir in die Eier zu treten. Zum Glück konnte ich wenigstens noch ein bisschen ausweichen. Sonst stünde ich jetzt nicht hier. Dafür solltest du dich mal entschuldigen."

„Wie bitte? Ich soll mich nicht wehren dürfen? Logisch wehre ich mich gegen einen Mann auf diese Art. Wie sonst hätte ich, als zarte Frau, denn eine Chance? Und was heißt denn überhaupt, nur eine Ohrfeige? Das siehst du als Bagatelle? Wie viele müssen es denn sein, damit es prügeln ist? Nee, mein Lieber, so nicht! Das hatte ich gerade hinter mir. Das mache ich nicht noch einmal mit. Gib mir bitte die Hälfte von dem Geld, was du für den Auftrag gekriegt hast, und dann geh wohin du willst, ich brauche erst einmal Abstand!" erboste sich Ruth.

Udo lachte zynisch, sagte Kopfschüttelnd: „Ich denke nicht daran. Keinen Pfennig! Das ist für meine Uhr. Wenn du Geld brauchst, dann schreib selbst einen Auftrag. Dieses Geld steht mir zu, weil ich für die Unterschrift gekämpft habe, du hast nur dumm daneben gesessen. So, wenn das nun dein letztes Wort war, dann fahr mich nach Wuppertal und versuch mal ohne mich eine Unterschrift auf so ein Formular zu kriegen."

„Gut, wenn du meinst, aber ich fahre dich nirgendwo hin. Steig aus!" zischte Ruth böse.

Tatsächlich stieg Udo gelassen aus, und als er neben dem Bus in der geöffneten Tür stand, sagte er ironisch: „Ich bin auf dich nicht angewiesen. Ich habe genug Kohle für ein Taxi!" dann schlug er die Tür zu und wendete sich zum Gehen.

Wütend startete Ruth den Bus und fuhr los.

›Wohin? Was mache ich jetzt? Mit den paar Hundertern kann ich die Wohnung nicht finanzieren. Und dabei haben wir Möbel bestellt, für die ich noch Fünfhundert brauche, und dann die Bestellung bei meiner Mutter. Scheiße! Ich muss wirklich einen Auftrag schreiben. Ach, da fällt mir die Opladener Adresse ein, da fahr ich jetzt hin. Den schreibe ich jetzt‹ Überlegte sie entschlossen, und diese Lösung schien ihr denkbar einfach.

Als Ruth vor dem großen alten Kasten mit der verschnörkelten Fassade stand, zweifelte sie jedoch leicht daran, dass der Besitzer dieses Hauses, wirklich eine Verkleidung haben wollte. Wie sollten die Monteure die denn anbringen, ohne die schönen Stuckarbeiten zu zerstören? Ruth stöhnte verzweifelt, nahm aber trotzdem ihren Musterkoffer und ging zum Hauseingang.

Schon der Name auf dem gravierten Messingschild neben der elektrischen Klingel, las sich seltsam: Sillikum. Am liebsten hätte Ruth gelacht, doch in dem Moment summte der Türöffner.

Das hohe geräumige Treppenhaus war mit Marmorböden und geschnitzten Edelholz- Verkleidungen an den Wänden ausgestattet, was einen nostalgischen Charme ausstrahlte.

In der geöffneten Etagentür im Erdgeschoß stand eine alte Dame, die so skurril aussah, dass sie für die Hexen in Grimms Märchen Konkurrenz hätte sein können. Die zotteligen, langen, schwarzen Kleider mit dem grauen, gehäkelten Dreieckschal über den Schultern, dazu ein verknittertes Gesicht mit struppigem, grauen Haar, zu einem Krönchen hochgesteckt, rundeten das bizarre Bild ab. Es fehlte nur noch die Warze auf der Nase. Wenn ein schwarzer Rabe auf ihrer Schulter gesessen hätte, würde Jeder das wohl als normal ansehen. Obwohl sie sich auf einen Krückstock stützte, der ihren krummen Rücken stützen sollte, konnte der an ihrer gebückten Haltung auch nichts ändern.

„Ja? Wer sind Sie und was wollen Sie?" fragte die Frau in ungehaltenem scharfen Tonfall.

Guten Tag Frau Sillikum, Sie hatten sich ja eine kostenlose Beratung für Ihre Hausfassade gewünscht, ich bin hier um Ihnen etwas Gutes für Ihr Haus zu zeigen. Da bin ich doch richtig bei Ihnen? Oh, entschuldigen Sie bitte, wie unhöflich von mir, ich vergaß mich vorzustellen. Ich bin die Frau Woods, Fachberaterin von der Firma Fuco Fassaden-Verkleidungen in Solingen. Darf ich reinkommen?" säuselte Ruth mit weicher Stimme und lächelte die Hexenfrau charmant an.

„Ach, so schnell hatte ich Sie aber nicht erwartet. Und eine Frau schon mal sowieso nicht. Aber wenn Sie sagen, Sie sind eine Fachfrau, dann kommen Sie doch mal rein. Ich hab sowieso nichts zu tun. Das Fernseh- Programm ist auch langweilig. Nicht gescheites bringen die mehr. Es ist zu verzweifeln." Schimpfte die Alte.

In ihrem dunklen, plüschigen Wohnzimmer ließ sie sich in einem großen Ohrensessel nieder und forderte Ruth auf: „Schalten Sie mal den Fernsehapparat aus, junge Frau. Sonst versteht man ja kein Wort. Und dann schütten Sie mal eben einen Kaffee für uns auf, die Maschine und der Kaffee stehen auf dem Buffet-Schrank, da rechts. Ich kann mir ja inzwischen die Bilder ansehen."

Ruth stutzte, fragte verwundert: „Ja, den Kaffee mache ich gerne, aber welche Bilder wollen Sie sich ansehen? Ich habe keine Bilder, wenn Sie Anschauungsmaterial meinen, dafür habe ich Muster-Platten. Aber das erkläre ich Ihnen gleich. Ach so, ja, hier ein Prospekt auf dem ein paar verkleidete Häuser zu sehen sind, das habe ich natürlich, das können Sie sich gerne ansehen." Fiel Ruth siedendheiß ein, sie holte das Prospekt der Hersteller-Firma aus ihrem Koffer und reichte es der Alten.

›Was für eine seltsame Alte. Befielt mir hier, als wäre ich ihr Dienstmädchen. Na warte, du Hexe, dafür musst du gleich unterschreiben. Das bist du mir schuldig, dafür dass ich dir deine Langeweile vertreibe‹. dachte Ruth insgeheim, während sie die Kaffeemaschine füllte.

Kurz darauf servierte Ruth den Kaffee und ratterte die übliche Erklärung runter. Auf den Wassertest verzichtete Ruth vorerst.

Im Laufe des Gesprächs stellte sich heraus, dass nur der rechte Giebel, die Schlagseite verkleidet werden sollte, die Front und die Rückseite nicht, denn das Haus war an der linken Seite mit einem anderen Haus aneinander gebaut.

„Dann gehe ich direkt mal raus, zum ausmessen, damit ich Ihnen was zum Preis sagen kann." Entschied Ruth, griff zum Zollstock, erhob sich schnell, und ging hinaus.

›Hm, das sind ja doch einige Meterchen, so um die Hundert. Aber besser machen wir eine beidseitige Verkleidung mit der Rückseite, das gibt mehr Quadratmeter‹. Dachte Ruth, und nahm sich vor, die Alte zu bekniem.

Es wurde eine schwere Arbeit. Wenn Ruth geglaubt hatte, mit der alten Dame leichtes Spiel zu haben, hatte sie sich mächtig geirrt. Denn die Frau war weder weltfremd, noch ganz so unbedarft in Sachen Handwerk und Material. Eine technische Niete, wie die meisten Frauen, war sie absolut nicht, im Gegenteil sie war durchaus imstande handwerkliche Ausführungen gedanklich nachzuvollziehen.

Sie hinterfragte die Beständigkeit der Platten sowie der Unterlattung, wollte wissen warum und wie hoch die Heizkosten –Ersparnis sei, verlangte eine Erklärung sowie Zeichnung der Aluminium –Einfassungen, und warum es unbedingt dieses Metall sein müsse, ob es nicht ein preiswerteres gäbe. So manches Mal war Ruth leicht überfragt und musste improvisieren.

Nach zwei Stunden qualmte Ruth der Kopf. Was die alte Dame allerdings einsah war, dass es sinnvoll war beidseitig zu verkleiden. Also die Rückseite auch.

170

„Dass es, wegen der Dämmung, sinnvoll ist, ist ja klar. Nur den Giebel zu machen, wäre am falschen Ende gespart." kam sie der Verkäuferin sogar entgegen.

„Dann kämen wir auf circa zweihundert Quadratmeter, Frau Sillikum." Sagte Ruth und begann das Auftrags-Formular auszufüllen. „Wie ist denn ihr Vorname?" fragte Ruth wie beiläufig.

„Halt, halt, jetzt möchte ich das aber noch nicht machen lassen. Erst in einem halben Jahr oder vielleicht noch später. Das ist jetzt zu früh, junge Frau." Erhob die Hausherrin Einspruch.

Verwundert hielt Ruth inne, schüttelte heftig den Kopf, und sagte mahnend: „Aber das spielt doch keine Rolle, Sie müssen doch nicht sofort ausführen lassen. Ich kann jetzt nicht glauben, dass Sie freiwillig auf ihre Vorteile verzichten wollen. Auf den Musterhaus –Rabatt. Dann sparen Sie aber nicht nur am falschen Fleck, dann verschenken Sie Geld. Der Nachbar, der den Rabatt dann bekommt, freut sich natürlich. Wollen Sie wirklich als zweiter oder dritter Kunde den Orginal-Preis bezahlen? Nein, dazu sind Sie doch viel zu klug, Frau Sillikum."

„Ach Unsinn, warum sollte ich denn den Rabatt bekommen? Jetzt sind Sie aber nicht ehrlich, junge Frau."

„Liebe Frau Silllikum, jetzt tun Sie mir aber wirklich weh. Das finde ich aber nicht schön von Ihnen, wo wir uns doch bis jetzt so gut verstanden haben. Ich bin immer ehrlich, das müssen Sie mir glauben. Ihr Haus war das Erste, das meine Mitarbeiterin, Frau Radozek, notiert hatte. Dann hat Ihr Haus natürlich noch den Vorteil der Lage, hier an der Durchgangsstraße und am Ortseingang, und die imposante Größe ihres Hauses spielt auch noch eine Rolle. Deshalb ist es ideal für ein Musterhaus. Wollen Sie sich diesen Vorteil nicht doch lieber zu Nutze machen?" redete Ruth geduldig auf die Alte ein.

„Und wie hoch ist der Orginal-Preis, wenn ich mit dem Auftrag noch warte?" fragte die Alte lauernd.

„Nun jetzt Sechsunddreißig, normal ist der Quadratmeterpreis Sechsundvierzig, und der Alupreis ebenso. Zehn Mark pro Quadratmeter, wissen Sie wie viel das bei Ihrem Haus ausmacht?"

„Ja, ich kann ja rechnen. Zu viel, also schreiben Sie! Jokominna." knurrte die Alte ärgerlich.

Ruth musste sich zusammen reißen, dass sie nicht laut loslachte, deshalb fragte sie nur gepresst: „Mit J und zwei N? Und Sillikum auch mit zwei l, ist doch richtig?" dabei senkte sie den Kopf ganz tief über ihren Block und schrieb. Beim Schreiben dieses Namens hustete Ruth ganz laut, sonst wäre sie an ihrem unterdrückten Lachen erstickt.

Nach fast drei Stunden verließ Ruth die Hausbesitzerin mit dem holländischen Namen mit dem unterschriebenen Auftrag. Dass sie Holländerin war, hatte die Alte ihr noch gesagt, daher der unglaublich lustige Name.

Schnell sprang Ruth in den Bus und düste los Richtung Solingen, unterwegs lachte sie lange und laut. Sie freute sich jetzt schon auf Norberts Gesicht, wenn er den Namen las, das würde lustig.

Als Ruth die Treppe zu Beates Wohnung hinauf stieg, hörte sie laute Stimmen. Verwundert öffnete sie die Tür und fand ihren Freund in angeregter Unterhaltung mit einer Besucherin.

„Ellen? Wie kommt das denn? Du lässt dich auch Mal wieder in Solingen sehen? Hattest du Sehnsucht nach mir oder nach dem Ort unserer Schandtaten? Ich komme gerade aus deiner Gegend, welch lustiger Zufall." Lachte Ruth erfreut und umarmte die Freundin.

Ellen freute sich auch, erwiderte: „Ja, ich war in der Gegend und wollte mal sehen, ob du noch lebst. Du hast dich ja in letzter Zeit ziemlich rar gemacht. Ich war erst bei Robert, der hat mir gesagt, dass du bei der Beate wohnst. Aber dass ich hier den Udo antreffe, hat mir keiner gesagt. So ändern sich die Zeiten, ohne dass man es merkt. Das müssen wir aber wieder ändern, wir sollten in Zukunft Kontakt halten, und wenn es nur telefonisch ist. Das konnten wir doch früher auch, oder?" klang es vorwurfsvoll.

Ruth nickte: „Ja, hast Recht. Ich bin eine treulose Tomate, aber ich hatte auch ziemlichen Stress. Nein, in Ordnung, ich werde mich bessern!" versprach sie.

„Aber es freut mich, dass es euch so gut geht. Du mit echten Brillies behangen, dein Freund ne nagelneue Rolex am Arm und noch ne neue Wohnung einrichten, das sieht nach viel Zaster aus. Hab ich was verpasst? Was bringt euch diesen riesigen Verdienst?" fragte Ellen neugierig. "Und sag mal Udo, was kostet so eine Bicolor-Rolex eigentlich? Mal ganz abgesehen davon, dass ich mir nie eine Rolex kaufen würde, weil mir diese sportliche Form bei einer Uhr überhaupt nicht gefällt, ist diese doch die einfachste Ausführung von Rolex-Uhren, nicht wahr?" erkundigte sich Ellen, und Ruth glaubte leichten Neid aus ihrer Freundin Worten zu hören.

Verwundert erwiderte Udo: „Nein, entweder hast du gar keine Ahnung, oder dich hat man falsch total informiert." Dann klärte er sie auf: „Es gibt ja zig verschiedene Designs und auch aus verschiedenen Materialien. Die einfachste ist die Uhr nur mit Stahlgehäuse, ohne Datum und Wochentagsanzeige. Meine Bicolor DayDate kostet Zweiacht, das ist von Bicolor schon eine bessere Ausführung. Ne massiv goldene DayDate wäre mir zwar auch lieber gewesen, aber dazu reichte die Knete noch nicht. Kommt aber noch." Grinste er siegessicher.

„Rolex? Zweitausendachthundert Mark? Mir scheint, ich habe was verpasst, Udo?" verlangte Ruth eine Erklärung.

„Nein Schatz, wieso denn? Das hatte ich dir doch gestern gesagt, dass ich die heute kaufen werde. Wenn du nicht mitkommst, weil du was Besseres vorhast, kann ich auch nichts dafür." Sagte Udo grinsend.

Ruth wollte in Gegenwart der Freundin nicht zeigen wie sehr sie sich ärgerte, aber einen kleinen Seitenhieb wollte sie ihrem Freund doch verpassen, deshalb lächelte sie ironisch und erwiderte: „Tja, einen zweihundert Quadratmeter – Auftrag zu schreiben war mir doch wichtiger, als dir beim Uhrenkauf zuzusehen."

„Was hast du? Im Ernst? Toll! Wo und wie? Ich kann es kaum glauben. Zeig her!" rief Udo überrascht.

Ruth holte den Block aus der Tasche, hielt ihn Udo hin.

Der öffnete, las und lachte laut: „Soll das ein Witz sein? Das ist doch nicht dein Ernst? So einen Namen gibt es doch nicht! Ha, ha, ha. Hier Ellen, lies mal!" schüttelte er sich vor lachen.

Während auch Ellen laut loslachte, blieb Ruth völlig ernst und erklärte gelassen: „Nein, kein Witz! Sie ist Holländerin, schon um die Sechzig, vermute ich. Was glaubt ihr wohl, wie schwer es mir gefallen ist, bei dem Namen noch schreiben zu können? Ich habe mich, statt Lachkrampf, in einen Hustenkrampf gerettet. Aber, diese Alte hat mich echt Mühe gekostet, ein unglaublich zähes altes Luder. Drei Stunden habe ich gebraucht, bis ich sie endlich auf Papier hatte."

„Scheint ja nicht schlecht zu laufen mit den Fassaden. Wäre das eventuell auch was für mich?" war Ellen interessiert.

„Warum nicht? Der Meier sucht sicher dringend Vertreter, die besten sind ihm weggelaufen und machen ihm jetzt Konkurrenz!" grinste Ruth ironisch.

„Aber der Auftrag, mit dem Namen, nee, das glaubt der Norbert dir nie!" amüsierte sich Udo immer noch.

"Was? Ihr arbeitet für den Norbert Fuchs? Seit wann ist der denn selbständig? Wo hat der denn seine Firma? Den würde ich auch gerne besuchen. Dann kann ich bestimmt ein gutes Geschäft machen. Wann fahrt ihr denn zu ihm?" wurde Ellen hellhörig und war sehr interessiert.

„Nicht weit von hier. Gräfratherstraße. Aber ob der noch da ist, weiß ich nicht. Udo, ruf doch bitte mal eben da an. Dann würden wir zusammen hinfahren. Aber von welchem Geschäft redest du, Ellen? Was machst du denn jetzt?" war auch Ruths Neugierde erwacht.

„Ich verkaufe Fernseher, Stereoanlagen, Faxgeräte, und so weiter. Dein Freund hat schon ein paar Teile, für eure neue Wohnung, bei mir bestellt. Dem Norbert könnte ich sicher auch welche verkaufen." Antwortete die Freundin.

„Ruth, der Norbert fragt ob wir uns in der Ratsschänke treffen könnten, aber abrechnen kannst du erst morgen. So viel Geld hat er nicht mit." Rief Udo aus dem Nebenraum.

Ruth lehnte spontan ab: „Nö, dann muss ich nicht in diese Spelunke. Ich habe Hunger, ich würde lieber was essen gehen."

„Ich auch, dann lass uns in die Börse gehen. Kommst du mit Ellen? Ich lade dich ein!" bot Udo an.

Ellen schüttelte den Kopf, bedauerte: „Nein, tut mir leid, ein anderes Mal bestimmt. Aber Geschäft ist wichtiger, ich fahr mal zum Norbert. Seid nicht böse, ich hau dann mal ab. Wir sehen uns nächst Woche, wenn ich euch die Sachen bringe. Die Adresse hab ich ja. Tschüss." Verabschiedete sie sich eilig.

„Schade. Dann bestell dem Norbert bitte, dass ich morgen mit dem Auftrag rein komme. Sag ihm aber bitte nichts wegen dem lustigen Namen. Das Gesicht möchte ich morgen gerne sehen, wenn er das liest!" bat Ruth die Freundin.

Verwandte sind nicht zum aussuchen

Als Ellen gegangen war, zog Udo Ruth in seine Arme und bat: „Sei wieder gut, Schatz. Es tut mir leid. Ich weiß, dass ich dich verletzt habe, soll nicht wieder vorkommen. Sieh mal, übermorgen kommen die Möbel und dann können wir schon mit der Einrichtung anfangen, und wenig später haben wir endlich unser

eigenes Zuhause. Wenn wir die Polstergarnitur abgeholt haben, und dann die Ellen die Hifi-Geräte bringt, und die Sachen bei deiner Mutter angekommen sind, ist unsere Wohnung schon fertig. Willst du das alles aufs Spiel setzen, wegen der dummen Sache? Sag, dass du mir verzeihst, und dass du mich noch liebst, so wie ich dich liebe. Sag es, bitte, bitte!" schmeichelte Udo ihr.

Ruth zeigte sich willig ihm zu verzeihen, und gab sich seinen Küssen hin. „Ja, ich liebe dich Udo!" Stöhnte sie, denn sie fühlte sich wohl unter seinen liebevollen Händen, spürte die Liebe und Wärme, mit der er langsam ihre Kleidung entfernte während sein Mund über ihren ganzen Körper wanderte. Als sie sich vereinten schrie sie leise vor Glück.

An diesem Abend wollte Udo ausnahmsweise relativ früh nach Hause. Nach dem essen und ein paar Drinks, verlangte Udo die Rechnung.

„Morgen gehe ich aber wirklich mit auf Werbetour. Deshalb gehen wir heute früh schlafen. Du musst mich nur wecken, in Ordnung?" erklärte er unterwegs.

„Gut, gerne. Ach, da fällt mir ein, warum war die Ellen denn so heiß darauf, heute noch zu verkaufen? Weil die Sachen so heiß sind?"

Udo lachte, bestätigte: „Klar. Vermutlich vom LKW gefallen, oder wie auch immer, auf jeden Fall geklaut. Woher soll die denn sonst solche hochwertigen Sachen haben, die sie zu so kleinen Preisen verkaufen kann? Da muss man wirklich nicht fragen, Schatz!"

Voller Skepsis fragte Ruth: „Und du hast einen Fernseher und ne Musikanlage bestellt? Sollen wir uns wirklich solche Geräte in die Wohnung stellen? Ist das nicht zu gefährlich?"

„Quatsch, wer soll das denn kontrollieren? Außerdem können wir doch nicht wissen, woher die Sachen sind."

Als sie dann im Bett lagen, fanden sein Mund und seine Hände alle Stellen Ruths Körpers, um Ruth auf die höchsten Höhen zu heben, damit ließ er sie mehrere Orgasmen erleben.

Als sie nach mehr als einer Stunde und zwei Geschlechtsakten ermattet nebeneinander lagen, fragte Ruth selig: „Woher nimmst du nur diese Ausdauer? Wolltest du nicht früh schlafen?"

„Aber doch nicht ohne dich glücklich zu machen, Schatz." Murmelte er, bevor sie einschliefen.

Ruth fuhr als erstes zur Radozek, die auch gleich staunend fragte: „Nanu, männlicher Beifahrer? Ein neuer Werber?"

Lachend erwiderte Ruth: „Fast richtig, Frau Radozek, das ist der Mann, der unsere Adressen in Aufträge verwandelt. Mein Partner Udo Gogolscheff."

Während die Beiden sich die Hand reichten sagte Udo: „Aber nicht alleine, ohne die Ruth würde ich das nicht schaffen. Gestern hat sie nämlich eine Ihrer Adressen, Frau Radozek, alleine geschrieben. Die neue Opladener Adresse."

„Echt? Toll, Frau Woods, dann gibt es ja wieder einen Blauen für mich. Schön! Da kommt Freude auf!" war die Werbedame ganz begeistert.

Ruth nickte, dämpfte aber die Vorfreude: „Ja, aber erst am Montag, Frau Radozek, ich kann den erst heute Nachmittag abrechnen. Wenn Sie das Geld allerdings dringend brauchen, bringe ich es Ihnen anschließend vorbei. Kein Problem für mich!" bot Ruth an.

Inzwischen waren sie auf der Haanerstraße, vor dem Haus Woods, angekommen, und Ruth überlegte, ob sie schnell zur Schwiegermutter rein gehen, und sie vorwarnen sollte. Doch schon öffnete sich die Haustür, Frau Woods senior kam aus dem Haus, erspähte den Bus, und kam über die Straße auf den Bus zu.

„Guten Morgen zusammen, aha, neues Auto? Der andere kaputt? Wie ich sehe ist noch etwas neu, der Beifahrer. Sie sind sicher der Herr, der so fleißig unsere Aufträge schreibt? Nett dass wir uns mal kennen lernen. Ja, von mir aus kann es losgehen!" ging Ruths Schwiegermutter ganz locker über die familiäre Veränderung hinweg und beschränkte die Situation gleich auf die geschäftliche Seite.

„Guten Tag, Frau Woods, Udo Gogolscheff mein Name, und ich freue mich auch, dass ich Sie Beide endlich mal kennen lernen darf. Denn ohne Ihre hervorragende Vorarbeit, meine Damen, könnte ich die Adressen nicht zu Geld machen. Ich hoffe, dass wir auf dieser Basis noch lange zusammenarbeiten werden. Ja, Ruth, dann fahr mal los."

Ruth hatte bewusst eine nahe Siedlung ausgesucht, weil sie die Abrechnung vorziehen wollte. Als dann die Werbedamen ihre Tour liefen, entschied sie; „So Schatz, ich denke, jetzt fahren wir eben die Knete kassieren. Ich bin absichtlich hierher gefahren, weil es von Vohwinkel relativ nah zur Gräfratherstraße ist. So können wir den Leerlauf sinnvoll nutzen."

Zu Ruth Überraschung widersprach ihr Partner: „Nein, Schatz, ich will lieber in die andere Richtung fahren. Zu meiner Oma, ich habe gestern mit meiner Schwester telefoniert, und erfahren, dass es der Oma nicht gut geht. Lass uns doch bitte dahin fahren, und den Auftrag heute Nachmittag abrechnen. Ist doch auch noch früh genug, denn der Norbert erwartet uns jetzt sowieso noch nicht. Dann lernst du auch mal meine Oma kennen. Übrigens muss ich dir anerkennend sagen, deine Schwiegermutter ist eine sehr feine Frau, eine Dame aus gutem Hause eben. Kompliment. Aber dass die so einen Spross, wie deinen Exmann hat, ist traurig.“

„Verwandtschaft kann man sich nicht aussuchen, Udo. Du hättest vermutlich auch lieber Andere, oder nicht?“ sagte Ruth mit den Schultern zuckend.

„Eine andere Mutter ganz sicher. Na ja, du hast leider Recht. Aber meine Oma ist in Ordnung, die hat für uns Kinder getan was sie konnte. Uns hat bei ihr nichts gefehlt, uns ist es sehr gut gegangen. Mit ihrem Blumengeschäft hat die sehr gut verdient, und selbst fast nichts gebraucht. Alles nur für die Kinder. Bei uns waren die Schränke immer voll Lebensmittel. Ich kann mich an keine einzige Knappheit erinnern. Nun ist sie alt, kriegt Sozialhilfe und braucht manchmal unsere Hilfe. So ist das Leben.“ Erzählte Udo in Erinnerung versunken.

Während Ruth sich dem Haus in der tristen Straße näherte, in dem Udos Oma wohnte, dachte sie: ›aber sie hätte vielleicht besser darauf achten sollen, dass ihr nicht so viel Süßigkeiten kriegt, und euch regelmäßig zum Zahnarzt bringen sollen, dann wären deine Zähne nicht so schwarz‹.

Das war der einzige optische Makel an ihrem Liebsten, der ihr gleich aufgefallen war. Udos Zahnhälse waren alle Rabenschwarz. Anfangs hatte Ruth immer geschnüffelt, wenn ihr sein Mund näher gekommen war, aber seltsamerweise war da kein unangenehmer Geruch festzustellen. Dabei hätte er aus dem Mund eigentlich nach Fäulnis riechen müssen, aber er roch nicht danach. So hatte sie ihn daraufhin auch nicht angesprochen, weil sie bemerkt hatte, dass er bemüht war, seinen Mund beim Sprechen nicht so weit zu öffnen, damit dieser Makel verborgen blieb. Also war es ihm selbst peinlich, und Ruth war kein taktloser Mensch. Mit der Zeit hatte sie sich an den Anblick gewöhnt und übersah diesen Makel diskret.

„Stimmt, wir gehen nach der Werbung zum Abrechnen. Dann lerne ich ja mal deine Oma kennen." Erklärte sich Ruth erfreut einverstanden.

Als sie jedoch über die kleine Wupperbrücke auf die rechte Seite der Wupper kamen, und in der Annelin-Straße ausstiegen, schlug ihnen ein widerlicher fauliger Geruch auf den Atem.

Unangenehm berührt dachte Ruth › klarer Fall, das ist die restliche Wupper-Verschmutzung aus den vorherigen Jahrzehnten. Das hatte ich doch in der Heimatkunde während meiner Schulzeit‹.

Die Wupper: Wasserqualität:*

Weil der Fluss bereits mit Beginn der Industrialisierung zur Abwasserentsorgung genutzt wurde, verkam er sehr schnell zur Kloake. Vor allem die Abwässer von Färbereien und anderen chemischen Industrien töteten nahezu alles Leben im Fluss. 1914 sagte Erich Hasenclever „Jegliches Leben in der Wupper ist unmöglich. Dieser Fluss ist reines Gift." Und der sozialdemokratische Reichstagsabgeordnete des Wahlkreises Düsseldorf 3 (Landkreis Solingen), Philipp Scheidemann sagte in einer Rede am 8. Februar 1904: „Die Wupper ist tatsächlich so schwarz, dass, wenn sie einen Nationalliberalen darin untertauchen, sie ihn als Zentrumsmann wieder herausziehen können. [121] Wie man zahlreichen historischen Beschreibungen entnehmen kann, schillerte das Wupperwasser aufgrund der Einleitung von Abwässern der Textilfärbung in Wuppertal jahrzehntelang in bunten Farben bis hin zu einem tiefen Dunkelrot. Neben Elbe und Rhein war die Wupper Anfang der 1970er Jahre einer der am stärksten verschmutzten Flüsse Europas (in Westdeutschland Platz 2 hinter der Emscher), was im Sommer auch deutlich zu riechen war. In den im Stadtgebiet von Leichlingen direkt an den Fluss grenzenden Schulen wurde der Unterricht daher regelmäßig abgebrochen, was man seinerzeit als „stinkefrei" bezeichnete. Anekdote: In den 1960ern lernten bergische Kinder in der Grundschule, die Wupper sei der „fleißigste" Fluss Europas, weil er – im Verhältnis zu seiner Größe – am meisten Schmutzfracht abtransportiere. Ein umfangreiches Wasserschutzprogramm mittels zahlreicher Klärwerke und das Umdenken in der Industrie förderte die Wasserqualität nachhaltig, so dass nun wieder in der Wupper gefischt werden kann. Bemerkenswert ist zum Beispiel, dass sich in der Industriestadt Wuppertal mehrere Graureiherpärchen angesiedelt haben – unter anderem dort, wo die Wupper unter der Schwebebahn direkt neben den Bayer Werken fließt.

Umweltschutz:

Seit der Klärung der Abwässer hat ein deutlicher Bewusstseinswandel stattgefunden: Die Menschen an der Wupper setzen sich vermehrt für den Schutz und die Pflege des Gewässers ein. Das zeigt sich an den großen Teilnehmerzahlen der regelmäßig stattfindenden Entmüllungsaktionen einiger Städte, aber auch an der Akzeptanz verschiedener Renaturierungsmaßnahmen im Flussbett. Große Teile naturnaher, flussbegleitender Landschaften an der Wupper stehen heute unter Naturschutz oder sind als Flora-Fauna Habitat Gebiet ausgewiesen.*

Die Fenster der großen Etagenwohnung, auf der ersten Etage des Dreifamilienhauses, waren genauso dunkel wie die Fassade. Das düstere Treppenhaus mit dem muffigen Kellergeruch hatte eine alte Holztreppe, an dessen Treppengeländer die Farbe abgeblättert war. An dem Handlauf klebte man fest, sodass Ruth ihre Hand schnell wieder zurückzog.

In der offenen Etagentür, der ersten Etage, stand eine dicke alte Frau, deren Äußeres schmuddelig wirkte. Die bunte Kittelschürze hätte genauso dringend einer Wäsche bedurft wie die dünnen grauen Haare, die sie zu einem Knötchen am Hinterkopf zusammengedreht hatte. Über ihrem faltigen Gesicht lag ein freudiges Lächeln, das ganz eindeutig ihrem Enkel galt.

Erst nachdem Udo sie umarmt hatte, und Ruth vorstellte, gönnte sie seiner Begleiterin einen Blick, der aber nichts Freundliches hatte. Nur flüchtig reichte die alte Frau Ruth die Hand.

„Schön dass du kommst, Junge. Ich weiß, dass die Michala dir gesagt hat, dass es mir nicht gut ging. Aber das sollte sie gar nicht, ich hab schon mit ihr geschimpft, denn ich will dich doch nicht stören. Du hast ja zu viel zu tun, das weiß ich doch. Aber kommt doch rein. Soll ich euch Kaffee machen?"

Zum ersten Mal bezog sie die Begleitung ihres Enkels mit ein.

Während Udo nickte, lehnte Ruth dankend ab: „Für mich nicht, danke."

Denn der erste Eindruck, den sie gewann, ließ Ruth den Abstand einhalten, weil ihre Empfindlichkeit es nicht zuließ, sich mit diesen Verhältnisse anzufreunden.

Und dieser Eindruck von Asozialität und Schmutz festigte sich noch, je weiter sie in die Wohnung kam. Der

Geruch des Treppenhauses setzte sich in der Wohnung fort. Außerdem überall Dreck und Unordnung. Sachen die auf Stühlen und Polstermöbel lagen, dunkelgraue Gardinen vor den hohen Fenstern, die vor Jahrzehnten sicher mal weiß gewesen waren, an denen auch eine Wäsche nichts mehr ändern würde. Auch die Möblierung war ärmlich und schmutzig, passend genauso wie auch die Hausfrau wirkte, einfach asozial.

„Auch ein Stückchen Kuchen, Junge? Ich habe Marmorkuchen, den du so gerne magst. Habe ich gestern gebacken. Und Sie, junge Frau, möchten Sie auch ein Stück?" bot die alte Oma an.

Fast entsetzt schüttelte Ruth mit dem Kopf: „Nein, danke!"

Niemals hätte Ruth in dieser Umgebung auch nur einen Schluck aus irgendeinem Gefäß trinken können, und etwas zu Essen wäre ihr im Halse stecken geblieben.

„Das ist die Ruth, Oma. Meine neue Frau, du brauchst sie nicht zu Siezen. Ich hatte dir ja letztens schon erzählt was sich bei mir verändert hat. Daran musst du dich gewöhnen, Oma. Das ist sie, meine große Liebe. Ich habe sie endlich gefunden. Freu dich für mich!" sagte Udo zu der alten Frau, während er Ruths Hand in die Seine nahm und streichelte.

Auch wenn man ihr die Skepsis ansah, nickte die Großmutter und wünschte: „Das tue ich doch Junge, ich wünsche euch viel Glück. Es wäre schön, wenn du endlich dein Lebensglück gefunden hast und zur Ruhe kommst. Passen Sie gut auf ihn auf, Ruth. Er ist ein lieber Junge, aber manchmal schwierig. Aber ich will nicht unken. Ich glaube, Sie wissen sich zu helfen. Den Eindruck machen Sie auf mich. Ja, ja, Junge, ich weiß, aber gib einer alten Frau mal Zeit sich umzustellen, dann kommt das vertraute Du ganz von alleine."

Als Ruth sah, wie genussvoll ihr Liebster Omas selbstgebackenen Kuchen verzehrte und den Kaffee schlürfte, musste sie sich abwenden, um das Ekelgefühl zu verdrängen.

Im Stillen dachte sie: ›auf das Kennen lernen hätte ich lieber verzichtet, und du vielleicht auf diese Verwandtschaft. Dagegen habe ich ja eine richtig vornehme Familie. Dafür dass du aus so einem Milieu kommst, hast du dich aber positiv entwickelt, alle Achtung‹!

Als sie ihr Werbeteam wieder einsammelten, überreichten die Frauen den Beiden zwei Adressen. Während die Radozek einschränkend erklärte: „Ich habe die zwar mal aufgeschrieben, aber überzeugt davon bin ich nicht. Um der Wahrheit die Ehre zu geben, hab ich echt drücken müssen, um die zögerliche Einwilligung zu bekommen, sie als Interessenten aufzunehmen. Ihr solltet lieber die Adresse von der lieben Kollegin als erstes nehmen, die hat mal wieder Glück gehabt. Aber ich bin nicht neidisch, habe ja noch was gut von dem Opladener Auftrag." Wies sie noch einmal darauf hin.

„Wie gesagt, Frau Radozek, gerne heute Nachmittag, wenn Sie nicht bis morgen warten wollen." Bot Ruth der Mitarbeiterin an. „Und das Gleiche gilt auch für dich, Mami. Du bekommst auch noch deine Provision von dem Leverkusener Auftrag, heute Nachmittag oder morgen Vormittag. Wie du möchtest." Bot Ruth an.

Während diese kopfschüttelnd abwehrte: „Nein, muss nicht sein, Morgen ist früh genug." Startete Ruth Richtung Solingen.

Auf dem Heimweg unterhielt Udo sich mit Ruths Schwiegermutter. Die Beiden schienen sich gut zu verstehen. Ruth hatte von ihrer Schwiegermutter nichts anderes erwartet. Die Frau war halt klug.

Norbert Fuchs schien vorgewarnt zu sein, denn er verzog keine Miene, als er den Namen Sillikum auf dem Formular las. Ohne viel Worte blätterte er das Geld vor Ruth auf den Tisch und sagte: „Schreibt ihr jetzt getrennt, oder warum warst du gestern alleine unterwegs?"

„Nein, wie kommst du darauf?" wunderte sich Ruth, und dachte ›also hat die liebe Ellen doch geplaudert‹.

„Nein, das lag daran, dass ich ins Tal wollte um mir eine Uhr zu kaufen. Und die Frau Woods ist ja momentan mehr auf Arbeit fixiert. Geilgeil eben!" schaltete sich Udo ironisch grinsend ein.

„Ja, bin ich. Logisch. Morgen kommen unsere Möbel, und ich muss auch die erste Miete bezahlen. Dafür brauche ich Geld. Wenn du die Kohle anderweitig ausgibst, muss ich ja wohl alleine loslaufen, und für Geld sorgen." Erwiderte Ruth ärgerlich über Udos Flachserei.

„Schöne Uhr, Udo." Schaltete sich Norbert ein. „Nicht mein Geschmack, aber gibt an deinem Arm was her. Eine edle Uhr wertet natürlich auf. Damit macht man Eindruck. Ist ne gute Wertanlage." Lobte Norbert Udos Investition. „Aber sag mal Ruth, warum schickst du die Ellen denn zum Meier, ich könnte sie doch auch gebrauchen. Hast du Angst vor Konkurrenz? Ich dachte, sie ist deine Freundin, und du könntest ihr doch ein paar Adressen abgeben, ihr habt doch genug."

Ruhig und fest stellte Ruth klar: „Noch einmal, lieber Norbert, die Adressen von meinen Werbedamen kriegt keiner, auch nicht meine Freundin Ellen. Du fragst jetzt sicher nicht warum, oder? Ich sage nur Walter und Porsche. Mehr muss ich dazu nicht sagen, oder? Und für wen die Ellen schreibt, ist mir ganz sicher egal. Ich dachte nur, unsere Aufträge wären für die Kapazität deiner beiden Monteur-Trupps völlig ausreichend. Wenn das nicht so ist, Udo, dann müssen wir fleißiger werden."

„Nein, schon klar. Ich habe ihr auch geraten, sich mal beim Bert Meier zu erkundigen. Allerdings waren die beiden sich ja nicht unbedingt grün. Zumindest der Meier mochte die Ellen nicht sonderlich." Sagte Fuchs, aber er sah Ruths die Argumente ein.

Ruth lachte amüsiert: „Waren wir das denn? Aber Geschäft und Privat kann man doch trennen, oder?"

Im Stillen dachte sie: ›ich mochte dich absolut nicht, und das hat sich nicht wesentlich gebessert‹.

„Was war denn mit dem Walter? Hat dein Freund von der Güvo einen Porsche?" fragte Udo neugierig.

„Nein, das war ein anderer Walter, und dem haben der Norbert und die Ellen in gemeinschaftlicher Zusammenarbeit seine Geldtasche, mit den Löhnen für Walters Bauarbeiter, aus dessen Porsche geklaut." Erklärte Ruth.

„Alles klar, aber warum bist du deshalb sauer?" wunderte sich Udo.

„Weil die Beiden dafür seinen Autoschlüssel aus seiner Lederjacke genommen haben, während Walter bei mir im Bett lag. Und weil Walter natürlich geglaubt hat, dass ich daran beteiligt war, weil ich seine Jacke in die Garderobe gehängt hatte. Das habe ich zwar verziehen, aber nicht vergessen." Erklärte Ruth.

„Ach so, verstehe. Schweinerei."

„Ich möchte den Werbedamen eben ihr Geld bringen. Und dann muss ich endlich dem Robert erklären, dass wir die Garnitur am Samstag abholen. Allerdings müssen wir mindestens einen Mann haben, der dir anfasst. Ich denke nicht, dass der Robert uns hilft ihm sein Büro leer zu räumen. Weißt du dafür Jemand?" fragte Ruth, als sie in den Bus stiegen. „Ach noch was, was machen wir mit dem VW?

Der kann nicht ewig in Haan stehen bleiben. Weißt du einen KFZ-Schlosser, der da mal gucken kann, ob wir den wieder flott kriegen? Den Bus können wir ja auch nicht ewig halten, irgendwann wird der Meier danach fragen."

„Kann ich mich gleich mal im Sportcafe umhören. Nen Packan finde ich da bestimmt, nen Autoschlosser weiß ich auch einen, falls der da ist. Der kommt selten ins Cafe. Ist einer der wenigen Gäste die arbeiten." Sagte Udo schmunzelnd.

„Was, du willst heute nach Wuppertal, auf die Rolle? Udo, du musst morgen in unserer Wohnung sein, wenn der Stoffelhahn die Möbel liefert. Ich muss die Werbung fahren. Ich kann nicht." reagierte Ruth empört.

Udo stöhnte genervt und knurrte: „Fahr mal eben beim Schnulli vorbei, dann verschiebe ich mal den Termin auf nachmittags. So, wenn du keine Lust hast mit ins Tal zu fahren, dann geh ich alleine. Heute will ich auf jeden Fall mal Einen trinken. Wir machen das so, du fährst mich hin, und nachdem ich das mit den Malochern geregelt habe, fährst alleine nach Hause, wenn du nicht bleiben willst." bestimmte Udo.

„Kannst du denn nicht wenigstens heute mal auf deine Tour verzichten? Morgen ist doch ein wichtiger Tag für uns." Maulte Ruth sauer.

„Nö, warum? Wenn der Schnulli nachmittags liefert, gibt es doch kein Problem, dann muss ich ja nicht früh aufstehen. Wenn du keine Lust hast, kannst du ja zu Hause bleiben." Lehnte Udo ärgerlich ab.

„Mach wie du denkst, ich kann dich eh nicht hindern. Ich fahre dich auch nach Wuppertal, aber ich gehe nicht mit rein. Vorher will ich aber noch die Frauen auszahlen." Entschied Ruth.

Udo widersprach sofort: „Nein, da muss ich nicht mit, das kannst du später machen. Fahr zum Schnulli und dann nach Wuppertal."

Ruth nickte nur verärgert und beugte sich widerwillig seinem Wunsch.

Udos Kumpels

Dass der Möbelhändler sich Udos Wunsch unterordnete, hatte Ruth nicht anders erwartet.

Danach fuhr sie nach Wuppertal und hielt vor dem Sportcafe.

„Gib mir mal Geld. Ich hab nicht mehr viel." verlangte Udo, stieg aus und blieb in der offenen Beifahrertür stehen.

„Nein! Das brauche ich, du hattest Viereinhalb. Normalerweise musst du mir Geld geben, denn ich muss gleich noch die Frauen bezahlen. Außerdem habe ich das alleine verdient, und deshalb bestimme ich auch alleine. Schließ die Tür." Erwiderte Ruth energisch.

Als er etwas erwidern wollte, sahen sie einen Polizisten auf den Bus zukommen, Ruth zischte: „Mach die Tür zu, ich muss hier wegfahren, hier ist Halteverbot, das gibt sonst ein Knöllchen, verdammt!"

Udo knurrte sauer: „Blödes Weib." warf ärgerlich die Autotür zu und ging ins Haus.

Als erstes fuhr Ruth nach Hause, von wo sie ihren Ex-Mann anrief, aber der Ruf ging unbeantwortet durch. Also fuhr sie zu ihrer Schwiegermutter.

Robert öffnete ihr die Tür und staunte: „Du? Suchst du mich?"

„Auch. Aber hier wollte ich zu deiner Mutter. Ist die nicht da?" wunderte sich Ruth.

„Doch. Komm rein." Knurrte ihr Ex. „Mami, die Ruth will zu dir." Rief er laut, drehte sich wieder zu ihr und wollte wissen: „Und was wolltest du von mir? Die Möbel abholen?" vermutete er richtig.

Ruth lachte, erklärte: „Ja, übermorgen. Wann ist es dir recht?"

„Am besten ganz früh, oder nach dem Mittagessen. Dann bin ich vom Einkaufen zurück. Mit diesem Wochenende hast du gerade noch Glück, nächste Woche bin ich zum Rennen. Ach, wenn du dann schon in deiner neuen Wohnung bist, kannst du ja die Kinder nehmen, oder? Ich weiß nämlich noch nicht ob der Kleine mitkommen kann. Vielleicht kommt eine Freundin mit, und dann hab ich keinen Platz im Zelt. Ist dir doch Recht?" fragte er lauernd.

Ruth nickte: „Klar, kein Problem, nur wenn beide übers Wochenende kommen, brauch ich mindestens eine Matratze, sonst hab ich keine Schlafgelegenheit für die Kinder. Aber das ist doch sicher machbar, nicht wahr?"

Die Schwiegermutter kam in die Diele, fragte: „Warum lässt du die Ruth denn nicht rein, Robert? Ist irgendetwas mit Morgen, Ruth? Oder was gibt es?"

Ruth verneinte: „Nein, Morgen ist alles wie gehabt, ich wollte dir nur eben dein Geld bringen, und mit deinem Sohn sprechen. Ich bin dann direkt wieder weg."

„Trink doch einen Tee mit uns, soviel Zeit hast du doch sicher?" bot sie an.

Wieder verneinte Ruth: „Nein, vielen Dank, gerne ein anderes Mal, ich will noch zur Radozek und zu meiner Mutter. Sei bitte nicht böse, sehr nett gemeint." Sie holte das Geld aus ihrer Tasche, reichte es ihrer Schwiegermutter und sagte zu ihrem Ex: „Ich rufe dich an, wenn ich weiß wann die Helfer kommen. Das erfahre ich erst später. So, ich wünsch euch noch was, Tschüss." Verabschiedete sie sich.

Die andere Werbedame war nicht zu hause, deshalb fuhr sie zu ihrer Mutter.

„Gut dass du kommst, Kind. Es sind schon fast alle Sachen angekommen. Willst du die jetzt mitnehmen, oder kannst du die noch nicht gebrauchen?" fragte ihre Mutter.

„Schön", freute sich Ruth, „doch, das passt sehr gut, die nehme ich gleich mit und ich gebe dir auch schon mal Geld." Und sie überreichte ihrer Mutter drei Hunderter Scheine.

„Damit hast du ja schon die Hälfte bezahlt, das musst du aber nicht, Kind. Du kannst auch in kleinen Raten zahlen, monatlich oder wöchentlich. Wie du es dir erlauben kannst."

„Nee, schon gut, das klappt schon so. Was ich weg hab, drückt mich nicht mehr. Morgen kommen die Möbel und am Samstag hol ich die grüne Ledergarnitur von Robert ab. Dann hab ich endlich wieder ne eigene Wohnung. Zwar klein, aber mein. Wochenlang möbliert auf einem Zimmer zu wohnen ist nicht so schön, so nett das auch von der Beate war, aber es ist eben doch beengend und fremd."

„Verstehe ich. Brauchst du am Wochenende Hilfe beim einräumen und putzen? Ich komme, wenn du willst." Bot ihr die Mutter an.

Dankend erwiderte Ruth: „Lieb von dir Mutti, aber ich erfahre erst am späten Abend wer überhaupt wann kommt um die Sachen bei Robert abzuholen. Aber wenn ich dich brauche rufe ich dich an, ja?"

Bevor Ruth gehen wollte fiel ihr noch ein: „Ach Mutti, kann ich dir mal Geld zum Verwahren hier lassen? Das brauche ich die Tage nicht, und bei der Beate in der Wohnung möchte ich das nicht liegen lassen. Wenn ich etwas davon brauche, hole ich es ab, ja?"

„Natürlich!" bestätigte die Mutter und zählte die Scheine. „Tausend! Na, dir scheint es ja nicht schlecht zu gehen! Das freut mich." sagte die Mutter, und half Ruth die

192

Pakete mit dem Geschirr in den Bus zu tragen. Und die Beiden trennten sich in bestem Einvernehmen.

Das penetrante Klopfen an der Etagentür schreckte Ruth aus dem Tiefschlaf. Es erforderte einen Augenblick der Besinnung, bis Ruth begriffen hatte, dass der Randalierer nur ihr Freund sein konnte. Mühsam rappelte sie sich hoch, und warf einen Blick auf ihren großen Wecker neben dem Bett.

„Mist, fünf Uhr, Junge, Junge, hat der Mann eine Ausdauer." Schimpfte sie vor sich hin, während sie zur Tür ging.

„Mensch, wie lange dauert das denn? Sitzt du auf den Ohren?" knurrt Udo empört.

„Nein, aber ich schlafe vielleicht?" zischte Ruth sauer.

„Wer schimpft denn da unten?" fragte Ruth, ins Treppenhaus lauschend.

„Na wer wohl? Die Spagetti-Fresser von der Ersten. Nur weil ich da geklingelt habe. Aber was soll ich denn machen? Du hörst ja nix!" winkte Udo ab.

„Du hast ja Nerven! Du kannst doch nicht mitten in der Nacht fremde Leute aus dem Bett klingeln? Klar dass die sauer sind, zu Recht!" war Ruth entsetzt. „Jetzt leg dich aber hin und sei still, ich will auch noch zwei Stunden schlafen. Hab lange genug wach gelegen, weil ich auf dich gewartet habe." Befahl sie Udo.

„Hättest ja mitgehen können. Ist sowieso blöd, dass du nicht bei mir warst, deshalb ist sie jetzt weg. Scheiße!"

Murmelte er, fiel in voller Montur aufs Bett und schlief selig ein.

„Na Mahlzeit, jetzt nimmt der Kerl mir auch noch meine Platz weg, vorbei mit schlafen, Mist!" fluchte Ruth laut und entschloss sich auf zu bleiben.

Nachdem sie in der Küche sitzend bei zwei großen Kaffees überlegt hatte, wie sie den Tag sinnvoll regeln konnte, holte sie ihre großen Gepäckstücke vom Kleiderschrank und begann ihre Kleider einzupacken.

Udo merkte nichts davon, er schlief tief und fest, wie ein Murmeltier.

Als sie zum Verlassen des Hauses fertig angezogen war, blieb sie noch vor dem Bett stehen und betrachtete ihren Geliebten eingehend. Ja, sie war sich sicher, dass sie diesen Mann innig liebte, auch wenn es, in der kurzen Zeit, schon einige Meinungsverschiedenheiten, kleine Kräche, gegeben hatte, aber war das nicht normal? Eine Kennenlern- Phase eben?

Aber was sah sie da plötzlich? Beziehungsweise, was sah sie nicht? Wo war denn seine neue Uhr? Das gab's doch wohl nicht? Hatte Udo seine neue teure Uhr vielleicht verloren? Nein! Das konnte doch nicht möglich sein? Aber nein, vielleicht war sie ihm vom Arm gerutscht und nun lag er drauf? Ja, beruhigte sie sich selbst, das wird es wohl sein! Halbwegs beruhigt ging sie arbeiten.

Als Ruth mittags von ihrer Werbetour zurück kam, fand sie ihren Liebsten in der Unterhose, Nase, bohrend, auf der Couch im Wohnzimmer sitzend, und fernsehen.

„Ein schöner Anblick ist das aber nicht gerade." Lachte Ruth nachsichtig. „Um wie viel Uhr kommt denn Schnulli mit den Möbeln?"

„Ist noch Zeit. Erst zwischen Zwei und Drei." Sagte Udo gähnend. Aber es wäre mir lieber, wenn du das machst, ich muss dringend ins Sportcafe, meine Uhr abholen."

„Wieso deine Uhr abholen? Hast du die da irgendwo liegen lassen?" wunderte sich Ruth.

„Nein, abgehangen. Ich muss die auslösen. Dafür brauche ich von dir nen Tausender." Erklärte Udo die Lage.

„Wie abgehangen? Verstehe ich nicht!"

„Was gibt es da zu verstehen? Ich habe die Uhr beliehen für zum Zocken. Also gib mir Tausend!" Sagte er achselzuckend.

„Nee, das geht nicht. Hab ich nicht. Was ich habe, brauche ich für die Möbel." Lehnte Ruth spontan ab.

„Ach, rede keinen Unsinn, du hast gestern drei Mille gekriegt, die kannst du doch nicht ausgegeben haben. Davon kannst du mir ja wohl einen Tausender geben, damit ich meine Uhr wieder abholen kann. Also, gib mir die Kohle!" Schrie Udo sie empört an.

Ruth rettete sich in eine Lüge: „Nein, hab ich nicht. Ich habe gestern meiner Mutter Geld gegeben, Sechshundert für die Sachen, und sie brauchte auch Geld für die Autosteuer und –versicherung. Ist ja wohl klar, dass ich ihr helfe, du hast deiner Oma ja auch geholfen. Wenn du mehr Geld verzockst, als du hast, musst du selbst sehen woher du es nimmst. Von meinem nicht!" zischte Ruth böse.

Udo sprang auf, kam mit erhobener Hand auf Ruth zu, und drohte: „Dein Geld? Das ist unser Geld, und du gibst mir sofort, was du in der Tasche hast, oder..."

Wütend baute die kleine Ruth sich vor dem fast zwei Köpfe größeren Mann auf, und schrie voller Zorn: „Was? He? Was dann? Schlag doch zu, das kenne ich ja schon. Aber ich schlage zurück, darauf kannst du dich gefasst machen. Ha, ich habe keine Angst vor dir. Auch wenn ich den kürzeren ziehe, ich wehre mich!" schrie sie hysterisch und rannte in ihr Zimmer, um ihre Tasche zu holen.

Als sie hinaus flüchten wollte, holte Udo sie an der Etagentür ein, riss ihr die Tasche aus der Hand, holte ihre Geldbörse raus, und entnahm den Inhalt. Das ging alles in solcher Schnelligkeit, dass Ruth keine Möglichkeit hatte, dem Zugriff zu entgehen. Ungeachtet des Inhaltes ließ Udo Tasche und Geldbörse fallen und ging schnellen Schrittes ins Badezimmer.

Ruth donnerte wütend mit der Faust vor die verschlossene Tür des Bades, was aber nichts half. Sie hörte nur sein Lachen durch die geschlossene Tür, und dann Wasser rauschen. Er duschte.

Verdammt, alles weg. Die ganzen Zwölfhundert Mark.

Ruth überlegte kurz, ob sie gehen oder bleiben solle. Aber zu bleiben würde ihr nichts bringen, zumindest gäbe Udo ihr nicht freiwillig ihr Geld zurück, das war sicher.

Nein, sie musste wohl in den sauren Apfel beißen und das Geld bei ihrer Mutter abholen. Aber die würde erst nach Fünf von der Arbeit kommen. Gleich Zwei, der Möbeltransport konnte gleich anrollen. Aber sie konnte nicht bezahlen. Also spurtete Ruth entschlossen los, zum Möbelhaus Stoppelhahn. Sie brauchte Aufschub.

Atemlos stürmte sie in den Laden, auf den erschrockenen Inhaber zu und überfiel ihn völlig außer Atem: „Herr Stoppelhahn, ich habe ein Problem. Ich kann erst nach fünf Uhr bezahlen. Ich habe das Geld bei meiner Mutter deponiert und die kommt erst um Fünf von der Arbeit. Was machen wir jetzt? Können Sie erst nach fünf Uhr liefern?"

Der bebrillte Möbelhändler sah Ruth schmunzelnd an und sagte gelassen: „Nur die Ruhe, junge Frau. Dann bringen Sie mir das Geld später. Ich hab doch bis sieben Uhr auf. Und wenn das nicht klappt, dann morgen Vormittag. Das ist doch kein Problem. Ich vertraue Ihnen."

Erleichtert atmete Ruth auf, bedankte sich herzlich: „Vielen Dank, Herr Stoffelhahn, dass Sie mir so großzügig entgegenkommen, obwohl Sie mich nicht kennen. Sie werden es nicht bereuen, auf mich kann man sich verlassen. Ganz bestimmt! Also fahre ich jetzt in die Wohnung, Ihre Leute fahren sicher gleich los, oder?"

Der Händler nickte: „Die haben gerade alles aufgeladen. Sie können in Ruhe fahren, mit dem LKW sind die nicht so schnell wie Sie."

Als die Möbelpacker alles ausgeladen und im Schweiße ihres Angesichts alles zur zweiten Etage geschleppt hatten, sagte Ruth bedauernd: „Leider kann ich euch heute kein Trinkgeld geben, ich habe keinen Pfennig in der Tasche. Aber ich verspreche euch, dass ich eurem Chef auch euer Trinkgeld geben werde, wenn ich morgen Vormittag die Rechnung bezahle. Darauf könnt ihr euch verlassen. Also bitte nicht traurig sein!"

Die beiden Männer versicherten ihr, das sei kein Problem.

Ruth rückte die Möbel in die passenden Positionen, holte danach ihr Putzzeug aus dem Wagen und begann die Möbel und die Böden zu putzen.

Sie war gut zwei Stunden damit beschäftigt, als die Etagentür aufgeschlossen wurde. Udo kam rein und sagte staunend: „Oh, du hast ja schon die halbe Wohnung fertig. Das ging aber schnell. Toll! Dabei komme ich extra so schnell zurück, weil ich dir natürlich helfen wollte. Tja, da gibt es ja nicht mehr viel zu tun. Ach übrigens, Schatz, bevor du mir noch länger böse bist, hier, fünfhundert Mark zurück. Beim Schnulli hab ich auch schon bezahlt. Da brauchst du nicht mehr hinzufahren. Bist du jetzt wieder lieb?" fragte er, dabei reichte er ihr das Geld und zog sie anschließend in seine Arme.

„Wie? Warum hast du mir das Geld abgenommen? Was soll das Theater? Das kann ich nicht verstehen!" maulte Ruth, nahm ihm aber schnell die Scheine aus der Hand und erwähnte die fehlenden Zweihundert nicht.

„Nein Schatz," lachte Udo. „Ich hatte Glück! Ich habe mit der Kohle gezockt und zwei Mille gewonnen. Damit bin ich dann schnell abgehauen. Ach, da steht ja unser neues Bett. Komm, das probieren wir mal sofort aus. Ich bin geil wie Nachbars Lumpi. Die Glückssträhne muss gefeiert werden. Ich muss dich jetzt ficken!"

Gerade wollte Ruth ihn bitten, nicht so brutal und ordinär zu reden, aber dazu ließ er ihr keine Gelegenheit. Udo verschloss ihren Mund.

Als sie ermattet nackt nebeneinander lagen und die berüchtigte Zigarette danach rauchten, meinte Udo: „Was meinst du, sollen wir gleich nach dem Essen noch einen Termin machen? Oder lieber morgen?"

„Morgen? Wir müssen morgen die Sachen beim Robert abholen. Apropos, wer hilft uns denn, hast du jemand gefunden?"

„Klar. Keine Sorge, der Blondi und der David helfen uns morgen. Wann ist das denn? Wir müssen die Jungs ja erst im Cafe abholen, die haben beide kein Auto." Sagte Udo beruhigend.

In dem Moment fiel Ruth ein, dass sie ihrem Exmann gesagt hatte, dass sie ihn anrufen werde, sobald sie wisse, wann die Helfer kommen.

„Ach Mist, ich muss dem Robert gleich noch Bescheid sagen, wann wir kommen können. Er meinte entweder ganz früh oder nach dem Mittag. Ich rufe den nachher an, was soll ich ihm sagen?"

„Nachmittags. Hab denen gesagt, dass wie sie so gegen ein oder zwei Uhr abholen. Ist doch früh genug, das sind doch nur ein paar Sachen." meinte Udo. „Aber was meinst du, haben wir eine gute Adresse, nicht so weit weg, die wir anfahren können?"

Ruth lachte, flachste ihn: „Wovon kommt es denn das du plötzlich so arbeitsgeil bist? Ich denke schon, dass wir zwei oder drei Adressen zur Auswahl haben. Allerdings können wir dann nicht vorher groß essen gehen, dann ist es für den Besuch bei fremden Leuten zu spät. Also, was, essen oder arbeiten?"

„Essen! Ist ja wohl keine Frage! Auf geht's, anziehen!"

Entschied Udo. „Steak, Börse."

Nachdem sie in der Börse gut gegessen hatten, konnte Udo sich vor dem Genuss von reichlich Pernod-Cola nicht zum heimgehen entschließen. Endlich, kurz vor Mitternacht lagen sie im Bett.

Wenn Ruth allerdings geglaubt hatte, nun endlich schlafen zu können, machte Udo ihr einen Strich durch die Rechnung. „Nimm ihn mal ganz liebevoll in den Mund, da bin ich gerade richtig scharf drauf." Verlangte er. Es wurde noch eine lange Nacht voller Liebe und Zärtlichkeit.

Kurz vor Mittag wurden sie wach und mussten sich beieilen nach Wuppertal zu kommen. Dabei fiel ihr ein: „Mensch, ich muss schnell den Robert anrufen, hab ich gestern total vergessen!"

Unterwegs wollte Ruth belegte Brötchen holen, als sie an einer Metzgerei vorbei kamen, hielt sie an und fragte: „Gehst du eben rein? Ich darf hier nicht parken, nur halten. Dann bleibe ich lieber im Auto."

Udo nickte: „Was für einen Belag möchtest du?"

Ruth winkte ab: „Egal, bring mir was leckeres." Vertraute sie Udos Geschmack.

Als er mit der Tüte zurückkam, hatte er ein Würstchen in der Hand und sagte: „Ich habe dir Kottenwurst aufs Brötchen legen lassen und noch ein Pferdewürstchen mitgebracht. Ist lecker!" dabei biss er herzhaft in das Würstchen.

„Die Heimarbeiter-Wurst? Prima!" freute Ruth sich. Dann aßen sie während der Fahrt ihr Frühstück. „Ich meine, wir sollten direkt fahren! Dann holst du besser die Jungs runter, oder muss ich mit rauf gehen? Dann muss ich erst noch einen Parkplatz suchen." Schlug Ruth vor.

„Hast Recht Schatz, mit nem Parkplatz ist jetzt schwierig, samstags ist die Stadt voll. Bleib stehen, ich geh eben rauf."

Keine zehn Minuten später stieg Udo mit seinen beiden Begleitern in den Bus. „Kannst losfahren!" sagte Udo, währen die beiden jungen Männer riefen: „Hallo, grüß dich, wir sind startklar."

„Hallo, schön dass ihr da seid." Erwiderte Ruth den Gruß und sah in den Rückspiegel.

Von den zwei hübschen jungen Männern, kannte sie den dunkelhaarigen Jugoslawen David, den hatte sie ja schon ein paar Mal flüchtig gesehen. Aber der zweite, ein blonder, ebenfalls bildhübscher junger Mann, war ihr unbekannt.

›Einer hübscher als der Andere, wenn ich nicht verliebt wäre, könnte ich mich nicht entscheiden, welchen ich hübscher fände, mir würden beide gefallen‹. Dachte Ruth vor sich hin grinsend. ›Aber schäm dich Mädchen, das sind doch die Kumpels deines Liebsten‹!

Mobilitäts-Probleme

Robert machte einen knurrigen, schlecht gelaunten Eindruck, vermutlich hatte er am Vorabend wieder gesoffen, er sah verkatert aus.

„Wo sind denn die Kinder?" wollte Ruth wissen. „Was ist denn mit dem Wochenende? Wolltest du nicht weg?"

„Nein, nächste Woche. Die Kinder sind bei ihren Freunden, die hatten keine Lust dir beim ausräumen zuzusehen. So dann macht schnell!" maulte er missgestimmt.

Tatsächlich hatten die Jungs die Garnitur und die zwei Kisten mit dem Kleinkram schnell in den Bus geladen, sodass Ruth den Bus wendete und vorsichtig wieder aus der engen Einfahrt, zwischen den beiden Häusern, raus fuhr.

„Du fährst hier durch wie eine Oma. Seit wann bist du denn so ängstlich?" meckerte Udo.

„Die Einfahrt ist sehr eng, da muss ich vorsichtig sein, da kann ich doch nicht durchrauschen!"

„Quatsch! Wenn man Autofahren kann, ist das ein Kinderspiel." widersprach Udo ironisch.

Ruth verzichtete darauf ihm zu widersprechen.

Nachdem die Jungs die Sachen in die Wohnung getragen hatten, sagte Udo: „Dann können wir ja nach Wuppertal fahren. Fährst du uns nur hin oder willst du mit?"

„Nett, dass du mich fragst. Aber du hast schon richtig vermutet, ich will die Schränke einräumen, und noch eben zu meiner Mutter fahren, ich fahre direkt wieder zurück." Entschied Ruth.

Udo schüttelte den Kopf, sagte entgegenkommend: „Nein Schatz, du hast noch so viel zu tun, dann nehmen wir ein Taxi, und du kannst mich später abholen, ja? Ich will nicht, dass du hetzen musst. Du musst uns nur eben zu einer Telefonzelle oder zu einem Taxistand fahren, das ist von hier zu weit, zu Fuß."

„In Ordnung, dann räume ich später ein, ich fahre erst zu meiner Mutter, und nehme euch bis in die Stadt mit."

Als die Männer am Taxihalteplatz ausstiegen bedankte sich Ruth bei den Beiden und verabschiedete sich. „Bis später, Schatz. Ich komme dann ins Sportcafe. Das wird aber ein paar Stunden dauern. Geh am besten unterwegs was essen, ich esse bei meiner Mutter." Regelte Ruth gleich den weiteren Verlauf des Abends.

Bei ihrer Mutter gab es Erbsensuppe, die schon ganz köstlich roch. Als Ruth den Topfdeckel hochnahm fragte sie: „Wer hat das gekocht, du oder der Vati?"

„Warum?" wollte die Mutter wissen.

Mit breitem Grinsen antwortete Ruth: „Du kannst vielleicht fragen, Mutti, wegen dem Salz! Du bist doch immer noch verliebt, deshalb hast du ständig das Essen versalzen. Wenn dein Mann gekocht hat, kann man es essen. Ich habe Hunger."

„Kannste essen, ich hab gekocht." Kam des Vaters Stimme aus dem offnen Nebenraum.

›Oh Wunder, der Alte hat mitgekriegt dass Jemand da ist‹. Dachte Ruth erstaunt, und freute sich: „Prima, dann nehme ich nen Teller." Das musste man dem Trampeltier lassen, wenn er nichts konnte, aber kochen konnte er, das wusste sie.

Inzwischen waren von Otto-Versand auch die restlichen Sachen angekommen, die Ruth bestellt hatte.

„Ich hatte eigentlich damit gerechnet, dass ich dir helfen sollte. Wie weit bist du denn? Sind schon alle Möbel da? Schläfst du schon in deiner neuen Wohnung?" erkundigte sich die Mutter.

Ruth erwiderte: „Nein, danke Mutti, aber das brauchtest du nicht. So viel war das ja nicht. Die Möbel stehen, und es ist alles geputzt. Ich räume gleich nur noch eben die Schränke ein, dann fahre ich nach Wuppertal, den Udo abholen. Egal wie weit ich bin, wir werden auf jeden Fall ab heute da schlafen. Ich bin froh, endlich wieder eine eigene Wohnung zu haben. Die ist zwar klein, aber fürs erste muss die reichen. Wenn ihr wollt, könnt ihr ja nächstes Wochenende mal gucken kommen. Die Kinder sind dann vielleicht auch da." Bewusst hatte Ruth ihren Neuen namentlich erwähnt und mit einbezogen. Daran würde sich ihre moralisch strenge Mutter gewöhnen müssen.

„Nein, das glaube ich aber nicht. Die Ramona hat mich gestern angerufen und gefragt ob sie nächstes Wochenende zu mir kommen kann, weil der Robert mit dem Rene zum Rennen fährt. Hast du da was falsch verstanden oder ich?" wunderte sich Ruths Mutter.

„Keine Ahnung, ich frag noch mal nach, ist ja noch ein paar Tage bis dahin. Also, unsere restliche Verrechnung kannst du bitte von meinen Tausend abhalten, und den Rest verwahre noch eine Weile für mich, bis ich es brauche, ja? Wegen nächstem Wochenende melde ich mich noch. Gut? Dann bin ich wieder weg. Danke Mutti. War lecker, Vati, danke!" rief Ruth noch ins offene Wohnzimmer, bevor sie ging.

Am liebsten wäre Ruth an diesem Abend nicht mehr aus dem Haus gegangen. Aber da sie, außer ein paar Getränken, noch keine Lebensmittel eingekauft hatte, und auch noch keine Hifi-Geräte zur Unterhaltung vorhanden waren, wäre es ihr zu langweilig geworden. Ergo duschte sie kurz, zog sich um, und fuhr nach Wuppertal.

›Der Udo hat schon Recht, die Strecke ist deutlich weiter‹. Musste sie ihrem Freund zugeben. ›Wie viel das wohl mit einem Taxi kosten mag? Bestimmt dreißig bis vierzig Mark. Entschieden zu viel um des Öfteren ein Taxi zu bezahlen. Besser sie fuhr, das war billiger‹.

Als Ruth ins Sportcafe kam sah es dort ziemlich leer aus, aber aus dem Hinterraum, der Rumpelkammer waren laute Stimmen zu hören.

Hinter der Theke stand Marieta, die Freundin des Besitzers und klärte Ruth ungefragt auf: „Die sind alle im Rosengarten.“

„Bitte? Wo sind die? Wo ist das denn?“ fragte Ruth erstaunt.

„Na, da im Hinterzimmer, auf der Würfelkiste!“

„Auf einer Würfelkiste? Die alle? Ja wer denn alle, und wie passen die auf eine Kiste?“ verstand Ruth die Welt nicht mehr.

Marieta sah Ruth an, als käme sie von einem anderen Stern und fragte gedehnt: „Weißt du echt nicht was eine Würfelkiste ist? Dann geh mal in den Rosengarten, beziehungsweise das Hinterzimmer, und mach dich mal schlau.“ Damit lotste sie Ruth zu der Tür, öffnete diese und schob Ruth hinein.

Dicke Rauchwolken schwebten in dem halbdunklen Raum und über vielen Köpfen, die dicht an dicht über etwas gebeugt standen. Eine Menge Männer standen eng aneinander gedrängt, offenbar um einen Tisch herum, über dem eine grelle, große runde Messinglampe, mit grünem Fadenfransenrand, hing, die einen breiten Lichtkegel über die Köpfe der Männer warf. Das klackern und aneinander-stoßen von Würfeln war zu hören, und jedes Mal lautes Stimmengewirr, wenn Einer eine Zahl rief. Ruth blieb verwirrt stehen, hörte nur die Zahlen: ›drei – zwei – zwölf-fünf- sechs- seven- eleven. Drei verliert, sieben gewinnt, und ähnliche Worte, mit denen sie absolut nichts anfangen konnte. Dass die Männer zockten war ihr schnell klar, aber was und wie das Gerät aussah, konnte sie nicht ermitteln.

Plötzlich ein Durcheinander von Geschimpfe und Gefluche, und augenblicklich wurde das Knäuel lichter, und die Sicht wurde frei auf einen großen, viereckigen, mit grünem Filz bezogenen Tisch, der fast so aussah wie ein Billardtisch. Nur dass dieser Tisch keine sechs Löcher für die Billardkugeln, sondern ringsherum einen circa zehn Zentimeter hohen Rand hatte, damit die Würfel nicht über den Rand springen konnten, stattdessen an der Bande gestoppt wurden.

Ruth war so in Spannung, wollte sehen, was die Männer da spielten, dass sie Udo erst bemerkte, als er sie am Arm packte und mit hinaus zog.

„Was ist los?" wollte Ruth wissen.

„Frag nicht lange, wir gehen!" antwortete Udo knapp, und zog sie zum Aufzug.

„Du hast verloren, stimmt´s?" ahnte Ruth seinen Ärger.

Verstohlen warf sie einen Blick auf seinen Arm, als sie im Aufzug standen.

„Ich hab die Uhr noch, keine Bange. Aber die Kohle ist wieder weg. Du hast doch noch genug Geld fürs Essen?" erkundigte sich Udo.

Ruth nickte, dachte insgeheim: ›das ist ja furchtbar, dieses auf und ab mit dem Geld, und nur weil der Mann ein Zocker ist. Ich muss schon wieder Geld auf Seite schaffen, weil das sonst immer gleich weg ist. Darin hat sich ja nichts geändert, der Eine hat es versoffen und der Nächste verzockt es. Na Bravo, so hatte ich mir das allerdings nicht vorgestellt‹.

Nach dem Abendessen wollte Udo noch in seine Lieblings-Disco, das Display, wozu Ruth eigentlich viel zu müde war.

„Och nö, Udo, ich bin geschafft. Morgen ist ja auch noch ein Tag. Lass uns nach Hause fahren und die erste Nacht in unserem neuen Bett schlafen. Da freu ich mich schon den ganzen Tag drauf" Maulte sie.

„Das können wir ja auch später noch. Es ist noch keine Elf und du willst schon pennen, nö, dazu hab ich keine Lust. Was bist du denn für eine schlappe Pelle? Im Bett sterben die meisten Menschen. Rappel dich mal auf." Kritisierte er sie.

„ Kein Wunder dass du nicht müde bist, du hast ja auch nix getan, den ganzen Tag. Kommandieren kannst du, selbst hast du nicht mal den Jungs angefasst. Aber ich habe den ganzen Tag malocht wie ein Berserker. Also hab ich wohl das Recht müde zu sein, oder?" ärgerte sich Ruth.

„Wer mit den Großen pinkeln will, muss auch das Bein hoch kriegen! Mit anderen Worten, du willst doch mit mir mithalten, oder nicht?" grinste Udo ungerührt.

Am liebsten wäre Ruth einfach nach Hause gefahren, egal wohin Udo ginge, oder auch nicht, aber natürlich tat sie das nicht, sondern ging mit ihm.

Die Disco-Nacht wurde noch lang, aber preislich sparsam, da Udo in jeder angesagten Disco Wuppertals nur Flaschenweise verzehrte, und meist noch eine auf Vorrat stehen ließ.

So abgefüllt wie er war, wollte Udo nicht darauf verzichten, das neue Bett auch zu Liebeszwecken zu benutzen. Als Ruth einen Schlafanzug anziehen wollte, protestierte Udo und zog sie zu sich hinunter: „Du willst doch nicht etwas schlafen, bevor ich dich gefickt habe? Nein meine Süße, ich brauch dich, ich will dich, und du sollst mich vor dem Einschlafen immer erst in dir fühlen. Dann schläfst du viel besser. Aber komm, blas erst mal schön innig und lange." Verlangte er.

In seiner Ausdauer war der Mann unersättlich, bis er seine Schlafschwere erreicht hatte. Udo schaffte es immer wieder Ruth mitzureißen und zu motivieren.

Am Sonntag fiel Udo plötzlich ein, dass er sich mit einem Kfz-Schlosser verabredet hatte, der nach dem kaputten VW sehen sollte.

„Ich habe gestern mit ihm vereinbart, dass ich ihn um Drei im Cafe abhole. Es wird ja Zeit, das wir mal nachsehen, ob die Karre noch zu gebrauchen ist, oder ob wir uns einen neuen kaufen müssen." erklärte Udo.

Ruth widersprach skeptisch: „Einen neuen Wagen? Wo von denn? Dazu braucht man Geld. Und das geht bei dir ja schneller weg als eine Scheibe Brot."

„Red nicht immer so einen Mist", tadelte Udo, „wir müssen schließlich mobil sein, sonst können wir nicht arbeiten. Und einen guten Gebrauchten kriegen wir auch auf Rattata. Aber weg muss der VW da ja auf jeden Fall. Da oben können wir den ja wohl nicht stehen lassen, also erst mal hinfahren und nachsehen was mit der Karre ist."

Nachdem der Fachmann erfolglos versucht hatte den VW ans Laufen zu kriegen, sah er sich den Motor an, aber er konnte keinen Fehler mit bloßem Auge feststellen.

„Ich kann den Wagen in meiner Werkstatt mal durch-checken, dann wissen wir mehr. Aber dazu muss ich den natürlich abschleppen. Ich kann einen Abschleppwagen bestellen oder ihr schleppt den an einem Seil zu mir. Das wäre natürlich billiger. Müsst ihr wissen." Überließ er uns die Entscheidung.

Udo entschied: „Wir überlegen uns das mal, ob wir nicht vielleicht lieber einen Neuen kaufen und den von dem Händler reinholen lassen, oder ob wir den zu dir bringen. Wir sagen dir Bescheid. Eilt ja nicht!"

Ruth war sofort klar, dass Udo sich nicht die Mühe machen wollte, sich noch mit unnötigen Aktionen zu befassen, aber sie schwieg dazu, sondern fuhr den Monteur wieder zum Sportcafe zurück.

Seltsamerweise wollte Udo nicht mit ins Cafe gehen, sondern forderte Ruth auf: „Fahr mal zu den Solinger Ge-brauchtwagen-Händlern. Wir gucken uns mal ein paar Autos an, die vielleicht in Frage kämen. Aber es sollte nicht wieder so eine Gurke sein, sondern auch etwas Re-präsentatives. Am besten fährst du mal erst zu einem BMW-Händler. Da finden wir bestimmt ein gutes Auto."

Sie verbrachten den ganzen Sonntagnachmittag damit alle Solinger Gebrauchtwagen-Händler abzulaufen, um ausgerechnet bei einem VW-Händler den BMW zu finden, der Udo gefiel.

„Guck mal, tolles Auto, chice Farbe, wenig gelaufen, gu-ter Preis, den nehmen wir. Gleich morgen, nach der Wer-bung, gehen wir hier hin, und kaufen den." Entschied Udo.

„Aber wir wissen doch noch gar nicht, was an dem VW kaputt ist. Vielleicht ist das nur ne Kleinigkeit, das sollten wir aber erst mal genauer nachsehen lassen. Und dann Elf-tausend für ein Auto, das ist viel zu viel." Erhob Ruth Ein-spruch.

„Quatsch!" winkte Udo ab, „die olle Rappelskarre ist hin. Sieht doch ein Blinder, sonst wäre er doch angesprungen. Aber der hat ja keinen Muck von sich gegeben. Nee, erst noch die Abschleppkosten bezahlen um zu erfahren, dass sich die Reparatur nicht mehr lohnt? Nein, glaub mir mal, wie brauchen ein vernünftiges Auto. Und elf Mille, sind doch wohl ein Klacks bei unserem Verdienst. Ich verspreche dir auch, dass ich ganz fleißig arbeite, jeden Nachmittag, dann haben wir den doch schnell bezahlt. Komm, gib dir nen Ruck, das machen wir!" war Udo total überzeugt.

Es war Ruth klar, dass sie umsonst geredet hätte, egal wie wahr ihre Argumentation auch sein mochte. Wenn Udo sich etwas in den Kopf gesetzt hatte, war er nicht zu bremsen, das hatte sie nun schon mit ihrem Schmuck und seiner Uhr erlebt.

An diesem Abend mussten sie zu Hause bleiben, weil Ellen und ihr Freund Leo die Hifi-Geräte bringen wollten.

„Wie viel kosten denn der Fernseher und die Musik-Anlage? Ich weiß nicht, ob ich noch so viel Geld habe, mit dir kann ich ja nicht rechnen." Warf sie ihrem Freund, seine Zockfreudigkeit vor.

„Ich weiß nicht genau, kommt auf die Marke von der Anlage an. Wenn die ne Bang and Olufsen- Anlage gekriegt haben, dann müssen wir schon sechs- bis achthundert Mark rechnen." vermutete Udo.

Ruth riss erschreckt die Augen weit auf, und fragte: „Wie bitte? Aber komplett, doch nicht nur für die Stereoanlage, oder? So viel hab ich auch gar nicht mehr."

Erstaunt fragte Udo: „Du hast keine Ahnung was solche Anlagen kosten, oder? Beim Händler kosten die nicht unter zweieinhalb Mille. Aber wieso machst du dir darüber

Gedanken? Das kann doch kein Problem sein. Bei deiner Freundin wirst du doch wohl Kredit haben?"

„Doch, das ist nicht das Problem, aber warum muss bei dir denn so teuer sein? Es gibt doch billigere Stereoanlagen." Kritisierte Ruth.

Udo schüttelte energisch den Kopf und belehrte sie: „Die Billigphase ist vorbei, mein Schatz. Das geht bei mir nicht. Mit mir gibt es nur vom Feinsten. Das Beste ist gerade gut genug, merke dir das für die Zukunft."

„Aber nur weil es geklaute Sachen sind, oder sehe ich das falsch? Würdest du genauso denken, wenn du den Originalpreis bezahlen müsstest?" brachte Ruth die Sache auf den Punkt.

Udo lachte, meinte ironisch: „ Nee! Das ist keine Frage wie viel ich habe. Warum soll ich denn den Händlern meine Kohle in den Hals schmeißen? Solange ich das nicht selbst klauen muss, wäre ich ja doof, wenn ich die Schore nicht kaufen würde."

„Kennst du das Sprichwort: der Hehler ist schlimmer als der Stehler? Ob du es selbst klaust oder geklautes kaufst, wo ist der Unterschied?" zitierte Ruth den Volksmund.

Udo lachte: „So ein Quatsch! Kann ich dir sagen, der Dieb läuft eher Gefahr, erwischt zu werden."

Der Kunde ist König

Ellen und ihr Freund Leo brachten einen Fernseher und eine Stereo-Anlage. Beides waren so große Geräte, dass alle Personen beim Rauftragen helfen mussten.

Während die Männer die dreiteilige Stereoanlage in den dafür vorgesehenen Standrahmen einbauten, verkabelten und anschlossen, brauchten die Frauen nur das Antennen- und Stromkabel einzustöpseln und der Fernseher lief.

Mit der Bezahlung, in zwei Hälften, wurden sich die Freundinnen schnell einig, und weil man noch eine andere Auslieferung vorhatte, redete man nur kurz über Ellens Einstieg in den Fassaden-Verkauf, für die Firma Meier, bevor man zum nächsten „Kunden" wollte.

„Wir werden mal erst in Leos ehemaligem Kundenkreis gucken, wo wir eine Verkleidung verkaufen können. Im Raum Leverkusen kennt der Leo sich ja sehr gut aus, da hat er seit Jahren bei vielen Hausbesitzern gearbeitet. Ihr könnt ja mal den Großraum Leverkusen meiden, damit wir uns nicht ins Gehege kommen!" meinte Ellen.

Ruth überhörte diese Aufforderung geflissentlich und wendete sich den Männern zu: „Bitte dreh die Anlage nicht so laut auf, Udo. Wir sind noch neu hier, ich möchte nicht gleich zu Anfang unangenehm auffallen."

Dann fragte sie die Freundin: „Warum arbeitest du denn für den Meier und nicht für den Norbert? Doch nicht aus Rücksicht auf uns?"

Ellen lachte, meinte amüsiert: „Nein, warum sollten wir das tun? Das hat mit euch nichts zu tun. Eher weil ich dem Norbert nicht traue, weil ich ihn gut kenne, und auch wegen Leo. Aber wir machen das ja auch nur nebenbei. Unser

Hauptgeschäft bleibt vorläufig noch der Verkauf der Hifi-Geräte, zumindest solange es noch gut geht. So leicht verdientes Geld geben wir doch nicht freiwillig vorzeitig auf."

Ruth nickte und dachte insgeheim: ›Ich weiß nicht ob ich euch mutig oder halsbrecherisch nennen soll, aber eure Nerven hätte ich nicht ‹.

Als Ruth am Montagvormittag ihre Schwiegermutter abholte, richtete diese ihr aus: „Der Herr Fuchs hat mich angerufen, weil er dich nicht erreichen konnte, du sollst ihm, so schnell als möglich, den Bus bringen. Der Herr Meier hat wohl schon mehrmals danach gefragt."

Ruth nickte, sagte gelassen: „Mach ich heute Nachmittag, bis dahin wird er sich gedulden müssen. Erst fahren wir die Werbung. Aber ich werde ihm sagen, dass er wegen so einer Nichtigkeit nicht alle Leute verrückt machen soll."

Jedoch fuhr Ruth mittags zunächst nach Hause, um Udo abzuholen.

„Sag mal, hast du absichtlich so eine entfernt gelegene Hütte ausgesucht? Damit ich hier fest sitze? Das ist ja vielleicht ein Mist. Hier komm ich ja ohne Knete gar nicht weg. Mensch, das stinkt mir aber!" maulte Udo gleich los.

„Wird noch schlimmer. Wir müssen den Bus abgeben. Der Fuchs telefoniert schon hinter mir her. Er hat meine Schwiegermutter angerufen." Berichtete Ruth ungerührt.

Grinsend triumphierte Udo: „Siehst du wohl? Ich hatte doch wieder mal die richtige Nase. Also doch schnell den BMW kaufen, sonst sind wir gekniffen!"

„Ob das so einfach ist, wage ich zu bezweifeln", gab Ruth zu bedenken, „wir haben keine Grundlage für eine Finanzierung. Weder eine Anzahlung noch eine Verdienstbescheinigung. So ohne alles?"

„Na ja, die Bescheinigung ist doch kein Problem, wofür haben wir denn unseren lieben Norbert? Machen wir schon!" war Udo felsenfest überzeugt.

Natürlich hatte Udo mal wieder Recht. „Wie hoch soll sie sein?" fragte Norbert.

„Schreib mal der Werbeleiterin Ruth ein saftiges Gehalt, von drei Mille netto in die Bescheinigung. Das müsste reichen." Diktierte Udo, worauf Norbert verwundert fragte: „Ach so, die Bescheinigung soll für die Ruth sein? Kann ich auch für dich ausstellen."

Kopfschüttelnd lehnte Udo ab: „Nein, das wäre nicht so gut. Ich habe da erst noch ein paar Probleme zu klären.

Aber wir werden den Wagen nicht gleich heute kriegen,

der muss ja erst noch zugelassen werden. Hast du keinen Zweitwagen, den wir so lange benutzen können? Zu allem Überfluss wohnen wir jetzt auch noch am Arsch der Welt. Weißt du wo Katternberg ist, Norbert? So schön die Wohnung ja ist, aber zu weit von der Innenstadt weg, und von Wuppertal ganz zu schweigen." fragte Udo nachdenklich.

„Du und dein Wuppertal. Viel wichtiger ist unsere Beweglichkeit für die Werbung und den Verkauf. Da spielt die Musik, da kommt für mich dein Wuppertal an letzter Stelle." Konnte Ruth sich nicht verkneifen, auf die Prioritäten hinzuweisen.

„Zankt euch nicht, Leute, mir schwebt da was im Kopf herum. Ich ruf mal eben den Korbmacher an, ich denke der Wolle euch helfen."

Norbert Fuchs telefonierte mit seinem Kompagnon und überbrachte den Beiden die frohe Nachricht: „Der Wolfgang hat noch einen VW-Käfer, den leiht er euch. Wenn ihr wollt bringt er den nachher hier hin, dann fahre ich den Wolfgang später nach Hause. Na, ist das ein Service, oder nicht?"

Die beiden waren begeistert und bedankten sich dafür.

„Gut, dann sag ich schnell dem Meier Bescheid, dass wir den Bus jetzt bringen. Komm Udo, wir bringen den eben nach Haan in die Halle. Damit der endlich aufhört mich zu nerven." Stöhnte Norbert Fuchs genervt.

Er hatte es kaum ausgesprochen, als Bert Meiers Anruf ihm zuvor kam.

Anstatt den Telefonhörer entgegen zu nehmen, rief Norbert seiner Sekretärin im Rausgehen zu: „Wir sind auf dem Weg in seine Halle. Komm Udo!"

Unaufgefordert ließ Ruth sich im Vorraum des Büros nieder. „Ich warte hier!" erklärte sie, während Udo mit dem Bus Norberts Mercedes folgte.

Kaum eine Stunde später kamen die Beiden zurück und fast gleichzeitig fuhr ein schwarzer VW-Käfer auf den Hof.

Im Stillen musste Ruth Norberts dünnem Kompagnon Abbitte leisten, denn sie hatte den Sportreporter für hochnäsig gehalten. Dabei war er für die Beiden die vorläufige Rettung, sorgte er doch für deren Mobilität.

Udo bedankte sich und forderte Ruth auf: „Komm, Schatz, ich will schnell zu dem Händler, damit wir den VW nicht so lange benötigen. Ist ja auch im Interesse unserer Weiber, in dem Käfer ist es ja ein wenig eng."

„Hast du die Verdienstbescheinigung eingesteckt?" erkundigte sich Udo.

„Klar!" nickte Ruth, „warum machst du denn die Finanzierung nicht auf dich? Was sind das für Probleme, die einer Finanzierung im Weg stehen?"

„Schulden. Ist das denn so wichtig? Wir arbeiten doch zusammen und bezahlen das auch gemeinsam." Knurrte Udo unwirsch.

Bei dem Gebrauchtwagen-Händler übernahm Udo ganz selbstverständlich die Verhandlung. Wieder einmal wurde es Ruth abwechselnd heiß und kalt, beim Zuhören von U-dos Verhandlungs-Art. Dieser Mann hatte eine freche und überhebliche Art, seine Verhandlungs-Gegner auch wirklich als Gegner hinzustellen, dass es schon an Blasiertheit grenzte.

So erfreut der Verkäufer auch anfänglich war, die Aussicht auf den Verkauf eines nicht billigen Autos zu haben, so sehr musste er sich unterordnen um Udos dominante Art wegzustecken.

„Da haben Sie sich ein sehr schönes Fahrzeug ausgesucht. Soll es finanziert werden?" fragte er höflich.

„Ja logisch, oder denken Sie wir laufen mit einem Bündel Hunderter durch die Gegend? Wir finanzieren ohne Anzahlung und mindestens auf achtundvierzig Monate, oder länger, je nach Höhe der Monatsrate. Aber Moment, soweit sind wir noch nicht. Was ist denn der Endpreis? Wie viel gehen Sie noch runter?" wollte Udo wissen.

Erstaunt erklärte der Verkäufer mit einem süffisanten Lächeln um den Mund: „Das ist der Endpreis, mein Herr, da geht nichts mehr runter."

„Ich bezahle nie was auf dem Verkaufsschild steht. Papier ist geduldig, da kann jeder hinschreiben, was er will. Ziehen Sie mal mindestens zwanzig Prozent ab, dann kommen wir der Sache schon näher. Dann rechnen Sie mal die Monatsrate aus!" Blaffte Udo den erschrockenen jungen Mann an!

Schon ein wenig verunsicherte erwiderte der Mann: „Da muss ich allerdings mal erst meinen Chef fragen, ich weiß nicht ob das möglich ist. Denn normalerweise haben wir Festpreise und wir finanzieren nur bei einer zwanzigprozentigen Anzahlung."

„Was bei Ihnen normal ist, lieber Mann, ist mir egal. Bei uns machen Sie das eben mal anders. Der Kunde ist König, schon einmal gehört?" belehrte Udo den jungen Mann von oben herab. „Also, wissen Sie was? Am besten holen Sie gleich mal ihren Chef, Sie sind ganz offensichtlich kein kompetenter Verhandlungs- Partner!"

Ruth hatte sich während des ganzen Gesprächs so sehr geschämt, dass sie vorgetäuscht hatte, das Auto genauer zu betrachten, indem sie immer um das Fahrzeug herum gegangen war, um nur nicht in die Debatte hinein gezogen zu werden. Erst seit sie mit Udo zusammen war, wusste sie was „fremd schämen" war. Wie ihr Freund mit seinen Mitmenschen umging, alle Leute in seiner frechen Dominanz herabstufte, fand sie oft beschämend. Allerdings mochte sie auch nicht eingreifen, denn sie wusste, Udo würde auch vor ihr nicht Halt machen, und sie eiskalt aufs gleiche Gleis schieben.

Der junge Verkäufer gab auf: „Moment bitte, ich frage meinen Chef!" behielt er die geschäftliche Freundlichkeit bei und entfernte sich.

Es dauerte ein Weilchen, offenbar instruierte der junge Mann seinen Chef über die unverschämte Art des Kunden.

Dann kam ein seriös aussehender älterer Anzugträger auf die Beiden zu und stellte sich mit nettem Lächeln vor: „Guten Tag die Herrschaften, mein Name ist Herzog. Sie kommen mit meinem Mitarbeiter nicht so gut zurecht? Vielleicht bin ich der richtige Gesprächspartner. Wo hakt es denn?"

„Beim Preis an erster Stelle, bei mir müssen Sie schon Federn lassen, denn ein Auto kann ich bei vielen Händlern kaufen. Ein Verhandlungsspielraum muss schon vorhanden sein." kam Udo direkt zur Sache.

Der Seriöse wiegte bedenklich den Kopf, fragte dann freundlich: „Eigentlich nicht üblich bei uns, da hat mein Angestellter schon Recht, aber welche Summe schwebt Ihnen denn vor?"

„So um die zwanzig Prozent finde ich angebracht. Denn elf Mille sind ja kein Pappenstiel. Da haben Sie sicher noch einen großen Spielraum." Sagte Udo hart.

„Das ist mächtig viel, zu viel, mein Herr. Aber ich kann Ihnen fünf Prozent nachlassen. Das ist aber das höchste der Gefühle." Zeigte sich der Chef entgegenkommend.

„Soll ich jetzt lachen oder weinen? Nein, unter diesen Umständen gehen wir doch lieber mal zu Ihrer Konkurrenz. Schatz, der blaue BMW war doch auch schön, dann musst du leider auf deine Lieblings- Farbe, orange, verzichten und wir nehmen doch den Blauen. Ja, dann einen schönen Tag noch, auf Wiederschaun. Komm Schatz!" erteilte Udo dem Mann eine Absage und wandte sich zum Gehen.

Ruth sah ihren Freund erstaunt an, war versucht ihm zu widersprechen, denn sie wusste nichts von einem blauen BMW.

Aber sie kam nicht dazu, denn der Händler stoppte Udo mit den Worten: „Na ja, mein Herr, warten Sie doch mal, ich kann ja noch mal eben durchrechnen. Aber dann müsste ich mal kurz ins Büro, in den Unterlagen nachsehen. Haben Sie bitte einen Augenblick Geduld."

Udo gab sich großzügig: „Wenn es nicht zu lange dauert, dann warten wir noch ein Weilchen. Aber bitte nicht zu lange, es ist ja schon spät und bald Geschäftsschluss, auch bei Ihrem Mitbewerber!"

Eine halbe Stunde später hatten die Beiden den orangefarbenen BMW für Neuntausendachthundert gekauft, auf Ratenzahlung, ohne Anzahlung. Udo hatte sogar noch erreicht, dass die Zulassungskosten von dem Autohaus getragen wurden.

Draußen holte Ruth tief Luft und kritisierte: „Mensch Udo, wie du das machst finde ich beschämend. Rede doch nicht immer so herablassend mit den Leuten. Ich schäme mich jedes Mal. Das ginge doch bestimmt auch freundlicher."

„Mit Freundlichkeit kann man kein Geld verdienen, dann wirst du nur verarscht. Du siehst doch, mein System klappt. Wieder zwölf Blaue, und die Zulassungskosten verdient!" lachte Udo selbstgefällig.

Im Stillen musste Ruth ihm Recht geben.

„Bei dem Verkäufer hast du vorhin einen schönen Spruch zitiert, der Kunde ist König. Nur bei dir gilt das offenbar nicht, oder? Bisher hast du unsere Kunden immer wie deine Untergebenen behandelt. Wie passt das denn?" konnte Ruth sich auch diese Kritik nicht verkneifen.

Udo lachte laut auf, erklärte ihr ironisch: „Wenn unsere Kunden sich so behandeln lassen, sind sie es selbst schuld. Ich kenne meine Möglichkeiten, mit mir kann das niemand machen."

Nur vom Feinsten

Als sie den neuen BMW abholten verschwand das unangenehme Gefühl im Magen, das Ruth bei Unterschrift unter dem Kaufvertrag gehabt hatte. Das herrliche Fahrgefühl entschädigte sie dafür.

„Fahr mal rechts ran und mach mal Platz. Ich will das heiße Gerät mal testen." Verlangte Udo, als Ruth Richtung Leverkusen zu einem Termin fuhr.

„Aber".... Wollte Ruth widersprechen.

„Keine Widerrede, ich muss die Karre mal vernünftig einfahren. Das Stück auf der Autobahn, bis Leverkusen, ist ja wenigstens mal ein Anfang. Also fahr rechts ran." Befahl er.

Udos dominante Stärke duldete keinen Widerspruch, also verzichtete Ruth auf Diskussionen und gehorchte.

Die A 3 war nur mäßig befahren, deshalb konnte Udo den Wagen bis an die Leistungsgrenze ausfahren. Seltsamerweise empfand Ruth nicht die Spur von Angst, da Udo totale Ruhe und Sicherheit ausstrahlte.

„Das ist Autofahren, nur vom Feinsten, so liebe ich es. Die Karre ist in Ordnung. Ich freue mich schon auf eine längere Strecke. Vielleicht fahren wir bald mal ein Wochenende nach Lörrach, die alten Bekannten besuchen, dann kann ich den Wagen mal richtig ausfahren." Sagte Udo zufrieden, als er in Leverkusen die Ausfahrt ansteuerte.

An diesem Nachmittag ergaben sich zwei Möglichkeiten, in einer Siedlung zwei Termine wahr zu nehmen, und auch beide Aufträge zu schreiben.

„Das wird aber heute ein großes Fest! Junge, Junge, der Rubel rollt ja in Leverkusen, vom Feinsten." Lachte Udo, als Ruth später wieder Richtung Solingen fuhr.

Aber obwohl die Beiden den Chef der Fuco gerade noch erwischten, als er das Büro verlassen wollte, hatten sie Pech, dass sie nur eine Anzahlung bekommen konnten, was Ruth jedoch ganz recht war. Norbert Fuchs hatte an dem Tag eine größere Ausgabe gehabt.

„Tut mir leid Leute, ihr müsst euch bis morgen gedulden. Ich hatte heute eine Anschaffung, die mich ziemlich leer gefegt hat. Morgen kassiere ich zwei Baustellen ab. Dann bin ich wieder flüssig. Schaut mal, was ich mir gekauft habe." Erklärte Fuchs und zeigte stolz auf einen silbernen Mercedes Cabriolet.

„Schönes Auto, Norbert, aber wir sind ganz platt, wir brauchen wenigstens Knete für heute Abend. Nen Tausender, als Anzahlung, wirst du doch noch haben?" sagte Udo ärgerlich.

Fuchs schüttelte den Kopf, sagte bedauernd: „Nein, meine Brieftasche ist leer. Aber wenn ihr so dringend Geld braucht, fahrt mal eben mit zur Grete, die leiht mir was. Aber mehr als fünf Blaue werden nicht drin sein, vermute ich. Damit müsst ihr heute auskommen."

„In Ordnung, wird uns ja nichts anderes übrig bleiben, dann fahr vor." Knurrt Udo, und ihm war anzusehen, das er davon nicht begeistert war.

Auf dem Weg zu der Ratsschänke sagte Ruth: „ Jetzt siehst du, warum ich eigentlich noch zur Güvo wollte. Der Fuchs ist ein Kamikaze-Flieger, auf den ist kein Verlass. Es ist immer besser sich noch eine oder sogar mehrere Türen offen zu halten. Wenn der Norbert größere Ausgaben hat, haben alle anderen das Nachsehen. Und das kann bei seinem Lebenswandel des Öfteren passieren. Der muss zwei

Haushalte finanzieren, zusätzlich noch Alimente bezahlen und selbst lebt er auch auf großem Fuße. Da kann schnell mal ein Engpass auftreten. So wie jetzt, durch sein neues Auto. Deshalb müssen wir jetzt warten bis er die fertigen Baustellen abkassieren kann. Das würde uns bei anderen Firmen nicht passieren."

Im Stillen dachte sie: ›darin gleicht ihr Beide euch leider wie ein Ei dem anderen. Genau wie du, muss beim Norbert immer alles nur vom Feinsten sein. Deshalb ist er auch kein zuverlässiger Geschäftspartner‹.

Genervt widersprach Udo: „Und woher willst du wissen, ob das bei der Firma Güvo besser ist? Bei Meier hätten wir derartige Probleme nicht zu befürchten, aber mit dem hast du dich ja verkracht. Für den Meier arbeitet jetzt deine Freundin, den Weg hast du dir ja selbst verbaut. Du hast sie ja auch noch dahin geschickt. Die Tür ist zu!"

Ruth schüttelte den Kopf, erwiderte: „Das glaube ich nicht. Ich kann jederzeit wieder zum Bert Meier kommen. Außerdem hatte die Ellen meine Vermittlung gar nicht nötig. Sie kennt den Bert genauso lange wie ich. Wenn der Meier auch Fünfzehn zahlen würde, ginge ich sofort wieder zu ihm, denn sicherer kann man seines Geldes nicht sein. Der Mann ist Multi-Millionär. Bei keinem dieser kleinen Krauter kann man wissen, ob morgen noch Kohle da ist. Weder beim Fuchs noch beim Volkerts, beide sind windige Typen."

„Wir könnten ja mal einen Versuch starten, und mal beim Meier im Büro reinschauen, einfach mal guten Tag sagen. Wer weiß, vielleicht hat sich ja einiges geändert? Oder traust du dich nicht?" schlug Udo vor.

„Klar traue ich mich. Was soll denn die Frage? Der beisst mich doch nicht. Gut, machen wir morgen, heute wird schon zu spät sein." entschied Ruth gelassen.

„Dann gib dem Norbert aber nicht die Aufträge, lass die im Auto, wenn wir in die Kneipe gehen." verlangte Udo.

„Geh bitte alleine da rein, Schatz, ich mag die Spelunke nicht. Der Norbert wird sich nicht wundern wenn du alleine rein kommst, der kennt meine Abneigung." Sagte Ruth und parkte etwas entfernt von dem Eingang.

Am nächsten Vormittag hatte Ruth Mühe wach zu werden und in die Gänge zu kommen, weil die Nacht mal wieder endlos lang gewesen war.

Den Werbedamen musste sie die Situation erklären, denn die hatten eigentlich mit ihrer Provision gerechnet.

„ Es macht mir schon ein wenig Sorgen, dass wir auf unser Geld warten müssen. Ich überlege schon, mal in Haan, beim Meier, reinzuschauen, mal die Tür offen zu halten. Eigentlich bin ich nicht der Typ Mensch, der auf mehreren Hochzeiten tanzt, aber der gestrige Vorfall gibt mir doch zu denken. Der Udo ist auch der Meinung, mal unverbindlich nachhören, wie die Stimmung bei Meier so ist, kann ja nicht schaden. Wir fahren heute Nachmittag mal hin." Sagte Ruth abschließend.

Nach der Werbung sammelte Ruth erst ihren Partner ein, dann fuhren sie zur Firma Fuco.

Norbert Fuchs war noch unterwegs auf den Baustellen.

„Irgendwie hab ich das schon geahnt. Ich glaube, der Norbert hat sich verkalkuliert. Wenn der jetzt Schwierigkeiten hat, die Gelder komplett kassiert zu kriegen, dann werden wir auch noch warten müssen." unkte Ruth. „Was hältst du davon, wenn wir jetzt erst den Meier besuchen?"

„Fahr nach Haan." Knurrte Udo nur, dem sein Unmut deutlich anzusehen war.

„Ja hallo, Frau Woods, das ist aber schön, dass Sie sich auch noch mal sehen lassen. Haben Sie sich verlaufen?" fragte die Sekretärin Frau Wirtz erfreut.

„Das frage ich mich auch. Hallo Ruth, Servus Herr Gogolscheff, ich freue mich Sie beide zu sehen. Wie geht es denn?" rief Bert Meier aus dem offen Chefbüro und kam lächelnd mit ausgestreckter Hand auf Ruth zu.

Nachdem Meier auch Udos Hand geschüttelt hatte, bat er: „ Das passt ja hervorragend, dass ihr rein kommt. Kommt doch bitte mit in mein Büro, ihr habt doch Zeit für einen Kaffee? Frau Wirtz machen Sie bitte Kaffee. Nehmt doch platz, ich habe euch einen Vorschlag zu machen."

Als die Sekretärin den Kaffee serviert hatte, erklärte Meier: „Habt ihr vielleicht Lust, meine Firma im Frühjahr, auf der Bau-Messe in Herford zu vertreten? Ich hatte an vier Personen gedacht, ihr könnt noch zwei Personen mitnehmen. Wenn du willst, deine Freundin Ellen und noch eine männliche Person. Zwei Frauen und zwei Männer sollten es sein."

Ruth und Udo sahen sich an, während Ruth die Schultern zuckte, sagte Udo: „Im Prinzip schon, Herr Meier. Es ist natürlich eine Frage der Bezahlung. Auf so einer Messe hat man ja einen langen Tag. Nur, für was denn vier Personen? Rechnen Sie mit einem so großen Besucheraufkommen?"

Meier war voller Enthusiasmus: „Ja, ich glaube schon, dass diese Messe gut besucht sein wird. Aber die Viererbesetzung ist sicher erforderlich, weil ab dem zweiten Tag wahrscheinlich auch Kundenbesuche anfallen werden. Und da Sie Beide ja das beste Beispiel dafür sind, das ein Paar das beste Verkaufsteam ist, eben Vier, damit man immer zu Zweit ist, am Stand sowie beim Kunden. Natürlich werde ich euch dementsprechend bezahlen, auch die Hotelkosten übernehmen und zusätzlich Provision für jeden

Auftrag. Das ist ja ganz logisch. Wie gesagt, es ist erst im Frühjahr Ende Februar, Anfang März, bis dahin könnt ihr euch ja mal überlegen, wie viel ihr haben müsst. Wir setzen uns dann vorher noch einmal zusammen, um die näheren Einzelheiten festzulegen. Wollt ihr darüber mal nachdenken?"

Listig sagte Udo: „Natürlich werden wir das, Herr Meier. Wissen Sie, wir würden auch jetzt gerne für Sie schreiben, aber Sie dürfen uns nicht übel nehmen, dass wir natürlich lieber für den Fuchs schreiben, denn er zahlt eben mehr. Das ist sicher nichts Neues für Sie? Jeder ist sich selbst der nächste. Aber wenn Sie mal in einen Engpass kommen, können Sie sich gerne an uns wenden. Natürlich für Fünfzehn, das ist klar."

„Gut zu wissen, Herr Gogolscheff, wenn das passiert, melde ich mich." Erwiderte Meier zögerlich.

Als die Beiden wieder im Auto saßen, sagte Udo: „Ich glaube, es ärgert ihn, dass ausgerechnet sein ehemaliger Vertreter die besten Verkäufer hat. Du hattest Recht, der nimmt uns mit Kusshand, selbst dich. Ha, ha, ha, ich glaube, der hat nicht genug Arbeit für seine Bautrupps. Deine Freundin scheint noch nicht so viel zu bringen. Gut für uns. Ich wette, dass er sich in den nächsten Tagen meldet."

„Wollen wir direkt noch mal nachsehen, ob der Norbert schon vom Kassieren zurück ist, oder erst einen Kunden besuchen?" war Ruth sich unsicher, wohin sie fahren sollte.

„Den dritten Auftrag schreiben, den wir dann nicht abrechnen können?" fragte Udo missgestimmt.

„Ja, und? Was wir haben, haben wir schon mal auf Vorrat. Besser als unsere Zeit zu vertrödeln. Außerdem bist du doch so überzeugt, dass der Meier sich bald meldet. Wenn der im Engpass ist, wird der auch Fünfzehn zahlen, das glaubst du doch wohl auch?"

„Ja. Also gut, hast du ne passende Adresse im Auge?"

„Zum Aussuchen, Gruiten, Leverkusen oder Vohwinkel, in jedem Ort eine vielversprechende Adresse. Wo soll ich hinfahren?" überließ Ruth die Wahl ihrem Partner.

„Ist das die letzte offene Adresse in Leverkusen- Schleebusch? Dann fahren wir da hin. Dann haben wir alle aktuellen Interessenten in diesen Ortsteil abgeschlossen. Aber ich fahre!" entschied Udo, der wieder über die Autobahn düsen wollte.

Es war schon später Nachmittag als sie den Kunden verließen, und schon den dritten Auftrag in dieser Siedlung auf Papier hatten.

„Das kann der Norbert bestimmt nicht bewältigen, das wird zu viel für ihn sein. Hoffentlich verlangt der Meier bald nach uns!" überlegte Ruth, und als Udo auf die Fahrertür des BMWs zuging, fragte sie: „Willst du wirklich wieder fahren? Eigentlich solltest du das zumindest in unserem Arbeitsbereich lassen. Was ist, mit deinem Führerschein, wenn du angehalten wirst?"

Udo lachte laut, während er sich trotzig hinter das Steuer setzte und flachste: „Was soll damit sein? Abnehmen können sie mir den nicht, ich hab den ja schon lange nicht mehr. Aber keine Sorge, du wirst keine Probleme kriegen, ich hab immer die Daten von einem Freund parat, nach dem Motto; Führerschein vergessen."

Als sie kurz nach achtzehn Uhr auf den Hof der Firma Fuco fuhren, lag das Gebäude im Dunkeln. Keiner mehr anwesend.

„Na prima, ausgeflogen, der feine Herr Fuchs. Ich hätte darauf wetten können. Tja Udo, wir werden uns wohl,

schneller als erwartet, nach einem anderen Abnehmer um-
sehen müssen. Norbert geht uns aus dem Weg, weil er sich
verausgabt hat, und nicht genug kassieren konnte!" maulte
Ruth verärgert.

„Alles klar, dann fahren wir nach Haan." Entschied
Udo.

Verwundert schränkte Ruth ein: „Aber doch nicht so
kurzfristig. Wie sieht das denn aus, wenn wir schon nach
ein paar Stunden wieder da aufkreuzen? Der Meier ist doch
nicht blöd, der weiß sofort, dass der Fuchs uns hängen gelassen hat. Dann zahlt der bestimmt keine Fünfzehn. Und
ich will nicht unter dem Preis verkaufen, damit sich der
Meier ins Fäustchen lacht? Nee!"

Udo widersprach energisch: „Nein, das machen wir auch
nicht. Lass mich mal machen. Wir werden ihm nicht zeigen dass wir Geld brauchen, aber er wird uns zeigen, dass
er Arbeit für seine Bautrupps braucht."

Zu ihrer Überraschung trafen sie im Büro der Firma
Meier auf Norbert Fuchs.

„Ach, da seid ihr ja. Es ist gut, dass ihr kommt. Hat die
Becker euch Bescheid gesagt? Ich habe gerade erzählt, dass
ihr so fleißig seid, manchmal sogar zu fleißig für meine
Bautrupps. Deshalb habe ich mit Herrn Meier besprochen,
dass ich Aufträge an ihn weiter verkaufe, wenn ich mit der
Arbeit nicht nachkomme. Meine Jungs können nun mal
nicht mehr als arbeiten. Es ist euch doch Recht?" empfing
Norbert seine beiden Verkäufer.

„Wenn sich für uns finanziell nicht ändert, ist das für
uns kein Problem, oder Udo?" Erwiderte Ruth, und sie verschwieg, dass ihr klar war, dass Norbert sich ertappt fühlte.

Udo schränkte jedoch ein: „Ich würde aber schon gerne
wissen, wo wir zukünftig die Aufträge abrechnen, damit
wir nicht vor verschlossene Türen laufen. Direkt hier,

Herr Meier, oder geht das über dich Norbert. Und ist es egal auf welchem Block es steht? Oder sollen wir beim Kunden entscheiden, an wen wir den Auftrag verkaufen?"

Beide Unternehmer winkten ab, bestätigten, dass es keine Rolle spiele, welche Firma auf dem Papier stünde, wegen der Zusatz-Klausel, dass Weitergabe an eine andere Firma erlaubt sei.

„Gut, das heißt sicher auch, dass sich am Quadratmeter-Preis für uns nichts ändert?" Udos Frage klang mehr nach einer Bedingung, ohne abzuwarten fuhr er fort: „Wer möchte also jetzt unsere Aufträge? Wer hat genügend Bargeld zur Hand?"

Während Fuchs schwieg, stand Meier die Gier im Gesicht geschrieben, als er fragte: „Wie viel habt ihr denn?"

Durch Norbert Fuchs Zurückhaltung war klar ersichtlich, dass er nicht flüssig war.

Ruth und Udo sahen sich an, waren sich wortlos einig, dass sie im Vorteil waren. Deshalb überließ Ruth ihrem Partner die Verhandlung.

„Wir haben gesammelt. Es sind drei Aufträge. Insgesamt fünfhundert, Zweihundertfünfzig, einhundertfünfzig und einhundert Quadratmeter. Wie ihr die auf eure Bautrupps verteilen wollt ist uns egal, allerdings kommt da schon ein Sümmchen zusammen. Aber die Fünfhundert Vorschuss, die du uns gegeben hast, kannst du natürlich abziehen, Norbert."

Meier zeigte sich unbeeindruckt von der recht hohen Summe, er sagte: „Schön, das können der Herr Fuchs und ich ja unter uns regeln. Aber Siebeneinhalb habe ich momentan auch nicht hier. Ich kann euch Fünf geben und den Rest morgen, wenn es euch Recht ist. Wie ihr das mit dem Vorschuss regelt, müsst ihr unter machen. Das geht mich ja nichts an."

Udo nickte: „Wir sind einverstanden, ja Schatz?"

Ruth nickte, sagte: „Ich hole mal eben die Aufträge aus dem Auto."

In der Zwischenzeit hatte Bert Meier die Geldscheine aus dem Tresor geholt und weil seine Sekretärin schon weg war, schlug er vor: „Die Rechnungen macht die Frau Wirtz morgen fertig, Sie müssen mir jetzt nur eine Quittung für die Fünftausend unterschreiben, Herr Gogolscheff. Morgen können wir dann den Rest erledigen, zu jeder beliebigen Uhrzeit. In Ordnung?"

„Gegen Mittag, nach meiner Werbetour." Sagte Ruth, und überreichte Meier die drei Formulare.

Udo zählte das Geld nach und reichte fünf Hunderter an Norbert Fuchs weiter, und steckte den Rest ein.

„Dann noch einen schönen Abend, komm Schatz!" sagte Udo, und ging zum Ausgang.

Singing für Japan

„Gib mir Geld." Verlangte Ruth, auf dem Weg zum Auto, ging zur Fahrertür und bestimmte energisch: „Ich fahre!"

„Warum? Meinst du bei dir wäre die Kohle besser aufgehoben, als bei mir?" flachste Udo grinsend.

„Ja!" erwiderte Ruth gelassen.

Udo lachte gut gelaunt, holte das Bündel Geldscheine aus seiner Jackett-Tasche, teilte ungezählt einige Scheine ab, und hielt sie Ruth hin.

„Du kannst dir das Nachzählen sparen, wenn ich brauche, verlange ich es eh zurück." Lachte Udo lauthals. „Aber mach dir keine Sorgen, das wird heute nicht passieren. Heute habe ich Glück, das spüre ich. Und jetzt fahr schnell nach Wuppertal. Mir juckt es in den Fingern."

Ruth konnte Udos gute Laune nicht teilen, denn ihr machte sein Finger jucken Magenschmerzen. War ihr doch klar, dass wieder eine lange Nacht vor ihr lag.

Dass Udo sich noch die Zeit nahm, erst mit ihr essen zu gehen, wunderte Ruth sehr, bei seinem Spieldrang und seinem Gefühl, eine Glückssträhne zu haben. Aber kaum hatten sie ihre Teller leer, rief Udo auch schon laut ins Lokal hinein: „Zahlen bitte." Was eher ein Befehl als eine Bitte war.

Im Sportcafe war es erstaunlich leer. Auf seine Frage, wieso denn so wenig Gäste anwesend seien, bekam Udo, von Teddy, die Auskunft: „Auf der Treppe läuft ne große Kieselpartie. Die halbe Elite ist da."

„Komm Schatz, da müssen wir hin. Bei meinem heutigen Glück, kann ich da richtig dicke Kohle anschaffen."

sagte Udo, und ging so eilig zum Ausgang, dass Ruth Mühe hatte hinterher zu kommen.

In Elberfeld, auf einer Hauptverkehrsstraße, gab es eine Zockbude, die nur für Eingeweihte zu finden war, weil sie so versteckt lag. Zwischen einer Pizzeria und einer Spielhalle führte ein schmaler Gang zu einer Treppe, die steil hinauf ging, zu einem hoch gelegenen, kleinen Hinterhaus, in dem ein Grieche ein Kartenspiel betrieb. Anstatt dem legalen Spiel, das laut Udos Erklärung, uninteressant war, hatte man einen Billardtisch aufgestellt und zweckentfremdet. Auf diesem Tisch wurde gewürfelt, Seven-eleven, erfreute sich offenbar allgemeiner Beliebtheit. Das Spiel faszinierte eine Menge Männer, was Ruth absolut nicht verstehen konnte. Sie war keine Spielnatur.

Bei dem dicht gedrängten Spieltisch, war es unmöglich auch nur eine Ahnung von den Regeln zu bekommen, denn Ruth konnte nur auf die Rücken der Spieler sehen, und das Gewirr von Zahlen und Flüchen hören.

Udo war im Gedränge der Männer verschwunden, er hatte sie einfach vergessen. Als Ruth etwas hilflos mitten im Raum stand, und noch überlegte was sie machen sollte, sprach eine junge Frau sie freundlich an: „Hallo, du bist also Udos neue Flamme? Schön dich kennen zu lernen, ich bin die Irene. Komm doch zu mir an die Theke. Was möchtest du denn trinken.“ Dabei nahm sie Ruth beim Arm und zog sie leicht in Richtung der kleinen Theke.

Ruth war der Frau dankbar, dass sie den Rettungsanker gerne annahm, und bat: „Wenn du hast, einen Kaffee.“

„Logisch, habe ich Kaffee. Wie denn? Milch und Zucker?“

„Nur Milch bitte.“ bat Ruth und war froh sich an dem Handlauf der Theke festhalten zu können.

Irene versuchte Ruth von dem Geschehen am Spieltisch abzulenken, und verwickelte sie in ein Gespräch über alle möglichen Dinge, an denen Ruth eigentlich gar kein Interesse hatte. Sie hörte nur mit halbem Ohr hin, weil sie lieber aufgepasst hätte, was Udo mit dem Geld machte. Zwar hätte sie vielleicht nichts ändern oder verhindern können, aber zumindest könnte sie versuchen, ihn von dem Spiel wegzulocken.

Es dauerte nicht lange, als ihre Hoffnung zunichte gemacht wurde. Udo stand plötzlich neben ihr und verlangte: „Gib Geld, es läuft nicht so gut."

„Nein!" weigerte Ruth sich energisch.

„Red keinen Mist! Gib mir die Kohle!" drängte er und versuchte ihre Handtasche zu nehmen.

Aber Ruth war schneller, wich einen Schritt zurück und hielt ihre Handtasche hinter sich. „Mach Schluss für heute. Ich will nicht, dass du noch mehr Geld verzockst. Es ist eben doch nicht dein Glückstag, sieh das ein. Ich möchte, dass du jetzt mit mir nach Hause fährst. Denn ich fahre jetzt!" entschied sie mit fester Stimme.

„Nein, ich bleibe hier! Gibst du mir wirklich kein Geld? Ist das dein letztes Wort?" fragte er zornig.

Als Ruth nickte, zischte er böse: „Dann hau ab, ich will dich hier jetzt nicht mehr sehen! Du bringst mir die Seuche, blödes Huhn. Hau doch ab!"

Fluchtartig verließ Ruth die Zockbude. Mit Tränen in den Augen fuhr sie nach Solingen.

Erst zu Hause zählte sie die Scheine, die er ihr ungezählt in die Hand gedrückt hatte, es waren tausend Mark. Das hieß, dass er schon dreitausendfünfhundert verzockt hatte.

Wütend warf Ruth die Geldscheine auf den Boden. Dafür arbeitete sie? Dafür dass ihr Freund die ganze Knete verzockte? Dafür hatte sie auch noch die doppelte Arbeitszeit? Er schlief morgens genüsslich aus, während sie schon die Werbung machte, und dafür fünf Stunden länger unterwegs war. Trotzdem bestimmte er über die Kohle als wäre es seine alleinige. Obwohl sie eigentlich den größeren Anteil haben müsste, so wie sie auch den größeren Arbeitsaufwand hatte? Nein, darüber würde sie mit ihm reden. Das musste sich ändern. Nach endlos langer Zeit schlief sie endlich ein.

Als der Wecker klingelte war das Bett neben ihr leer. Wieso war Udo nicht nach Hause gekommen? Erschrocken überlegte Ruth wo Udo wohl die Nacht verbracht hatte. Ihr schlechtes Gewissen sagte ihr, dass es nur ihre Schuld war, schließlich hatte sie Udo ohne Geld in der Zockbude zurück gelassen.

Während sie sich wusch, überlegte sie angestrengt was sie nun machen sollte. Ihn suchen? Nein, denn sie hatte keine Ahnung wo. Außerdem musste sie ihre Werbedamen abholen, denn die standen pünktlich bereit. Das war auf jeden Fall wichtiger, dessen war sie sich sicher. Sollte er doch sehen wie er nach Hause kam, schließlich hätte er ja mitfahren können, als er sowieso kein Geld mehr zum zocken hatte. Nein, egal wo er die Nacht verbracht hatte, sie würde ihre Arbeit nicht seinetwegen vernachlässigen. Punkt!

Aber auch während die Frauen durch die Straßen liefen, um nach Interessenten zu suchen, dachte Ruth nur über den Verbleib ihres Freundes nach. Ihr kamen die schlimmsten Vermutungen, sie sah ihn im Krankenhaus, schwer verletzt, oder vielleicht im Bett einer anderen Frau? Nein, das würde er sich doch wohl nicht wagen? Sie zu betrügen? Reichte es denn nicht, dass er den größten Teil ihres gemeinsamen Geldes verbrauchte, es wesentlich leichter hatte, als sie? Ruths Unruhe wuchs von Stunde zu Stunde.

Endlich kamen die beiden Werbefrauen zum vereinbarten Treffpunkt und Ruth konnte die Beiden nach Hause fahren. Nur mit halbem Ohr hörte Ruth den Erklärungen bezüglich der mitgebrachten Adressen zu, nickte nur und war froh, als sie endlich alleine im Auto saß.

Aber wohin jetzt? Sie entschloss sich erst zu hause nachzusehen, ob er inzwischen eingetroffen war, wenn nicht, würde sie im Sportcafe anrufen, und weitersehen.

Im Badezimmer rauschte Wasser, als Ruth in die Wohnung kam, sie öffnete die Tür, Udo saß in der Wanne und brauste sich ab.

„Wo warst du denn die ganze Nacht? Ich hab mich erschrocken, als ich wach wurde." Maulte sie vorwurfsvoll.

„Ich habe im Hotel, gleich nebenan, geschlafen, du hast mich ja im Stich gelassen. Aber egal, nicht so wichtig, lass uns nicht mehr drüber reden. Wir müssen gleich nach Haan unsere restliche Knete abholen. Wie war das Ergebnis der Werbung heute?" bagatellisierte Udo.

„Wie im Hotel? Wovon hast du das denn bezahlt, und erst die Fahrt hierher? Du hattest doch nichts mehr!" wollte Ruth nähere Details wissen.

„Ich hab meine Uhr abgehangen, damit ging es dann wieder bergauf. Die ganze Knete hab ich zwar nicht zurückholen können, aber genug für die Uhr, das Hotel und die Fahrt nach Hause. Nebenbei, ich habe nen Fuffi fürs Taxi bezahlt. Tolle Idee von dir, zum Katternberg zu ziehen. Weiter ging es wohl nicht?" Knurrte er.

Ruth enthielt sich jeglichen Kommentars.

Während er aus der Wanne stieg sagte er: „Guck mal, was ich dir auf den Tisch gelegt habe, ne Einladung zu einer Haus-Party. Unsere Nachbarn geben ne Abschiedparty, die gehen in ihre Heimat zurück."

Neugierig nahm Ruth die Karte zur Hand, las und rief Richtung Bad: „Ich wusste gar nicht dass unsere Nachbarn Japaner sind, und auch nicht dass wir hier im Haus einen Party-Keller haben. Am Samstag, das ist ja schon übermorgen, gehen wir hin?"

Udo kam halb angezogen ins Wohnzimmer und sagte entschieden: „Logisch gehen wir hin. Ne tolle Party, lecker Essen und kostenloses Besäufnis, da sagen wir doch nicht nein. Außerdem sähe es nicht gut aus, sich als neue Hausbewohner, von einer Feier der gesamten Hausgemeinschaft, auszuschließen. Machen wir uns mal nen schönen kostenlosen Abend auf Japanisch."

„Bitte mal ausnahmsweise nicht besaufen Udo. Am Sonntagnachmittag kommen meine Eltern zum Kaffee. Ich möchte nicht, dass meine Mutter dich besoffen kennen lernt." Bat Ruth inständig.

Ärgerlich schüttelte Udo den Kopf, und fragte: „Seid wann hab ich denn nen Kater? Verwechselst du mich mit deinem Ex? So etwas kenne ich nicht."

Verlegen schränkte Ruth ein: „Ja, das stimmt schon, aber ne gepflegte Erscheinung bist du nun mal nicht gerade, wenn du unausgeschlafen auf der Couch hockst. Ich meinte nur, dass ich gerne ausgeschlafen, frisch gestylt und mit einer ordentlichen Wohnung aufwarten möchte. Ach, Mensch, das musst du doch verstehen."

„Ja, ja, schon gut!" knurrte Udo missmutig.

Zu der japanischen Hausparty waren alle Bewohner der sechs Wohneinheiten erschienen. Der große Partyraum im Keller war mit exotisch aussehenden Papierblumen und

Girlanden geschmückt. Auf einem Tisch war ein Buffet aufgebaut, das aber noch mit Papier abgedeckt war, sodass man nicht sehen konnte, welche Köstlichkeiten sich darunter verbargen.

Leise Hintergrundmusik lief in Form von klassischer Instrumentalmusik. Als letzte kamen die Gastgeber, ein junges japanisches Studenten-Ehepaar, die in Deutschland studiert und nun das Studium abgeschlossen hatten, und mit ihnen deren Eltern. Die Eltern waren extra aus Japan angereist um den Ort kennen zu lernen, in dem ihre Kinder einige Jahre verbracht hatten.

Man stellte sich allgemein vor, wechselte ein paar belanglose Freundlichkeiten, dann wurden die Getränke angeboten. Alkoholfreie Fruchtbowle, alkoholfreies Bier, Limonade, Cola und Mineralwasser waren zur Auswahl vorhanden. Das ebenfalls eröffnete Buffet bestand aus Reiskeksen, frischem rohem Gemüse, wie Karotten, Paprika, Chilischoten, Obststückchen und derartigen Leckereien, sodass Udo sich nicht verkneifen konnte zu bemerken: „Das ist aber wirklich mal ein außergewöhnliches Buffet. Das habe ich aber noch nie angeboten bekommen." Sein ironischer Ton ließ keinen Zweifel offen, dass es ihn köstlich amüsierte.

Als der Herr „Lehrer" von der ersten Etage sich zu Wort meldete um eine Rede zu halten, verschlug es den Beiden schier die Sprache.

„So sehr wir es auch bedauern, liebes Ehepaar Tenshi, dass Sie uns nach den Jahren friedlichen Zusammenlebens nun verlassen, um in Ihre Heimat zurückzukehren, so sehr freuen wir uns nun, Ihre Eltern kennen zu lernen, und deshalb erfüllen wir Ihnen, ehrenwerte Eltern, gerne Ihren Wunsch." Dabei machte der Herr Lehrer immer wieder kleine Verbeugungen in Richtung der Personen, die er gerade ansprach, und erklärte anschließend den anderen

Hausbewohnern: „Liebe Hausgemeinschaft, ich überreiche Jedem von Ihnen jetzt ein kleines Liederheftchen, darin finden sie die Texte einiger unserer Volkslieder, die wir nun auf Wunsch unserer japanischen Gäste gemeinsam singen werden. Ich stimme an!"

Ruth und Udo sahen sich entsetzt an, nahmen zögerlich das angebotene Heftchen entgegen und glaubten sich im falschen Film.

Der Lehrer begann fröhlich und aus vollem Halse: „Im Frühtau zu Berge, wir ziehn, falldara, hinaus in die Berge und Höhn, falldara, wir sind hinaus gegangen, den Sonnenschein zu fangen, kommt her und versucht es doch selbst einmal....."

Udo sprang auf, dass der Klappstuhl, auf dem er gesessen hatte, mit lautem Gepolter umfiel. Und als alle den Gesang vergaßen und Udo erschrocken anstarrten, meinte der gelassen: „Die Herrschaften, wir bedanken uns für den wunderschönen Abend, und die kulinarische Bewirtung, wir werden jetzt hinausgehen und versuchen den Mondschein zu fangen, und wünschen Ihnen allen noch einen wunderschönen Liederabend! Komm Schatz!" dabei nahm er Ruths Hand und zog sie hinter sich her zum Ausgang, raus aus diesem Haus.

So peinlich Ruth Udos abwertende Rede auch gewesen war, so froh war sie, dieser sterilen Gesellschaft entkommen zu sein.

Noch lange blieb es still, sie hörten nichts bis sie das Haus verlassen hatten, ihr Abgang hatte den Partygästen wohl die Sprache verschlagen.

„Welch eine tolle Party! Meinen Samstagabend möchte ich lieber in angenehmerer Gesellschaft verbringen." lachte Udo lauthals, noch als er schon im Auto saß. „Nein, Schatz, dieses ehrenwerte Haus ist die falsche Adresse für uns. Nicht nur wegen der Spießer die darin wohnen, die Wohnung ist zu weit weg von unserem Bewegungsraum und sie ist auch zu klein. Lass uns mal langsam, aber sicher, nach einer vernünftigen, besser gelegenen Wohnung suchen."

Was Udo unter „angenehmer Gesellschaft" verstand konnte Ruth sich schon denken. Natürlich wollte Udo wieder durch die Wuppertaler Discos und Zockbuden streifen, und sich mit Pernod - Cola zuschütten.

Erst Sonntagmittag wurde Ruth wach, weil die Nacht zuvor wieder endlos lang gewesen war. Udo schlief tief und fest, was mit seinen üblichen Schnarchgeräuschen begleitet wurde. Sie sprang schnell aus dem Bett, denn sie erwartete ihre Mutter am frühen Nachmittag. Vor dem Besuch wollte Ruth noch schnell die Wohnung in Ordnung bringen, die noch die Spuren ihres nächtlichen Liebesaktes zeigte.

Während sie Ordnung schaffte, musste sie schmunzelnd über die unersättliche Potenz ihres Freundes nachdenken. Allerdings wunderte Ruth sich darüber, dass ihr dennoch irgendetwas fehlte, ohne dass sie wusste was das war. Obwohl Udo ein fantastischer Liebhaber war, vermisste sie oft irgendeine Variante, die mehr Sanftheit erforderte, dabei mochte Ruth auch harten Sex. Es war eine seltsame unterbewusste Sehnsucht, aber wonach?

Nach der Hausarbeit duschte Ruth schnell, zog sich an und weckte Udo.

„Steh bitte auf, meine Eltern kommen bald. Ich lauf mal eben zur Telefonzelle, an der Ecke, ich will meiner Mutter Bescheid sagen, dass sie Kuchen mitbringen soll. Hab ich gestern vergessen einzukaufen." Sagte sie und lief hinaus.

Ihre Mutter erklärte ihr dann, dass sie nicht kommen könne: „Der Vati hat Kopfschmerzen, und mit dem Bus ist mir zu umständlich, Kind. Tut mir leid, aber kommt ihr doch, die Ramona ist auch hier. Der Robert will die erst am frühen Abend abholen. Das passt doch so viel besser."

„Ja, das passt wirklich gut, dann lernt die Ramona auch gleich den Udo kennen, wovor sie sich bis jetzt gedrückt hat. Sag ihr bitte nicht dass wir kommen, dann bringen wir den Kuchen mit. Bis später Mutti. Ach übrigens, sprich bitte nicht von dem Geld, was ich noch bei dir liegen habe, das muss der Udo nicht wissen. In Ordnung?"

Als Ruth eine Stunde später mit ihrem neuen Lebensgefährten bei ihren Eltern erschien, war das Bild fast wie immer. Der Vater lag im Wohnzimmer auf dem Sofa und schaute in die Glotze, die Mutter hantierte in der Küche, kochte Kaffee, nur Ramona saß mit ablehnendem Gesichtsausdruck am Küchentisch und sah demonstrativ in eine andere Richtung.

Udo war selbstsicher wie immer, ging gleich auf Ruths Mutter zu, hielt ihr das Kuchentablett hin und sagte: „Ich bin der Udo! Schön dass wir uns endlich kennen lernen, zum Einstand hab ich Kuchen mitgebracht. Darf ich Mutti sagen?" Dabei übersah er einfach das widerspenstige Kind. „Ach, was ist denn da im Fernsehen, Fußball? Wer spielt denn?" fragte Udo, dabei ging er einfach ins Wohnzimmer, setzte sich gelassen in einen Sessel und verwickelte den Vater in ein Fachgespräch über die beiden Fußballvereine, deren Spiel gerade übertragen wurde.

Ruth glaubte ihren Augen und Ohren nicht trauen zu können, wie bereitwillig ihr Vater sich mit ihrem Freund unterhielt und sich dabei sogar hoch setzte. Ein Wunder war geschehen, das fiel auch Ruths Mutter auf, die genauso erstaunt war, wie ihre Tochter.

Nachdem das Fußballspiel beendet war, und der Kuchen verzehrt, fragte Udo: „Sollen wir dich nach Hause fahren, Ramona, oder willst du auf deinen Vater warten? Wir fahren jetzt."

Ramona schüttelte nur stumm den Kopf.

Als Ruth ihre Tochter wegen der Unhöflichkeit rügen wollte, kam Udo ihr zuvor: „Gut, dann bleib noch bei deiner Oma, ich verstehe das, komm Schatz, lass uns fahren."

Ein Spanner auf Sylt

Das schöne Wetter sorgte für reichlich Aufträge. Hinzu kam, dass alle Hausbesitzer, die ihre Fassade verkleiden lassen wollten, immer noch von dem Förderprogramm der Regierung profitieren wollten, obwohl die Fördersumme längst verteilt war. Aber das wussten die Eigentümer, zum Vorteil der Verkäufer, glücklicherweise nicht. Denn das wurde nicht durch die Medien verbreitet, sodass für die Fassaden-Firmen immer noch der Rubel rollte.

Für Ruth waren die Tage sehr arbeitsreich, aber auch sehr erfolgreich. Sie hätte glücklich und zufrieden sein können, wären nicht Udos Vergnügungs- und Zocksucht die Bremse gewesen. Dadurch wurde Ruths Tag, durch die Sucht ihres Lebensgefährten, sehr oft auch auf die Nacht ausgedehnt.

Manchmal war sie einfach zu müde, dass sie streikte, sodass es zum Streit kam. Dabei bestand Udo immer öfter darauf, eine andere Wohnung zu suchen, also die Gegend zu wechseln. Also begann Ruth wieder die Rubrik Vermietungen im Solinger Tageblatt durchzusehen. Anfangs allerdings mit wenig wirklichem Interesse, mehr des lieben Frieden willen.

Kurz vor Beginn der Schulferien, teilte Robert Ruth mit, dass er die Kinder für einige Wochen in einem Ferienheim im Schwarzwald angemeldet hatte. Robert verlangte Ruths finanzielle Beteiligung. Zwar war Ramona absolut nicht begeistert von der Idee, aber eine Weigerung akzeptierte Robert nicht. Auch Ruth hielt ein Ferienheim für besser, als dass die Kinder die ganzen sechs Wochen nur unbeaufsichtigt zu Hause rumgammeln würden, deshalb beteiligte sie sich selbstverständlich gerne an den Kosten. Denn sie war arbeitsmäßig genauso stark belastet wie Robert auch.

Eigentlich hatten sie gar keinen Urlaub eingeplant, sodass Ruth und Udo ein Urlaubsangebot überraschte. Ob er sich einschmeicheln wollte, oder warum Norbert Fuchs plötzlich auf die Idee kam, seine „Spitzenverkäufer" auf einen gemeinsamen Urlaubstrip anzusprechen, war den Beiden rätselhaft. Aber Norbert lud die Beiden ein, mit ihm nach Sylt zu fahren.

„Ward ihr schon mal auf Sylt?" fragte er, „Ich fahre jedes Jahr dahin. Eine tolle Insel, allerdings FKK. Aber das ist ja bekannt. Schamhaft oder verklemmt seid ihr doch nicht, oder?" Fragte er lauernd.

Beide schüttelten den Kopf, mussten sich erst von der Überraschung erholen, dann fragte Udo: „Nein, auf Sylt war ich noch nicht. Du sicher auch nicht, Schatz? Da wollte ich aber immer schon mal hin. Aber hast du denn da schon Zimmer gebucht? Jetzt in der Hauptsaison ist das doch sicher schwierig? Und dann noch zwei Personen mehr? Geht das denn?"

Norbert prahlte stolz: „Brauch ich nicht zu buchen. Ich wohne immer privat. Die brauche ich nur anzurufen, dann kommen wir da schon unter. Wollt ihr? Nächste Woche für eine Woche, oder je nachdem was ich kriegen kann? Soll ich anrufen?"

Diesmal nickten beide.

Das Wetter meinte es gut mit den Urlaubern, als Ruth und Udo an einem Freitagvormittag zu Norbert in dessen Mercedes-Cabrio stiegen.

Während der ganzen Fahrt zeigte Norbert Fuchs nur an einem Interesse, mit seinem tollen Auto anzugeben.

Natürlich fuhr er offen, deshalb konnte er auch auf den Autobahn nur mit mäßigem Tempo fahren. Auf jeder Raststätte musste er unbedingt etwas essen oder zumindest trinken. Dann fuhr er bewusst im Schritttempo auf den Parkplatz und hielt Ausschau nach jungen Frauen, die er mit Hupen und Zurufen anbaggerte. Ruth fand das total peinlich, zumal manche Frauen sie anschauten, als wollten sie Ruth fragen, ›hat er mit dir denn nicht genug‹?

Offenbar hielten manche Damen Ruth für die Ehefrau des Baggerkönigs, obwohl Ruth auf dem Rücksitz saß und Udo der Beifahrer war. War ihr das unangenehm, am liebsten hätte sie Norbert gebeten, dieses peinlich Theater zu lassen. Aber das ging natürlich nicht, denn sie hatte ja nichts mit Norberts Paarungs-Bedürfnissen zu tun.

Udo war dann derjenige, der die Peinlichkeit zur Sprache brachte: „Meinst du nicht, dass du deine Baggerei übertreibst, Norbert? Für uns ist das peinlich. Kannst du das nicht auf einen Zeitpunkt verschieben, wenn du alleine bist?"

Aber Norbert lachte nur laut, meinte ironisch: „Du bist doch nur neidisch, weil du deine Alte bei dir hast und deshalb nicht kannst wie du willst. Ha, ha ,ha. Würdest jetzt wohl auch gerne mal so ein knackiges junges Hühnchen anmachen, was?"

„Nein! Ich stehe nicht auf Kindergarten! Vielleicht mal wenn ich in deinem Alter bin. Jetzt bin ich zufrieden mit dem was ich habe, das ist mir lieber, ob du es glaubst oder nicht!" sagte Udo klar und deutlich, mit fester Stimme.

Dadurch war Ruth und Udo die Stimmung fürs Erste verdorben, was Norbert Fuchs weder beeindruckte noch von seinen Eskapaden abhielt. Er benahm sich wie ein dummes Kind, das ein neues Spielzeug suchte.

Als Ruth und Udo während einer Pinkelpause mal kurz alleine waren, sagte Udo: „Lass uns versuchen, sein albernes Verhalten einfach zu ignorieren und uns den Urlaub nicht verderben zu lassen. Der Kerl ist nicht normal. Der hat Torschluss-Panik oder so was ähnliches, mit seinem Hang zu dem jungen Gemüse, die seine Töchter sein könnten. Der merkt nicht, dass er sich lächerlich macht."

Das Privathaus auf Sylt war ein hübsches Einfamilienhaus mit einem Anbau, in dem sich das Apartment befand, das Norbert reserviert hatte. Das kleine Apartment hatte zwei Schlafzimmer, ein kleines Wohnzimmer mit offener Amerikanischer Küche, und ein Duschbad. Alles in Kleinformat, aber völlig ausreichend und sehr gepflegt.

Großzügig bezahlte Norbert den üppigen Tagespreis von hundert Mark, für vier Tage im Voraus. „Nein, ich habe euch eingeladen, das bezahle ich. Ihr könnt ja mal das Abendessen bezahlen, wenn ihr unbedingt wollt." Wehrte Norbert Udos Beteiligung ab.

Das herrliche Wetter auf der FKK-Insel, förderte gute Laune und lockte die Drei gleich hinaus an den Strand. Norbert kannte sich offensichtlich bestens aus, deshalb ließen sich seine Begleiter gerne die schönsten Plätze am Strand zeigen.

Doch schon nach kurzer Zeit gab es die nächste Missstimmung, weil Norbert, auf dem Bauch liegend, heimlich fotografierte. Als Udo das sah, machte er Norbert darauf aufmerksam, dass es doch verboten sei, am FKK-Strand zu fotografieren.

„Ich weiß!" erwiderte Norbert gelassen, „aber was ist denn schon dabei? Solange es keiner merkt, mach ich mir halt trotzdem den Spaß. Ich pass schon auf, dass es niemand sieht." Dann betätigte er fleißig weiter seien Polaroid-Kamera und ergötzte sich anschließend an den fertigen Fotos.

Weil Ruth einen Strandspaziergang gemacht hatte, war sie völlig ahnungslos. Als sie zurückkam ging sie ganz unbefangen auf ihre Begleiter zu und erschrak fürchterlich als Udo laut und deutlich schimpfte: „Jetzt ist aber Schluss, Norbert! Gib mir sofort das Foto, was du gerade von meiner Frau gemacht hast. Und pack endlich deine Kamera ein, sonst gehen wir auf Distanz, denn ich will nicht in den Verdacht kommen, dass ich auch ein Spanner bin!"

Die umliegenden Badegäste wurden aufmerksam und sahen mit ernsten Mienen zu den Dreien, offensichtlich in Erwartung, wie der Streit weiter ginge.

Norbert packte schnell seine Sachen zusammen, stand hastig auf und sagte: „Ich geh was essen. Wenn ihr auch Hunger habt, könnt ihr mitkommen. Was ist, kommt ihr oder bleibt ihr?"

„Nein, wir bleiben, wir essen später!" lehnte Udo ab.

Und schon war die schöne Urlaubs-Laune wieder getrübt.

Aber Ruth widersprach ihrem Freund: „Lass uns lieber mitgehen, Udo. Hier sind wir jetzt unter argwöhnischer Beobachtung, auch wenn wir nichts für Norberts Unfug können. Und Hunger hab ich eigentlich auch. Komm!"

Das sah Udo ein, deshalb packte er, mit brummigem Gesicht, die Strandsachen zusammen, und trottete hinter Norbert her.

„Können wir bitte erst zur Pension fahren? Ich würde mich vorher gerne frisch machen. Mit dem ganzen Sand in den Kleidern beim Essen zu sitzen stelle ich mir nicht angenehm vor." bat Ruth, als sie ins Auto stiegen.

Die Männer nickten.

Während des Abendessens, auf der Terrasse des Nobel-Lokals Gogärtchen, kam langsam wieder bessere Stimmung auf. Es war so schön, bei Sonnenuntergang, in der warmen Abendluft, ein köstliches Steak zu essen und einen edlen Wein zu trinken, dabei war für schlechte Laune kein Platz.

Auch als nach Dreistündigem Aufenthalt die gesalzene Rechnung präsentiert wurde, warf das weder die Zahler, noch die Laune wieder um. „Es war immer schon etwas teurer einen guten Geschmack zu haben." kommentierte Udo, und holte das Geld aus der Tasche.

„Ja und? Wir haben es doch." Protzte Norbert Fuchs, und legte ein paar Scheine dazu.

„Eben!" vollendete Udo. „Nur das Feinste ist gerade gut genug!"

Die Stimmung war wieder auf dem Höhepunkt. So fuhren die Drei zu ihrer Unterkunft.

„Trinken wir noch was zusammen, oder wollt ihr schon schlafen gehen?" fragte Norbert, als sie in dem Apartment ankamen.

„Ihr könnt ja schon die Getränke einschenken, ich will nur schnell die Badesachen durchwaschen, dann komme ich auch." Entschied Ruth.

Udo wollte sich noch ausziehen, denn er hatte noch die sandigen Sachen an.

Als Ruth und Udo in das kleine Wohnzimmer kamen, stand Norbert, mit freiem Oberkörper, hinter der kleinen Küchentheke, und füllte drei Gläser. „Setzt euch, ich bringe gleich die Getränke mit." War er zuvorkommend freundlich.

Als er hinter der Theke hervorkam, starrten Ruth und Udo den Urlaubspartner geschockt an. Norbert war splitternackt.

„Sag mal, was soll das denn? Das muss aber wirklich nicht sein! Wir sind doch hier nicht am Strand. Du übertreibst! Zieh dir mal was an." knurrte Udo ärgerlich.

Empört wies der Gescholtene die Aufforderung zurück: „Aber das ist doch normal, schließlich sind wir hier auf einer FKK-Insel. Da laufen alle Leute nackt herum. Was bist du denn so aggressiv?"

„Das soll normal sein? Das glaube ich nicht!" unterstützte Ruth ihren Freund.

Udo wurde nur noch ärgerlicher, schimpfte aufgebracht: „Red doch nicht so einen Mist, Norbert! Was hat die Wohnung mit dem Strand zu tun? Nichts! Willst du mir jetzt allen Ernstes erzählen, FKK sei überall auf der Insel normal? Ich habe weder auf der Straße, noch im Restaurant oder im Supermarkt Nackte gesehen. Nee, Norbert, das müssen wir uns nicht ansehen. Entweder du ziehst dir jetzt was an, oder ich suche morgen ne andere Unterkunft für uns. Deine unsinnigen Patzer bin ich jetzt endgültig leid. Komm, Schatz, wir gehen schlafen, gute Nacht!"

Wütend ging Udo in den Schlafraum, und Ruth ging erleichtert mit ihm.

Am nächsten Tag war die Stimmung noch immer sehr angespannt, obwohl Norbert angezogen zum Frühstück erschien. Aber die Urlaubsstimmung hatte einen argen Dämpfer bekommen.

Am liebsten wären Ruth und Udo alleine zum Strand gegangen, aber sie waren auf Norberts Auto angewiesen, auch wegen der Rückfahrt. Allerdings bestand Udo darauf, an einen anderen Strandabschnitt zu gehen, um möglichst nicht den Strandgästen des Vortages zu begegnen.

Am Abend erklärte Norbert unvermittelt: „Ich will Morgen nach Hause fahren."

„In Ordnung!" erwiderte Udo nur und Ruth nickte wortlos. Beide waren mit dem Abbruch mehr als einverstanden.

Durch den verkorksten Urlaub war der bisherige freundschaftliche Umgangston, mit Norbert Fuchs, deutlich abgekühlt.

Man beschränkte sich, sehr distanziert, auf das geschäftliche Minimum.

„Gut dass wir die Wahl haben, wem wir unsere Aufträge verkaufen. Wir sollten uns von Meier einen Auftragsblock geben lassen." Sagte Ruth, als sie zu Hause die Reisetasche auspackte.

Udo nickte, wechselte aber das Thema: „Und du solltest endlich ernsthaft nach einer anderen Wohnung suchen. Oder glaubst du wirklich, mir wäre es nicht aufgefallen, dass du die Wohnungs-Anzeigen nur flüchtig durchgesehen hast? Außerdem wird der Robert auch nicht ewig beide Kinder bei sich halten wollen. Mich wundert es sowieso, dass er so lange still hält. Zahlst du ihm mehr Unterhalt, als du mir sagst?"

Ruth fühlte sich ertappt, gab deshalb klein bei: „Ja, du hast nicht ganz unrecht. Aber ich verspreche, ich kümmere mich jetzt ernsthaft. Wieso der Robert so geduldig ist, weiß ich auch nicht. Wie gesagt, ich kümmere mich!"

„Gut, ich könnte ja schon mal in die Zeitung gucken, allerdings nur wegen der Größe, mit Kinderzimmer, mangels Ortskenntnisse musst du mir dann die Lage erklären. Ich will mehr an den Rand Wuppertals, wenn wir schon in

Solingen bleiben müssen." Sagte Udo mit verächtlich herunter gezogenen Mundwinkeln.

„Das auf jeden Fall, Schatz. Ich will den Kleinen nicht in Wuppertal einschulen müssen, er soll schon in der Nähe seiner restlichen Familie bleiben. Das musst du einsehen. Das ist auch vorteilhafter für uns, dann können, im Notfall, auch mal Robert oder Renes Großeltern einspringen."

Das sah Udo ein.

Nachdem sie zwei Wohnungen gefunden hatten, die von der Größe, Lage sowie dem Preis in Frage kamen, vereinbarte Ruth Besichtigungs-Termine.

„Wo ist denn die Klingenstraße und wo die Jahnstraße? Was liegt näher an Vohwinkel?" erkundigte sich Udo, bevor sie zu den Besichtigungen fahren wollten.

„Auf jeden Fall die Jahnstraße, die ist in der Nähe vom Krankenhaus, also Bezirk Wasserturm. Aber das sagt dir sicher nichts. Die Klingenstraße ist an der Krahenhöhe, Richtung Burg, dann können wir auch am Katternberg bleiben. Eigentlich brauchen wir da gar nicht erst hinfahren." Erklärte Ruth wahrheitsgetreu.

„Aha. Na gut, die Besichtigung können wir uns also sparen. Die Größe und der Preis hätten gepasst, aber die Jahnstraße auch. Die hat sogar eine eingebaute Küche, und ist neunzig Quadratmeter. Fahren wir da mal hin."

Entschied Udo, und Ruth war das nur Recht, denn die Südstadt war ihr eigentlich unsympathisch, und hätte schon wieder eine weitere Anfahrt zu ihrem Arbeitsbereich bedeutet.

Die Jahnstraße war eine kurze, ruhige und schmale Seitenstraße, die von der Frankenstraße zur Schlagbaumerstraße führte, und nur einseitig bebaut war. Die im bergischen Land übliche Berg- und Talfahrt, wieder holte

248

sich dummerweise genau auf der Frankenstraße besonders stark. Der Beginn der Jahnstraße lag auf halber Höhe eines abschüssigen Teils der Frankenstraße.

Vier aneinandergebaute Dreifamilienhäuser, in deren Mitte ein großes Tor zu einer Tiefgarage führte, standen gleich zu Anfang der Jahnstraße, und gegenüber verdeckte eine hohe Hecke die dahinterliegenden Kleingärten. Nachteilig war lediglich der fehlende Straßenbelag, ganz offensichtlich standen die Häuser noch nicht so viele Jahre, sodass das städtische Straßenbauamt zu Asphaltieren noch nicht gekommen war, was aber der schönen Wohnlage keinen Abbruch tat. Die Häuser machten einen gepflegten Eindruck. Kleine gepflasterte Wege, zwischen kleinen kurz geschorenen Rasenflächen führten zu den Gläsernen, Überdachten Haustüren. Das Ganze sah zwar einheitlich, aber edel und solide aus.

Im letzten, der vier Häuser, befand sich die freie Wohnung im ersten Obergeschoss. Vor der Haustür standen zwei Frauen in ein Gespräch vertieft, die sofort aufmerksam wurden, als Ruth ihren BMW direkt vor dem Eingangsweg parkte.

Als Ruth und Udo aussteigen wollten, rief eine der beiden Frauen: „Fahren Sie bitte ein Stück weiter, oder auf die andere Straßenseite, wir möchten nicht, dass direkt vor unserem Eingang geparkt wird!"

„Hat die nen Knall? Gehört der Tante die Straße?" knurrte Udo, und stieg aus.

Ruth wollte nicht eselig sein, und fuhr ein Stück weiter, bevor sie auch ausstieg, und auf Udo zuging, der sich mit einer der Frauen unterhielt.

Zum Glück war nicht die Pingelige, sondern die Andere, die Vermieterin. Und die zweite Frau, die Bewohnerin des Erdgeschosses, war bereits in ihrer Wohnung verschwunden, als Ruth dazu kam.

Die Wohnung war groß und schön, die eingebaute Mahagoni-Küche ein Traum, mit grün gefliestem Boden.

„Hat Ihre Mieterin vom Paterre denn hier eine Art Hausmeister-Funktion?" fragte Udo, nachdem sie die Räume besichtigt hatten.

Die Vermieterin lachte: „Das ist nicht unsere Mieterin, das sind hier alles Eigentums-Wohnungen. Die Frau Schwarz ist die Eigentümerin, so wie oben die Familie Hernandes auch. In diesen Häusern sind wir die Einzigen, die vermieten. Wir haben bis vor Kurzem auch hier gewohnt, aber weil mein Mann beruflich fest in Leverkusen gebunden ist, haben wir da ein Haus gekauft und sind dorthin gezogen."

„Also mir gefällt die Wohnung. Dir doch bestimmt auch, Schatz?" übernahm Udo die Verhandlung. „Und der Preis ist auch in Ordnung. Aber einen Einstellplatz, in der Tiefgarage, brauchen wir nicht, dazu sind wir, zu oft, zu unterschiedlichen Zeiten unterwegs. Und das würde bedeuten, dass wir das große Rolltor mehrmals täglich betätigen müssten, das würde sicher störend wirken. Ohne Tiefgaragen-Platz können wir den Vertrag sofort machen. Allerdings wird meine Freundin die alleinige Vertrags-Partnerin sein. Ich scheide aus privaten Gründen aus. Das spielt doch keine Rolle für Sie?" bestimmte Udo in seiner selbstsicheren Art, die keinen Widerspruch duldete.

Die Vermieterin nickte, stellte allerdings eine Bedingung: „Wenn Sie mit dem Vertragsbeginn am nächsten Ersten einverstanden sind, ist das kein Problem für mich. Dann können wir den Vertrag jetzt und hier sofort machen, ich habe Formulare mit."

Ruth wollte gerade Einspruch erheben, doch Udo wischte ihren Versuch mit einer Handbewegung weg und erklärte: „Ja, das ist ganz in unserem Sinne. Dann freue ich mich darauf, hier zu wohnen. Sie können den Vertrag ausfüllen."

Eine halbe Stunde später war Ruth Mieterin von zwei Wohnungen. Mit Vertrag und Schlüsseln stiegen die Beiden in ihr Auto.

Ein ehrenwertes Haus

Sag mal, wieso bestimmst du das einfach, haben wir Geld zuviel? Der nächste Erste ist schon in zehn Tagen. Oder hast du völlig vergessen, dass wir drei Monate Kündigungszeit haben? Jetzt müssen wir 3 Monate lang doppelte Mieten zahlen." Maulte Ruth verärgert.

Udo widersprach: „Nein. Müssen wir nicht. Wir machen das mit der Kündigungszeit auf meine bewährte Wuppertaler Art: Miete Driete- uttrecken- am Arsch lecken."

Entsetzt fragte Ruth: „Wie bitte? Das geht doch nicht."

„Doch, du wirst sehen, das ist ganz einfach. Wir ziehen aus und fertig. Hab ich bisher immer so gemacht. Freu dich doch, die neue Wohnung ist toll. Perfekte Größe, frisch gestrichen, also keine weiteren Kosten, einfach Möbel rein, fertig, prima. Allerdings müssen wir noch jede Menge Möbel kaufen. Deine Micky -Mouse- Garnitur kannst du in dem großen Wohnzimmer vergessen, und den kleinen Kleiderschrank kannst du ins Kinderzimmer stellen. Gott sei Dank brauchen wir uns wegen der Küche keine Gedanken machen, da brauchen wir nur einen Tisch und vier Stühle. Es gibt also viel zu tun, fangen wir an!" fand Udo alles ganz einfach.

›Wie immer bestimmt er alleine, ob ich mich jemals daran gewöhne‹? dachte Ruth, und wunderte sich, mit welch selbstverständlicher Gelassenheit Udo selbst die schwierigsten Dinge regelte. Auch wenn ihr so manches nicht passte, so bewunderte sie ihn um seine Selbstsicherheit und Sorglosigkeit.

Wieder wollte Udo bei Schnulli rein schauen. „Da können wir vielleicht ein paar Schnäppchen machen. Es müssen ja nicht alle Sachen gebraucht sein, der Schnulli hat ja auch neue Möbel. Aber auch einige Ladenhüter. Ich hab da letztens ne dicke fette Ledergarnitur gesehen. Vielleicht kann ich dafür einen günstigen Preis aushandeln, die kann er bestimmt schon nächste Woche liefern. Fahr hin!" befahl Udo.

Der Möbelhändler war hocherfreut, die gut zahlenden Kunden wieder begrüßen zu dürfen, wenn er auch ein wenig verschämt auf Udos zweideutige Sprüche reagierte.

Besagte Ledergarnitur war eine wuchtige drei-zwei-eins- Garnitur, aus dunkelbraunem Leder, die Ruth auf den ersten Blick zusagte. Nur der Preis war ihr zu gewaltig. Als sie ihren Freund leise darauf aufmerksam machte wischte Udo ihre Bedenken jedoch mit einem Wort weg: „Warte!"

Udo stellte alles zusammen, die Garnitur, dazu einen großen schweren Wohnzimmertisch mit bunt- gekachelter Tischfläche, einen großen Mahagoni-Kleiderschrank mit fünf Spiegeltüren, zwei Mahagoni-Nachtschränkchen mit Schubfächern, zwei Butler aus Mahagoni, einen Küchentisch mit vier gepolsterten Stühlen und eine kleine geschnitzte spanische Kommode für die Diele.

Bei jedem neuen Teil, das Udo ganz selbstsicher mit der Bemerkung: „Nehmen wir!" auswählte, wurde Ruth Angst und Bange. Sie wagte gar nicht auszurechnen, welch gewaltige Summe da zusammen kommen mochte.

„Ist eure neue Wohnung denn so eine groß? Braucht ihr nicht auch eine größere Küche?" war Schnulli im Verkaufsrausch.

„Nein. Da ist ne super Einbauküche drin. Du musst die kleine Küchenzeile in Zahlung nehmen, Schnulli. Und ne schöne grüne Ledercouch auch noch. " Grinste Udo und klopfte dem Händler auf die Schulter.

Ruth war peinlich berührt ob der anbiedernden Art ihres Partners, deshalb fragte sie: „Was ist den mit einem Wohnzimmerschrank, Udo? Brauchen wir nicht auch einen Schrank?"

Udo schüttelte den Kopf: „Nein, ich hole meinen Schrank bei der Manuela ab. Das hatten wir ja bei der Trennung schon geklärt. Ich kann der ja nicht alles lassen. Das ist ein riesiger Palisanderschrank, der war mal richtig teuer. Und jetzt passt der richtig gut in unser Wohnzimmer."

Als der Möbelhändler anfing die Summe für die Möbel auszurechnen, und Udo sofort begann ihn runter zu handeln, noch bevor er eine Summe genannt hatte, wäre Ruth vor Scham am liebsten geflüchtet.

„Also pass auf, Schnulli, bevor du unnötig Traumpreise zusammen rechnest, zieh von allen Preisen mal gleich die Hälfte ab, dann kommen wir der Sache näher." Sagte Udo und sah dem Händler über die Schulter auf dessen Rechner.

„Aber das geht doch nicht, Herr Udo. Ich kann Ihnen die Sachen doch nicht unter dem Einkaufspreis überlassen." Stammelte der Möbelhändler entsetzt.

„Nun erzähl mal keine Märchen, Schnulli"! erwiderte Udo dreist. „Das sind alles gebrauchte Möbel, außer der Garnitur, und selbst die ist viel zu teuer. Oder glaubst du, ich kann mir nicht denken, dass das ein Ladenhüter ist? Ich bin ja nicht von gestern, also jetzt komm, gibt mir mal deinen Rechner, dann zeig ich dir mal, was die Sachen wert sind, und nur das bin ich bereit zu bezahlen." Udo nahm dem erschreckten Mann seinen Taschenrechner aus der Hand und begann Zahlen einzutippen.

Als er dem Händler seinen Rechner wieder in die Hand drückte, schrie der erschrocken auf: „Nein, Herr Udo, wollen Sie mich ruinieren? Nein, ich komme Ihnen ja bestimmt entgegen, aber das ist ja ein Schleuderpreis. Nein, da muss mindestens eine Fünf am Anfang stehen, darunter ist unmöglich."

Udo lachte laut auf, fragte: „Willst du mich verarschen, Schnulli? Fünf Mille? Nee, also gut, ich bin mal gnädig, ich sag dir jetzt mein letztes Angebot, aber dann nicht mehr sprechen, hörst du? Vier Mille. Halt stopp, nicht mehr sprechen, hab ich doch gesagt."

Die beiden diskutierten noch eine ganze Weile hin und her, und letztlich einigte man sich auf Viertausendeinhundert Mark. Dabei hatte zu Beginn, bei der Ledergarnitur schon fast dieser Preis gestanden. Ruth war völlig fassungslos, wie hart und zäh Udo handelte und mit welcher Frechheit er alle Leute herab stufte.

Als Udo den Möbelhändler auch noch dazu überreden wollte, seinen Transporter plus Leute für den Umzug von der Fontanestrasse zur Verfügung zu stellen, weigerte sich der Mann energisch. Das musste Udo akzeptieren.

Ganz in der Nähe des Möbelgeschäftes war eine Metzgerei, von der Udo gerne die Pferdewurst aß, deshalb verlangte er nach dem Möbelkauf: „Fahr mal kurz zu dem Pferdemetzger, ich will mir ein Pferdewürstchen kaufen."

Als Ruth vor der Metzgerei hielt, fiel ihr die elegante Schaufenster-Dekoration der Boutique Elias, gleich nebenan, ins Auge.

„Guck mal Udo, welch chice Sachen die im Schaufenster haben. Sehr außergewöhnlich, aber auch sehr teuer. In dem Laden wollte ich schon lange Mal einkaufen, aber die gewaltigen Preise haben mich immer davon abgehalten!" seufzte Ruth und schaute sehnsüchtig auf die Auslage.

„Pah, was heißt denn teuer? Dann geh doch mal rein und kauf dir, was dir gefällt. Jetzt brauchst du nicht mehr in Billig-Läden einkaufen. Die Zeiten sind vorbei! Weißt du was? Ich geh in die Metzgerei und du springst schnell da rein und kaufst dir mindestens das Teil was dir besonders gefällt. Wenn du damit zufrieden bist, kannst du ja demnächst öfter dahin gehen. In Ordnung?" redete Udo ihr gut zu.

„Meinst du, ich soll wirklich? Die blaue Bluse da, finde ich toll. Aber neunzig Mark für eine Bluse? Ist das nicht krass?" zögerte Ruth.

„Quatsch, Qualität hat seinen Preis. Geh rein und kauf die Bluse. Mach, bis gleich!"

Strahlend küsste Ruth ihren Freund und tat wie ihr geheißen.

„Ich muss noch schnell die Kündigung schreiben." Fiel Ruth ein, als sie in dem Apartment ankamen.

„Quatsch", widersprach Udo. „Wir ziehen nächste Woche aus, die merken das schon von alleine. Spätestens sobald Schnulli die Möbel geliefert hat, räumen wir die Bude hier, und dann wirfst du die Schlüssel hier in den Briefkasten."

„Nein, das mache ich nicht! Das ist asozial. Ich schreibe jetzt die Kündigung."

Ärgerlich knurrte Udo: „Mach doch was du willst, aber schreib keinen Zeitpunkt rein. Sonst hast du wirklich die drei Monate am Hals. Schreib einfach, dass du am Ende dieses Monats ausziehst."

Insgeheim nahm Ruth sich vor, die Kündigungszeit zu bezahlen, wenn sie auch noch nicht wusste, wie sie das ihrem Freund beibringen sollte. Aber verheimlichen würde sie es ihm leider nicht können, dazu waren ihre Einkünfte zu transparent. Nichts desto trotz konnte sie sich nicht mit dem Gedanken anfreunden, unterschriebene Verträge einfach nicht einzuhalten. Dass Udo nach eigenen wie Regeln lebte, und für ihn keine Verträge Gültigkeit hatten, mochte er halten wie er wollte, darauf hatte sie keinen Einfluss. Aber deshalb konnte er sie nicht zwingen, ebenfalls gegen jede Regel zu verstoßen.

Das widersprach Ruths Charakter. Ihre Mutter hatte Ruth dazu erzogen, immer alles in Ordnung zu halten, dazu gehörte für sie nicht nur die Wohnung, sondern auch die Finanzen und Papiere. ›Ordnung ist das halbe Leben‹ hatte ihre Mutter ihr eingebläut.

Insgeheim schämte sie sich ein wenig, dass sie dieser Art Arbeit nachging, von der sie doch wusste, dass es keine korrekte Sache war. Aber das verdrängte sie einfach, indem sie sich damit rechtfertigte, dass letztendlich nicht sie, sondern die Firma die Kunden übervorteilte, auch wenn ihr Vertragsabschluss dazu Vorschub leistete.

Dann sagte sie sich im Stillen ›das Leben ist eben nicht fair, und Jeder ist sich selbst der Nächste‹.

Die ganze nächste Woche war Ruth so eingespannt, dass sie manchmal nicht wusste, wie sie das alles schaffen sollte, denn außer ihrer normalen Arbeit musste sie abends noch packen.

Schulli lieferte pünktlich.

Ausgerechnet als die Möbelpacker kamen nieselte es, sodass die Treppe anschließend nicht gerade sauber war. Dummerweise hatte Ruth kein Putzzeug zur Hand, sodass

Udo meinte: „Das kannst du doch später machen. Wir müssen sowieso gleich noch ein paar Mal rauf und runter. Also lass das jetzt."

In der alten Wohnung luden sie dann so viele Kartons ein, wie der BMW Platz hatte, dabei fiel Ruth, im letzten Augenblick ein: „Warte Udo, das Putzzeug muss noch mit. Ich muss das Zeug für die Treppenhaus-Reinigung haben."

Genervt erwiderte Udo: „Nun sei mal nicht so pingelig, das bisschen Schmutz ist doch wohl kein Problem. Wenn das nicht sofort beseitigt wird, geht davon schließlich die Welt auch nicht unter."

Genau das sah die Bewohnerin des Erdgeschosses, Frau Schwarz, anders. Wie ein Racheengel, stand sie, mit Schrubber bewaffnet, in der offenen Haustür, und sah den neuen Nachbarn, mit verkniffenem Mund, entgegen.

„Jetzt hältst du aber direkt vor dem Eingang!" befahl Udo. „Ich schleppe die Klamotten nicht noch über die Straße!"

Kaum waren die Beiden ausgestiegen, stürzte die Eigentümerin aus dem Haus, und zischte erbost: „Sie sollen doch nicht vor dem Eingang halten, das habe ich ihnen doch schon einmal gesagt. Fahren Sie also das Auto weg. Und putzen sie auch mal endlich das Treppenhaus? Oder soll das so verdreckt bleiben?"

Ruth stoppte in der Bewegung und erstarrte vor Schreck.

Während Udo gelassen den Kofferraum öffnete, einen Karton heraus nahm, auf den Eingang zuging, und erwiderte: „Wenn Sie uns nicht länger im Weg stehen, kann das Auto dann weg, wenn wir ausgeladen haben. Und wir putzen, wenn wir fertig sind. Platz da!" knurrte er die Nachbarin an. Und es sah so aus, als wolle er das menschliche Hindernis mit dem Karton wegstoßen.

Daraufhin flüchtete die Frau, vor sich hinbrummelnd, in ihre Wohnung.

„Das kann ja heiter werden!" kommentierte Udo anschließend den Vorfall.

„Wie meinst du das?" fragte Ruth.

„Dieser Vorfall deutet doch darauf hin, dass wir noch viel Spaß kriegen können, in diesem ehrenwerten Haus. Ich bin gespannt!" knurrte Udo ärgerlich.

Mit dem Transport der restlichen Möbel gab es kein Problem. Als der Möbelwagen, zwei Tage später, vor dem Eingang hielt, schien das Haus ausgestorben. Nichts rührte sich.

„Na siehste, geht doch. Man muss sich nur von Anfang an durchsetzen, dann meckert keiner mehr. Kuschen ist das falsche Signal, dann bist du zweiter Sieger." Sagte Udo siegessicher. Auch als Udos Kumpels den riesigen Palisander-Schrank brachten, war das Haus noch ruhig.

Ruth zweifelte jedoch insgeheim an Udos Einschätzung, und sie sollte Recht behalten.

Das Dekorieren, aufstellen und einräumen der restlichen Sachen hatten sie für das Wochenende verlegt, womit sie am Samstag begannen. Nach stundenlanger Arbeit waren sie am frühen Abend ziemlich geschafft, und wollten sich eine Pause gönnen. Die schöne Einbauküche war fertig eingeräumt, der Kühlschrank gefüllt, Udo legte die Bestecke und Speisen auf den Tisch, während Ruth Kaffee kochte.

Gerade hatten sich die Beiden zum essen an den Tisch gesetzt, als es stürmisch klingelte.

Verwundert fragte Ruth: „Wer kann das denn sein? Erwartest du Jemand?"

Gelassen sagte Udo: „Mach auf, dann siehst du es. Du sitzt doch der Tür am nächsten."

Der Mann stellte sich vor: „Guten Tag, ich wohne unter Ihnen, und möchte Sie dringend bitten, etwas mehr Rücksicht zu nehmen. Der Krach ist unerträglich!"

„Aber, ich bitte Sie, das ist doch bei einem Einzug wohl normal. Ich wüsste nicht, wie das leise gehen sollte, schließlich sind wir mitten im Einräumen, dabei sind Geräusche unvermeidbar!" Sagte Ruth total perplex.

„Deshalb kann man doch trotzdem Rücksicht nehmen und nicht mit den Stühlen über den gefliesten Küchenboden kratzen. Das können die Menschen unter Ihnen nicht ertragen."

„Daran können wir nichts ändern. Oder sollen wir die Fliesen rausnehmen?" fragte Udo, der hinzu kam.

Der Nachbar sagte erstaunt: „Das weiß doch jedes Kind, dafür gibt es in jedem Baumarkt Filzplättchen. Kleben Sie die bitte unter die Stuhlbeine. So viel Rücksicht kann man wohl verlangen."

„Ja, natürlich, die kaufen wir. Aber erst am Montag. Heute ist kein Baumarkt mehr geöffnet." Griff Ruth schnell ein, und versuchte mit freundlichem Ton, die Schärfe aus dem Dialog zu nehmen.

Der Nachbar nickte, verlangte jedoch: „Ja, leider. Bis dahin schieben Sie die Stühle nicht, sondern heben die Stühle hoch. Dann noch einen schönen Abend." Dann ging er die Treppe hinunter.

„Puh, du hattest Recht, das kann noch heiter werden." Stöhnte Ruth.

Trotz Filzplättchen und allgemeiner Rücksichtnahme, kamen ständig Beschwerden von den Bewohnern des Erdgeschosses.

Die Schuhe hatten zu harte Sohlen, deshalb störte unten das Bollern ständig, also sollten sie die Schuhe in der Wohnung ausziehen.

„Das kann nicht möglich sein, wir tragen keine Straßenschuhe in der Wohnung, sondern weiche Filz-Pantoffel." Wies Ruth die Anschuldigung zurück. Damit glaubte sie, Ruhe zu haben.

Aber es ging noch weiter, immer wieder hatte die Familie Schwarz etwas Neues zu bemängeln:

Den Fernseher leiser drehen, die Türen nicht zuschlagen, im Treppenhaus nicht laut reden, besser die Füße abputzen, der Flur sei immer zu schmutzig. Nach zweiundzwanzig Uhr nicht Baden und keine Besuche empfangen, außerdem das Badewasser nicht durch den Hahn, sondern durch die Handbrause einlaufen lassen, das Auto abends weiter weg parken, die Autotüren nicht so fest zuschlagen.

Der größte Dorn in den Augen der Meckerer aber waren Ruths Kinder, speziell Sohn Rene. Inzwischen hatte Ruth den Jungen zu sich genommen und in der nahegelegenen Grundschule eingeschult. Aber auch Ramona war oft übers Wochenende da. Die Kinder seien zu laut, die sollen nicht toben und leiser sprechen, verlangte Frau Schwarz ernsthaft.

Sogar die Erfüllung Ruths häuslicher Pflichten zweifelte man nicht nur an, sondern bemängelte die Ausführung auch noch. Eines Tages wurde Ruth von der Nachbarin Schwarz auf ihre Keller-Putzpflicht angesprochen. Die Nachbarin behauptete, Ruth sei ihrer Pflicht nicht nachgekommen.

Empört wehrte sich Ruth: „Ihr Vorwurf ist unberechtigt, ich habe vergangenen Sonntagvormittag geputzt."

„Das kann nicht sein!" stellte die Nachbarin sie als Lügnerin hin, „die Frau Hernandez hat auch nicht gehört dass Sie geputzt haben."

Zornig hatte Ruth gefragt: „Wie bitte? Wie soll ich das denn verstehen? Heißt das, dass die Frau Hernandez auf der zweiten Etage, den ganzen Sonntag, im Treppenhaus steht, und aufpasst ob sie hört, dass ich den Keller putze? Soll das ein Witz sein? Welch eine dreiste Behauptung stellen Sie denn hier auf, Frau Schwarz? Das ist unverschämt! In was für einem Haus sind wir denn hier gelandet?"

Weil die Schwarz keine schulpflichtigen Kinder mehr hatten, und sie offenbar auch nicht gerade Kinderlieb waren, meckerten sie den Jungen ständig an, versuchten ihn aus der Nähe des Hauses zu verscheuchen.

Der kleine Strolch machte sich aber einen Spaß daraus, die Nachbarn zu ärgern. Er spielte nicht nur immer auf der Straße, und fuhr mit seinem Kettcar vor dem Haus hin und her, sondern die abschüssige Einfahrt zu der Tiefgarage immer wieder herunter zu fahren, fand er besonders spaßig. Da das Rolltor durch Überfahren der Kontaktschwelle dann automatisch mit Geratter hoch und wieder runter fuhr, verursachte das natürlich Geräusche.

Zwar hatte Ruth ernsthaft mit ihrem Sohn gesprochen, ihn gebeten, den Ärger nicht absichtlich zu forcieren, aber sie hatte keine Kontrolle darüber, weil sie viel unterwegs war. Und der Bengel machte fleißig weiter, obwohl er behauptete, er hielte sich an Ruths Verbot.

Die Wohnqualität wurde durch die ständigen Beschwerden der Familie Schwarz stark eingeschränkt. Eines Tages kam sogar eine Beschwerde des zuständigen Briefträgers. Zufällig traf Ruth auf den Briefträger, als sie das Haus verlassen wollte.

262

Der Postbote sprach Ruth an: „Hallo, sind Sie die neue Bewohnerin der ersten Etage? Gut dass ich Sie mal antreffe, was mache ich denn mit Ihrer Post, wenn ich nicht ins Haus komme?" fragte der Mann.

Ruth stutzte, fragte erstaunt: „Was haben Sie denn bisher mit der Post für die anderen Bewohner gemacht, wenn Sie nicht an die Briefkästen kamen? Ich kann ja nichts dafür, dass die Kästen im Haus sind."

„Das war bisher kein Problem, weil die Frau Schwarz ja meistens zu Hause ist, aber seid Sie hier wohnen, drückt die nicht mehr automatisch auf, sondern kommt erst ans Fenster." Erklärte der Bote.

„Warum? Und was machen Sie dann, wenn Sie Post abgeben wollen?" verstand Ruth das Problem nicht.

„Post für einen Herrn Gogolscheff und Sie nimmt die Frau Schwarz nicht an, das ist mein Problem. Denn der Herr Gogolscheff bekam schon ein paar Mal amtliche Post, und die muss ja ankommen." Erklärte der Mann.

„Das ist nicht Ihr Ernst?" war Ruth total geschockt. „Und die Post für Hernandez nimmt die Frau Schwarz auch nicht?" wollte sie genaueres wissen.

Der Postbote nickte: „Doch. Nur nicht für die Neuen, da oben, hat die Frau Schwarz gesagt." Berichtete der Beamte.

Ruth holte tief Luft und sagte ratlos. „Tja, ich weiß ehrlich nicht, was ich dazu sagen soll, vor allen Dingen, wie ich das ändern soll. Ich kann die alte Hexe ja nicht zwingen, unsere Post anzunehmen. Dass das reine Schikane ist, brauch ich Ihnen ja wohl nicht extra zu sagen. Aber wie ich mich dagegen wehren kann, weiß ich nicht."

„Am einfachsten ist, Sie richten sich ein Postfach, beim nächsten Postamt, ein. Entweder auf der Kullerstraße oder am Central, wo es besser für Sie ist. Dann kriegen Sie alle

Post nur in Ihr Fach, und Sie können Streitigkeiten aus dem Weg gehen, junge Frau. Das rate ich Ihnen. Guten Tag."

„Danke für den Tipp. Das werde ich noch heute machen."

„Meinetwegen brauch keine Post für mich ankommen. Das sind sowieso nur unangenehme Sachen." kommentierte Udo die Neuigkeit gleichgültig. „Und die Mahnungen von der alten Wohnung würden ebenfalls zurück gehen. Ist doch bequemer."

„Bitte?" verstand Ruth seine Einstellung nicht. „Ich will aber auf jeden Fall meine Post kriegen. Schließlich kann es auch meinen Sohn betreffen und ich will einen Anwalt mit der Scheidung beauftragen, dann muss ich doch wissen, was der schreibt. Deine „Kopf in den Sand stecken – Taktik" verstehe ich sowieso nicht. Wichtige Briefe nicht aufzumachen, wird sich irgendwann rächen. Wenn du damit leben kannst, bitte. Dein Problem, ich nicht!"

Genervt winkte Udo ab. „Mir egal."

Noch bevor Ruth ihr Postfach zur Verfügung hatte, gab es einen heftigen, unangenehmen Zusammenstoß mit der Nachbarin, wodurch Ruths Geduld überstrapaziert wurde.

Eines sonnigen Nachmittags kamen die Beiden gerade von einem Kundenbesuch, voll beladen mit eingekauften Lebensmitteln, nach Hause. Um des lieben Friedens willen, parkte Ruth den BMW auf der anderen Straßenseite.

„Was ist das denn? Unser Empfangskomitee?" frotzelte Udo spöttisch, als sie sahen, dass sich die beiden Nachbarinnen vor der offenen Haustür stehend, unterhielten. Als Ruth und Udo ausstiegen und auf die Frauen zukamen, verstummten die Nachbarinnen.

Trotz aller Querelen sagte Ruth höflich: „Guten Tag" und die Frauen machten den Eingang frei. Gerade hatte Ruth den ersten Schritt ins Haus gemacht, als draußen vor dem Eingang ein Polizeiauto hielt. Alle wendeten sich automatisch den Beamten zu, die aus dem Peterwagen stiegen, und auf das Haus zukamen.

„Guten Tag, die Herrschaften. Wohnt hier eine Frau Ruth Woods?" wendete sich einer der Polizisten fragend an Udo, der sich noch nicht im Haus befand.

Ruth hatte gerade die erste Stufe der Treppe erreicht, drehte sich dann aber um und antwortete: „Ja, das bin ich."

Sie hatte das kaum ausgesprochen, da schimpfte die Nachbarin Frau Schwarz empört los: „Das musste ja mal kommen, wenn so ein Pack im Haus wohnt, die nur blaue Briefe von Anwälten und Gerichten kriegen, dass sogar die Polizei ins Haus kommt! Eine Schande ist das, wenn man mit solchen Nachbarn in einem Haus leben muss..."

Wie von der Tarantel gestochen fuhr Ruth herum, ging mit erhobener Faust auf die Nachbarin zu und schrie die zornig an: „Noch ein Wort, Sie alte Hexe, dann stopf ich Ihnen das Maul so gründlich, dass Sie sich schon mal ein Zimmer im Krankenhaus reservieren können. Jetzt ist es aber genug mit Ihrer Schikane! Und wagen Sie sich nicht mehr unsere Post anzufassen, nur weil Sie so uninteressant sind, und keine Post kriegen, verbitte ich mir, dass Sie unsere Post lesen. Verstanden?"

Einer der Polizisten machte einen Schritt ins Haus, sodass er zwischen Ruth und der Nachbarin stand, die schon ängstlich den Rückzug zu ihrem Wohnungseingang angetreten hatte, und er verlangte sachlich: „Bitte Frau Woods, können Sie das bitte später klären, und jetzt mit uns in Ihre Wohnung gehen? Wir möchten nicht Zeugen ihrer Tätlichkeiten werden."

Die Nachbarin schnappte nach Luft, war unfähig zu antworten.

„Ha, das ist mir ganz egal. Nehmen Sie das als Warnung, Frau Schwarz, auch wenn die Polizisten Ihre Zeugen sind, aber wenn Sie uns und meinen Sohn nicht endlich in Ruhe lassen, kriegen Sie von mir eine Tracht Prügel, die Sie niemals mehr vergessen werden. Merken Sie sich das!"

Danach drehte Ruth sich um, ging die Treppe hinauf und sagte über die Schulter mit freundlichem Ton: „Kommen Sie bitte, meine Herren, wir wohnen erste Etage."

Die Polizei kam wegen des abgestellten VWs, den Ruth ganz vergessen hatte. Weil Anwohner sich beschwert hatten, dass der Solinger VW schon seit Wochen, in Haan auf einen Seitenstreifen stand, war die Polizei verständigt worden.

Die Beamten baten Ruth nun, das defekte Fahrzeug dort wegzuschaffen.

Seit Ruth Warnung ging ihr die Nachbarin vorsichtshalber aus dem Weg, was Ruth als sehr angenehm empfand, weil nun keine Beschwerden mehr kamen. Traf man sich jedoch zufällig mal an der Haustür, ging die Nachbarin grußlos weiter. Auch das war Ruth lieber als die ständige Keiferei der Frau.

Von Klunkern und Dieben

Als im Herbst die Adressen von Interessenten knapper wurden, fiel Ruth beim Sortieren ihres Aktenkoffers das Formular der Familie Weiher in die Hände.

„Ach, die habe ich ja ganz vergessen. Da können wir hinfahren, Schatz. Die Frau ist in Ordnung, sie hat mir damals gleich einen Kaffee angeboten, obwohl sie in Eile war." Schlug Ruth erfreut vor.

Die Beiden hatten Glück. Die freundliche Frau Weiher war zu Hause und schien sogar über den Besuch erfreut zu sein.

„Ach hallo Ruth, das ist ja eine nette Überraschung, es ist schön, dass du mal wieder rein schaust. So, und du bist also der Freund, der letztens nicht lieb zu seinem Frauchen war? Schäm dich. Das wird hoffentlich nicht noch einmal vorkommen? Kommt rein, ich wollte gerade Kaffee kochen. Ich weiß ja, weshalb ihr kommt. Bei nem Käffchen können wir besser darüber reden." Empfing Agathe die Beiden offenherzig.

Udo schien Frau Weihers Direktheit nichts auszumachen, er grinste nur und sagte: „Tag, ich bin der Udo. Kaffee ist immer gut. Ach, einen Hund hast du auch? Ich darf doch du sagen? Schönes Häuschen hast du, nur die Fassade könnte dringend ne Verkleidung vertragen, die ist ziemlich ramponiert. Hast wohl lange nicht mehr streichen lassen? Dann kommen wir ja gerade richtig."

„Machen wir gleich. Ich mache nur eben den Kaffee fertig, setzt euch schon mal. Bin gleich soweit." Bot Agathe den Beiden an, und wies auf den Eingang ins Wohnzimmer.

Arco beschnupperte Udo und ließ sich gleich neben Udo nieder, der nicht müde wurde den Kopf des großen Hundes zu kraulen.

„Na, Tierlieb bist du ja wenigstens, Udo. Dann ist ja noch Hoffnung, dass du auch lieb zu deinem Frauchen sein kannst."

Kommentierte Agathe, als sie mit dem Kaffee ins Zimmer kam.

„Sammelst du alte Schüsseln und Vasen, Agathe?" Fragte Udo, während er sich im Raum umsah, und auf die große Vitrine zeigte.

„Ich sammle alte Kristalle, in jeder Form. Schleuderstern-Kristall. Aber das sagt euch vermutlich nichts? Aber ich handle allgemein mit Antiquitäten, nicht nur mit Kristall. Mit jeder Art antiken Dingen, hauptsächlich aber mit Schmuck, Silber, Teppichen, und mit russischen Ikonen. Aber ich habe leider das Problem, dass meine Kunden in ganz Deutschland verteilt sind und ich nicht immer einen Fahrer habe. Das ist schon manchmal ein Problem, dadurch sind meine Verkäufe leider nicht so umfangreich, wie sie sein könnten!" gab die Gastgeberin bedauernd Auskunft.

Erstaunt fragte Udo: „Wieso hast du denn kein Auto? Ohne mobil zu sein, kann das ja nicht laufen. Eigentlich müssten Antiquitäten doch finanziell dicke Gewinne einbringen."

„Tja, es ist keine Frage des Geldes, ich habe kein Auto, weil ich nicht fahren kann. Ich habe zwar den Führerschein, aber seid ich unseren Gartenzaun umgefahren habe, habe ich kein Steuer mehr angefasst." Erklärte Agathe.

Udo lachte, während Ruth staunend den Kopf schüttelte. „Du hast Schiss zu fahren? Das gibt es wirklich? Das ist natürlich hinderlich, das kann ja keinen Erfolg bringen, immer auf andere Leute angewiesen zu sein." Udo lachte die lauthals Hausherrin aus.

Beleidigt verzog Agathe den Mund und maulte: „Auslachen brauchst du mich ja nicht unbedingt, ich bin nun mal ängstlich, seid dem Unfall. Das war gleich am Anfang, als ich erst ganz kurz den Führerschein hatte. Tja, ab und zu finde ich ja einen Fahrer. Übrigens habe ich gesehen, dass du auch nicht fährst, sondern die Ruth am Steuer saß. Warum denn? Hast du auch Angst?"

Udo schüttelte sich vor lachen, prustete: „Nee, im Gegenteil. Mir hat man den Führerschein abgenommen, weil ich zu oft, zu schnell gefahren bin."

„Also sei froh, dass dein Schatz fahren kann, das Glück hab ich nicht. Mein Janni fährt zwar, aber der braucht sein Auto alleine, beruflich. Mein Mann ist Vertreter, wie ihr. Aber wenn du mal Zeit und Lust hast, kannst du mich vielleicht mal fahren, Ruth? Natürlich bezahle ich dich gut dafür. Überlegs dir." Sagte Agathe und Ruth konnte ihr die Hoffnung ansehen.

Deshalb nickte sie spontan und versprach: „Mach ich gerne, Agathe, in letzter Zeit wir nicht sehr viel getan. Wir müssen zwar jetzt erst mal wieder Gas geben. Aber im Dezember, vor Weihnachten, wird es sicher mal ein oder zwei Tage geben, an denen ich Zeit habe, dich zu fahren."

Die Gastgeberin strahlte, bat: „Das wäre toll, dann sag mir ein Bescheid."

„So, das wäre geklärt, dann lasst uns doch mal zum Geschäftlichen kommen." Mischte Udo sich ein, und griff zu dem Aktenkoffer. Zu Ruths Erstaunen öffnete er zum ersten Mal den Koffer und holte die Muster raus. Dabei erklärte er: „Sieh mal, Agathe, das sind unsere Platten, mit der wir deinem Haus eine Verkleidung verpassen können, dass du nicht nur keinen Anstrich mehr brauchst, sondern auch um die dreißig Prozent günstigere Heizkosten hast!"

Ruth lehnte sich in dem bequemen Sessel zurück und hörte wortlos zu. Es gefiel ihr, dass Udo mal alles alleine machte, während sie sich den Inhalt der großen Vitrine ansah. Zwar verstand sie nichts von dem Wert dieser alten Gegenstände, aber insgesamt sah das ganze Zimmer, mit den schweren Möbeln und den handgeknüpften Teppichen, sowie den goldgerahmten Gemälden an den Wänden, gediegen und teuer aus. Zwar hatte sie früher solche Teppiche immer als altmodische Oma-Teppiche empfunden, aber hier passten die hinein. Die alten geschnitzten dunklen Schränke, die sicher auch schon Altertümchen waren, wirkten pompös, und unter den Teppichen konnte man noch den soliden Parkettboden sehen. Alles passte gut zusammen, gab dem Raum edlen Glanz.

Ruth schreckte aus ihren Betrachtungen hoch, als Agathe sie fragte: „Ist das auch sicher, dass ihr das in der Hand habt, erst dann mit den Arbeiten zu beginnen, wenn ich euch grünes Licht gebe? Also mit mir könnt ihr Klartext reden, wenn da was Krummes bei ist, will ich wissen worauf ich mich einlasse. Mit Vertreter-Manieren kenne ich mich ja aus, durch meinen Janni. Ihr seid doch ehrlich zu mir? Ihr bescheißt mich doch nicht, Ruth?"

Empört schüttelte Ruth den Kopf, obwohl sie gar nicht wusste, was Udo versprochen hatte, sagte jedoch fest: „Freunde bescheißt man nicht, Agathe, soviel Gaunerehre muss sein."

„Sind wir denn Freunde?" fragte Agathe.

„Ich denke schon. Oder siehst du das anders? Du willst das doch auf jeden Fall machen lassen, oder? Dann gebe ich dir noch einen Tipp. Der Chef der Firma Fuco heißt zwar Fuchs, aber auch ein Fuchs ist nicht immer der klügste. Wenn du nicht alles auf einmal bezahlen kannst, dann sagst du einfach, dass du in Raten zahlen musst, weil du momentan nicht so flüssig bist. Und was ganz wichtig ist, nicht Bar zahlen, aufs Konto überweisen. Das hat er nicht gerne, da kann man nix platt machen. Du musst nur hartnäckig bleiben, du darfst dich nicht von ihm überreden lassen. Das schaffst du sicher, dann kann nichts schief gehen. Aber wenn irgendetwas ist, was nicht so läuft wie wir das gesagt haben, dann ruf uns an, dafür hast du jetzt unsere Nummer." erwiderte Ruth mit Überzeugung.

„In Ordnung, Leute, dann lasst es uns machen. Eine Hand wäscht die andere." Entschloss sich Agathe.

„Ja, Frau Woods, dann schreiben Sie mal." Flachste Udo. „Name und Adresse sind ja bekannt, und ich schätze, einhundertfünfzig Quadratmeter? Was meinst du? Mehr können wir schlecht schreiben, oder?" war Udo mal ausnahmsweise nicht habgierig.

Nach gut zwei Stunden stiegen Ruth und Udo mit unterschriebenem Auftrag in ihr Auto.

„Also, du hast den Beginn auf März datiert? Gut, den Auftrag bringen wir natürlich dem Norbert und sobald der mit dem Auftrag anfangen will, werden wir die Agathe darüber aufklären, mit welchen Tricks die Monteure versuchen werden, ihr die teuren Aluprofile aufzuschwatzen und ihr sagen, dass sie nichts unterschreiben soll. Damit haben wir unserer Freundschaft genüge getan, oder? Wenn die Weiher dann trotzdem irgendetwas unterschreibt, ist sie es selbst schuld. Richtig?" erklärte Udo noch einmal seine Vereinbarung für den Vertragsabschluss.

Ruth nickte: „Sollte der Norbert aber den Auftrag an den Meier weitergeben, müssen wir aufpassen, dass die Agathe trotzdem bei der Linie bleibt, die wir ihr vorgegeben haben." sagte sie, nahm sich jedoch vor, die Augen und Ohren offen zu halten, denn sie wollte keinesfalls, dass Agathe in die Abzock-Falle tappte, dazu fand sie die kuriose Frau zu sympathisch.

Norbert Fuchs schien sich ein wenig zu wundern, dass die Beiden mit dem Gruitener Auftrag zu ihm kamen, anstatt ihn Meier anzubieten, denn seit Sylt war das freundschaftliche Verhältnis deutlich abgekühlt.

„Ach, das ist ja nett, dass ihr euch auch mal wieder hier sehen lasst." Begrüßte der Firmeninhaber die Beiden.

„Was sollen wir hier, wenn wir keine Aufträge haben, Norbert?

Außerdem sind wir umgezogen, da waren wir zeitlich ziemlich eingespannt." erklärte Ruth.

„Schon wieder umgezogen? Ihr seid doch kürzlich erst zum Katternberg gezogen, wie oft zieht ihr denn um?" wunderte sich Norbert.

Udo schien das Thema nicht zu behagen, deshalb kürzte er es energisch ab: „Und weil wir zu lange mit anderen Sachen beschäftigt waren, deshalb müssen wir jetzt mal wieder Gas geben. Zeit ist Geld. Also zur Sache. Wir haben einen Auftrag, hast du Interesse, oder sollen wir lieber immer zum Meier gehen?"

„Sei doch nicht so kritisch. War doch nicht böse gemeint. Natürlich könnt ihr eure Aufträge verkaufen, wo ihr wollte, mir natürlich auch. Ich habe zwar noch einige Aufträge zu bearbeiten, aber kein Problem, Vorrat ist immer gut. Wie viel habt ihr denn?" lenkte Fuchs schnell ein.

„Das trifft sich ja gut, Norbert. Der Auftrag soll auch erst im Februar oder März ausgeführt werden. Ist ein kleiner, einhundertfünfzig Quadratmeter. Hier schau." Griff Ruth ein und holte das Formular aus ihrem Aktenkoffer.

„Aha, in Gruiten, ist ja nicht weit. Prima, ja, nehme ich. Frau Becker, schreiben Sie bitte die Rechnung für Herrn Gogolscheff. Danke." Reichte er das Auftragsformular an seine Sekretärin weiter.

„Habt ihr heute noch einen Kundenbesuch vor, oder kann ich euch zum essen einladen?" gab Fuchs sich versöhnlich.

Gleichzeitig schüttelten die Beiden den Kopf, und Udo war der Erklärende: „Nein, danke Norbert, heute nicht. Ein anderes Mal. Ich habe noch was Familiäres zu erledigen."

Nachdem Udo die Rechnung unterzeichnet und das Geld eingesteckt hatte, verabschiedeten sich die Beiden.

Im Auto sagte Udo verächtlich: „So ein Arsch, jetzt kommt er angekrochen, nachdem wir uns ein paar Wochen rar gemacht hatten. Am liebsten hätte ich mich rumgedreht und lieber dem Meier den Auftrag gebracht. Aber mit dem Meier hätte die Weiher es schwerer, sich zu wehren. Der ist härter. Nur deswegen hab ich die Faust in der Tasche gemacht. Ist ja eigentlich nicht meine Art."

„Nee, ganz sicher nicht!" lachte Ruth laut.

Ein paar Tage später rief Agathe an, berichtete, dass die die Auftragbestätigung der Firma Fuco bekommen habe. Und sie fragte, warum Ruth und Udo nicht mal auf einen Kaffee zu ihr kämen.

Daraufhin machten die Beiden es sich tatsächlich zur Gewohnheit, wenn es zeitlich passte und sie in der Nähe Agathes waren, die zu besuchen.

Dabei fragte Agathe einmal: „Sag mal Ruth, hättest du vielleicht nächste Woche mal Zeit mich zu einer Kundin nach Offenburg zu fahren? Auf der Heimfahrt muss ich dann noch kurz in Frankfurt Jemand treffen, aber das ganze dauert nur einen Tag. Wenn wir morgens recht früh fahren, können wir abends zurück sein. Was meinst du, geht das?"

Ruth stimmte zu: „Ja, bestimmt. Weißt du schon an welchem Tag? Dann werde ich mir das sicher einrichten können, ja Udo?"

„Klar. Mach das!" unterstützte Udo ihre Zusage. „Wenn wir früh genug vorher Bescheid wissen, können wir uns das einrichten. Ich kann mal einen Tag auf meine Frau verzichten, ich werde mich schon nicht langweilen." Dabei war Ruth schon klar, er würde den Tag in seinem geliebten Sportcafe verbringen, und das konnte wieder ein teurer Tag werden.

Andrerseits hatte Ruth die Gefälligkeit ja schon lange zuvor zugesagt, und es war sicher mal interessant in das Antiquitäten- Geschäft reinzuschnuppern. Wer konnte wissen, wozu das mal dienen könnte?

Morgens um Neun holte Ruth ihre Freundin Agathe ab. Eigentlich hatte Ruth größeres Gepäck erwartet, und war deshalb schon in Sorge gewesen, dass der Stauraum in ihrem BMW zu klein sei, aber die Sorge erwies sich als unbegründet. Gut gelaunt, aber auch ein wenig nervös, stieg Agathe mit einem kleinen Kosmetikkoffer und einer Reisetasche in Ruths Auto, und stellte die Sachen auf den Rücksitz.

Dann holte Agathe einen Hunderter aus ihrer Handtasche, und reichte ihn Ruth mit der Bemerkung: „So, hier das ist mal vorab Bewegungsgeld für dich. Keine Bange, das soll nicht dein ganzer Lohn sein."

„Sollen wir die Taschen nicht lieber in den Kofferraum stellen?" fragte Ruth.

Aber Agathe verneinte: „Lass die lieber hinter mir stehen, da sind sie sicherer, und ich habe gleich Zugriff." Verwundert nahm Ruth das Geld, und wollte wissen: „Sind denn da zerbrechliche Sachen drin? Kristall-Gefäße?"

„Nein, nein, lass es doch einfach so." wurde Agathe leicht ungeduldig.

„Schon gut, ich habe es ja nur gut gemeint. Ich wollte nur nicht, dass was kaputt geht, wenn es bei eventueller harter Bremsung auf den Boden fällt."

„Nein, kann es nicht. Da ist nichts zerbrechliches, nur eine Ikone, und die ist aus Holz. War ja gut gemeint, danke. Entschuldige wenn ich ein wenig nervös bin, aber wir fahren zu einer sehr wichtigen Kundin, und ich hoffe, das klappt alles so wie ich es geplant habe, dann wird das ein super Geschäft. Und dann wird es sich für dich auch lohnen. Tu mir nur bitte einen Gefallen, wenn wir bei der Kundin sind, misch dich nicht ein, sag einfach gar nichts, außer guten Tag und auf Wiedersehen, wenn wir wieder gehen. Ja?"

„Aber ich bitte dich Agathe, ich werde doch nicht mitreden, ich verstehe doch nicht von Ikonen, oder allgemein Antiquitäten. Da brauchst du keine Sorgen haben." Versprach Ruth etwas verwundert.

Irgendwie fand Ruth die Agathe sonderbar, was dachte die wohl von ihr? Als ob sie vorlaut sei, so ein Unsinn. Ruth verstand nicht, was die Freundin so unruhig machte. Seltsam.

Sie hatten ungefähr die halbe Strecke hinter sich gebracht, als Agathe Ruth anwies, die nächste Raststätte anzufahren.

„Aber wir müssen noch nicht tanken, haben wir ja eben erst."

Fand Ruth keine Erklärung, schon wieder von der Bahn zu fahren.

„Ich muss mal Pipi." Kam die kurze Antwort.

›Da dachte ich immer, ich hätte eine Konfirmanden-Blase, aber die muss jetzt schon pinkeln, obwohl wir vor ner Stunde noch beim Tanken auf der Toilette waren‹. Grinste Ruth Gedankenversunken vor sich hin.

Die Raststätte war nicht wie die Üblichen gestaltet, sondern vor der Einfahrt zu der Tankstelle ging eine breite, asphaltierte Fahrbahn um die Tankstelle herum bergauf zu einem alleinstehenden Rasthaus, auf einem bewaldeten Hügel gelegen.

„Sind wir denn hier richtig?" fragte Ruth unsicher.

„Und ob wir das sind. Genau hier wollte ich Kaffee trinken. Park das Auto ein wenig abseits, nicht direkt vor den Fenstern." Verlangte Agathe.

Ruth verstand gar nichts mehr, sonst wollte sie möglichst nahe an das Ziel heran kutschiert werden, und jetzt befahl Agathe, dass sie abseits parken solle? Nun ja, das verstehe wer kann.

Im Restaurant verstand Ruth ihre Freundin plötzlich. Denn das Restaurant passte zu Agathes Stil, alles war antik. Edle Teppiche, alte dunkle Tische und dick gepolterte Stühle, dazu dicke, weiche, echte Perserteppiche die den Tritt dämpften. An den Wänden hingen alte Ölgemälde, dazwischen antike Wandlämpchen aus Messing, mit bunten Schirmchen darauf, und große mehrarmige Kronleuchter hingen an den Decken.

Aha, das war also der Grund, nobel musste es sein.

Kaum hatten sie ihren Kaffee vor sich stehen, verlangte Agathe auch gleich nach der Rechnung. Gerade hatte sie die bezahlt, als sie Ruth aufforderte: „Trink bitte zügig aus, wir können uns nicht lange hier aufhalten. Musst du noch zur Toilette? Dann geh bitte jetzt eben, denn wenn ich gleich gehe, möchte ich das du schon mal raus gehst und im Auto auf mich wartest. Verstanden?"

Ruth schüttelte den Kopf und sagte: „Nein, ich muss jetzt nicht. Wenn du so eilig bist, von mir aus können wir gehen, ich bin soweit."

„Gut", erwiderte Agathe, kramte in ihrer großen Tasche und murmelte: „Ich hab doch meinen Schnorrbeutel nicht vergessen? Ach nein, da ist er ja. In Ordnung, dann komm. Du zum Auto, ich auf Klo."

Verwundert überlegte Ruth warum Agathe wohl einen Schraubenzieher in ihrer Handtasche hatte, was sie zufällig mitbekommen hatte. Die ganze Frau wurde ihr immer kurioser.

Kurz darauf sah sie Agathe schnellen auf das Auto zueilen, sie legte hastig ihre Tasche und einen gut gefüllten großen Stoffbeutel, auf den Rücksicht und befahl: „Fahr los. Schnell. Nix wie weg hier."

Ruth kam dem Wunsch ihrer Freundin nach, aber sie sparte sich jegliche Frage, denn sie hatte ein unangenehmes Gefühl im Magen, das sie nicht zu deuten wusste. Aber ihr war plötzlich klar, dass irgendetwas nicht in Ordnung war.

Erst als sie in wieder voller Fahrt waren fing Agathe an zu lachen, und sagte zufrieden: „Das war eine gute Ausbeute. Die alten Lämpchen haben mir schon vor längerer Zeit ins Auge gestochen. Da bin ich schon ein paar Mal gewesen, aber diesmal hatte ich endlich meinen Schraubenzieher und den Schnorrbeutel nicht vergessen. Die Gelegenheit konnte ich mir nicht entgehen lassen. Das hat sich gelohnt!"

„Wie, was? Wovon redest du eigentlich?" fragte Ruth ratlos.

Breit grinsend klärte Agathe ihre Fahrerin auf: „Na, ich habe die antiken Lämpchen vom Toiletten-Vorraum abgeschraubt. Jetzt hab ich endlich, was ich schon lange mitnehmen wollte."

Entsetzt rief Ruth: „Was? Du klaust? Nee, das glaub ich jetzt nicht."

„Na und? Die bringen mir glatt zwei Hunderter. Damit hab ich schon mal die Fahrtkosten raus. Jeder muss gucken wie er klar kommt. So ist das nun Mal im Leben." Sagte Agathe gelassen.

Immer noch schockiert erwiderte Ruth: „Nee, Agathe, dafür habe ich keine Nerven. Gut dass ich vorher nicht gewusst habe, was du auf der Toilette vorhast, sonst hätte ich nicht auf dich gewartet. Nee."

„Du bist ja vielleicht lustig. Was hättest du denn gemacht? Wärst du weggefahren? Aber irgendwie habe ich geahnt, dass du keine Nerven hast. Nun reg dich ab, ist ja alles gut gegangen."

Noch eine Weile musste Ruth immer wieder an Agathes Diebestour denken, und sie mochte sich gar nicht vorstellen, was passiert wäre, wenn man Agathe erwischt hätte. Vermutlich wäre sie als Mittäterin angesehen worden. Welch ein erschreckender Gedanke. Dabei musste Ruth an Norberts Uhren-Diebstahl bei dem Juwelier denken, damals war sie in einer noch brisanteren Situation gewesen, weil sie ahnungslos mit ihm in dem Geschäft gewesen war, während Norbert sie eiskalt in eine heikle Lage bebracht hatte.

Was für Menschen man im Leben begegnen konnte, von denen man niemals vermuten würde, dass sie abgebrühte Diebe waren, fand Ruth unglaublich.

Ruth hatte wohl mehrmals mit dem Kopf geschüttelt, denn Agathe meinte sie beruhigen zu müssen: „Nun denk nicht mehr darüber nach, Ruth. Jetzt ist es ja vorbei. Dir kann ja nichts mehr passieren."

Die Kundin wohnte in einer schönen alten Villa, am Rande von Offenbach. Das vornehme Haus, mit dem eingezäunten Park davor, ließ auf gut situierte Bewohner schließen. Tatsächlich war der Herr des Hauses ein Professor, der in der medizinischen Forschung tätig war und seine Ehefrau eine ältere freundliche Dame, die die Beiden Besucherinnen sehr nett empfing.

Die Begrüßung zwischen Agathe und der Hausherrin war liebevoll, warmherzig von Wangenküssen begleitet, wie es nur bei guten Freunden üblich war.

Auch Ruth wurde freundlich willkommen geheißen, danach wurden die Beiden in den Wintergarten geführt. Dort saß eine weitere Besucherin, die in ihrem komplett auffällig herausgeputzten Äußeren schon darauf schließen ließ, dass sie mehr darstellen wollte, als es bei ihrem natürlichen Aussehen erwarten konnte.

Schon bei der Vorstellung redete sie so laut und ununterbrochen, dass sie unangenehm aufdringlich wirkte. Die Hausfrau schien das gewöhnt zu sein, deshalb machte es ihr offensichtlich nichts aus, sie bot ihren neu angekommenen Besucherinnen Platz an, und entfernte sich.

Als sie kurz darauf mit einem großen Tablett, mit Kaffee und Kuchen, zurück kam, duftete der Kaffee und der Marmorkuchen sah appetitlich aus. Man ging zum gemütlichen Teil des Nachmittags über.

Agathe packte ihre Ware aus, und Ruth staunte nicht schlecht, als außer der Ikone und ein paar alten Silber-Antiquitäten, zwei kleinen Pillendöschen, und einem dreiarmigen Leuchter, auch noch die beiden antiken Messing-Wandlämpchen zum Vorschein kamen.

„Schauen Sie einmal was ich hier Schönes für ihre Diele gefunden habe. Passen die kleinen Wandlampen nicht hervorragend zu Ihrem Dielen-Leuchter?" strahlte Agathe.

Die Hausherrin nickte, sagte erfreut: „Also Frau Weiher, ich bin begeistert, wie aufmerksam Sie sind! Ja, wirklich hervorragend, vielen Dank, dass sie daran gedacht haben."

Als Agathe Ruths erstaunten Blick sah, erklärte sie den beiden Damen: „Wie Sie sehen, meine Damen, ist meine Fahrerin etwas erstaunt über meine Mitbringsel, aber das ist normal. Denn sie ist nicht aus meiner Branche, sie hat von Antiquitäten

absolut keine Ahnung, und sie hat auch vor der Fahrt nicht gesehen was ich eingepackt hatte. Aber sie wird im Laufe der Zeit einiges von mir lernen, dann kann sie vielleicht bald mal in meine Fußstapfen treten."

Ruth lächelte pflichtgemäß, schwieg aber zu der Andeutung, obwohl sie am liebsten gesagt hätte, ›bestimmt nicht, ich eigne mich nicht zur Diebin‹, denn sie fand es schon sehr abartig, die geklauten Lämpchen hier anzubieten.

Als Agathe und die Hausfrau sich über den schwindelnd hohen Preis für die ganzen Dinge geeinigt hatten, Agathe die Scheine eingesteckt hatte, hatte sie noch ein besonderes Anliegen: „Liebe gnädige Frau, ich hätte eine ganz große Bitte. Da meine junge Freundin noch nie so etwas schönes und wertvolles gesehen hat, und Sie ja wissen wie verliebt ich darin bin, könnten Sie uns noch einmal den großen herrlichen Stein zeigen?"

„Aber gerne, Frau Weiher. Ich hole ihn mal eben." Zeigte sich die Hausherrin zugänglich und ging hinaus.

Mit einem dunkelblauen Samtschmuckkästchen kam sie zurück, öffnete es, und hielt es den Besucherinnen hin. Funkelnde Steine blitzten mit dem Deckenlicht um die Wette.

„Darf ich die einmal in die Hand nehmen?" fragte Agathe mit hoffnungsvollem Augenaufschlag. „Sieh mal Ruth, was für wunderbare Edelsteine, das sind wunderschöne ungefasste Brillanten, und hier der, ist ein lupenreiner Zweikaräter von solcher Seltenheit, dass man sich dessen Wert kaum vorstellen kann. Ach, ja, schön!" seufzte Agathe, ließ den Stein auf ihrer Handfläche hin und her rollen, und legte dann den Stein wieder in das Kästchen, welches sie der Eigentümerin zurück gab.

„So, liebe gnädige Frau, leider müssen wir uns verabschieden, denn ich habe noch eine dringende Verabredung in Frankfurt, und es ist zeitlich schon sehr knapp. Ich hoffe, Sie werden viel Freude mit den Sachen haben, die ich Ihnen mitgebracht habe. Und auch einen guten Platz für die Ikone, damit sie richtig zur Geltung kommt." Damit stand Agathe auf und verabschiedete sich.

Ruth folgte ihrem Beispiel, und im Auto wunderte sie sich über Agathes spitzbübisches Lachen, als sie sagte: „Fahr bitte zügig Richtung Frankfurt. Ich muss dringend zum Hauptbahnhof, ich bin tatsächlich schon sehr spät dran. Ich hoffe nur, dass der Frederik noch wartet. Nicht dass ungeduldig ist, weil der denkt, es hätte nicht geklappt, ich hätte die Ware nicht."

„Wer ist denn Frederik? Und was hat nicht geklappt? Welche Ware?" fragte Ruth, weil sie sich nicht denken konnte, was Agathe meinte, denn sie hatte doch alles verkauft. Ihre mitgebrachten Taschen waren leer, sogar der Schnorrbeutel.

„Der Frederik wartet darauf. Das ist die Ware." Erwiderte Agathe und hielt ihr die geöffnete linke Hand hin.

Auf ihrer Handfläche lag der große Zweikaräter und blitzte wie Feuer.

Vor Schock machte Ruth eine heftige Handbewegung, sodass der Wagen leicht schleuderte.

Fast wäre Ruth gegen die Leitplanken gefahren, als Agathe erschreckt rief: „Vorsicht. Ich möchte den Stein gleich noch an den Mann bringen!" Sie lachte und erklärte: „Auf den Brilli war ich schon lange scharf. Und jetzt hat es endlich geklappt. Die dumme Olle hat es genauso wenig gemerkt, wie du. Der Frederik wartet schon, der Brilli bringt mir neun Mille. Oder hast du geglaubt, für den lächerlichen Tausender wäre ich zu der Tussi nach Offenbach gefahren? Nee, das muss sich lohnen!"

„Ist nicht wahr? Du hast tatsächlich den Brillanten geklaut? Mensch Agathe, bist du abgebrüht. Nee, mit dir fahr ich nirgendwo mehr hin. Da kann ich ja in Teufels Küche kommen."

Agathe lachte nur: „Nein, keine Sorge. Ich bin Profi!"

Weihnachtsgeld vom Hehler

Im Restaurant des Frankfurter Hauptbahnhofes steuerte Agathe auf einen Tisch, nahe der Eingangstür, zu, an dem zwei Männer mittleren Alters saßen. Der hübschere von Beiden, ein smarter blonder, Mann, winkte den Frauen zu.

„Das ist Frederik. Auch ein krummer Hund, mit dem ich aber schon ein paar lukrative Geschäfte gemacht habe." Erklärte Agathe.

Ruth nickte nur, dachte im Stillen: ›dass er ein Ganove ist hätte sie nicht extra betonen müssen. Einen Hehler hätte ich wohl kaum für einen korrekten Geschäftsmann gehalten‹.

Besagter Frederik war offenbar schon voller Ungeduld, denn er überfiel Agathe gleich mit der Frage: „Und? Hast du ihn?"

„Klar!" betonte Agathe siegessicher. „Bei mir klappt immer alles, was ich mir vorgenommen habe. Hast du es auch? Die Kohle natürlich."

„Logisch, hier zähl nach." Erwiderte der Mann, und während er die rechte Hand fordernd öffnete, überreichte er Agathe, mit der anderen Hand einen Umschlag.

Sie reichte ihm die Hand, als begrüße sie ihn, dabei legte sie etwas in seine Hand, was ein Strahlen auf das Gesicht des Mannes zauberte.

Vorsichtig öffnete er seine Hand und sah hinein: „Du weißt, dass ich die Ware hier jetzt nicht prüfen kann, obwohl ich schon sehe, dass es das ist, was wir vereinbart hatten. Aber du warst ja bisher immer korrekt, und du weißt ja auch, was passieren würde, wenn du mich linken wolltest." Fragte er mit drohendem Unterton, und sah Agathe ernst an. „ Also machen wir die ganze Sache kurz, wir verabschieden uns schnell, ich rufe dich heute spät abends an. Komm Max!‟ forderte Frederik seinen Begleiter auf.

„Also lieber Frederik, ich will mal nicht sauer sein, wegen deiner Andeutung, denn ich kann jetzt auch nicht das Paket Hunnis durchzählen, würde im Lokal komisch aussehen. Also, Vertrauen gegen Vertrauen. Hat ja bisher immer gut geklappt, oder? Dann wünsch ich euch eine gute Fahrt! Komm Ruth!‟ maulte Agathe beleidigt, packte den Umschlag in ihre Tasche und erhob sich ebenfalls.

Das ganze Geschäft hatte keine zehn Minuten gedauert, und die Kellnerin kam vergeblich auf den Tisch zu. Erstaunt stutzte sie, als sich die Gäste entfernten, ohne etwas verzehrt zu haben.

Vor dem Bahnhof umarmte Agathe Ruth plötzlich voller Freude und drückte der Verdutzten einen dicken Kuss auf den Mund: „Danke, danke, dass du mich gefahren hast, du bist toll, ich liebe dich!‟ jauchzte Agathe.

Erschreckt zuckte Ruth zurück und rettete sich in die Ausrede:

„Eigentlich müsste ich mal aufs Klo. So viel Zeit hast du doch?‟ stoppte Ruth Agathes spontanen Ausbruch. ›Igitt- Nicht schon wieder ne Lespe- das ist ja gar nicht mein Fall‹.

„Dann geh, ich warte an der Eingangstür.‟ Knurrte Agathe beleidigt.

Als die Frauen wieder auf der Autobahn, Richtung Heimat, unterwegs waren, packte Agathe den Umschlag aus, und zählte das Bündel Hunderter durch.

„Stimmt.‟ Sagte Agathe zufrieden, „zehn Mille an einem Tag, das ist doch mal lecker. Mädel, du bringst mir Glück.

Kannst du mich nicht immer fahren, wenn ich auf Kundschaft muss?"

Ruth schmunzelte, verneinte: „Nee, das tut mir zwar leid für dich, aber meine eigenen Geschäftsabschlüsse bringen mir sicher mehr, als dich zu kutschieren. Das darfst du mir nicht übel nehmen."

Verständnisvoll nickte Agathe, blätterte in ihrem Geldbündel, dann hielt sie Ruth einige Scheine hin. "So, Ruthchen, das ist dein Weihnachtsgeld von dem Frederikgeschäft. Das sind Fünfhundert. Es soll sich ja für dich auch gelohnt haben, damit du demnächst doch noch mal Zeit für mich hast."

„Oh, danke Agathe. Das ist ja sehr großzügig von dir." Freute sich Ruth. „Aber das ändert nichts daran, dass meine Arbeit vorgehen muss. Natürlich würde ich dich noch Mal fahren, wenn Not am Mann ist, das heißt, wenn du keinen Fahrer auftreiben kannst und ich die Zeit habe. Wenn ich dich noch um einen Gefallen bitten darf, dann sag bitte meinem Freund nicht, wie viel du mir gegeben hast, ja? Ich möchte mir etwas beiseite legen, deshalb werde ich ihm sagen, du hättest mir dreihundert gegeben, in Ordnung?"

›Siebenhundert für einen Tag spazieren fahren, nicht übel. Kleinlich ist sie ja nicht‹. Dachte Ruth angenehm überrascht.

Wegen Schlechtwetter war der restliche Dezember nicht für Lauf-Werbung geeignet, sodass Ruth eine längere Arbeitspause anordnete. Die beiden Werbedamen schienen offensichtlich darüber froh zu sein, denn sie hatten im häuslichen Bereich genügend zu tun. Man einigte sich darauf, das neue Jahr ebenfalls langsam anzugehen, auch dann die Wetterlage zu berücksichtigen.

Überraschenderweise bekamen Ruth und Udo eine Einladung zu Weihnachten ins Haus Woods.

„Dir ist es doch Recht, dass Robert und seine Freundin ebenfalls zweiten Weihnachten zum Kaffee kommen?" fragte Ruths Schwiegermutter, gleichzeitig mit der Einladung.

„Klar Mami, kein Problem. Schließlich sind wir erwachsene, vernünftige Menschen. Außerdem sind wir uns doch nicht mehr böse." Sagte Ruth und nahm die Einladung an.

Auch Udo nahm das als nette Selbstverständlichkeit hin, zumal er ein Faible für die Werbedame Woods hatte, die ihm schon viele Grundlagen zu seinen Verkaufserfolgen gebracht hatte.

Die Kinder freuten sich sehr auf das Fest, hatten sie doch jetzt vier Möglichkeiten, ihre Wünsche erfüllt zu bekommen. Also bekamen sie schon fast Termin-Probleme, weil sie die Feiertage auf zwei elterliche und zwei Großelterliche Besuche aufteilen mussten. Das hieß aber ebenfalls, es gab an allen vier Plätzen wohlmöglich reichlich Geschenke.

Den heiligen Abend verbrachten Ruth und Udo in friedlicher Übereinstimmung gemeinsam mit Robert und den Kindern, bei Robert zu Hause. Als Ruth merkte, dass bei ihrem Ex das Maß langsam voll war, animierte sie Udo zum Aufbruch, der leicht erstaunt war wie wenig Robert vertrug, denn sein Pegel des Vertragens lag wesentlich höher.

Am ersten Weihnachtstag einigten Ruth und Udo sich darauf, getrennte Wege zu gehen, denn Udo wollte seine Oma besuchen, was Ruth damit vermeiden konnte, indem sie ihre Eltern besuchte. Sie einigten sich, den Weg mal umgekehrt zu regeln, dass Udo Ruth zu deren Eltern brachte, dann zu seiner Oma fuhr, und Ruth am Abend wieder abholte. So war beiden geholfen.

Der weihnachtliche Nachmittag bei den Schwiegereltern verlief einigermaßen harmonisch, wobei Ruth doch Roberts unterschwellige Eifersucht auf ihren neuen Partner spürte. Denn so mancher Blick oder Bemerkung von Robert ließ keinen Zweifel darüber, dass er sich zurückgesetzt fühlte. Udos elegante Weltgewandtheit kam bei Roberts versnobten Eltern gut an, sodass sich alles um Udo drehte. Roberts neue Freundin konnte sich keineswegs mit Udo messen. Sie war ein recht einfach gestricktes Wesen, die oft im Gespräch nicht mithalten konnte, deshalb schwieg.

Besonders gravierend fiel auch Udos Geschenk, für Ruth, in die Waage, ein sündhaft teures Weißgold-Armband, in Spangenform, bei dem auf einer schmalen Schiene, ein großer Brillant, bei jeder Bewegung, hin und herrutschte. Es funkelte und blitzte nur so, wenn Ruth ihren linken Arm bewegte. Alle hatten das schöne Stück bewundert, nur Robert war ein wenig erblast, man merkte, dass es im nicht gefiel, von Udo so übertroffen zu werden.

Für Ruth und Udo war der Besuch ein voller Erfolg, und für die Kinder das wunderbare Gefühl, die Familie vergrößert zu haben. Lediglich die Begeisterung von Robert und Begleitung hielt sich in Grenzen. Was aber keinen von den Anderen berührte.

Über die Silvesterfeier fanden Ruth und Udo anfangs keine Einigkeit. Udo wollte in Wuppertal durch die Discos ziehen, Robert lud Ruth und Udo zu sich ein, damit die Kinder nicht alleine seien, und Ruth wäre am liebsten zu Hause geblieben.

„Das ist ja wohl nicht dein Ernst? Damit die Arschlöcher da unten, uns auch noch die Silvesterfeier versauen?

Nee, das kannst du mal vergessen. Und auch auf Silvester mit deinem Ex habe ich absolut keine Lust. Ich geh ins Tal, entweder du kommst mit, oder ich geh alleine!" sagte Udo mit Bestimmtheit.

„Wuppertal heißt für mich, dass ich nichts trinken kann, weil ich ja nach Hause fahren muss. Das ist auch blöd, ausgerechnet Silvester." Argumentierte Ruth.

Kopfschüttelnd widersprach Udo: „Quatsch. Dumme Ausreden. Wir können das Auto doch stehen lassen und ein Taxi nehmen."

Schließlich einigten sie sich darauf, den frühen Abend bei Robert und den Kindern zu verbringen, und dann kurz vor Mitternacht nach Wuppertal zu fahren.

Wie Ruth schon befürchtet hatte, konnte Udo wieder nicht an den Zockbuden vorbei, sodass sie auch Silvester, nach dem Anstoßen, mal wieder auf dem „Treppchen" landeten.

In seinem vollgetankten Zustand war Udo noch unbelehrbarer als sowieso, und als er kein Bargeld mehr hatte, wurde seine Rolex beliehen.

Weil Ruth darauf sauer reagierte, bekamen die Beiden letztendlich so einen heftigen Streit, dass Udo schimpfte: „Hau doch ab, du blöde Ziege. Ich lass mir von dir doch keine Vorschriften machen, was ich mit meiner Uhr mache. Zisch ab, fahr nach Hause, ich brauch dich nicht!"

Fluchtartig verließ Ruth die verräucherte Würfelbude und fuhr nach Solingen. ›Angetrunken, oder nicht, ist mir jetzt ganz egal. Wenn ich geschnappt werde, kann ich nur hoffen, dass die zwei Gläschen nicht über dem erlaubten Alkoholspiegel sind‹. Denn ein Taxi konnte sie nicht nehmen, weil sie keinen Pfennig mehr in der Tasche hatte.

Am nächsten Mittag kam auch Udo endlich nach Hause, und er tat, als sei nichts passiert.

Als Ruth die Kinder von Robert abholen wollte, meinte er entgegenkommend: „Wenn du willst, hole ich die Kinder ab, dann kannst du schon das Essen vorbereiten. Sicher hast du noch genug zu tun, oder Schatz?"

Weil sie den Streit nicht noch ausweiten wollte, zeigte Ruth sich nachsichtig und stimmte zu: „Gut, mach das."

Als kurze Zeit später ihr Sohn zur Tür reinstürmte und aufgeregt schrie: „Mama, der Udo hat dein Auto kaputt gemacht! Der ist verrückt. Geh mal schnell gucken." War ihr nicht bewusst, wie groß der Schaden war.

Ruth ging ans Fenster und sah auf das parkende Auto hinunter. Geschockt entfuhr es ihr: „Nein! Wie sieht denn das Auto aus? Wie ist das denn passiert? Da ist ja die ganze Seite beschädigt. Udo, was hast du gemacht?"

Bevor ihr Freund etwas sagen konnte, erzählte Rene hektisch: „Nicht nur eine Seite, Mama, beide sind kaputt! Der Udo hat unsere Einfahrt nicht geschafft. Gleich beide Seiten hat er angekratzt. Als eine Seite kaputt war, hat er absichtlich die Andere auch an die Wand gefahren. Das hättest du sehen müssen, Mama. Alle Nachbarn sind raus gekommen, so einen Krach hat das gemacht. Der Udo ist verrückt, hat der Papa gesagt!"

Mit großen Augen sah Ruth ihren Freund an und fragte: „Das stimmt doch nicht, oder? Du hast doch immer zu mir gesagt, ich wäre zu ängstlich. Durch diese Einfahrt würdest du mit einem LKW fahren. Es kann doch nicht sein, dass dir die Einfahrt zu eng war? Oder bist du noch besoffen von gestern? Das kannst du doch unmöglich extra gemacht haben?"

„Doch. Als ich mit der rechten Seite an die Wand gekommen bin, habe ich so eine Wut gekriegt, dass ich den

Lenker zu weit nach links gerissen habe, und die andere Seite auch noch angekratzt habe. Vor Wut hab ich dann Gas gegeben und den Wagen mit Gewalt durch die blöde Einfahrt gefahren. Reg dich nicht auf, ist ja nur Blech. Das kann man reparieren." Erzählte Udo gelassen.

„Na toll, was das wieder kostet möchte ich nicht wissen. Aber wir haben es ja!" Ärgerte sich Ruth.

„Mensch, stell dich nicht so an. Ist doch nur Geld."

Ruth war so fassungslos, dass sie nicht wusste, was es darauf noch zu sagen gab. Kopfschüttelnd machte sie an der Zubreitung des Abendessens weiter.

Bereits am nächsten Tag schlug Udo in den gelben Seiten nach, um eine spezielle Karosseriebau-Werkstatt zu finden.

„Wo ist denn die Bethovenstraße? Weit von hier?" fragte Udo.

„Nein, warum?"

„Ich habe da eine Werkstatt gefunden, eine Firma Eichholz, kennst du die?"

Verwundert erwiderte Ruth: „Woher soll ich die denn kennen? Solingen ist doch kein Dorf, sondern eine Großstadt. Da kann ich doch nicht jede Auto-Werkstatt kennen."

„Soll ich jetzt lachen? Großstadt? Wenn du das Kaff mit Wuppertal vergleichst, ist es nicht größer als ein Dorf. Immerhin hat Wuppertal fast Vierhunderttausend Einwohner. Und wie viel hat dein geliebtes Solingen? Nicht mal die Hälfte, denke ich. Also gib nicht so an!" meinte Udo abfällig.

Erbost sagte Ruth: „Wir haben zwar nur Einhundert-siebzigtausend, das stimmt, aber dafür ist Solingen grüner, schöner und hat mehr Sehenswürdigkeiten. Zum Beispiel Schloß Burg, die Müngstener Brücke, das Klingemuseum, Burg Hohenscheid, den Balkhauser Kotten und das historische Gräfrath. So etwas hat Wuppertal nicht vorzuweisen. Nur eine kreischende, kratzende Schwebebahn,

wogegen unsere geräuschlosen Oberleitungsbusse eine Wohltat sind, und die Bayer-Werke, die ihren Giftmüll in die Wupper abgelassen haben, so dass die ganze Gegend stinkt. Und das ist eine erwiesene Tatsache. Also vergiss mal deinen Stolz auf Wuppertal.“

„Ach, wegen so einem Mist streite ich mich doch nicht. Die Firma Eichholz ist eine Fachwerkstatt, da fahr ich gleich mal hin.“ Entschied Udo abschließend.

„Mach wie du denkst.“ Murmelte Ruth abwesend. Dachte sie doch nur darüber nach, wo das Geld nun herkommen sollte, denn ihre Finanzlage war mehr als bescheiden.

Keine Adressen, deshalb keine Einnahmen, aber Udo verzockte nicht nur das restliche Geld, sondern belieh auch noch seine Uhr. Sie machte sich ernsthafte Sorgen, wie Geld reinkommen sollte, denn die Miete war noch nicht bezahlt. Weil die Wetterlage es nicht zuließ, die Frauen auf Werbetour zu schicken, konnte nichts weitergehen. Dass Udo so oberflächlich war, so sorglos mit allem umging, konnte sie absolut nicht verstehen.

Udo kam mit der Nachricht zurück, dass er zwar der Meinung sei, die richtige Fachwerkstatt gefunden zu haben, jedoch verärgert war, weil er die Leute hatte überreden müssen, lediglich einen Kostenvoranschlag zu machen.

„Also manche Menschen sind so unflexibel, unglaublich. Nur weil ich nicht der Halter des Fahrzeugs bin, wollten die erst, dass du selbst kommst. Dabei sollten die ja noch gar nichts machen. Tzz. Auch nur für nen blöden Kostenvoranschlag muss der Halter den Auftrag erteilen, sagte die doofe Tussi im Büro. Mensch, das nervt ja vielleicht, wenn man sich mit so Kleingeistern rumschlagen muss." Schimpfte Udo.

„Aber Schatz, hab doch mal Verständnis für Leute, die nur ihre Arbeit machen, und nicht so einfach entscheiden können, sondern auf nur Anweisung handeln." Versuchte Ruth ihn zu beschwichtigen.

„Nein, die sind einfach nur geistig unbeweglich, man muss auch mal vom Weg abweichen und großzügig sein." weigerte er sich, anderer Leute Meinung zu akzeptieren.

Zwei Tage später, als Ruth den Kostenvoranschlag in Händen hielt, rief sie erschrocken: „Was? Dafür kann man ja fast ein neues Auto kaufen. Mensch Udo, woher sollen wir das Geld nehmen? Es kommt ja momentan nichts rein. Das geht jetzt nicht, das Auto muss vorerst so bleiben. Wir haben zu viele andere Sachen vorher zu bezahlen. Die Auto-Rate und auch die Miete sind noch nicht bezahlt, und wir haben schon Mitte des Monats. Außerdem müssen wir ja von irgendetwas leben."

Gelassen erwiderte Udo: „Nun werde mal nicht gleich hysterisch. Dann muss halt dein Schmuck dran glauben. Wir bringen den in die Pfanne, dazu sind Wertsachen gut. Das hilft uns vorübergehend über die Runden. Lass uns gleich direkt hinfahren, die Leute im Pfandhaus kennen mich schon. Da bin ich seit Jahren ein guter Kunde."

Entsetzt wehrte Ruth ab: „Nein, Udo. Ins Pfandhaus? Da geh ich nicht hin. Da schäm ich mich!"

292

Udo lachte lauthals: „Wie bitte? Was gibt es denn da zu schämen? Das du etwas beleihst? Liebes Dummchen, stolz solltest du sein, das du Wertsachen hast. Es gibt mehr als genug Menschen, die dich beneiden, weil sie nichts haben, was sie beleihen können. Junge, Junge, du musst aber wirklich noch viel lernen." Sagte er ironisch.

Ruth schwieg, dachte im Stillen ›Wenn du nicht so leichtsinnig wärst, müssten wir nicht ins Pfandhaus gehen. Ich habe von meiner Mutter gelernt, dass man immer erst allen Verpflichtungen nachkommt, bevor man für Amüsement Geld ausgibt. Das hättest du vielleicht lernen sollen, dann hätten wir dieses Problem nicht, bei den Summen, die wir verdient haben‹.

Ohne Rücksicht auf die Finanzlage vereinbarte Udo einen Reparatur-Termin mit der Werkstatt.

Als Ruth dagegen opponierte, wischte Udo ihren Protest rigoros beiseite: „Das Auto wird repariert, und Schluss mit der Diskussion. Ich fahre doch nicht mit so einer verbeulten Karre durch die Gegend!"

Seine Entscheidung galt, Widerstand war zwecklos.

Betrug und Scham

Mit schamrotem Gesicht stand Ruth neben Udo in dem Pfandhaus. Sie wunderte sich über die entgegenkommende Freundlichkeit der Dame hinter der Theke dieses Hauses. Zwar hatte Ruth ein beklemmendes Gefühl, aber das lag vielleicht an der eigenen Atmosphäre, die dieser Laden ausstrahlte.

Trotz der einfachen Ausstattung funkelten, dem Betrachter, aus der gläsernen Oberfläche der Theke, verschiedene schöne Ringe und Uhren entgegen. Und hinter den Glastüren der Wandregale standen silberne Pokale und bunte Porzellanfiguren. Unübersehbar ein opulentes Angebot an Werten, wie Ruth es noch nie gesehen hatte. Das alles verunsicherte Ruth noch mehr.

Udo legte Ruths Uhr und Halskette mit dem Brillantherz auf die Theke und sagte selbstsicher wie immer: „Wir brauchen Geld."

„Geht der Pfandschein auf Sie, Herr Gogolscheff, oder soll ich ein neues Konto für die Dame einrichten?" fragte die Frau, mit freundlichem Lächeln.

„Nein, machen Sie das bitte auf meine Partnerin. Ruth Woods, ach, Schatz, gib der Dame bitte deinen Personalausweis. Das ist ja einfacher." Entschied Udo.

Noch bevor Ruth abwehren konnte, um der Peinlichkeit zu entkommen, sagte die Frau: „Ja, ich denke auch, dass das besser ist, schon allein, wegen der Abholung. Würden Sie mir dann bitte Ihren Ausweis geben, Frau Woods, war das richtig? Sind Sie Engländerin, oder Amerikanerin?"

Während Ruth in ihrer Handtasche kramte, schüttelte sie den Kopf: „Nein, ich bin Deutsche, der englische Name ist angeheiratet." Verschämt reichte sie der Dame den Ausweis.

„Wie viel brauchen Sie denn?" fragte die Frau, während sie ein Formular ausfüllte.

Udo antwortete selbstsicher: „Drei Mille sollten es schon sein."

Überlegend wiegte die Dame den Kopf hin und her und sagte zögernd: „Ein bisschen viel für die beiden Teile. Gehörte da nicht noch mehr zu? Armband und Ring? Wenn die beiden Teile noch dabei wären, ginge das, sonst....."

„In Ordnung!" entschied Udo, und an Ruth gewandt forderte er: „Häng ab!"

Ruth fühlte wie ihr das Blut in den Kopf schoss, beschämt schaute sie zu Boden. Kommentarlos löste sie das Armand und zog den Ring vom Finger.

„Soll ich alles auf einen Schein oder mehrere Pfandscheine machen? Vielleicht zwei a zwei Teile?" erkundigte sich die Dame.

Wieder antwortete Udo: „Ja zwei ist besser. Ring und Uhr, und die Kette mit dem Armband vielleicht? Oder was denken Sie?"

„Wie Sie wünschen!" stimmte die Frau zu.

Dann stellte sie die beiden Pfandscheine aus und blätterte dreißig Hunderter vor Ruth auf den Tresen.

Ausnahmsweise war Ruth schneller, sodass Udo nicht zugreifen konnte, sondern es Ruth überlassen musste, das Geld einzustecken.

Im Auto knurrte er: „Lass mal ein paar Scheine rüber wachsen, du willst mich doch wohl, nicht allen Ernstes, ohne Geld rumlaufen lassen?"

„Aber du läufst nicht alleine rum, ich bin ja bei dir," flachste Ruth schadenfroh grinsend, „und bevor wir nicht unsere fälligen Sachen bezahlt haben, gebe ich nichts ab." entschied sie energisch.

„Fahr mal zum Meier, ich will mal hören, wie es mit dem Bus aussieht." Bestimmte Udo, ohne weiter auf das Thema einzugehen.

Der Besuch war vergebens, denn der Chef war in Bayern, und wurde erst in zwei Wochen zurück erwartet.

„Meldet der sich denn ab und zu, oder können Sie ihn erreichen?" fragte Udo die Sekretärin.

„Ja, der Chef ruft täglich an. Warum? Soll ich ihm etwas ausrichten?" wollte die Sekretärin wissen.

Udo nickte: „Ja, bitte fragen Sie ihn, ob wir ab übermorgen mal für eine Woche den Bus haben können. Unser Auto geht in die Werkstatt, dann sind wir eine Woche unbeweglich. Wir rufen morgen Nachmittag an, aber Sie können uns auch anrufen, wenn sie wollen. Unsere Nummer haben Sie ja, oder? Danke Frau Wirtz."

„Nun gut, dann fahren wir mal zum lieben Norbert. Mal sehen ob wir ihm ein paar Mark aus der Tasche locken können." Entschied Udo anschließend.

Im Gegensatz zu Meier war bei der Firma Fuco der Chef anwesend. Allerdings war Norbert Fuchs alleine und offenbar schlecht gelaunt.

„Ach, sieht man euch auch noch mal?" fragte er missgestimmt.

„Ich dachte schon, ihr hättet mich nicht mehr nötig, seid ihr euch wieder gut mit dem Meier versteht."

„Quatsch. Was ist dir denn für eine Laus über die Leber gelaufen?" erwiderte Ruth erstaunt.

„Ja, hat deine Alte dich geärgert?" grinste Udo spöttisch.

Norbert schüttelte den Kopf und erklärte: „Nee, nur ein anderes Weib. Die Becker ist krank, deshalb bin ich jetzt zum Bürodienst verdammt, dabei hab ich so viel zu erledigen. Mist!" schimpfte er.

„Und das ist natürlich ärgerlich, das verstehe ich. Können wir dir irgendwie helfen?" bot Udo an.

Ein Hoffnungsschimmer erhellte Norberts düstere Miene: „Ja, das könntet ihr in der Tat. Beziehungsweise du, Ruth. Du kennst dich doch mit Büroarbeiten aus. Wenn ihr im Moment nichts zu tun habt, könntest du hier ein paar Tage aushelfen? Du musst nur Telefondienst machen und die Arbeitsberichte der Monteure abheften. Mehr Arbeit gibt es im Moment nicht. Ich denke, in zwei bis drei Tagen ist die Becker wieder fit, aber bis dahin könnte ich deine Hilfe gut gebrauchen. Natürlich bezahle ich dich dafür. Sagen wir einen Hunderter pro Tag? Was sagst du dazu?"

Das Angebot kam Ruth nicht ungelegen, außerdem einen Blauen pro Tag zu verdienen, war im Moment eine willkommene Einnahme, deshalb stimmte sie sofort zu: „Klar helfe ich dir Norbert. Du hast sicher nichts dagegen Udo?"

„Dann bleib doch direkt hier, auch wenn fast Mittag ist, gilt unsere Vereinbarung schon ab heute. Ich zeig dir schnell alles, und dann bin ich weg. Hier ist der Schlüssel, um Fünf oder halb Sechs kannst du Feierabend machen. In Ordnung?"

Als Norbert seiner Ersatz-Sekretärin gezeigt hatte wo sie alles fand, fragte er: „Was ist denn mit dir Udo, willst du mit mir fahren? Ich muss zu verschiedenen Baustellen und zu Kunden kassieren. Macht sich immer gut, zu zweit aufzukreuzen. Falls mal Jemand motzt. Kommst du mit? Um Sechs sind wir spätestens zurück."

Auch diese Maßnahme fand Ruth sehr sinnvoll, so konnte Udo nicht wieder zocken gehen und hatte einen Einblick in Norberts finanzielle Lage. Udo schien den gleichen Gedanken wie Ruth zu haben, denn während er nickte, warf er seiner Partnerin einen vielsagenden Blick zu.

Kaum waren die Beiden vom Hof gefahren, als Ruth mal erst die Auftragsmappe durchblätterte. Auch der Auftrag Weiher lag schon auf Termin Mitte Februar, vorher waren allerdings noch fünf andere Auftragsformulare terminiert. Ruth musste lachen als die den Auftrag Sillikum in Opladen erblickte. Richtig, die Fertigstellung war ja auch in Kürze fällig.

›Eine schlechte Auftragslage hast du ja nicht, lieber Norbert, dank deinem Verkaufpaar Gogolscheff- Woods. Ob du das zu schätzen weißt‹? Dachte Ruth schmunzelnd.

Aber ob er überhaupt den Überblick über seine Auftragslage hatte, das bezweifelte sie. Der Teufel ritt sie, als sie überlegte, das doch mal Spaßeshalber zu testen. Aber wie? Einfach einen Auftrag aus der Mappe nehmen und mitnehmen. Später könnte sie den ja zurück geben, und ihn über ihren Spaß aufklären. Ja, das würde sie jetzt machen, den Spaß konnte sie nicht lassen. Beim durchblättern fiel ihr wieder der Gruitener Auftrag ihrer neuen Freundin A- gathe Weiher ins Auge, ja das war es doch! Ruth nahm das Formular aus der Mappe, faltete es zusammen und steckte es in ihre Handtasche. Sie grinste fröhlich vor sich hin. Was Udo wohl zu ihrem Spaß sagen würde?

Ruth war gerade zu Hause und dabei das Abendessen zu bereiten, als Udo aus Norberts Wagen stieg, und das Auto gleich weiter fuhr.

„Du, ich muss dir was Lustiges erzählen!" fiel sie gleich über ihren Liebsten her.

„Ich dir auch, also dieser Norbert ist alles andere, nur kein Geschäftsmann. Der lässt sich viel zu schnell runter handeln. Nee, so ein Schwachkopf. Ich habe mich richtig geärgert, wie leicht der nachgibt. Das könnte mir nicht passieren." Erzählte Udo verächtlich.

Als Ruth ihm dann von ihrem Spaß berichtet hatte, fragte er: „Und wo hast du den Auftrag jetzt?"

„Na hier." Lachte Ruth und schwenkte das Formular durch die Luft.

„Zerreiß es!" befahl Udo.

„Wie? Nein! Das geht doch nicht. Sobald er es gemerkt hat, gebe ich es ihm zurück!"

„Sag mal, bist du wirklich so doof? Nein, das ist doch die Gelegenheit, endlich wieder Geld zu verdienen. Eine bessere gibt es momentan nicht. Wenn du den Auftrag vernichtest, können wir den doch noch einmal neu reinreichen. Die Agathe macht den Trick mit. Der geben wir einfach ein Drittel, von der Knete, ab. Für Geld macht die auch alles. Und ich wette mit dir, der Norbert merkt das nicht. Lass mich nur machen, das ist doch super!"

„Aber..." Unter Udos zornigem Blick schluckte Ruth den Rest runter, denn sie konnte Udos Argument nicht widerlegen. Eigentlich wollte sie sagen, das ist doch Betrug, aber im Stillen gab sie ihrem Freund recht. So weit war sie schon gekommen? Ja, jetzt betrog sie sogar ihren Chef.

Udo riss ihr das Blatt aus der Hand, zerriss es in mehrere Fetzen und warf es in den Müll.

Vor Entsetzen erstarrte Ruth, und sie konnte weder sprechen noch sich bewegen. Sie stand wie versteinert und starrte ihren Liebsten fassungslos an.

Der Anruf von Meiers Sekretärin kam rechtzeitig, so-dass der Bus noch vor Abgabe des BMWs abgeholt werden konnte.

Nachdem Ruth den zweiten Bürotag hinter sich ge-bracht hatte, fuhren die Beiden nach Haan, um den VW-Bus abzuholen.

Als Ruth den Schlüssel von Frau Wirtz in Empfang nahm, sagte die Sekretärin: „Einen schönen Gruß soll ich Ihnen ausrichten, da der Bus hier kaum gebraucht wird, können Sie den benutzen so lange sie wollen. Sinnvoll wäre es, bis über die Messe hinaus, damit Sie für Messeuntensi-lien ein Transportfahrzeug haben.‟

„Prima, der Mann denkt mal wieder mit.‟ Grinste Ruth Pflichtschuldig. „Kommt er denn vor der Messe wieder zu-rück? Wir haben ja noch nicht alles geklärt.‟ Erkundigte sie sich.

Die Sekretärin nickte: „Ja, nächste Woche. Bis zur Messe sind dann noch ein paar Tage Zeit.‟

Wenn auch widerwillig, und mit schlechtem Gefühl im Magen, so war Ruth dennoch gezwungen, der Firma Eich-holz den Reparatur-Auftrag zu unterschreiben, denn schließlich war sie die Halterin des BMW.

Am Ende des dritten Tages als Aushilfskraft, im Büro der Firma Fuco, überreichte Norbert Fuchs Ruth die ver-einbarten drei Hunderter, mit den Worten: „Vielen Dank für deine Hilfe, du hast mir damit sehr geholfen. Ab mor-gen ist die Becker wieder da, obwohl du mir, als dauerhafte Besetzung, hier lieber gewesen wärst.‟

Ablehnend schüttelte Ruth den Kopf und erwiderte: „Sei mir nicht böse, Norbert, aber das ist mir erstens zu wenig Geld und zweitens zu langweilig. Behalt mal die Becker, die macht das doch gut!"

Am liebsten hätte Ruth noch dazu gesagt: › und die hat mehr Überblick als du‹. Denn ihm war das Fehlen des Auftrags Weiher nicht aufgefallen, obwohl er die Auftragsmappe zweimal durchgesehen hatte.

„So, dann fahr mal nach Gruiten. Wir müssen ja mal wieder ein paar Mark verdienen. Weil du die blöden Rechnungen bezahlen musst, bleibt uns ja nicht mehr viel übrig." verlangte Udo am nächsten Tag.

„Miete, Strom und Autorate sind nun mal Sachen, die bezahlt werden müssen, das kenne ich nicht anders. Erst wenn was übrig ist, kann man aasen." erwiderte Ruth trotzig.

Agathe war offensichtlich hoch erfreut über den unerwarteten Besuch: „Ach, ihr lasst euch auch mal wieder sehen? Schön dass ich heute nichts vor habe. Wie war denn das Weihnachtsfest? War der Udo lieb und hat dich reich beschenkt?"

Nach ein paar freundlichen Floskeln kam Udo gleich zur Sache: „Sag mal, Agathe, du bist doch eine Frau mit Geschäftssinn? Und bist doch sicher immer für eine lukrative Sache offen? Willst du dir nen Tausender verdienen, ohne dass du irgendetwas tun musst?" lockte Udo die Geldgier der Gastgeberin hervor.

„Dumme Frage! Klar! Mach es nicht so spannend, erzähl mir worum es geht!" sagte Agathe entschlossen.

Als Udo ihr die Sache mit dem vernichteten Auftrag, und der Idee, den noch einmal neu zu schreiben, berichtet hatte, grinste die Hausherrin ironisch und fragte: „Und du glaubst wirklich, dass der Chef so blöd ist, dass er das nicht merkt und noch einmal die Provision zahlt?"

Siegessicher antwortete Udo: „Ja, ganz sicher. Der hat so wenig Überblick, was in seinem Auftragsbuch ist, der merkt nix, da wette ich. Natürlich müssen wir die Daten ein wenig ändern, zum Beispiel die Quadratmeter, und einen Doppelnamen könnten wir dir verpassen. Du hast doch sicher einen Mädchennamen? Und anstatt Gruiten, schreiben wir einfach Haan. Das klappt hundertprozentig!"

Begeistert stimmte Agathe zu: „Die richtige Adresse heißt auch Haan 2, und mit dem Doppelnamen ist sogar richtig, habe ich in meinem Ausweis stehen, den benutz ich nur nicht. Guck mal hier." Sagte sie und kramte ihren Personalausweis aus ihrer Handtasche.

Sie waren sich einig, der Betrug konnte beginnen. Udo wies Ruth an: „Nimm mal den Block raus und schreib zweihundert Quadratmeter, Haan 2, Zeisigweg 23, und die Frau Agnes Dorten- Weiher als Auftraggeberin. So, schon perfekt. Wenn der Norbert da hinter steigt, könnt ihr mir in meine neuen Schuhe pinkeln. Hier unterschreiben, meine Liebe, ja. Ha, ha, ha, Mädels, sind wir gut? Oder super?"

Ruth hatte die ganze Zeit geschwiegen, konnte sich nicht verkneifen zu zweifeln: „Ich weiß nicht, so oberflächlich kann doch kein Mensch sein. Und dass die nicht Agnes heißt, sondern Agathe kommt doch raus. Also wenn der den Betrug nicht merkt, ist er blöder als die Polizei erlaubt."

Als die Beiden sich verabschiedeten, war es schon später Abend. „Fahr ins Tal, der Auftrag muss bis morgen warten, der Norbert ist bestimmt nicht mehr da. Sicher liegt der bei einer seiner Weiber in der Kiste, da kriegt man den jetzt eh nicht mehr raus." Sagte Udo verächtlich.

„Ganz wohl ist mir dabei sowieso nicht. Ich habe doch schon ein schlechtes Gewissen." Murmelte Ruth.

„Meinst du der Norbert hätte ein schlechtes Gewissen gehabt, als er damals deinen Freund Walter beklaut hat?" erinnerte Udo sie an diese Gemeinheit.

„Nee. Du hast ja Recht." Wischte sie die Gewissensbisse weg.

Voller Spannung sahen Ruth und Udo den Firmenchef an, als Udo ihm das Auftragsformular überreichte.

Ohne jegliche Form des Misstrauens oder der Verzögerung staunte Norbert: „Ach das ist ja schön, habt ihr noch mehr alte Adressen in Petto? Oder habt ihr neue Werbung gemacht?"

Udo erwiderte global: „Du weißt doch, Norbert, wer rastet, der rostet. Und wir sind ja immer beweglich."

„Zweihundert Quadratmeter? Richtig gemessen, oder großzügig?" war die einzige Einschränkung, die von Fuchs kam.

„Wenn du im Moment keinen Auftrag brauchen kannst, ist das kein Problem, Norbert. Wir können auch zum Meier gehen." Tat Udo als sei er beleidigt, und wollte das Formular greifen.

Aber Norbert zog schnell seine Hand aus Udos Reichweite und wehrte ab: „Nein, nein, du hast mich total missverstanden. Ich wollte nur wissen, ob das eine neue Kundin ist, und ob es mit der Ausführung eilt. Ich habe zwar noch Aufträge auf Vorrat, aber man kann sich ja nicht gut genug eindecken."

Ruth musste sich wegdrehen, denn sie war versucht zu lachen, weil sie einfach nicht glauben konnte, wie wenig Einblick Norbert in seine Firmeninterna hatte.

„Ich geh mal eben zum Klo." Sagte sie und ging hinaus. Sie hatte sich absichtlich lange auf der Toilette aufgehalten, in der Hoffnung, dass Udo schon die Knete kassiert hatte.

Als sie in das Büro zurück kam, maulte Udo: „Mensch, was machst du denn so lange auf dem Scheißhaus? Ich dachte schon, du wärst reingefallen. Du musst noch die Rechnung unterschreiben."

„Warum ich? Warum macht ihr die Rechnung nicht auf dich, wie sonst auch?"

„Nee, ist besser so!" erklärte der Chef. „Mein Steuerberater hat gesagt, ich soll mal die Rechnungen auf andere Freiberufler ausstellen. Er meint, ab ner gewissen Gesamtsumme oder Zahl der Rechnungen könnte das Finanzamt mal Kontrollen machen. Und das wollen wir ja wohl alle nicht? Klar?"

Ruth zuckte mit den Schultern, es war ihr egal, sie ahnte nichts Böses, deshalb unterschrieb sie.

Diesmal war ihr Partner schneller, bevor Ruth sich versah, hatte er das komplette Geld eingesteckt.

Draußen setzte Ruth sich ans Steuer und fuhr los.

„Wo willst du hin?" fragte Udo erstaunt."

„Nach Gruiten, der Agathe ihren Anteil bringen!" erwiderte sie entschlossen. Udo schwieg.

Weinselige Messe

Agathe freute sich sehr, als Udo sie um tausend Mark reicher machte.

„Ich habe noch nachträglich ein Weihnachtsgeschenk für dich, Ruth. Zum Dank, dass du mich nach Offenbach gefahren hast. Wollte ich dir letztens schon geben, aber über unserer interessanten Geschäfts-Besprechung hatte ich das ganz vergessen. Es ist zwar schön, aber nichts besonders Wertvolles, aber ich hoffe, es gefällt dir." Sagte sie und holte aus einer Ecke im Wohnzimmer ein nicht etwa fünfzig Zentimeter großes Paket hervor.

Während Agathe es vorsichtig auspackte, sagte sie: „Das ist eine Madonnen-Plastik aus Ton, von der Mutter Maria mit dem Jesuskind auf dem Arm. Schau mal, darunter ist eingraviert: Ora pro nobis. Das heißt: bete für uns. Man muss nicht fromm sein, um sich so eine schöne Plastik an die Wand zu hängen, dieses matte Altweiß mit Blattgold verziert, und der goldenen Schrift, macht sich einfach gut im Raum. Es sieht edel aus. Und, was sagst du?"

Ruth sah Agathe erstaunt an, und sagte nach einer Weile: „Tja, schön. Entschuldige, aber ich weiß nicht so recht, was ich sagen soll. Ich habe damit nicht gerechnet, und ich habe ja gar kein Geschenk für dich. Also, es ist sehr schön."

„Ruthchen, wenn es dir nicht gefällt, kannst du es ruhig sagen. Ich bin dir nicht böse, ich dachte nur, das passt zu dir. Ich weiß auch gar nicht warum, es fiel mir einfach so ein, als ich es sah."

„Nein, nein, ich bin einfach überwältigt, dass du mir so etwas Schönes schenkst. Nein, wirklich, dankeschön, es wird immer einen Ehrenplatz bei mir haben. Danke, Agathe."

Als Ruth für die Plastik einen geeigneten Platz gefunden hatte, betrachtete sie das schöne Geschenk eingehend und fragte ihren Liebsten: „Guck mal Schatz, hängt das nicht genau passend, über der rustikalen spanischen Dielenkommode? Ich finde es sieht echt super aus."

Udo hatte nur uninteressiert geknurrt: „Ja, ja. Ihr Weiber. So ein Theater um so ein blödes Stück Stein. Das würde keinem Kerl einfallen."

„Kultur-Banause! Aber woher sollst du auch Wohn-Kultur haben? Tzz." war Ruths verächtliche Reaktion.

Schon kurze Zeit später rief Meiers Sekretärin am frühen Abend an: „Hallo Frau Woods, wie geht es Ihnen? Der Chef lässt fragen, wann Sie zur Besprechung reinkommen können? Nächste Woche fängt die Messe an, und es gibt vorher ja noch einiges zu besprechen." Nach schneller Rückfrage bei ihrem Partner vereinbarte Ruth einen Termin für den nächsten Nachmittag.

Vormittags wollte Udo mal nachfragen, wie weit die Werkstatt mit der Reparatur des BMWs war. Zwar hatte man gleich bei Einlieferung gesagt, dass es mindestens eine Arbeitswoche dauern werde, und dass man anrufen werde, sobald der Wagen fertig sei. Aber Udo hatte die Unruhe gepackt, weil diese Arbeitswoche schon vorbei war.

„Ich will mit zwei Autos nach Herford fahren, deshalb muss ich mal nachfragen, wann der BMW endlich fertig ist!" erklärte Udo.

Sein ungutes Gefühl war nicht ohne Grund. Tatsächlich stand der Wagen noch in einer Ecke der Werkstatt, und beide Seiten des Fahrzeugs waren grau von dicker Spachtelmasse, die noch an vielen Stellen feucht war.

„Was ist das denn für eine Scheiße? Wer hat das veranlasst? Wieso habt ihr die Seiten gespachtelt? Das war nicht vereinbart. Wir haben den Einbau von Neuteilen vereinbart! Wo ist der Meister?" Schrie Udo laut in die Halle hinein und er übertönte damit sogar die Arbeitsgeräusche.

Augenblicklich stellten die Monteure ihre Arbeit ein und kamen auf Udo zu.

Gerade als einer etwas erwidern wollte, rief der herankommende KfZ-Meister: „Geht an eure Arbeit, Leute. Ich kümmere mich darum. Und Sie, Herr Woods, schreien hier gefälligst nicht so herum, als hätten Sie hier etwas zu sagen. Kommen Sie bitte mit ins Büro, da können wir über alles reden."

Zornesrot erwiderte Udo: „Erstens heiße ich nicht Woods sondern Gogolscheff, und zweitens schreie ich wann und wo ich will, und ich habe ein Recht dazu. Sie handeln gegen unsere Vereinbarungen. Sie glauben doch nicht, dass wir auch nur einen Pfennig für diese Pfuscharbeit bezahlen? Wir haben den Einbau von Neuteilen vereinbart!"

Ruhig aber bestimmt antwortete der Meister: „Nein, das stimmt nicht. Mein lieber Herr, zeigen Sie mir, wo das steht. In unserem Kostenvoranschlag ist nur von Reparatur der beiden Unfall-Seiten die Rede, aber nicht von Neuteilen. Dann wäre der veranschlagte Preis viel höher. Dass ist das Fahrzeug gar nicht mehr wert. Was das kosten würde, dafür können Sie sich ja fast einen neuen Wagen kaufen. Nein, das machen wir nicht!"

Wütend sagte Udo: „Und wir bezahlen diese Pfuscharbeit nicht. Dann amüsieren Sie sich mal mit dem Auto, er gehört jetzt Ihnen, wir melden den ab. Komm Ruth!"

„Aber..." wollte Ruth eine Einigung erzielen, aber Udo zog sie einfach zum Ausgang.

Draußen sagte er: „Nee, darauf halten wir nicht still. Mal sehen, was die jetzt machen. Ich bin gespannt, was da kommt."

„Aber Udo, wie stellst du dir das vor? Wir haben den Wagen noch nicht bezahlt und die Versicherungskosten laufen weiter. So einfach abmelden geht doch nicht. Du hast ja Nerven." Ruth war total ratlos.

„Abwarten! Da kommt noch was!" beendete Udo rigoros das Thema.

Meier begrüßte die Beiden mit überschwänglicher Freude, so als wären sie lang vermisste Freunde: „Grüß Gott ihr Beiden, schön euch zu sehen. Also am Montag ist es soweit, die Monteure sind schon da, um den Stand aufzubauen. Ich habe euch Beide schon als Standleitung gemeldet, mit noch zwei Mitarbeitern. Habt ihr schon entschieden, wen ihr mitnehmen wollt? Ich vermute, du wirst die Ellen mitnehmen, Ruth? Die kann jetzt ein bissel Aufmunterung gebrauchen. Hast du schon gehört was auf der Baustelle in Leverkusen passiert ist? Deine Freundin hat ja wirklich Pech gehabt, und wir auch. Na ja, die Ellen konnte das ja nicht wissen, dass die Eigentümerin entmündigt ist, aber dumm war nur, dass wir schon das Gerüst aufgebaut hatten. Als der Rechtsanwalt der Eigentümerin kam, und uns befahl, sofort wieder abzubauen, hat er uns mal erst darüber aufgeklärt, das war Pech. Aber das ist Vergangenheit, jetzt auf der Messe machen wir bestimmt ein gutes Geschäft. Davon verspreche ich mir viel."

Es war, für Udo, relativ leicht gute Konditionen auszuhandeln, Meier war in Geberlaune. So vereinbarte Udo einen Tagessatz von achthundert Mark plus Hotelkosten und natürlich alle Fahrtkosten, wie Benzin für alle Fahrzeuge. Denn außer dem Bus wollten sie mindestens noch einen Wagen mitnehmen, wegen der Kundenbesuche.

„Das sind pro Nase Zweihundert pro Tag, und sonst keine Kosten, außer essen und trinken, das ist auf jeden Fall besser als hier rumzugammeln und nix zu verdienen."

Sagte Udo später. „Du musst der Ellen noch Bescheid geben. Aber wen nehmen wir denn sonst noch mit? Ihren Leo? Oder mit wem hat sie denn zusammen verkauft? Ha, ha, das war ja wohl der Witz des Jahres, mit dem Abbau-Auftrag, ha, ha, ich lach mich schlapp."

„Ja, traurig. Jetzt ist mir auch klar, wieso der Meier mir die Ellen so dringlich ans Herz legt, der will irgendwie wieder an seine Kohle kommen. Oder wie geht das sonst mit der Provision für den geplatzten Auftrag? Aber ich hab nichts gegen die Ellen. Du?" überlegte Ruth.

„Nee." schüttelte Udo den Kopf: „Da fällt mir momentan auch niemand ein."

Der vierte Mann sollte von ganz unerwarteter Seite kommen.

Als Udo am Abend von dem Sportcafe zurück kam, präsentiert er seiner Partnerin eine Entscheidung, die Ruth sehr überraschte: „Ich habe den fehlenden Mann für die Messe. Der Rischie kommt mit." Erklärte er.

„Wie? Mit dem hattest du doch so einen heftigen Streit. Du wolltest doch absolut nichts mehr mit dem zu tun haben. Wie kommt es zu deinem Sinneswandel?" staunte Ruth.

Ärgerlich erwiderte Udo: „Ja und? Man kann doch mal seine Meinung ändern, oder nicht? Ich habe den heute im Cafe getroffen, und nachdem wir uns ausgesprochen hatten, hat er mich gefragt, ob ich Arbeit für ihn hätte. Da passte es ja gerade gut, dass er frei ist und wir noch einen Mann für die Messe-Besetzung brauchen. Schließlich ist er mein langjähriger Freund, schon seit Kindertagen. Hast du was dagegen? Ich hab ja auch nichts gegen deine Freundin gesagt." Verteidigte er seine unvorhergesehene Entscheidung.

„Nee, kein Problem, ich darf mich doch wundern, oder wie?"

Beugte Ruth weiteren Diskussionen vor, dabei dachte sie im Stillen: ›Gegen die Ellen kannst du ja gar nichts haben, für die hat sich schließlich der Chef entschieden, und die arbeitet ja auch in unserer Branche. Aber dein Freund hat keine Ahnung. Das kann ja nichts bringen. Aber was soll ich mich mit dir streiten. Bringt eh nix‹.

Mit Robert vereinbarte Ruth, dass die Kinder während der Messewoche bei ihm bleiben sollten, was er problemlos akzeptierte, weil er, mangels Arbeit, sowieso zu Hause war, und sie ihm die Woche finanziell versüßte.

„Ich verstehe nur nicht, warum der Meier euch nach Herford schickt. Ich wäre doch die bessere Besetzung für den Messestand, mangels Putzaufträgen habe ich eh nichts zu tun. Außerdem habe ich doch viel mehr Fachwissen, ich kann den Kunden ja viel besser mit Rat und Tat behilflich sein. Was der Meier sich dabei denkt, auch noch die Ellen mitzuschicken, das versteh wer kann." Motzte er noch.

Ruth ignorierte Roberts Kritik, sonst hätte sie ihm sagen müssen, dass er zwar die bessere fachliche Kompetenz hatte, aber ein absolut schlechter Verkäufer war. Das hatte er ja bewiesen. Und Meier brauchte Verkäufer, keine reinen Fachberater. Aber das hätte Robert sowieso nicht eingesehen, also schwieg sie.

Am Tage vor der Eröffnung fuhren Ruth und Udo zur Besprechung zu Meier nach Haan.

Meier wies die Beiden eindringlich darauf hin, dass es nicht erlaubt sei, am Messestand zu verkaufen: „Ihr dürft auf gar keinen Fall Aufträge am Stand abschließen. Das ist nur ein Informations-Stand, kein Verkaufsstand. Ihr müsst schon zu den Kunden fahren, und dort die Verträge abschließen. Selbst wenn ein Kunde euch drängt, gleich, am Stand, den Auftrag auszufüllen, macht das auf gar keinen Fall, denn der Vertrag hätte keine rechtliche Wirkung. Im Zweifelsfalle würde das Geschäft platzen. Ich bin noch vorgewarnt von dem Reinfall in Leverkusen."

„Ja, ist schon klar Chef, wir müssen ja das Haus sehen um die Auftragsgröße zu bestimmen. Machen wir schon." Sagte Ruth zustimmend, war sich aber nicht sicher. „Die Frage ist nur, wer bleibt am Stand und wer fährt raus?"

„Gut Leute, das könnt ihr alleine entscheiden, wem gebe ich die Unterlagen? Ihnen Herr Udo oder der Ruth?" mischte sich Meier ein.

Ironisch grinsend antwortete Udo: „Chefin managt die Finanzen. Machen Sie das mit der Ruth."

„Dann komm eben mit in mein Büro." Forderte der Chef Ruth auf und ging vor.

Aber Udo folgte den Beiden ganz selbstverständlich.

Außer den Tagesspesen und den Papieren, waren aber noch die Hotelkosten unklar, weil keine Buchung in Herford möglich war.

„Fahrt nur früh genug, denn ihr müsst euch ja leider noch ein Hotel suchen, denn die Herforder Hotels sind ausgebucht. Wie machen wir das denn mit der Bezahlung? Frau Wirtz, kommen Sie mal eben rein." Rief er, denn Meier wusste nicht, wie er das regeln konnte. Dann fragte er die Sekretärin: „ Sollen die Leute das Hotel auf Rechnung buchen? Wie geht das dann? Auf telefonische Rücksprache?"

Die Sekretärin schüttelte den Kopf, erklärte: „Nein, das glaube ich nicht. Am besten per Fax. Wenn ihr ein Hotel gefunden habt, dann ruft kurz an, und gebt mir die Daten durch, ich schicke denen dann ein Fax zur Bestätigung der Buchung. Das ist der sicherste Weg für beide Seiten."

Alle waren mit der Vereinbarung zufrieden.

Am Sonntagmittag kam Ellen und während Udo die Gepäckstücke in den Bus lud, berichtete Ruth ihrer Freundin von dem vierten Mann: „Jetzt haben wir auch noch, zu allem Überfluss, einen völlig ahnungslosen Verkäufer als vierte Standbesetzung. Udos Freund Wolfram Rischke, den ich auch kaum kenne. Das heißt, wir müssen uns auch noch darum kümmern, den Laien anzulernen."

„Und was sagt der Meier dazu?" wollte Ellen wissen.

„Nix, dem ist es egal, wen wir mitnehmen, das hat er uns überlassen. Hauptsache Umsatz. Na ja, da du deinen Partner nicht mitbringen wolltest, ich keinen wusste, der auch Ahnung von der Materie hat, konnte ich gegen Udos Entscheidung nichts sagen. Wir müssen es also akzeptieren."

„Ich, den Leo mitbringen? Bist du verrückt? Das würde mir auch noch fehlen. Der geht mir genug auf die Nerven, das muss ich nicht noch auf der Messe haben. Ich bin ja froh, mal eine Woche frei zu sein. Nee!" safte Ether abwertend.

„Hey, seid ihr fertig? Können wir?" rief Udo vom Eingang her.

„Fährst du hinter uns her?" fragte Ruth die Freundin.

„Quatsch! Wozu zwei Autos? Nee, der Bus reicht. Wir sind doch den ganzen Tag am Stand, nur zwei müssen zu Kunden raus fahren. Dann reicht doch der Bus." Meinte Ellen. „Ist doch auch viel lustiger alle in dem VWBus. Was meinst du Udo?"

Udo nickte. Er entschied: „Lass deinen Wagen hier stehen, Ellen. Mit dem Fahren können wir uns ja abwechseln. Wer fährt das erste Stück?"

Aber Ruth wehrte entschieden ab: „Du auf gar keinen Fall, Schatz. Wir müssen nicht unnötige Risiken eingehen. Entweder die Ellen oder ich. Es reicht ja auch, dass drei Leute sich abwechseln, die eine gültige Fahrerlaubnis haben. Der einzige ohne Führerschein muss ja dann nicht fahren.“

„Dann seid nur ihr Weiber die Fahrer, denn der Rischie hat auch keine Fleppe.“ Sagte Udo ironisch grinsend.

„Wie? Hat der auch den Führerschein weg?“ fragte Ruth.

Udo lachte, erwiderte: „Nein, er hat nie Einen gehabt.“

Rischie erwies sich als lustiger Geselle, zusammen im Bus hatten die Vier viel zu Lachen.

Die Fahrt war in zwei Stunden geschafft, und die Hotelsuche begann. Gleich bei dem ersten Hotel am Ortseingang fragten sie nach, wo sie eventuell noch Übernachtungsmöglichkeiten finden könnten.

Man riet den Vieren, lieber zum nahegelegenen Bad Salzuflen auszuweichen, weil wegen der Messe, die Herforder Hotels belegt waren.

„Was zuerst? Mal nachsehen wie weit die Monteure sind, oder erst Zimmer suchen?“ fragte Ellen, die am Steuer saß, unentschlossen.

„Fahr zum Messegelände. Warum sollen wir zweimal hin und herfahren? Nach Salzuflen sind auch dreißig oder vierzig Kilometer, später, wenn wir ein Zimmer gefunden haben, können wir gleich dableiben. Dann machen wir, uns nach dem Abendessen, nen gemütlichen Abend!“

Auf dem Messegelände waren alle Menschen schwer am arbeiten. Er wurde gehämmert und gebohrt, Kisten und

Kasten hin und her geschleppt, was nach heillosem Durcheinander aussah. Durch das ganze Wirrwarr, das die die Ankömmlinge empfing, fanden sie dennoch ihren Stand.

Die Monteure begrüßten die Vier nur kurz, denn sie mussten sich beeilen, fertig zu werden.

„Ach wie schön, gleich nebenan ein Weinstand von Pieroth, lecker. Das kann ja lustig werden." War Ellen ganz begeistert.

„Wieso?" fragte Ruth.

Ellen lachte: „Wegen der gratis Wein-Proben." Antwortete Ellen. „Man muss doch die unterschiedlichen Jahrgänge mal kosten, bevor man etwas bestellen kann."

„Du säufst auch alles, was?" kritisierte Ruth abwertend.

„Pieroth hat sehr gute Weine, die musst du mal probieren, bevor du dir ein Urteil erlaubst. Aber von Qualitätsunterschieden hast du ja keine Ahnung." Erwiderte Ellen gelassen.

„Von Alkohol, egal von welcher Sorte, muss ich auch keine Ahnung haben. Das überlasse ich den Säufern." Erwiderte Ruth ärgerlich.

Ein Hotel zu finden war nicht so einfach, weil sie zwei Einzelzimmer und ein Doppelzimmer brauchten. Als sie endlich in einem guten Hotel untergekommen waren, was auch eine gute Küche vorzuweisen hatte, regelte Ruth noch die Bezahlung mit der Rezeption. Es war nicht so einfach, die Zimmer auf Rechnung zu buchen, da sonntags nur eine Aushilfe als Notdienst an der Rezeption war. Nach längerem hin und her, konnte Ruth die junge Dame jedoch überzeugen, dass bis zur endgütigen Klären, am nächsten Vormittag, die Sache verschoben werden musste, die Zimmer jedoch belegt werden konnten.

Für den ersten Abend war die Stimmung verdorben. Selbst das leckere Abendessen konnte die Laune nicht wieder aufbessern, sodass sich alle recht früh auf die Zimmer zurückzogen.

Am nächsten Morgen war Ruth die Erste an der Rezeption, um den Kontakt zwischen der Hotel-Buchhaltung und der Firma Meier herzustellen. Die andern Drei gingen derweil zum Frühstücken.

Der junge Mann an der Rezeption bat Ruth: „Einen Moment bitte, Frau Woods, der Herr Direktor möchte Sie gerne sprechen. Ich rufe ihn sofort."

Das konnte nichts Gutes heißen, Ruth ahnte, dass es ein Problem gab. Sie dachte: ›wenn die jetzt die Buchung auf Rechnung ablehnen, und wir von der Mini-Kohle auch noch unser Zimmer bezahlen sollen, reise ich ab‹.

Der Direktor war ein Herr im Anzug mit Fliege, er machte einen altmodischen Eindruck, was nicht zuletzt an der tiefen Verbeugung lag und dem angedeuteten Handkuss, wobei er sagte: „Herzlich Willkommen, gnädige Frau, ich hoffe, Sie werden sich in unserem Hause wohlfühlen. Es ist mir ja wirklich peinlich, aber ich muss Sie fragen, ob Ihr Herr Gogolscheff in einem verwandtschaftlichen Verhältnis zu der Köchin Frau Herta Gogolscheff steht. Wenn das der Fall ist, kann er mir vielleicht sagen, wo ich die Dame finde. Es gibt da nämlich einen dringenden Klärungsbedarf. Würden Sie so freundlich sein, ihn zu fragen, oder ihn zu bitten, sich bei mir zu melden. Die Rechnungsstellung mit ihrer Firma hat mein Mitarbeiter bereits geklärt, das Fax ist soeben angekommen. Ich muss mich wegen meines Anliegens noch einmal entschuldigen, dass ich Sie damit belästige. Nun wünsche ich Ihnen einen guten Appetit."

Er verbeugte sich und entfernte sich.

„Toll!" sagte Udo missmutig, als er von dem Anliegen des Direktors erfuhr, „Meine Mutter hat vermutlich mal wieder in die Kasse gegriffen. Die hinterlässt ja überall verbrannte Erde. Also ich kenne die Dame nicht. Keine Verwandte, sonst hab ich noch deren Mist am Hals."

Bevor sie zur Messe fuhren, ließ Ruth dem Direktor ausrichten, dass es keine Verbindung zwischen den beiden Gogolscheffs gäbe, sie daher leider nicht behilflich sein könne.

Die Messe lief nur langsam an, das Angebot an Bau- und Werkzeug- Materialien schien kein großes Interesse zu erregen. Aus purer Langeweile schauten die Fassadler sich anfangs bei den anderen Ausstellern um, fanden aber nur einen wirklich interessanten Stand, der vom Weingut Pieroth.

Mit der Mannschaft des Weinstandes hatten vor allem Ellen und Udo recht schnell Kontakt geknüpft, sodass die Beiden mehr den Weinproben zusprachen, als sich um den eigenen Auftrag zu kümmern.

Von den wenigen Besuchern, interessierten sich nur vereinzelte für die Fassaden-Verkleidungen. Aber selbst diese hatten keinen Bedarf zu Hause beraten zu werden. Bei dem Angebot, einen Besichtigungstermin zu vereinbaren, winkten die meisten desinteressiert ab, und gingen schnell weiter.

In der ganzen Woche konnten die Fassaden-Verkäufer lediglich zwei Kundentermine wahrnehmen. Verkaufen jedoch war unmöglich. Die Kunden ließen sich beraten, waren aber nicht zum Vertrags-Abschluss bereit.

Die Messe-Woche war der absolute Reinfall. Total sauer fuhr die Truppe wieder nach Hause. Auch Meier war völlig fassungslos, als Udo ihm erklärte: „Für so einen Mist brauchen Sie uns nicht mehr anzusprechen, Herr Meier. Das war der absolute Reinfall. Und fragen Sie uns bitte nicht, woran das gelegen hat, ob an der Gegend, oder den sturen Leuten. Auf jeden Fall brauchen sie mit diesem Angebot an keiner Messe mehr teilnehmen. Es sei denn, Sie möchten das gleiche Ergebnis wie in Herford: außer Spesen nichts gewesen."

Vorsicht vor Fassaden-Haien

Ruth und Udo hatten eben wieder die erste Nacht im eigenen Bett verbracht, als am frühen Morgen das Telefon klingelte.

Norbert rief an und bat um der Beiden Besuch.

„Was mag er wollen?" ahnte Ruth Unheilvolles. „Ob er es jetzt doch gemerkt hat? Was machen wir dann?" fragte sie ängstlich.

„Quatsch, mach dir mal nicht ins Hemd." Winkte Udo ab.

„Ich wollte euch um etwas bitten", begann Norbert sofort, als die Beiden in das Büro kamen, „ein guter Freund von mir sucht Arbeit im Verkauf. Er ist ein guter Verkäufer, hat schon alles Mögliche verkauft, zuletzt lange Zeit Autos, bei Becker in Düsseldorf. Ich wollte euch bitten, den Holger Berg unter eure Fittiche zu nehmen, und ihn in unsere Verkaufs-Taktik einzuweihen."

Udo nickte sofort, fragte: „Was meinst du, Schatz? Das können wir doch machen, oder?"

Achselzuckend stimmte Ruth zu: „Ja, von mir aus. Wann können wir den Herrn Autoverkäufer denn kennen lernen?"

„Hier ist er schon. Tag Leute!" ertönte eine tiefe männliche Stimme vom Eingang her.

Als Ruth sich umdrehte, sagte sie erstaunt: „Ach sieh mal Einer an, den Autoverkäufer kenne ich doch. Der hat mich auch schon mal bequatscht, den Mercedes doch zu kaufen, obwohl ich eigentlich nicht wollte. Ha, ha, ha, so klein ist die Welt."

Der hübsche Dunkelhaarige lachte laut, und es klang weich und warmherzig, als er erwiderte: „Ja, wer verkaufen kann, der verkauft auch einen Hubschrauber gegen den Willen des Kunden. Tag, ich bin der Holger, und ihr seid also Norberts Starverkäufer? Freut mich euch kennen zu lernen!"

Der Autoverkäufer kam sehr sympathisch rüber, sodass Ruth sowie Udo angenehm überrascht waren, und sich eine Zusammenarbeit mit ihm als sehr erfolgreich vorstellen konnten.

„Gehen wir was trinken? Da kann man bestimmt besser quatschen und sich mal beschnüffeln." Schlug Holger vor, und er erntete sofort Zustimmung.

„Ich kann leider nicht mitgehen, Leute, ich muss zu meiner Zweitfrau. Seid gute Kollegen und greift dem Holger mal unter die Arme. Wir sehen uns dann am Abend, wenn ihr die dicken Aufträge bringt." Zog sich Fuchs aus dem Gemeinschaftsdrink zurück.

„Das wollen wir doch hoffen, denn wir müssen eine miese Woche aufholen. So einen Mist machen wir nicht noch einmal. Leider haben wir keine aktuellen Adressen mehr." Sagte Ruth mit betrübter Miene.

Udo griff energisch ein: „Ja und? Wir gehen einfach auf Klinke. Haben wir zwar noch nicht gemacht, aber versuchen wir es einfach. Was die Weiber an den Haustüren erzählt haben, können wir doch auch. Kann doch nicht so schwer sein. Also, fangen wir an."

Verdutzt fragte Holger: „Was ist das denn? Auf Klinke gehen? Das habe ich ja noch nie gehört!"

Udo lachte: „Was? Als Verkäufer kennt man doch den Ausdruck ›Klinke putzen‹, oder nicht? Das heißt ja einfach von Haus zu Haus gehen und klingeln. Kennst du das auch nicht Schatz?" wunderte sich Udo.

Stumm schüttelte Ruth den Kopf, sie würde sich überraschen lassen, wie das funktionieren sollte. Obwohl sie glaubte, dass Udo, mit seiner frechen Art, sicher auch dabei erfolgreich sein würde.

Einige Stunden verbrachten die drei dann mit der neuen Verkaufstaktik.

Udo teilte das Gebiet ein. In einer Siedlung mit überwiegend Einfamilienhäusern, wollte Udo erst mit Holger zusammen ein paar Straßen abklappern, während Ruth im nächsten Cafe wartete. Danach würde Udo die nächste Tour mit Ruth gehen. So konnte Udo erst einmal Holger anlernen, wenn der danach alleine verkaufen konnte, hätten sie an einem Tag die ganze Siedlung durchgearbeitet. Alle waren frohen Mutes, in der Hoffnung eine fette Ausbeute zu erzielen.

Dass viele Türen gleich mit einem Kopfschütteln vor ihnen zugemacht wurden, manche Leute sogar recht ablehnend reagierten, sobald von Fassaden die Rede war, verstanden die Drei anfangs nicht, aber sie ließen sich dadurch nicht entmutigen.

Als sie sich im Cafe trafen meinte Holger missmutig: „So einfach, wie der Norbert behauptet hat, ist es aber nicht. Die Leute sind ziemlich unfreundlich, oder bilde ich mir das ein?"

Udo bagatellisierte: „Ach, davon darfst du dich nicht abschrecken lassen. Das ist nur, weil die mit uns nicht gerechnet haben, und wir vielleicht zum falschen Zeitpunkt kommen. Mit den Werbedamen war das natürlich einfacher, die haben durch ihre Umfragelisten nur ein kurzes Interview an der Haustür gehalten, und bei Interesse einen Termin vereinbart. Auf jeden Fall war beim Anblick der Weiber klar, die wollen nur fragen, denn das war immer eine Frau alleine. Wir kommen zu zweit, haben einen Aktenkoffer in der Hand, also offensichtlich wollen wir was verkaufen. Warte mal ab, wir verkaufen heute noch reichlich!" prophezeite Udo.

Er sollte sich irren. Nach einer vierstündigen Versuchstour, bei der alle Haustüren mehr oder weniger unfreundlich vor ihren Nasen zuflogen, gaben sie auf.

„Fahr nach Hause." Knurrte Udo stocksauer. „Ich möchte nur mal wissen was die Weiber so anders machen. Oder haben wir Scheiße im Gesicht? So viel Ablehnung wie heute ist mir ja noch nie untergekommen. Die Leute waren ja regelrecht aggressiv. Was ist nur passiert? Es muss etwas passiert sein, das war zu krass."

Schon am nächsten Kiosk leuchtete den drei Verschmähten eine fette Überschrift entgegen: VORSICHT VOR FASSADENHAIEN!

Fassungslos starrten die Drei auf die fette Schlagzeile der Tageszeitung.

„Wen wundert jetzt noch die Ablehnung der Hausbesitzer? Diese Pressefuzzis sollte man auf die Fresse hauen! Jetzt, wo ich in das Geschäft einsteigen wollte, ausgerechnet jetzt, muss so ein Mist passieren? Scheiße! Und jetzt? Was mach ich jetzt?" zischte Holger sauer.

Ruth und Udo waren nicht minder ratlos, sie zuckten die Schultern.

Als sie auf den Hof der Firma Fuco fuhren war offensichtlich, dass der Chef noch nicht zurück war. Also entschlossen sie sich nach Hause zu fahren.

„Was mach ich denn jetzt mit dem angefangenen Tag?" war Holger ratlos.

„Komm mit zu uns, da können wir in Ruhe überlegen. Wir müssen uns jetzt auch was anderes suchen." Bot Udo dem Ratlosen an.

Vor ihrer Haustür trafen die Drei auf Ellen, die den neuen Kollegen kritisch musterte.

Während Ruth Kaffee kochte informierte Udo Ellen über die neue Situation. „Das kann man also vergessen, die Fassaden sind verbrannt. Das braucht keiner mehr versuchen. Selbst wenn man noch ein Schäfchen findet, spätestens wenn die Monteure anfangen wollen, werden die vom Haus weggejagt. Die Zeitungen haben uns das schöne Geschäft kaputt gemacht. Wir müssen uns etwas anderes einfallen lassen." erklärte Udo.

„Tja, aber was? Gerade jetzt fängt ja die Bauzeit an. Ausgerechnet in der Jahreszeit, in der Bauwetter ist, passiert so ein Mist. Eine goldene Nase hätten wir uns verdienen können. Aber die Zeitungsartikel warnen die Leute vor uns. Dafür müsste es jetzt eine Ersatz-Branche geben!" stöhnte Ellen.

„Warum denn eine andere Brache?" fragte Ruth nachdenklich.

„Warum denn nicht nur eine Ähnliche? Jetzt geht es auf den Sommer zu, da wird doch überall gebaut. Vielleicht sollten wir bei dem Baugeschäft bleiben?"

„Wie meinst du das?"

„Wo denn?"

„Bei wem?" fragten alle drei durcheinander.

Ruth grinste schelmisch: „Hast du mir nicht noch vor einiger Zeit von eurer Sub-Zeit erzählt, Udo? Jetzt beginnt doch die Hochsaison im Baugeschäft, oder nicht? Warum kann man denn da nicht einsteigen?"

Udo schüttelte den Kopf, meinte ablehnend: „Nee, wer traut sich das denn noch? Im Sub kriegst du kein Bein mehr auf die Erde. Kannst du vergessen."

„Wieso denn? Eure Sub-Zeit ist doch schon ewig lange vorbei. Da denkt doch kein Mensch mehr dran. Und die Bauunternehmer, die dringende Termine erfüllen müssen, die schon gar nicht. Was interessiert die denn, was mal vor zehn Jahren in irgendeiner anderen Stadt passiert ist? Wir gehen einfach in eine andere Gegend. Wo habt ihr denn damals gearbeitet?" ließ Ruth sich nicht verunsichern.

Ellen und Holger drängten Ruth, sich mal genauer zu äußern. Sie wollten wissen wie so ein Geschäft funktioniert, was man alles dazu braucht.

„Das kann euch der Udo besser erklären. Ich weiß nur, dass ich den Versuch starten würde. Von nix kommt nix. Und irgendwas müssen wir ja machen."

Die Beiden bedrängten Udo so sehr, dass er die ganzen Vorbedingungen für ein solches Geschäft erklärte: „Es ist ganz schlicht eine Arbeitsvermittlung, die Arbeiter an Baufirmen verleiht. Von dem vereinbarten Stundenlohn kassiert man einen Teil, meist ist es die Hälfte. Je nachdem wie viele Arbeiter man hat, kann das schon recht lukrativ sein." sagte Udo, der bereits zu Überlegen begann, wo man ein Subunternehmen aufziehen könne. „Also Leute, dazu brauchen wir drei Dinge, einen Dollen auf den wir das Gewerbe machen können...."

„Habe ich einen. Das ist kein Problem!" rief Holger strahlend dazwischen.

„Moment Holger, der muss ganz sauber sein, und das darf nicht irgendwann auf uns zurückkommen. Es könnte nämlich sein, dass der mal richtig Probleme mit den Behörden kriegt."

„Kein Problem, der macht was ich ihm sage, wenn die Knete stimmt!" winkte Holger ab.

„Gut, das hätten wir also. Dann ein Telefon, am besten ein Büro, wegen der Firmenanschrift. Und das Wichtigste, Geld. Denn am Anfang brauchen wir Bewegungsgeld." Ließ Udo das Geld zum größten Problem werden.

„Ach, so schlimm kann das doch nicht sein, was brauchen wir denn schon." bagatellisierte Ruth.

„Ein paar Tausender müssen schon vorhanden sein, wenn wir Leute einsetzen müssen, je nachdem wie weit die Baustellen sind, brauchen wir auch ein Auto dazu." schränkte Udo ein,. „Aber den haben wir ja, den Bus. Den geben wir dem Meier vorerst einfach nicht zurück. Der braucht den doch sowieso nicht!" entschied Udo.

„Was ich auch als großes Problem ansehe, woher nehmen wir denn die Arbeiter?" fragte Ruth.

Udo winkte ab, sagte selbstsicher: „Das ist das kleinste Problem, die besorg ich dir im Dutzend in jeder Stadt. Es gibt überall Ausländer-Unterkünfte, da lungern die rum und warten nur darauf dass sie abgeholt werden. Nee, das größte Problem ist die Knete!'"

„Nö, ist es nicht. Wenn wir das ernsthaft aufziehen wollen, bin ich dabei. Und ich kann das Geld dafür besorgen. Du hast doch ein Konto bei der Sparkasse, Ruth? Ich stelle dir einen Verrechnungs-Scheck von der Postbank aus, den reichst du auf dein Konto ein, dann haben wir was wir brauchen." Schlug Ellen vor.

„Wie? Dann heb das Geld doch Bar ab. Bei nem V-Scheck dauert es doch bis ich das Geld kriege. Was ist daran besonderes?" verstand Ruth den Vorteil nicht.

Ellen lachte laut: „Wenn ich das Geld hätte, säße ich vermutlich nicht hier. Auf meinem Konto ist Leere, du

Schäfchen, was denkst du denn? Pass auf, ein V-Scheck wird dem Einreicher erst einmal gut geschrieben, wie sollen die das Stück Papier sonst verbuchen?" Ellen konnte vor Lachen kaum sprechen, machte ein Beruhigungs-Pause, dann erklärte sie weiter: „Also, bis das Geld über den langen Weg, über die Zentralbank, mal erst bei dir angekommen ist, hast du Zeit das Geld abzuholen. Du solltest eine größere Summe nur nicht am Schalter abholen, die können nämlich sehen, dass es sich nur um einen V-Scheck handelt, dann kriegst du das Geld nicht. Am Spätschalter haben die keinen Einblick, da kriegst du dein Geld. Aber nur bis Eintausend Mark, was darüber ist, dürfen die nicht auszahlen, dafür muss der Schalterbeamte Rückfrage halten. Also, immer schön einen Tausender schnappen, so lange wie es auf deinem Guthaben steht. Da die Sparkasse nur vormittags bucht, kannst du am Wochenende, abends, alles abholen, was du brauchst. Vorausgesetzt dein Konto weist dieses Guthaben auf."

„Woher weißt du das nur alles?" staunte Ruth. „Gut, aber wie viel brauchen wir?"

„Langsam, es sollte schon in dem Rahmen sein, den wir später erklären können. Wenn wir zehn Mille oder so eine Summe brauchen, dann müssen wir Jemand haben, der behauptet, dass er uns das Geld geben wollte. Dass ich den Scheck in gutem Glauben ausgestellt habe. Sonst ist es Betrug, und darauf gibt es Langholz. Und in den Knast wollen wir ja wohl alle nicht, oder?" schränkte Ellen das Ganze ein.

„Das kann doch der Meier machen." Mischte Udo sich ein. „Ihr Weiber könnt den doch um den kleinen Finger wickeln. Für Weiber tut der Kerl doch alles. Sprecht mit dem, denn wenn wir das machen, dann muss es sich lohnen. So um die fünfzehn bis zwanzig Mille müssen es schon sein."

Einen Moment herrschte betretenes Schweigen im Raum, die Summe schwebte wie drohend über den Köpfen.

Ruth war die Erste, die sich fasste: „Das ist natürlich schon eine gewaltige Summe, die ja auch wieder zurück gezahlt werden muss, das sollten wir bei der ganzen Sache nicht vergessen. Ich bin die, die das letztendlich am Hals hat. Auch darüber sollten wir uns vorher im Klaren sein. Das muss sehr gut überlegt werden.“

„Richtig!“ stimmte Ellen der Freundin zu, „Nicht nur du, Ruth, sondern auch ich stehen am Ende für den Scheck gerade. Aber wenn du die Kohle über dein Konto abhebst, bist du an erster Stelle die Verantwortliche, das stimmt. Also müssen wir erst einmal für Rückendeckung sorgen. Ich spreche mit dem Bert. Wenn er zum Schluss bestätigt, dass er mir das Geld aufs Konto überweisen wollte, und ich auf Vertrauen den Scheck ausgestellt habe, sind wir auf Nummer sicher.“

„Und danach können wir anfangen unser Bauunternehmen aufzubauen.“ Sagte Udo bestimmt.

Alle waren Feuer und Flamme.

Am nächsten Tag trafen sich alle Vier wieder am gleichen Ort. Ellen und Holger hatte gute Nachrichten.

„Der Bert Meier hat natürlich zugesagt. Hatte das Jemand anders erwartet? Nö, oder? Er hat auch nichts dagegen, dass wir den Bus noch benutzen, weil ich ihm gesagt habe, dass ihr momentan kein Auto habt, und euch wegen der schlechten Messe keins kaufen könnt. Hi, hi, ihm war das schlechte Gewissen am Gesicht abzulesen. Also Leute, das wäre klar.“ Berichtete Ellen.

Grinsend meldete sich Holger zu Wort: „Gut, und ich habe den Verrückten klar gemacht. Der Berni Klemt geht am Montag zum Rathaus und meldet das Gewerbe an. Wir brauchen aber eine Firmen- Adresse, denn ne Briefkasten-

Firma könnte recht schnell auffallen. Also, erst die Knete, dann alles Weitere!"

Sie machten einen Plan, Donnerstag nachmittags den V-Scheck bei der Sparkasse einreichen, und nach der Gutschrift an dem kommenden Wochenende das Geld abholen.

„Wie viele Spätschalter habt ihr hier in Solingen?" erkundigte sich Ellen.

Ruth zuckte die Achseln, rätselte: „Ich weiß nicht, vielleicht sieben oder acht. Warum?"

„Nein, das müssen mehr sein. Ich kann dir sagen warum, wenn wir mehr als Tausend an einem Schalter abholen, könnte es Probleme geben, bevor wir die Summe haben, die wir brauchen. Also, überleg mal, und zähl doch mal die Schalter durch. Du musst das doch wissen." Erwiderte Ellen. Sie überlegte einen Moment, dann rief sie voller Freude: „Es sind Siebzehn. Ich komme auf siebzehn. Wozu habe ich lange hier in Solingen gewohnt? Ich habe mal in Gedanken durchgezählt, und ich komme auf 17 Spätschalter. Glaubt mir. Also stelle ich den Scheck auf Fünfzehntausend aus. Alle einverstanden?"

Alle nickten aufgeregt.

Ellen erklärte weiter: „Schreib mal fünfzehn Barschecks a Tausend aus, dann geht jeder von uns, ab Freitagabend, mit einem Scheck zum Spätschalter, und holt die Kohle ab."

„Ich auch?" fragte Holger und es klang ängstlich, dabei hatte er einen skeptischen Gesichtsausdruck.

„Klar!" sagte Ellen energisch. „Du willst doch auch bei unserem Baugeschäft dabei sein, oder nicht?"

„Ja klar, ich bringe doch den Dollen für das Gewerbe, das muss doch reichen." Erwiderte Holger trotzig.

„Hast du etwa Angst? Willst du kneifen? Das brauchen wir aber nicht in unserem Team. Wir sind doch bald das Team vom Bau, kernig und tatendurstig." Lachte Ellen ihn aus.

Ruth schaltete sich ein, versuchte zu vermitteln: „Ich denke die Ellen meint, dass wir schnell abräumen müssen. Denn ich glaube dass wir Jeden von uns brauchen um die ganze Kohle zu kriegen. Schließlich weiß man ja nicht, ob nicht vielleicht irgendeinem Sparkassen- Angestellten unser Rundschlag auffällt. Dann ist es mit dem Geldsegen nämlich vorbei. Zwar habe ich keine Ahnung, wie viel Geld wir für unseren Start brauchen, aber je mehr wir haben, umso besser. Oder seht ihr das anders? Also Holger, mitgefangen mitgehangen, oder so.."

„Mach mich nicht wirklich bang, Ruthchen," lachte Holger. „Aber ist schon klar, wie du das erklärt hast, verstehe ich das."

Sagte er mit einem schrägen Seitenblick zu Ellen, offensichtlich harmonierten die Beiden nicht gut miteinander.

Der einzige, der zu der ganzen Sache kein Wort gesagt hatte, meinte abschließend: „Lasst uns nicht reden, sondern machen. Was kann uns denn schon passieren? Du nimmst dir im Prinzip nur einen Kredit, den die dir freiwillig nicht geben würden, weil du keine Verdienstbescheinigung vorweisen kannst. Und der Meier gibt dir Rückendeckung, das passt. Natürlich musst du das Geld ja auf jeden Fall zurück zahlen. Und das solltet ihr beide euch merken. Das Geld steht nur uns zu, denn wir zahlen es zurück. Für euch ist das nur für den Geschäftsstart, nichts anderes. Klar, oder noch Fragen?"

Den Verrechnungsscheck einzuzahlen war wesentlich unproblematischer als Ruth gedacht hatte. Obwohl nie zuvor solche großen Summen auf ihrem Konto erschienen waren, verlor die Dame am Schalter kein Wort darüber. Auch nicht, als Ruth sich erkundigte, wie lange die Gutschrift wohl dauern werde.

Freundlich erklärte sie den Weg über die Landeszentralbank. „Aber natürlich wird die Summe bereits morgen Vormittag auf Ihrem Konto gutgeschrieben sein. Nur der Weg über die LZB dauert bis zu einer Woche. Dummerweise ist auch noch das Wochenende dazwischen. Aber bestimmt können Sie schon vorher Geld abheben, das entscheidet aber Ihre Kontoführung."

Nachdem das erledigt war trennten sich die Vier, jedoch mit der Verabredung für den nächsten späten Nachmittag.

Alle Vier waren nervös, aber keiner wollte es wirklich zugeben. Nachdem sie noch Kaffee getrunken und in einer älteren Zeitung nach Büroräumen geschaut hatten, vereinbarten sie die Marschroute.

„Am besten fahren wir immer zu zweit. Ellen und Holger zusammen, und wir beide." deutete Udo auf Ruth. „Welche Richtung wollt ihr fahren, Ellen? Wenn ihr nach Ohligs über Wald fahrt, dann könnt ihr Central und Gräfrath mitnehmen, das sind schon vier. Und über Mangenberg zurück bis zum Schlagbaum. Dann habt ihr sechs Spätschalter geschafft. Die Ruth und ich fahren in die Stadt, da gibt es zwei. Danach Krahenhöhe, Burg, dann Höhscheid und Aufderhöhe. Dann haben wir ebenfalls sechs Schalter abgeklappert.. Ich würde sagen, das reicht für heute, wenn das alles geklappt hat, haben wir zwölf Mille und können den Rest am Wochenende holen. Die anderen Schalter musst du uns dann zeigen, Ellen. In Ordnung? Machen wir das so?" verlangte Udo Zustimmung.

Alle nickten, sie hatten die Kehlen wie zugeschnürt. Das Vorhaben ging allen Vieren doch mehr an die Nerven als sie zugeben wollten.

„Also, wir treffen uns wieder hier. Ruth, gib der Ellen mal deinen Wohnungsschlüssel, damit die Beiden rein können, wenn die schneller sind als wir. Nicht, dass die mit der ganzen schönen Kohle vor der Tür stehen müssen, dazu ist das Geld viel zu schwer." flachste Udo. Alle lachten, aber es war ein verklemmtes, nervöses Lachen.

Abwechselnd gingen Ruth und Udo an die Spätschalter und bekamen überall problemlos das Geld ausgehändigt. Immer fröhlicher wurde der Beiden Laune, bis sie schließlich strahlten, wie nur ein Mensch nach einem Erfolgserlebnis strahlen konnte.

Nach drei Stunden trafen sie wieder in ihrer Wohnung ein. Auch die anderen Beiden kamen einige Minuten später. Der Erfolg war dem zweiten Geldboten-Paar aufs Gesicht geschrieben.

Alle vier lachten, als sie die Beute auf den Küchentisch legten.

„So, der Grundstein für unser Bauunternehmen ist gelegt. Selbst wenn es bei dem Rest ein Problem geben sollte, mit zwölf Mille kann man schon was anfangen. Leute, ich habe da eben sogar ein Büro-Angebot gesehen, da sollten wir mal nachfragen. Zwei Räume mit kompletter Möblierung, in Solingen Wald, das sah recht günstig aus. Und wir beide, Holger, wir fahren am Wochenende mal die Ausländer-Unterkünfte ab. Ja, Leute, jetzt legen wir los!" sagte Udo voller Enthusiasmus.

„Wo ist der Sekt? Darauf müssen wir doch trinken!" regte Ellen an. „Hast du ein Fläschchen, Ruth?"

„Klar!" lachte Ruth.

Noch lange saßen sie zusammen und ließen sich von Udo die nächsten Schritte zum neuen Unternehmen erklären. Denn Udo war der einzig Fachkundige der Vier. Alle waren voller Tatendrang.

Abends im Bett sagte Udo: „Wenn wir alles in die Wege geleitet haben, fahren wir erst einmal eine Woche in Urlaub nach Spanien. Das muss drin sein."

Am Samstag schienen sehr wachsame Sparkassen-Mitarbeiter an den Spätschaltern zu sitzen. Nur Ruth konnte noch einmal einen Tausend-Mark-Barscheck einlösen, an zwei anderen Schaltern wurde abgelehnt. Man bat die Kunden höflich am Montag beim Kundenberater vorzusprechen.

Damit hatten die Bankbeamten dem Spuk ein Ende bereitet, ohne es zu wissen.

„Es ist besser aufzuhören, dreizehn Tausend sind auch genug." Entschied Ruth, der die Sache doch mehr unter den Nägeln brannte, als sie zugab.

„Stimmt!" meinte auch Ellen, „Damit können wir sicher schon bis zum ersten Gewinn zurecht kommen."

Udo teilte den Kompagnons mit, dass Ruth und er eine Woche in Urlaub fahren werden, und die Anweisung wie Ellen und Holger inzwischen die Geschäftgründung vorbereiten sollten.

„Du musst unseren zukünftigen Chef an die Hand nehmen, dafür sorgen, dass er das Gewerbe für Ausschachtungen und Tiefbau anmeldet, Holger, und du Ellen besorg dir ein Branchenbuch. Denn du musst alle Bauunternehmen im Raum Hannover, Braunschweig, Salzgitter, Wolfsburg bis hinauf nach Hamburg anrufen und denen Facharbeiter zur Überlassung anbieten. Ich denke, weiter weg zu arbeiten ist besser, deshalb Richtung Norden. Erzähl denen am Telefon, dass wir ein junges Bauunternehmen sind, leider noch nicht so viele Aufträge haben, aber sehr viele Mitarbeiter, die wir gerne unterbringen würden. Wenn die interessiert sind, fragen welche Art Facharbeiter die brauchen und dann Adresse aufschreiben, wir schicken ein schriftliches Angebot. Noch keine Preise sagen, weil wir uns mal erst erkundigen müssen, wie die Konditionen auf dem Bau derzeit sind. Alles verstanden? Wir sind ja in einer Woche wieder da, wenn du schon Erfolg hattest, können wir vielleicht in spätestens zwei Wochen die ersten Malocher auf dem Bau haben. Und bevor ihr fürchtet, wir würden keine Arbeiter finden, fahren der Holger und ich jetzt mal auf Suche. Wo Ausländer-Unterkünfte sind, erfahren wir an jedem Bahnhof, denn da lungern die alle rum, die keine Arbeit haben. Das ist in jeder Stadt gleich."

Nur eine Stunde später kamen die beiden Männer zurück und Holger berichtete den erstaunten Frauen: „Ich hatte ja Zweifel, aber das gibt es wirklich, der Udo spricht einfach so einen Schwarzkopf am Bahnhof an. Und er fragt den einfach, kennst du Männer die Arbeit suchen? Und sofort hatten wir so eine Schwarzbacke im Auto und er lotste uns in eine Höhle, da würdet ihr Frauen euch nicht rein wagen. Aber auf die Art hat der Udo schon drei Malocher aufgerissen, die wir nur abholen brauchen. Maurer, ihr glaubt es kaum!"

„Und diese Unterkünfte mit arbeitslosen Malochern gibt es in jeder Stadt. Also Leute, Arbeiter zu kriegen ist kein Problem." Verdeutlichte Udo noch einmal die Leichtigkeit der Sache.

Alle drei Partner akzeptierten Udos Entscheidungen, im Hinblick darauf, weil nur er sich in dieser Branche auskannte.

Tatsächlich lief alles so wie Udo es geplant hatte.

Als sie sich gegen Mitternacht trennten, sagte Udo: „Morgen packen wir ein paar Sachen und fahren zum Flughafen, zum Last Minute-Schalter. Wir finden sicher was Schönes."

Ruth nickte, musste sie doch anerkennen, dass ihr Liebster genau wusste was zu tun war. Sie war diesem Mann total ergeben.

„Das nehmen wir!" bestimmte Udo am Last-Minute-Schalter, als sie ein günstiges Angebot, gleich für den nächsten Tag fanden. Eine Woche Spanien, nach Marbella an der Costa del Sol.

„Aber so schnell? Ich muss erst mal den Robert fragen, ob die Kinder bei ihm bleiben können. Ich kann ja nicht einfach über ihn bestimmen." Erhob Ruth schwachen Einwand, denn sie hatte kein gutes Bauchgefühl. Irgendeine dunkle Ahnung sagte ihr, dass etwas Unangenehmes in der Luft lag.

„Quatsch, fragen. Sag ihm, du brauchst ein paar Tage Urlaub, und gib ihm Fünfhundert. Dann nickt der bestimmt!" winkte Udo ab und buchte die Reise.

Natürlich war Robert sofort einverstanden, er riss Ruth das Geld förmlich aus der Hand. Genauso selbstverständlich verteilte Udo großzügig „Bewegungsgeld" an die zukünftigen Geschäftspartner Ellen und Holger, damit sie für die Vorbereitungen beweglich wären, meinte er. Auch die Beiden wünschten den Partnern eine gute Reise und einen schönen Urlaub.

Nach den anstrengenden Monaten mit den aufregenden Erlebnissen ließ sich Ruth dann letztendlich doch gerne zu einer schönen Urlaubsreise nach Marbella entführen.

Zeitfracht Medien GmbH
Ferdinand-Jühlke-Straße 7
99095 Erfurt, Deutschland
produktsicherheit@kolibri360.de